W0369972

CRÉATURES
DU PETIT PAYS

Juhea Kim

CRÉATURES DU PETIT PAYS

Traduit de l'anglais (États-Unis)
par Anne-Sylvie Homassel

Les Presses de la Cité

Publié aux États-Unis sous le titre original Beasts of a Little Land par Ecco et HarperCollins, des marques de HarperCollins Publishers, en 2021.

L'éditeur remercie Juliette Morillot pour sa relecture attentive et précieuse.

Ce livre est une œuvre de fiction. Les noms, les personnages, les lieux et les événements sont le fruit de l'imagination de l'auteur ou sont utilisés fictivement. Toute ressemblance avec des personnes réelles, vivantes ou mortes, serait pure coïncidence.
Le Code de la propriété intellectuelle n'autorisant, aux termes de l'article L. 122-5, 2e et 3e a), d'une part, que les « copies ou reproductions strictement réservées à l'usage privé du copiste et non destinées à une utilisation collective » et, d'autre part, que les analyses et les courtes citations dans un but d'exemple et d'illustration, « toute représentation ou reproduction intégrale ou partielle faite sans le consentement de l'auteur ou de ses ayants droit ou ayants cause est illicite » (art. L. 122-4).
Cette représentation ou reproduction, par quelque procédé que ce soit, constituerait donc une contrefaçon, sanctionnée par les articles L. 335-2 et suivants du Code de la propriété intellectuelle.

Les Presses de la Cité, un département Place des Éditeurs
92, avenue de France 75013 Paris

© Juhea Kim, 2021. Tous droits réservés.
© Les Presses de la Cité, 2023, pour la traduction française.

ISBN 978-2-258-20218-4
Dépôt légal : janvier 2023

어머니와 아버지께 드립니다

Pour ma mère, Inja Kim,
et mon père, Hackmoo Kim

Prologue

Le Chasseur
1917

Le ciel était blanc et la terre noire, comme à l'aube des temps, avant le premier lever de soleil. Les nuages avaient déserté leur royaume et s'approchaient si près de la terre qu'ils semblaient la toucher. Des pins géants, massifs, émergeaient de la brume pour y replonger aussitôt. Il n'y avait pas un mouvement, pas un bruit.

Un homme marchait, à peine visible dans ce monde obscur, silhouette minuscule et solitaire. Un chasseur. Il se baissa sur une empreinte encore fraîche, aux contours mous et presque tièdes, et huma l'air en direction de sa proie. L'odeur âcre de la neige emplit ses poumons et il sourit. Les premiers flocons ne tarderaient pas à tomber sur le sol, ce qui rendrait sa traque plus facile. Ce devait être, à en juger par ses traces, un grand léopard.

L'homme se redressa en silence, ombre dans la forêt. Ici, dans ce domaine qui était le leur, les animaux se mouvaient sans bruit. Mais, comme eux, le chasseur était propriétaire de ces montagnes – ou plutôt, comme eux, il en faisait partie. Elles n'étaient pas généreuses ou réconfortantes ; en ces lieux ni les hommes ni les bêtes n'étaient en sécurité. Mais il savait comment *être* lorsqu'il arpentait les collines ; comment respirer, marcher, penser et tuer, de même que le léopard sait être léopard.

Les empreintes étaient rares sur ce sol couvert d'un tapis brun-rouge d'aiguilles de pin. Le chasseur préférait chercher les griffures sur les troncs, les buissons imperceptiblement marqués par le passage du fauve ; quelques fins poils, peut-être, accrochés à l'extrémité d'une branche brisée. Au cours des deux derniers jours, il avait gagné du terrain sur sa proie mais ne l'avait toujours pas aperçue. Ses provisions, quelques grossières boulettes d'orge avec un peu de sel, étaient épuisées depuis longtemps. Il avait passé la nuit précédente dans le tronc creux d'un pin rouge, les yeux rivés sur le croissant blanc de la lune afin de ne pas s'endormir. Mais la fatigue et la faim avaient rendu son pas plus léger, sa pensée plus claire. De cela il était certain : seule la mort le ferait abandonner.

Il n'avait trouvé aucune dépouille dans le sillage du fauve. En hiver, les lapins, les chevreuils et autres petits animaux se faisaient rares. Les temps étaient aussi rudes pour les léopards que pour les humains. Sa proie s'arrêterait un jour, et c'est alors qu'il la tuerait. Ils avaient tous deux besoin de nourriture et de repos mais, le temps que durerait la poursuite, le chasseur était déterminé à s'en passer, aussi longtemps qu'il le faudrait.

Il déboucha sur une clairière bordée de jeunes pins que la proximité de l'arête rocheuse semblait avoir racornis. Il avança jusqu'à l'à-pic, contempla les montagnes dans leur plumage hivernal et duveteux, gris charbon et vert cendré. Les nuages restaient pris dans les gorges où le vent les faisait tourbillonner, lambeaux de soie déchirée. Aux pieds du chasseur s'ouvrait un abîme sauvage et blanc. Il était heureux d'avoir été conduit jusqu'ici : les léopards adorent les falaises et celui-ci y avait sans doute sa tanière.

Quelque chose de doux et froid lui caressa la joue. Il leva les yeux et aperçut les premiers flocons. Certes, les empreintes de sa proie seraient désormais plus visibles, mais il lui faudrait ensuite redescendre avant qu'il n'y ait trop de neige. Il serra le poing sur son arc.

Si son instinct ne le trompait pas, si le léopard se cachait juste en contrebas, dans sa tanière de la falaise, sa pénible quête touchait à sa fin, et bientôt commencerait l'attente. Mais, avant que le fauve ne se risque au-dehors, il pouvait s'écouler une heure… ou quelques jours. Auquel cas les flocons enseveliraient le chasseur, qui ne serait plus alors que neige, pierre et vent, entrailles destinées à nourrir le léopard et sang condamné à irriguer les jeunes pins. De sa vie d'humain, vécue dans la vallée parmi d'autres humains, il n'y aurait plus aucune trace.

Dans cette existence-là, il avait été soldat de l'armée impériale, sélectionné parmi les meilleurs archers du pays. Au tir à l'arc, au fusil, nul ne le surpassait. On l'appelait le Tigre de Pyeongan[1], suivant un vieux proverbe qui illustrait les caractères des diverses provinces. Bien sûr, il y avait des bêtes féroces dans toutes les montagnes, toutes les forêts de ce petit pays que même les Chinois avaient appelé jadis la Contrée des tigres, mais ce nom allait mieux au chasseur qu'à ses compatriotes fermiers du Sud. Lui descendait d'une lignée d'hommes nés l'arc en main, qui

1. Province du nord ouest de la Corée. *(Toutes les notes sont de l'éditeur.)*

avaient survécu à une terre trop escarpée et trop rude pour être labourée.

Le père du chasseur avait été soldat lui aussi, au service du gouverneur de Pyongyang. Quand la solde n'était pas payée, l'homme allait dans les montagnes et en rapportait du petit gibier – chevreuils, lièvres, renards et faisans –, parfois même des sangliers, des ours, des léopards et des loups.

Quand le chasseur était enfant, son père avait tué un tigre, sans l'aide de quiconque. Six hommes parmi les plus forts des environs l'avaient aidé à redescendre la dépouille. Tous les autres villageois les avaient accompagnés en signe de solidarité, précédés par un cortège d'enfants qui hurlaient de joie. Une peau de tigre valait plus qu'une année de solde. L'énorme cadavre avait été enterré sur la place du village, sous le ginkgo. Les femmes, toujours virtuoses en la matière, s'étaient débrouillées pour préparer un festin avec presque rien et chacun avait eu sa part du vin de riz couleur de lait.

Le soir de la fête, cependant, assis en tailleur sur le sol de pierre chauffée, son père s'était rembruni.

— Ne tue jamais un tigre à moins que ce ne soit vraiment nécessaire, avait-il dit d'une voix sévère.

— Mais, père, nous sommes riches à présent ! Nous allons pouvoir acheter tout le riz qu'il nous faut.

La flamme de la courte chandelle dansait, modeste, se gardant de défier l'obscurité qui les protégeait tous comme une épaisse couverture d'hiver. Quand elles n'étaient pas déjà couchées dans l'autre pièce, sa mère et ses sœurs cousaient. Seuls troublaient le silence les murmures des chouettes à l'affût de proies.

Son père se contenta de le dévisager.

— Tu chasses les lapins et les faisans depuis que tu es tout petit, finit-il par dire.

— Oui, père.

— Tu es capable de tuer un faisan à 100 mètres.

— Oui, père, répondit-il non sans fierté.

Son père excepté, il était déjà le meilleur archer du village.

— Tu peux planter ta flèche dans un tronc d'arbre à 120 mètres, puis en planter une seconde juste au-dessus.

— Oui, père.

— Et c'est ce qui te permet de croire que tu peux tuer un tigre ?

« Oui », aurait-il voulu répondre ; et de ce « oui » il était persuadé. Mais quelque chose dans la voix de son père lui fit comprendre que la bonne réponse était le silence.

— Montre-moi ton arc, dit le père.

Il l'apporta et le posa à terre, entre eux.

— Avec cette arme, reprit le père, tu serais incapable de tuer un tigre, quand bien même tu serais le meilleur archer du pays. Il n'a pas assez de puissance, et le tigre n'est pas un faisan. Une flèche tirée par un tel arc ne peut blesser le tigre que si tu tires à moins de 20 mètres. Elle ne peut le tuer qu'à moins de 15 mètres. Or sais-tu en combien de temps le tigre peut franchir 15 mètres ?

Le jeune chasseur resta muet, avouant son ignorance.

— De la gueule au bout de la queue, le tigre mesure 3 mètres. Il pourrait sauter par-dessus notre ginkgo si l'envie lui en prenait. Ou par-dessus notre chaumière aussi facilement que toi et moi sautons par-dessus une flaque. Si tu décoches ta flèche trop vite, la blessure sera légère ;

le tigre n'en sera que plus féroce. Si tu tires trop tard ou si tu manques ta cible, il sera sur toi avant que tu aies pu cligner des yeux. Il faut une seule seconde au tigre pour franchir 15 mètres.

— Mais, père, répliqua le jeune chasseur, tu en as tué un aujourd'hui !

— Je te l'ai dit : ne tue un tigre que si tu n'as pas le choix. C'est-à-dire uniquement s'il en veut à ta vie. Sinon, ne t'en prends jamais à lui. Est-ce compris ?

Les souvenirs du chasseur s'accumulaient doucement, comme les flocons alentour. Il se cacha derrière un rocher pour pouvoir épier le rebord de la falaise. Ses sens étaient émoussés par la neige, qui tombait en tourbillonnant sur ses yeux et son nez et se solidifiait sur ses mains nues. Elle était plus dense qu'il ne l'aurait cru ; à cette altitude, et au vu des nuages qui arrivaient de l'est, il comprit qu'elle ne s'arrêterait pas de sitôt. Il aurait dû redescendre au village au moment où il l'avait sentie venir, lorsqu'il s'était penché sur l'empreinte encore tiède.

Il avait horreur de voir ses enfants si silencieux, si calmes, si épuisés dans la chaumière qu'ils n'arrivaient même plus à bavarder. Il leur avait promis de rapporter à manger. S'il avait pu tirer un chevreuil, un lapin, il serait rentré auprès d'eux et aurait vu leurs yeux s'illuminer comme des lampions. Mais il n'avait trouvé que l'empreinte du léopard et s'était laissé tenter par la perspective de sa peau, qui valait plus de six mois de récoltes.

Est-ce aujourd'hui que je mourrai ? se demanda-t-il. Ses forces l'abandonnèrent soudain, avec la tension qui lui permettait de se tenir droit. La neige se mit à ressembler à un bol de riz blanc fumant, mets de choix auquel il avait eu droit cinq fois seulement dans sa vie. Il n'était pas en colère, non : au contraire il riait, et ce rire était comme une bourrasque qui aurait traversé son corps maigre. Il voulait juste encore un peu de temps pour penser à ce qu'il aurait aimé manger avant de mourir : des côtes braisées avec de la sauce au soja et des ciboules, et du bouillon de queue de bœuf avec tellement de moelle fondue que ça vous colle au palais. Il avait goûté tout cela lors d'un banquet de fête. Mais ces images n'étaient ni aussi puissantes ni aussi séduisantes que les autres souvenirs qui l'envahissaient à présent.

Sa première rencontre avec Sooni, marchant bras dessus bras dessous avec ses sœurs un jour qu'elle allait cueillir de l'armoise et des crosses de fougère dans la vallée. Elle avait 13 ans, lui 15.

Sooni portant une veste de soie verte et une jupe de soie rouge, toutes deux brodées de fleurs, ainsi qu'une coiffe incrustée de bijoux : le costume des princesses royales, que les villageoises pouvaient revêtir une fois dans leur vie, le jour de leur mariage. Aux yeux des dieux et des hommes, les noces étaient si sacrées qu'une fille de simple métayer vêtue de la naissance à la mort de chanvre brut avait le droit, en cette seule occasion, de se prendre pour une noble dame. Lui, le marié, portait l'uniforme de cour d'un ministre : tunique bleue ornée d'une ceinture et chapeau en crin de cheval noir. Les villageois se moquaient de lui à haute voix. Ces regards qu'il lance à la mariée ! Ah, il ne fermera pas l'œil de la nuit, c'est certain ! Sooni gardait ses beaux yeux baissés. Deux commères l'entouraient pour l'aider à se déplacer sous ses lourds atours. Devant l'autel ils se firent face, s'offrirent l'un à l'autre un gobelet de vin filtré qu'ils burent, et furent ainsi unis pour l'éternité.

Lorsque la nuit tomba, ils se retrouvèrent seuls dans la chambre nuptiale et il ôta avec précaution chacune des couches de soie dont sa femme était enveloppée ; elles avaient, avant elle, recouvert au fil des générations toutes les jeunes épousées du village. Sooni avait perdu son entrain coutumier ; à sa timidité répondait la gêne du chasseur. Mais, une fois qu'il eut soufflé la bougie et caressé les épaules lisses de sa femme, une fois qu'il eut baisé sa peau éclairée par la lune, elle lui enserra la taille de ses jambes et souleva les hanches. Il fut surpris et reconnaissant de ce désir réciproque. La joie de ne faire qu'un avec elle fut inconcevable : l'exact inverse de la sensation qu'il avait à se retrouver au sommet d'une montagne, jusqu'alors son bonheur le plus intense. Extase d'altitude, de fraîcheur et de solitude d'un côté ; de l'autre, profondeur, chaleur et union. Il l'enlaça et elle logea sa tête au creux de l'épaule de son mari.

— Tu es heureuse ? demanda-t-il.

— Je voudrais que ce moment ne prenne jamais fin, répondit-elle. Mais j'éprouve un tel bonheur que si je devais mourir maintenant ce serait sans regret. Je n'en serais même pas fâchée.

— Moi aussi, dit-il. C'est exactement ce que je ressens.

Le chasseur se sentit sombrer dans un amas doux et nuageux de souvenirs. Il était si bon de ne plus se cramponner au présent, de demeurer auprès des ombres du passé ! Ce glissement vers la mort était presque agréable, au fond. Il donnait l'impression d'entrer dans un monde de rêves. Il ferma les yeux et il lui sembla entendre Sooni l'appeler d'une voix douce :

— Mon mari, mon amour ! Je t'attendais, tu sais ? Allez, rentre à la maison.

— Pourquoi m'as-tu quitté ? demanda-t-il. Sais-tu à quel point j'ai souffert ?

— Mais je ne vous ai jamais quittés ! Ni toi ni les enfants.

— Je veux partir avec toi, dit-il en lui tendant la main.

— Pas encore, répondit-elle. Mais l'heure approche.

Il ouvrit brusquement les yeux ; un son, un véritable son, avait retenti à ses oreilles. Une respiration discrète venait de l'à-pic, d'où montait en volutes telle une fumée d'encens un brouillard glacial. D'instinct, le chasseur leva son arc, sachant que même s'il abattait sa proie il ne redescendrait sans doute jamais au village. Pourtant, il n'avait pas envie de finir dans l'estomac d'un léopard.

Il sentit plus qu'il ne vit l'animal se hisser sur le rebord de la falaise, silhouette mêlée aux lambeaux de brume à quelques pas de lui. Le souffle coupé, le chasseur abaissa son arc au moment où le fauve se dévoilait.

Ce n'était pas du tout un léopard, mais un jeune tigre.

De la gueule au bout de la queue, il avait l'envergure du chasseur : la taille, précisément, d'un léopard adulte. Il était trop gros pour qu'on puisse encore parler de tigreau, mais trop jeune pour chasser seul. Il dévisagea le chasseur avec curiosité, en laissant frémir ses oreilles rondes molletonnées de fourrure blanche. De ses iris jaunes et calmes n'émanait ni crainte ni menace. Il n'avait sans doute jamais vu d'être humain de sa vie, et cette étrange apparition semblait le laisser perplexe. Le chasseur serra le poing sur son arc. Pour la première fois il avait un tigre à portée de flèche.

Traqués par les Japonais dans le moindre vallon, sur la moindre colline, ces bêtes s'étaient réfugiées dans les montagnes les plus sauvages du pays, et le prix de leur fourrure et de leurs os avait augmenté en conséquence. On les chassait à présent aussi pour leur viande, ce qui ne s'était jamais vu : le tigre était devenu un mets de choix pour les Japonais fortunés. En manger vous insufflait son courage, croyaient-ils. On organisait des banquets où des officiers à épaulettes et au torse couvert de médailles dégustaient le grand fauve sous toutes ses formes, en compagnie de leurs dignes épouses vêtues à l'occidentale.

Ce jeune spécimen assurerait au chasseur trois années de subsistance. Peut-être même un lopin de terre. Et ses enfants seraient à l'abri du besoin.

Mais le vent hurla et il abaissa son arc. *Ne tue jamais un tigre à moins qu'il n'en veuille à ta vie.*

Il se redressa et le jeune tigre, surpris, fila à reculons comme un chiot de ferme. Avant même que le brouillard ne s'en empare de nouveau, le chasseur tourna les talons et entama sa descente dans une neige de plus en plus épaisse. Quelques heures avaient suffi pour qu'elle lui arrive à mi-mollet. L'épuisement intérieur avait d'abord rendu ses jambes plus légères ; il l'accablait désormais un peu plus à chaque pas. Le crépuscule grisâtre envahissait les arbres frémissants, et il se mit à prier l'esprit de la montagne. *Je n'ai pas attenté à la vie de ton fauve serviteur, laisse-moi revenir vivant au village !*

Le blizzard s'interrompit à la tombée de la nuit. Le chasseur était parvenu à mi-pente lorsque ses jambes se dérobèrent sous lui ; il tomba à genoux. À quatre pattes, comme un animal. Et, quand ses bras à leur tour perdirent toute force, il se recroquevilla dans la poudreuse scintillante, immaculée au clair de lune. Je dois faire face au ciel, se dit-il, et il parvint à se coucher sur le dos. La lune le contemplait avec un doux sourire ; en ce monde sauvage, c'était ce qui se rapprochait le plus de la miséricorde.

— Nous sommes revenus sur nos pas, dit le capitaine Yamada Genzo.

Ses compagnons échangèrent des regards craintifs : non seulement le jeune capitaine avait raison, mais il avait aussi osé formuler cette infortune à voix haute, devant son supérieur.

— De ce côté-là, la forêt est plus dense ; c'est donc certainement le sud. Mais depuis une heure nous nous acharnons à prendre la direction inverse, vous voyez bien ! reprit le jeune homme en dissimulant à peine son mépris.

À 21 ans, il avait déjà l'aplomb de qui donne des ordres et fait part de ses opinions sans jamais être contredit, ce qu'il devait à son appartenance à une famille influente. Les Yamada étaient la branche cadette d'un ancien clan samouraï. Le père du capitaine, le baron Yamada, était très ami avec le gouverneur général Hasegawa. Les deux familles avaient fait éduquer leurs fils par des précepteurs anglais ; Genzo avait voyagé en Europe et en Amérique avec un cousin Hasegawa avant de rejoindre l'armée. Voilà pourquoi ce très jeune homme était déjà capitaine et pourquoi tous, y compris son supérieur, le commandant Hayashi, prenaient soin de le ménager.

— Nous ne pouvons pas continuer à tourner en rond, commandant, conclut Yamada.

Cette fois, il s'était adressé directement à son supérieur. Les autres firent halte. Outre les officiers, il y avait là quatre sergents, Fukuda, le chef de la police locale, deux de ses hommes et un guide coréen.

— Eh bien, capitaine, que suggérez-vous dans ce cas ? rétorqua le commandant Hayashi sur un ton lent et réfléchi, comme s'ils avaient été à la caserne et non dans les montagnes, perdus dans le blizzard.

— Le crépuscule arrive à grands pas ; ce n'est pas en pleine nuit que nous retrouverons notre chemin alors que nous nous sommes perdus en plein jour. Il faut camper ici. Si nous ne mourons pas de froid, nous redescendrons demain matin dès l'aube.

Le silence des hommes redoubla ; tous attendaient, inquiets, la réaction du commandant. Jusqu'alors, il ne s'était jamais offusqué des impertinences du capitaine ; mais ce jour-là, au vu de ces funestes circonstances, les remarques de Yamada confinaient à la mutinerie. Le commandant toisa son subordonné avec une indifférence glaciale, comme il aurait regardé une paire de bottes neuves ou un lapin à écorcher. En dépit de sa brutalité, intense et sans fard, Hayashi n'était pas homme à s'emporter de manière irréfléchie. Il finit par se tourner vers l'un des sergents, auquel il donna l'ordre de dresser le camp. Soulagés, les hommes s'éparpillèrent dans la forêt à la recherche de bois sec pour le feu, une tâche difficile dans l'humidité ambiante.

— Pas toi ! gronda Hayashi tandis que le guide coréen, un timide individu nommé Baek, tentait de suivre ses compagnons. Tu restes ici. Tu croyais vraiment pouvoir échapper à ma surveillance ?

Baek joignit les mains et se mit à gémir, les yeux baissés sur ses pieds emmaillotés de haillons et chaussés de bottes trempées.

Quelque temps après sa prise de poste, le commandant Hayashi avait demandé à Fukuda, le chef de la police, de lui indiquer quelques coins giboyeux. Fukuda, qui avait recensé et fiché tous les Coréens à 70 kilomètres à la ronde, avait recommandé trois habitants du coin pour la partie de chasse. Il y avait parmi eux deux cultivateurs de pommes de terre considérés comme des sauvages, même par les autres Coréens. Ils habitaient des villages d'altitude perdus, où l'on se mariait entre soi et on ne se mêlait au reste du monde que deux ou trois jours par an, pour vendre la récolte au marché. Ces deux-là connaissaient la montagne comme leur poche mais Baek, marchand de soie itinérant, était le seul à parler japonais. Un talent nettement plus nécessaire aux yeux du commandant, ce que tous regrettaient, et Baek le premier.

Un jour, lorsqu'il se tiendrait devant les portes de la mort, cette image reviendrait parmi d'autres au capitaine Yamada : l'homme barbu gisant dans le clair de lune. À peine avait-il fait 20 pas dans la forêt en quête de bois pour le feu qu'il faillit trébucher sur ce corps étendu dans la neige. La surprise dissipée, la posture de l'homme frappa Yamada : il était couché sur le dos, les mains jointes sur le cœur comme s'il s'était endormi en extase et non saisi par le froid. Puis le capitaine remarqua la pauvreté de sa mise. Sa veste en molleton était si mince qu'on devinait sous le tissu le creux de ses clavicules.

Yamada fit le tour du cadavre puis, pour une raison qu'il ne put jamais s'expliquer, se pencha et posa l'oreille tout contre le visage bleui.

— Hé ! Réveille-toi ! s'écria-t-il en constatant que les narines de l'homme laissaient encore échapper un souffle ténu.

L'inconnu ne réagissant pas, Yamada lui souleva la tête d'une main puis le gifla de l'autre. L'homme poussa un gémissement inaudible.

Yamada laissa retomber la tête de l'homme dans la neige. Pourquoi s'entêter à porter assistance à ce minable *josenjin*[1] plus mort que vif, une créature ne valant guère plus qu'un rat ? Le capitaine Yamada repartit vers le campement puis rebroussa chemin au bout de quelques pas, sans savoir pourquoi. Parfois, le cœur humain est semblable à une ténébreuse forêt ; même un être aussi rationnel que Yamada avait sa part de mystère. Il prit le Coréen dans ses bras aussi facilement que s'il s'était agi d'un enfant.

— Par tous les démons ! Qu'est-ce que c'est que ça ? aboya le commandant Hayashi à son retour.

— Je l'ai trouvé dans les bois, répondit le capitaine en posant son fardeau dans la neige.

— Et que comptez-vous faire de ce *josenjin* mort ? L'employer comme combustible ? Cela fera un feu horrible, je vous le garantis ! Franchement, il aurait mieux valu le laisser où vous l'avez trouvé.

---

1. Terme dérivé de « Joseon », employé par les Japonais pour désigner les Coréens.

— Il est encore vivant. S'il chassait seul dans les collines, il connaît bien la montagne et il pourra nous ramener dans la vallée, répondit Yamada avec flegme, nullement ému par le reproche voilé de son supérieur.

Compatissant, lui ? La pitié ne faisait pas partie de son catalogue de motivations et de sentiments, ce que Hayashi savait aussi bien que lui.

Le reste du groupe ne tarda pas à revenir et le capitaine donna à Baek l'ordre de traîner l'homme près du feu et de lui parler d'une voix forte, en coréen. Lorsque l'inconnu commença à recouvrer ses esprits, le visage de Baek se fendit d'un sourire insensé.

— Capitaine ! Capitaine, il se réveille !

À la demande de Yamada, Baek lui fit avaler des biscuits et des kakis séchés provenant des réserves de l'officier.

— Et prends bien soin d'humidifier les gâteaux avec de la neige, sans quoi il s'étouffera, précisa Yamada.

La tête du chasseur sur les genoux, Baek s'exécuta sur-le-champ, murmurant quelques mots en coréen.

— Ils se connaissent ? demanda Hayashi, qui dînait de son côté d'onigiris durcis par le froid et de prunes marinées.

Il y avait même une bouteille de saké, que les hommes se passaient de main en main, revigorés par l'alcool.

— Je ne pense pas. Apparemment, Baek ne sait pas qui il est, répondit Yamada.

Une ignorance que partageait Fukuda. Un des agents prétendit pour sa part qu'il s'agissait peut-être d'un certain Nam, un pauvre métayer de la vallée ayant pour seul trait distinctif son appartenance passée à l'armée impériale coréenne, raison pour laquelle il était connu de la police.

— C'est donc un individu dangereux, une vipère ! dit le commandant.

— Il peut nous être utile. Gardons-le en vie pour cette nuit. Demain, à l'aube, il pourra peut-être nous indiquer le chemin du retour, répondit Yamada sans se départir de son calme habituel.

En guise de souper, il se contenta de quelques biscuits et d'un kaki séché, puis se prépara à assurer le premier quart de la veille de nuit.

L'aube vint sans qu'apparaisse le soleil ; auréolés d'une lumière cendreuse, les bois de nouveau se matérialisèrent autour du campement. L'absence de contraste donnait à toute chose une apparence d'infinie légèreté, comme si les arbres, les rochers et la neige étaient faits d'un air argenté et doux. Ils se réveillèrent dans un monde intermédiaire.

En sortant du sommeil, le capitaine Yamada se demanda s'il ne rêvait pas encore. Il referma les yeux et se prit à espérer qu'en les rouvrant il se retrouverait dans la tiédeur de sa chambre. Mais, immédiatement, il reprit conscience de sa véritable situation, et la déception faillit lui donner un haut-le-cœur. Cependant sa nature et son éducation l'avaient conduit à préférer la logique aux sentiments, si peu fiables. L'amour, et même l'amitié, lui paraissaient de méprisables illusions, tout juste bonnes à contenter les femmes, les classes inférieures et les inaptes. Les émotions, ces réactions à des événements extérieurs, ne dépendaient pas de la volonté et de la conscience de soi propres à un individu : c'était là leur principal inconvénient. Il se reprocha donc ce bref moment d'apitoiement sur lui-même et repoussa sans délai sa couverture.

Une fois debout, il alla se soulager à l'écart du groupe. Ce fut là, à quelques pas de l'endroit où il avait dormi, qu'il découvrit d'énormes empreintes décrivant de multiples cercles autour de leur campement. Il réveilla Baek et le chasseur, qui s'étaient endormis dans les bras l'un de l'autre pour se réchauffer. Lorsque Yamada eut décrit les traces, Baek se redressa d'un bond et, fébrile, s'adressa en coréen au chasseur. Ce dernier semblait encore affaibli, mal en point, quoique son regard soit incroyablement alerte pour une personne qui venait de frôler la mort. L'homme répondit à voix basse et Baek l'aida à se relever.

— Que dit-il ? demanda Yamada tandis que le chasseur se penchait sur les empreintes et marmonnait dans sa langue.

— Il dit que c'est sans doute un tigre. Il dit que ce sont les seuls qui laissent ces traces grosses comme des couvercles de marmite. Tout le monde sait ça, traduisit Baek. Et maintenant il dit que nous devons redescendre. Le tigre est resté toute la nuit à nous surveiller et il n'est pas content.

— Comment se fait-il que personne n'ait vu ce tigre pendant son tour de garde ? demanda le capitaine, irrité par la négligence de ceux qui lui avaient succédé.

— Il dit que le tigre ne voulait pas qu'on le remarque, répondit Baek après avoir traduit la question de Yamada. On voit les tigres quand ils le décident, pas une seconde plus tôt. Nous sommes chez eux, sur leur terre, et celui-là il vaut mieux le laisser tranquille et partir sans un bruit.

— Absurde ! répliqua Yamada. Si je croise ce tigre avant que nous redescendions, je le tue et je fais cadeau de sa peau et de sa chair au gouverneur général. Vous autres *josenjin,* misérables esclaves, vous ne savez pas ce qu'est le courage.

Baek baissa la tête, acceptant ce verdict. Mais tous, et surtout le capitaine, savaient que plus tôt ils retrouveraient le chemin de la vallée mieux cela vaudrait. Le chasseur avait pris la tête de la troupe et se déplaçait avec une agilité d'autant plus surprenante qu'il n'avait déjeuné que de quelques galettes de riz, d'algues et de légumes marinés ; il semblait habitué à cette extrême frugalité. Le capitaine Yamada lui avait confisqué son arc et ses flèches, ce qui n'avait pas paru le choquer. Il se faufilait entre les arbres d'un pas vif, sans récriminer ni demander son reste.

— S'il essaie de s'enfuir, dit le commandant Hayashi, abattez-le.

— Oui, commandant, répondit le capitaine.

Le soleil ne se montrait toujours pas et le monde peu à peu s'illumina sans source apparente de lumière. Le vent, plus froid et impitoyable que la veille, leur piquait la peau de ses myriades d'aiguilles de glace. À chaque pas ils laissaient dans la neige des empreintes profondes et le chasseur, sans doute inquiet, se retournait régulièrement. Il finit par murmurer quelque chose à Baek, qui transmit le message au capitaine.

— S'il vous plaît, dit-il, nous devons presser le pas. Il pense que le tigre nous suit, qu'il est sans doute sur nos talons.

— Ah, vraiment, ces *josenjin* sont de pitoyables vermisseaux, de vrais pleutres ! répliqua le capitaine avec morgue. Dis-lui que nous avons des fusils, et non pas des arcs et des flèches. Dans l'armée impériale japonaise, on ne fuit pas les fauves : on les chasse.

Sans rien répondre, Baek réintégra la troupe à la suite du chasseur. Les autres échangèrent des sourires et hochèrent la tête. Le capitaine avait raison ! Ils se rappelèrent leurs parties de chasse, les bêtes qu'ils avaient tuées depuis leur arrivée à Joseon[1] : jeunes panthères des neiges aux yeux de glacier, ours noirs à la poitrine ornée d'un pâle croissant de lune, cerfs et loups. Mais aucun d'entre eux ne pouvait prétendre avoir chassé le tigre, que l'on disait pourtant omniprésent : c'était le plus rusé.

Leurs fanfaronnades ne résistèrent pas au temps. Dans ce monde sans soleil, il n'était possible de déterminer l'heure qu'aux signes envoyés par la faim et à l'irritation qui s'emparait lentement de chacun. Ils n'avaient pas prévu de perdre une journée en fausses pistes ; après un dîner déjà chiche, la plupart avaient épuisé au petit déjeuner leurs dernières provisions. Ils marchèrent en silence jusqu'à ce que le chasseur s'immobilise sans crier gare et leur fasse signe de l'imiter. Il tendit la main vers un arbre qui se balançait encore légèrement, faisant pleuvoir une neige aussi blanche et fine que des embruns.

— Qu'est-ce que c'est ? demanda le capitaine à Baek.

Mais, avant que ce dernier puisse répondre, un son retentit, lancinant et profond comme le tonnerre pendant la saison des longues pluies. Ils sentirent tous se poser sur eux le regard indescriptible d'une puissance inconnue : elle émanait de cette forme, orange et noir, qui vibrait entre les arbres, à 20 pas à peine devant eux. La forme les contemplait, fière, immobile à l'exception du frémissement

1. Le royaume de Joseon (1392-1897) a précédé l'empire de Corée (1897-1910), qui fut annexé par le Japon en 1910.

de sa fourrure hirsute et couverte de givre. Ses yeux d'un jaune étincelant, percés de pupilles de jais, étaient les deux seules marques de vie, de vitalité en ce monde uniformément blanc.

Dans la seconde qui suivit, les soldats braquèrent leurs fusils sur le tigre, qui resta immobile comme une statue. Le capitaine Yamada adressa un signe de la tête à ses hommes et tira le premier ; s'ensuivit une pluie de projectiles. Le tigre alors se redressa sur ses pattes avant et bondit, ou plutôt il vola sur eux. En un clin d'œil, il eut franchi la distance qui le séparait des hommes. Les soldats se pétrifièrent. Le cœur du capitaine Yamada se figea dans sa poitrine tandis qu'une silhouette traversait son champ de vision. Le chasseur s'était précipité au-devant de la troupe, les bras levés.

— Non !

Sa voix résonna dans la clairière et les arbres frémirent.

— Non !

Sans ralentir, le tigre pivota vers lui.

— Non, non ! répéta le chasseur jusqu'à ce que l'animal s'arrête à deux ou trois coudées.

Il dévisagea l'homme de ses yeux jaunes pendant quelques secondes, puis fit volte-face et repartit aussi vite qu'il était venu. Lorsque les soldats se remirent à tirer, le tigre avait déjà disparu dans la forêt, ne laissant qu'une traînée de sang rouge vif sur les empreintes de sa patte postérieure gauche.

— Pourquoi restez-vous plantés là ? hurla le commandant. Allons, suivons-le ! Il ne peut pas aller bien vite ! On le tuera avant le coucher du soleil.

Le chasseur adressa quelques mots vifs à Baek.

— Cet homme dit qu'il faut laisser le tigre tranquille, implora le vieux marchand. Il dit qu'un tigre blessé est beaucoup plus dangereux qu'un tigre en pleine santé. Ces bêtes ont l'instinct de vengeance. Elles se souviennent de ce qu'on leur a fait, en bien ou en mal ; quand elles sont blessées, elles attaquent pour tuer. Et, même si nous l'abattons, nous risquons la mort nous aussi, parce que nous resterons coincés dans la montagne une nuit de plus. Et, d'après cet homme, comme il fait déjà plus froid que la nuit dernière...

Le commandant Hayashi considéra les soldats : ils semblaient abattus et peu désireux de repartir vers les hauteurs sur les traces de l'énorme fauve qui, quoique blessé, n'avait montré aucun signe de faiblesse.

Hayashi n'en était pas à sa première partie de chasse et quelques années plus tôt, en Mandchourie, il s'était distingué maintes fois contre les Russes sur les champs de bataille. Et, bien sûr, il avait maintenu l'ordre et maté les rebelles en Corée. Il n'avait jamais renoncé à combattre. Non par bravoure, laquelle confinait pour lui à l'imprudence, mais parce qu'il ne croyait qu'au succès et que son goût du sang arrivait seulement au deuxième rang de ses plaisirs. Sa motivation première était d'affirmer sa supériorité face à ses pairs, et d'intimider ses subordonnés. Le succès appartenant selon Hayashi à la sphère matérielle et non spirituelle, il opta pour la solution la plus avantageuse et ordonna au chasseur *josenjin* de les reconduire dans la vallée.

Tout le long de la descente, ils sentirent sur leur nuque le poids de deux iris jaunes. Puis ils retrouvèrent un chemin, reconnaissable sous la neige. Quelques heures plus tard, ils émergèrent de la forêt et parvinrent sur le promontoire, en surplomb du village. Les toits de chaume brillaient d'un éclat ambré sous les rayons inattendus du soleil, qui avait fini par percer les nuages juste au-dessus de l'horizon.

S'ils n'avaient pas été soldats, les hommes auraient glissé comme des gosses sur la pente enneigée tant ils étaient heureux de revoir le village. Mais ils se contentèrent de presser le pas, intimidés par la présence du commandant. Il leur fallut encore une demi-heure pour atteindre le bas de la colline, où les fermes touchaient la frontière des étendues sauvages. Sous leur couverture de neige, les champs en jachère étaient parsemés d'empreintes d'oiseaux et d'enfants.

— Halte ! ordonna Hayashi avant d'entrer en conciliabule avec le chef de la police, un individu visqueux et glouton auquel ces quelques jours de diète avaient conféré une maigreur temporaire.

Les autres posèrent à terre leur paquetage et se mirent à fumer et à bavarder avec insouciance. Ils avaient déjà oublié leurs frayeurs, et la perspective d'un bon feu et d'un repas chaud qui leur permettrait de rire de leurs aventures les réjouissait.

— Toi, dit le capitaine Yamada au chasseur, lequel se rapprocha prudemment de Baek. Comment t'appelles-tu ?

— Mon nom est... Nam Kyung-soo, s'efforça de répondre le chasseur dans un japonais hésitant.

— Tu étais soldat dans l'armée impériale coréenne ?

Voyant que le chasseur avait épuisé toutes ses connaissances dans la langue de l'occupant, Baek fit l'interprète ; Nam hocha la tête.

— Tu sais qu'il est interdit aux *josenjin* de posséder des armes, quelles qu'elles soient ? Je pourrais te faire boucler sur-le-champ.

Embarrassé, Baek traduisit le tout à Nam, qui se contenta de lancer un regard furibond au capitaine, lequel le lui retourna. Ces deux-là, tout les opposait. Yamada dans son chaud manteau d'officier, toque doublée de fourrure sur le crâne, élancé et beau, les membres vibrant d'énergie en dépit des trois jours passés dans la forêt ; et Nam, plus petit, les pommettes saillantes et le visage creusé d'ombres profondes, la tignasse plus grise que noire, antique, tanné ; osseux comme le roc.

Et, cependant, pendant quelques secondes le capitaine vit autre chose dans le regard du chasseur. Les soldats de camps ennemis se ressemblent parfois plus qu'il n'y paraît ; ils peuvent avoir plus de points communs qu'avec les civils de leurs camps respectifs. En dépit de ses haillons, Nam semblait de ceux qui n'hésitent pas à tuer leurs adversaires pour protéger leurs alliés. Cela lui valut le respect de Yamada.

— Je te confisque tes armes. Si j'apprends que tu es reparti à la chasse, je viendrai moi-même t'arrêter. C'est ta récompense pour l'aide que tu nous as apportée.

Baek traduisit ses paroles tout en s'inclinant profondément devant le jeune officier. Yamada lui répondit d'un simple hochement de tête, mais Nam lui lança de nouveau un regard mauvais avant de s'éloigner.

— Hé, Baek ! le héla Hayashi.

Le vieux marchand de tissus approcha d'un pas lent.

— Oui, commandant.

— Tu nous as égarés, stupide vermisseau, reprit Hayashi sur un ton presque nonchalant.

Baek se recroquevilla, les épaules voûtées.

— Je suis navré, commandant. La neige avait recouvert les sentiers ; je n'avais plus aucun repère. J'ai parcouru ces montagnes des centaines de fois, mais…

— Tu as gâché notre partie de chasse ; tu as failli nous faire mourir, poursuivit Hayashi. File. Si j'étais toi, je ne m'éterniserais pas.

Baek frissonna, courba la tête à plusieurs reprises et pivota sur ses talons avant de se mettre à courir aussi vite que ses vieilles jambes le lui permettaient. Lorsqu'il fut quasiment arrivé au bout de la rizière, le commandant leva son fusil, et tira.

Baek bascula vers l'avant, les bras écartés comme s'il avait trébuché sur une pierre. Il n'émit pas un son, ou peut-être était-il trop loin pour que son cri, saisi par le froid, puisse porter. Le sang s'étala lentement sur le dos de sa tunique et s'infiltra dans son paquetage rempli de rouleaux de soie.

— Voilà qui compense l'absence de gibier, pas vrai, Fukuda ? gronda le commandant Hayashi.

Le chef de la police opina, obséquieux.

— Quant à ce Nam, il est votre homme, puisque vous êtes là pour maintenir l'ordre.

— Mais bien sûr. Nous en ferons un exemple, dit Fukuda. Quand nous en aurons fini avec lui, personne n'osera plus porter d'armes dans ces collines.

— Commissaire, cela me semble inutile, intervint le capitaine Yamada. Le *josenjin* nous a permis de retrouver notre chemin. Sans lui, nous serions morts.

— Mais vous lui avez sauvé la vie ; d'après moi, nous voilà quittes. Ajoutez son braconnage, la balance penche de nouveau vers nous, objecta Fukuda, souriant de sa propre astuce.

— Certes, mais il nous a sauvés du tigre, répliqua Yamada sans se démonter. Nous voilà de nouveau à égalité.

Il quitta brièvement Fukuda du regard pour dévisager Hayashi avant de revenir au chef de la police.

— Croyez-moi, je n'ai aucune affection pour ces horribles *josenjin* ; j'en ai tué par centaines sur les champs de bataille. Mais, si vous faites du tort à cet homme, vous lui serez redevable d'une vie. Or rien n'est plus humiliant que d'avoir une dette envers un inférieur. Comme il m'a également sauvé la vie, je ne peux pas le permettre. Ce serait un déshonneur pour moi. Laissez-le partir.

— Capitaine, quelle intervention intempestive ! protesta Fukuda.

Le visage soudain cramoisi, le chef de la police sollicita du regard le soutien du commandant, dont les traits s'étaient départis de toute expression, signe de grand danger. Hayashi se lécha les lèvres, habitude qui lui donnait une apparence reptilienne.

— En fin de compte, dit-il, pourquoi tuer tous les *josenjin* qui connaissent ces montagnes ? C'est idiot. Celui-ci nous a effectivement été utile, contrairement à cette vieille baderne de Baek.

Fukuda se soumit en hâte à cette opinion, et les deux hommes décidèrent de repartir pour le commissariat.

Dès qu'il fut certain d'être à l'abri des regards indiscrets, Yamada poussa un soupir de soulagement véritable.

Il n'avait jamais rien souhaité pour lui-même ou pour autrui, ce qui lui avait toujours donné une secrète satisfaction. Cette indépendance était la source de son intégrité ; il n'avait jamais cherché à se réchauffer auprès d'aucun cœur – pas même celui de sa mère, une dame élégante et discrète aux mains blanches et froides –, ni à la flamme d'un quelconque amour. Mais la perspective de perdre la face de par la brutalité de Fukuda l'avait ému plus qu'il ne s'y attendait, et cet attachement au sort d'un autre que lui l'irritait ; il le subirait tant qu'il s'inquiéterait du sort de Nam. Pour cette raison, le capitaine prit le chasseur à l'écart. Jusqu'alors, l'homme était demeuré immobile et silencieux, le regard braqué sur Baek. Déjà les corneilles se rassemblaient sur la dépouille, croassant avec excitation.

— Si tu as des problèmes, viens me voir, chuchota Yamada lorsque les autres furent assez loin. Je m'appelle Yamada Genzo.

Nam lui répondit d'un regard. Avait-il compris ? Yamada n'en était pas certain. Il sortit de la poche intérieure de son manteau un étui à cigarettes en argent et le fourra dans la main du chasseur. Puis il passa le doigt sur le côté de l'étui, où figurait son nom, et pressa le pas pour rattraper le reste de la troupe.

À présent que le sort de Nam avait été tranché, du moins temporairement, nul ne s'intéressait plus à lui ; il partit donc de son côté en traînant la patte.

PARTIE I

1918-1919

1

Lettres secrètes
1918

Par une matinée entre hiver et printemps, où les premières tiédeurs caressaient tout juste la glace scintillante, une femme et une petite fille avaient entrepris une marche de 15 kilomètres, sur une route de campagne bordée de jeunes pousses de bambou semblables à des cils vert tendre. Elles avaient entamé leur périple avant le lever du soleil et ne s'arrêtèrent pas une fois avant d'arriver à Pyongyang, devant une grande demeure ceinte d'une muraille.

La femme poussa un lourd soupir et tenta de discipliner les mèches folles qui collaient à ses joues. Son apparence était moins soignée que celle de sa fille, dont les tresses noires et lustrées contournaient les oreilles avant de se joindre en une unique natte qui descendait sous ses omoplates. À peine Jade avait-elle su marcher qu'elle s'était vu attribuer mille tâches ménagères, plus la surveillance de ses jeunes frères. Mais chaque soir sa mère n'oubliait jamais de lui brosser et de lui coiffer les cheveux. Si elle donnait plus à manger aux garçons, parce qu'ils étaient des fils, Jade se servait toujours la première, parce qu'elle était l'aînée. Ces deux seuls témoignages d'affection que la fillette ait jamais reçus les dix premières années de sa vie, il lui faudrait désormais s'en passer.

Jade tira sur la manche de sa mère.

— Je peux rentrer à la maison avec toi ? hoqueta-t-elle, la voix pleine de sanglots.

— Arrête de faire le bébé et écoute-moi : tu pourras venir une demi-journée toutes les lunes. Tu n'as donc pas envie d'aider tes parents ?

Jade hocha la tête et essuya ses larmes de ses petites mains aussi rouges que des feuilles d'érable. Le poids de son statut d'aînée pesait déjà lourdement sur ses épaules.

Une domestique les accueillit à la porte de service et les fit attendre dans la cour, bordée sur trois côtés de pavillons aux toits de tuiles exhalant l'aura mystérieuse des belles et vieilles demeures. Il n'y avait pas un souffle de vent et cependant Jade fut enveloppée d'une brise fraîche qui lui sembla être le souffle de la maison. En observant le plancher du porche, si lisse, doucement incurvé, elle imagina la cohorte sans fin des invités qui se déchaussaient avant d'entrer : hommes à la recherche du plaisir, de la consolation, d'un rappel électrisant de leur virilité ou peut-être de leur premier amour. Si Jade était encore une enfant, elle avait compris ce que les hommes venaient chercher ici. Leur but était simple : ils voulaient se sentir vivants. Les femmes, en revanche, elle ne parvenait pas à les comprendre : se sentaient-elles vraiment vivre de la vigueur qu'elles donnaient aux hommes ?

Une dame parut à la porte de l'un des pavillons. Avant même qu'elle ne se retourne, Jade fut subjuguée par son extrême beauté, exprimée par la courbe de son dos et la ligne si gracieuse qui reliait sa nuque à ses épaules. Lorsque la femme leur montra son visage, consentant même à les saluer d'un mince sourire, Jade sentit ses entrailles se soulever de désir. La beauté de cet être n'était pas de la sorte ordinaire qui provoque la jalousie chez ses semblables, mais de celle bien plus rare qui les attire en leur promettant peut-être une part de son charme. Pourtant, malgré sa bienveillance désintéressée, cette femme n'était pas complaisante. Elle paraissait se jouer de l'attraction qu'elle exerçait sur autrui, suscitant les espoirs puis les regardant se flétrir.

La mère de Jade, insensible à tant de séduction, lui adressa un salut sans grâce. Si elle et les siens n'étaient que des métayers cramponnés à leur minuscule parcelle, techniquement ils étaient d'une classe supérieure à la *gisaeng*[1], ravalée au rang ignoble des bouchers et des tanneurs, de ceux qui gagnent leur vie dans l'ordure.

— C'est donc elle, la petite ? s'enquit aimablement la courtisane.

La mère marmonna sa réponse. La cousine d'une amie était domestique dans cette maison, et il avait été convenu par son biais que Jade y serait embauchée comme lavandière, pour un salaire de 2 wons par mois, plus le logis et le couvert.

— C'est un long chemin, avec cette neige et cette boue, reprit la femme, le regard rivé sur Jade.

Puis elle soupira comme si elle venait de visualiser un obstacle aussi navrant qu'insurmontable. Ces longs yeux, pensa Jade, devaient être habitués à contempler de plus jolies choses que le petit visage sec et gercé qui s'offrait à

1. Courtisane, équivalent coréen des geishas japonaises.

eux : si médiocre qu'il pouvait tout juste susciter la pitié, tel un chien à trois pattes.

— Ma tante[1], je suis désolée de vous le dire, mais il y a un malentendu. J'attends en vain de vos nouvelles depuis deux semaines ; j'ai déjà embauché une fille pour le linge. Mais, puisque vous vous êtes donné la peine de venir, suivez-moi donc à la cuisine pour manger quelque chose. Et reposez-vous un moment avant de repartir, conclut-elle en secouant sa belle tête couronnée d'un chignon tressé.

— Mais comment est-ce possible, Madame Silver ? Nous avions donné notre réponse.

La mère de Jade joignit les mains sur sa poitrine, un geste qui parut à sa fille déroutant et commun, surtout comparé à l'élégance flegmatique de Madame Silver.

— Vous n'auriez pas besoin d'une autre fille, dans une si grande maison ? Ma petite Jade prend sa part de corvées depuis qu'elle a 4 ans. Elle vous sera utile.

— J'ai tout ce qu'il me faut pour le moment, rétorqua Silver avec impatience.

Et, cependant, Jade sentait peser sur elle le regard de la courtisane, dont le visage ovale et serein avait revêtu une expression singulière, celle d'une femme qui ne daigne pas nécessairement répondre à toutes les sollicitations et ne s'exprime que lorsque cela lui plaît.

— Mais, si vous le voulez, je peux prendre Jade comme apprentie.

Silver se tourna vers la mère et poursuivit avec détermination :

1. Terme employé pour s'adresser à une femme plus âgée.

— Un paiement unique de 50 wons, équivalent à ce qu'elle aurait gagné comme domestique en deux ans, plus le logis, le couvert, l'éducation et les vêtements. Lorsqu'elle aura commencé à travailler, dans quelques années, et qu'elle m'aura remboursé les 50 wons avec les intérêts, elle pourra vous envoyer tout l'argent qu'elle voudra.

La mère de Jade se raidit.

— Je ne suis pas venue vous vendre une future courtisane, proféra-t-elle en détachant les syllabes de ce dernier mot afin de ne pas employer celui de « prostituée ». Contrairement à ce que vous pensez, je ne suis pas ce genre de mère.

— Comme il vous plaira.

Silver semblait imperturbable, même si Jade vit frémir le coin de ses lèvres, infime indice d'un sourire de mépris.

— Quoi qu'il en soit, je vous en prie, n'hésitez pas : allez à la cuisine, qu'on vous serve un peu de soupe, conclut-elle, sur le point de repartir vers le pavillon.

— Madame ! Attendez.

Jade fut surprise par le son de sa propre voix. Sa mère lui frappa sèchement l'épaule pour la faire taire, mais l'enfant poursuivit :

— Je resterai ici comme apprentie… Maman, ne t'inquiète pas. Ça ne m'ennuie pas.

— Tais-toi. Tu ne sais pas ce que ça signifie.

Si elles avaient été seules, la mère lui aurait infligé une diatribe amère sur ces femmes qui gagnent leur vie avec ce qu'elles ont entre les cuisses. En présence de Silver, elle se contenta de donner à la fillette une tape entre ses maigres omoplates, aussi saillantes que les moignons d'ailes d'un oisillon.

Silver sourit comme si elle avait entendu son discours.

— C'est exact. Ce n'est pas donné à tout le monde. Sais-tu qui nous sommes, Jade ?

La petite hocha la tête, les joues brûlantes. Ses amies dont les sœurs s'étaient mariées à 14 ou 15 ans lui avaient raconté ce qui se passait pendant la nuit de noces. Rien de bien plaisant, et cette pensée lui faisait serrer les jambes. Toutes choses bien considérées, que cela doive se produire sans salaire avec un seul homme ou pour de l'argent avec une ribambelle de types ne lui semblait pas avoir grande importance, du moins sur le plan physique. Quoi qu'il en soit, quelques années plus tard Jade aurait été mariée au plus offrant ; le fils infirme du médecin du village, par exemple, à qui son père cherchait en vain une épouse. En dépit de la pitié que lui inspirait ce garçon à l'esprit simple et aux mains en pinces de crabe, Jade se disait que tout valait mieux que l'épouser. D'ailleurs, épouse, avec ce pauvre garçon, elle ne le serait jamais. Elle lui servirait de sœur, et plus tard de mère.

Cinquante wons, c'était plus du double que ce que le docteur offrait. L'argent pourrait servir à bien des choses : un petit lopin de terre, un jeune coq et de belles poules pour la basse-cour. Ils ne se coucheraient plus jamais le ventre vide. Les garçons pourraient aller à l'école et la fille cadette épouser le rejeton d'une famille respectable, avec des terres. Il suffirait qu'au village personne ne sache que Jade avait été vendue à une maison de plaisirs.

Jade vit cette même perspective se matérialiser devant les yeux sombres de sa mère, trop épuisée pour verser la moindre larme. Silver lui prit la main ; elle ne se déroba pas.

— Si j'en crois mon expérience, lui dit-elle, même une fille élevée dans un monastère peut devenir une courtisane si tel est son destin. L'inverse est également vrai, et il se produit plus souvent. Si le destin de Jade est ailleurs, elle trouvera un autre chemin, y compris si elle a grandi dans un *gibang*[1], ajouta-t-elle en esquissant un doux sourire. Je n'ai pratiquement pas mon mot à dire dans cette affaire.

Jade ne s'était jamais vue dans un miroir avant d'arriver chez Silver. Les quelques reflets brouillés qu'elle avait perçus dans les bassines à linge ne lui avaient donné aucune raison de s'enorgueillir. Sa peau était lisse et mate, de la couleur de la cire à bougie. Ses yeux étaient petits mais très brillants, sous des sourcils aussi ébouriffés que des plumes noires. Un examen plus poussé révélait une très légère tendance de son iris gauche à glisser vers l'extérieur, comme celui d'un poisson. Ses lèvres étaient charnues et rouges, même sans fard. Son sourire – scintillant, non dépourvu d'espièglerie – aurait été considéré comme charmant s'il n'avait révélé des incisives supérieures mal rangées. Son physique abondait en particularités de ce type, bien entendu absentes chez des jeunes filles plus remarquables. Jade se trouvait exactement à mi-chemin entre la laideur et la beauté. Ce qui jusqu'ici lui avait convenu, sa mère se méfiant de tout ce qui était engageant.

Cette dernière pensait également qu'il était dangereux d'éduquer les filles. Jade n'avait eu droit qu'à une année à l'école du village, qui rassemblait dans une classe unique tous les niveaux, de 5 à 20 ans. Pourtant, dans ce chaos,

1. Maison de courtisanes.

elle était parvenue à apprendre un peu plus que les additions simples et l'alphabet, même si sa mère aurait préféré qu'elle s'en tienne là. C'était à cause de l'école que Jade avait arrêté de se voir comme partie intégrante et dévouée de la maison, tels le réchaud ou le balai. La connaissance avait simultanément réduit et agrandi son espace, et Jade avait été surprise par sa propre frustration, danger bien sûr propre à l'éducation. Si elle avait expliqué à sa mère ce qui se déroulait dans son crâne, les gifles et les pinçons se seraient multipliés, et cette même crainte l'incita ce jour-là à retenir ses larmes au moment des adieux. Elle ignorait quel effet son chagrin produirait sur sa génitrice : colère ou fierté maternelle ?

Toujours silencieuse et docile, Jade suivit Silver le long de la véranda du rez-de-chaussée. Mais la maison l'appelait en secret et elle avait hâte de caresser les colonnes sculptées dans des troncs de pins de 50 ans et laquées de cinabre rouge. À son passage, les lampions de soie dansaient sous les auvents, vifs et pourtant sereins. Si cet enchantement s'exprimait partout dans la demeure, songea la petite fille pendant que la courtisane l'entraînait à sa suite, Silver le suscitait tout particulièrement. Jade n'avait jamais vu personne se déplacer avec la grâce de Madame Silver, qui semblait dispensée des membres grossiers que sont les pieds et les orteils. Elle représentait aux yeux de l'enfant l'incarnation de la féminité naturelle. Silver s'exprimait et souriait avec l'aisance parfaite et la pleine conscience de qui est née pour être femme. Elle s'arrêta à quelques pas de Jade et fit coulisser une porte en papier de riz.

— Voici la salle de musique, annonça-t-elle.

Les quatre murs de la vaste pièce étaient dissimulés par de magnifiques paravents. À droite, une dizaine de bambines étaient aux prises avec un chant traditionnel, qu'une courtisane âgée leur inculquait vers par vers. À gauche, des fillettes de 11 ou 12 ans s'exerçaient au *gayageum*[1].

— Les petites chanteuses sont en première année. Dès la deuxième, tu apprendras le *gayageum*, le *daegeum*[2], et à jouer de différentes sortes de tambours. Tu as sous les yeux deux des cinq arts qu'une courtisane doit maîtriser : le chant et la pratique d'un instrument de musique.

Une des plus jeunes filles se leva alors d'un bond, avant de se précipiter vers les nouvelles venues. Silver fronça si fort les sourcils que Jade eut l'impression de les entendre crisser.

— Qui est-ce, maman ? demanda la fillette à Silver.

Jade fit de son mieux pour dissimuler sa surprise. Avec son visage rond et ses traits épais, l'enfant n'offrait aucune ressemblance avec la gracieuse courtisane.

— Ne quitte jamais la classe sans demander la permission à ta professeure, répondit Silver sur un ton si brusque que Jade crut entendre sa mère.

Y avait-il en ce monde des femmes aptes à exprimer à leurs filles autre chose que de la colère ?

— Le cours est presque fini, insista l'enfant. C'est une nouvelle ? Je peux lui montrer la maison ?

Silver hésita un instant ; elle avait mieux à faire, sans doute, qu'une visite guidée de son établissement. Elle décida de congédier d'un geste les deux fillettes. La petite chanteuse prit Jade par le bras et l'entraîna dans le couloir.

---

1. Instrument à cordes traditionnel de la famille des cithares.
2. Flûte traversière en bambou.

— Moi, c'est Lotus. Merci de m'avoir permis de sortir de classe, pouffa-t-elle. Tu t'appelles comment ?

— Jade.

— C'est joli. Tu n'auras sûrement pas besoin de changer de nom.

Lotus fit coulisser une porte ouvrant sur une pièce un peu plus petite que la précédente, où les élèves se partageaient entre la pratique de l'aquarelle et celle de la calligraphie.

— Maman t'a expliqué les cinq arts de la courtisane ? Voici les numéros 3 et 4 : peindre et écrire de la poésie... Ici, on apprend également le coréen, le japonais et l'arithmétique. Tous les mois, il y a un examen, et si tu te trompes, même une fois, tu redoubles ton mois.

— En japonais et en arithmétique aussi ? s'enquit Jade, emplie d'une vague inquiétude.

— Surtout en japonais et en arithmétique, opina Lotus avec gravité. Ça fait un moment que je n'arrive pas à passer en deuxième année. Mais c'est bien : ça veut dire qu'on sera dans la même classe !

La fillette éclata de rire et se précipita dans l'escalier, où Jade la suivit jusqu'au premier étage, le souffle coupé par la joie. C'était là que se trouvait la plus vaste salle de cours que Jade ait jamais vue. Elle était déserte et son plancher de bois était poli par les années. Des robes multicolores et des masques étaient suspendus aux murs et des instruments à cordes et des tambours tendus de cuir rangés dans un coin.

— Cette salle est réservée au cinquième art de la courtisane, dit Lotus, la danse. On ne commence à l'apprendre qu'en deuxième année. Voilà, tu as vu notre école. Maintenant, je vais te montrer l'endroit où tu dormiras.

Le dortoir des jeunes filles se trouvait dans une villa de plain-pied, derrière l'école. Elles se dirigeaient vers la chambre des première année lorsqu'une éblouissante créature sortit des cuisines. Ce n'était pas une domestique : son riche costume et la manière dédaigneuse dont elle grignotait son bâton de sucre de riz le laissaient bien comprendre. Elle s'avança vers les deux fillettes.

— C'est ma grande sœur, Luna, chuchota Lotus.

Luna était tout à fait la fille de sa mère. Elle lui ressemblait comme le reflet de la lune sur le fleuve ressemble à sa source.

— Ah, tu es la petite nouvelle ! dit-elle en jouant avec le bout de sa tresse, aussi épais et bouffant que la queue d'un léopard.

Son visage était si radieux que Jade ne pouvait le contempler que par intermittence, le captant par fragments, là un nez, là une bouche.

— Oui. Je m'appelle Jade, répondit-elle avec une grimace timide.

Luna éclata d'un rire magnifique.

— Tu serais jolie si tes dents n'étaient pas si affreuses, se moqua-t-elle. On dirait des stèles funéraires.

— On ne peut pas dire mieux de ton cerveau, répliqua immédiatement Lotus.

La colère ne suffit pas à enlaidir Luna ; on aurait dit à cet instant une impératrice adolescente. Luna avait beau être le reflet physique de Silver, elle était plus vive, plus cruelle, sans rien de la noble mansuétude que sa mère prodiguait aux êtres moins chanceux qu'elle.

— Petite insolente ! Voilà pourquoi personne ne t'aime, pas même maman.

Lotus soutint son regard sans ciller jusqu'à ce que sa sœur s'éloigne, drapée dans son mépris.

Cette nuit-là, sur sa couche, Jade peina à trouver le sommeil. Elle ne tiendrait pas un mois à l'école, ne deviendrait jamais une vraie *gisaeng*. Si elle échouait aux examens, Silver la garderait peut-être comme domestique ? Du reste, elle n'en était pas très éloignée dans la hiérarchie de la maison. Et quel malheur de s'être fait, dès le premier jour, une ennemie de Luna ! Sans aucun doute, l'obéissance aux élèves plus âgées et aux courtisanes était la règle d'or de l'établissement. Il y avait probablement ici d'autres exigences, d'autres attentes non écrites, et une arbitre unique et incontestable : Silver.

Jade apprit cependant que cette dernière ne se pensait pas infaillible. Ce n'était pas non plus un être surnaturel qui jamais n'élevait la voix ni n'exprimait des banalités. Silver châtiait sans pitié les jeunes apprenties qui se montraient insolentes envers leurs aînées, et les aînées qui répandaient des ragots ou ne déclaraient pas tous leurs gains à la maison. Rien n'échappait à sa vigilance : ni les traces de sang menstruel sur les draps, ni les épingles à cheveux subtilisées, ni le niveau d'un pot de miel baissant mystérieusement. Et, malgré son intérêt pour ces détails parmi les plus mesquins, son visage, aussi impassible que celui des beautés au teint pâle des peintures du XVIIe siècle, exprimait toujours le détachement et le sérieux. Jade le comprit assez vite, Silver cultivait en toutes choses l'aura du passé, par inclination naturelle autant que par calcul. Son énorme chignon tressé, où les postiches se mêlaient à ses vrais cheveux, aurait donné à n'importe quelle autre femme un aspect vieillot, une silhouette tassée. Mais, porté par Silver, il devenait le signe d'un attachement romanesque aux temps anciens, d'une grande sensibilité poétique.

Les premiers mois, la maîtresse de maison ne s'intéressa guère à Jade, qu'elle ne complimentait quasiment jamais. La seule alliée de la fillette était Lotus, elle-même peu estimée. À chaque querelle avec sa sœur aînée, la mère prenait toujours le parti de cette dernière. Aux yeux de Silver, Lotus était paresseuse, sournoise, impétueuse. Luna, elle, avait toujours raison. Ce qui n'empêchait pas Lotus de poursuivre ses attaques avec obstination et ruse, comme un chat qui, caché derrière un mur, attend le bon moment pour bondir. Avec la nouvelle élève, cependant, Lotus se hâta de rentrer les griffes. Elle pouvait lui parler des heures durant de sujets dont Jade n'avait pourtant qu'une très vague idée : la dernière mode, les ragots qui bruissaient dans Pyongyang et Séoul, les différents types d'hommes et de femmes, et ce qui se passait dans l'établissement derrière certaines portes qu'elles n'avaient pas le droit de franchir. Jade était révulsée par l'intérêt manifeste de Lotus pour la compagnie des hommes : non parce qu'elle était trop jeune, mais parce qu'elle n'était pas belle. Lotus avait un visage de pleine lune inexpressif, un physique assez commun dans le sud du pays, fort éloigné de l'ovale délicat qui caractérisait sa mère, une beauté typique de Pyongyang. Jade avait cru jusqu'alors que les jolies filles étaient plus sensuelles que les autres : ce n'était pas si vrai, en fin de compte.

Et, leur amitié se renforçant, Jade en vint à considérer ce trop-plein de désir non plus comme une étrangeté mais comme une qualité. Le visage de Lotus lui sembla peu à peu plus intrigant que quelconque. Elle apprit à apprécier l'éloquence joyeuse de sa camarade, le don qu'elle avait de présenter le moindre événement comme la chute d'une étoile filante, un phénomène inattendu et merveilleux dont elles seules auraient été les témoins. Elles se complétaient à merveille : Jade aurait pu réfléchir pendant des heures ; Lotus était un moulin à paroles. Elles trouvèrent un juste équilibre. Lotus était également habile à défier les interdits. Un jour, elle empila quelques oreillers, escalada l'armoire et dénicha, imperturbable, le bocal où Silver gardait ses économies personnelles. Jade la regarda faire, bouche bée, jusqu'au moment où Silver entra et prit sa fille sur le fait. Même punie, debout sur une jambe ou à genoux, les bras en l'air, Lotus continuait de loucher ou de tirer la langue dans le dos de sa mère, et Jade pouffait.

Quelques jours après leur premier examen mensuel – en dépit de ses craintes Jade avait tout réussi, y compris le japonais –, Lotus répondit à la question que par tact Jade s'était abstenue de poser : pourquoi les deux sœurs se ressemblaient-elles si peu ?

— Le seul homme que maman ait jamais aimé, c'est le père de Luna. Ils se sont rencontrés quand elle avait 19 ans. Elle porte encore la bague qu'il lui a offerte. Elle a eu d'autres clients, bien sûr, mais elle a cette bague au doigt depuis des années, lui confia Lotus.

Jade se rappela l'anneau, son éclat discret. Il n'était ni aussi coûteux ni aussi orné que les autres bijoux de Silver, mais son élégance massive, sa rondeur étaient tout à fait remarquables.

Si Luna était née d'un amour tragique, Lotus, elle, n'était qu'un accident, le cadeau de passage d'un client négligent. C'était là, pensait Jade en son for intérieur, la raison de l'indifférence de Silver à l'égard de sa fille. Lotus était la seule chose qui dans sa vie lui soit arrivée sans qu'elle le désire. Comment Jade pouvait-elle espérer être heureuse un jour si une femme comme Silver en paraissait incapable ? Les courtisanes étaient considérées comme blettes à 25 ans, desséchées à 30. Si avant cette limite elles ne se débrouillaient pas pour devenir concubines ou tenancières d'une maison de *gisaeng*, elles étaient reléguées à la condition de prostituées des rues. Bien sûr, les courtisanes les plus âgées de Silver excellaient à s'enticher de vieux propriétaires terriens rabougris ou de banquiers décrépits, un jeu auquel consentaient les deux sexes, unis par leur harmonieuse complicité.

Jade, qui dans quelques années deviendrait une courtisane de province sans grand éclat, ne s'imaginait toujours pas au lit avec un hobereau aux dents en or et à l'haleine fétide. Elle rêvait d'aristocrates jeunes et charmants, férus de poésie. Selon Silver, les grandes courtisanes du passé avaient su émouvoir les plus nobles gentilshommes rien qu'en leur écrivant de la poésie, suscitant par leur seule habileté épistolaire la passion la plus profonde sans que les correspondants se soient jamais rencontrés. Si ces amours étaient parfois consommées, il arrivait aussi que le couple se consume de désir sans plus jamais se voir. Ces liaisons suscitaient souvent les rêveries de Jade, ses soupirs devenaient des offrandes aux amours contrariées. Peut-être était-ce pour cette raison que sa mère l'avait mise en garde contre le pouvoir de corruption de l'éducation.

En l'absence de tout homme, déjà les mots la séduisaient. Disposés dans un certain ordre, ils pouvaient bouleverser sa constitution intime comme on déplace les meubles d'une chambre : cette idée lui donnait le frisson. Les mots la changeaient et la remodelaient sans cesse, et elle était la seule à le percevoir. C'est ainsi qu'après les leçons, alors que les autres filles allaient se promener dans le jardin ou se purifier la peau à la vapeur d'eau de riz, Jade s'isolait pour s'absorber dans des travaux d'écriture.

Lorsque vint le printemps, Silver décida de donner les cours de littérature de l'après-midi dans la gloriette du jardin. Chaque jour, une élève devait réciter par cœur un poème classique. Jade avait choisi un texte de Hwang Jini, une courtisane du XVIe siècle aux nombreux soupirants parmi lesquels des princes, des moines, des savants, artistes sans le sou et séducteurs fortunés. Elle était, disait-on, sans égale dans tous les domaines : poésie, calligraphie, littérature, peinture, danse et musique. Sa beauté, célébrée partout dans le royaume, avait même franchi la frontière avec la Chine. Mais Jade admirait par-dessus tout sa capacité à choisir librement ses amants et à les quitter sans verser une larme.

Silver la fit venir devant les autres élèves et la jeune fille déclama :

Il flotte sur la rivière, cet esquif en bois de pin.
Depuis quand est-il amarré au rivage ?
Si le passager suivant demande qui traversa le premier,
Je répondrai : c'était un homme preux et lettré.

La découverte de ce poème avait plongé Jade dans une joie mêlée de douleur. Mais les autres élèves restèrent de marbre. Et si Lotus broncha, ce ne fut que pour étouffer un bâillement.

— Très bien, commenta Silver avec un hochement de tête approbateur. C'est un de mes poèmes préférés. Maintenant, l'une d'entre vous peut-elle me dire ce que cela signifie ?

Les jeunes filles échangèrent des regards furtifs en se tortillant sur leurs coussins.

— Ça parle d'une promenade en bateau, maman ? pépia Lotus.

Les autres filles pouffèrent en chœur.

— Bien sûr que non. Je désespère vraiment de vous faire comprendre ce qu'est la poésie, déplora Silver en secouant la tête.

Jade était sur le point de lever la main lorsque Stoney fit son entrée. Il s'inclina devant sa maîtresse et martela le plancher de ses phalanges.

— Le marchand de soie est là ? Ah, c'est un nouveau ? traduisit Silver.

Elle ne se trompait jamais sur le sens des messages de Stoney, si compliqués soient-ils. Sourd et muet, il frappait le plancher de bois du plat de la main et elle était la seule à le comprendre. Dans un soupir, elle se leva d'un bond gracieux.

— Il faut que j'aille inspecter ces tissus. Vous avez quartier libre, annonça-t-elle aux apprenties, qui répondirent en s'inclinant profondément.

— J'étais sûre et certaine que ça parlait d'une balade en barque, chuchota Lotus tandis que les filles remettaient leurs chaussures. À ton avis, qu'est-ce que ça veut dire ?

Le sens du poème n'avait pas échappé à Jade, qui avait même compris pour quelle raison Silver l'aimait tant. Elle l'avait choisi pour cela.

— C'est une femme qui se souvient de son premier amour, répondit-elle.

Jade avait le sentiment d'être la seule, parmi les courtisanes et les apprenties de la maison, à pouvoir comprendre le langage secret qu'enseignait Silver. Si certains sujets échappaient à sa meilleure amie, Jade, elle, parlait avec les livres. Trouverait-elle jamais un être humain apte à lui répondre ?

Dans sa chambre, assise sur sa couche de soie, Silver attendait le marchand en faisant tourner distraitement sa bague. À travers les portes ajourées ornées de longs glands de soie entremêlés de pierres précieuses, elle entendait les jeunes filles jouer avec force cris et rires. Une voix s'éleva derrière le battant.

— Madame Silver, je suis Chun, marchand de soie, à votre service.

— Entrez, je vous en prie.

Chun fit coulisser la porte et franchit le seuil, son baluchon de soieries et de babioles sur le dos, et s'inclina devant Silver.

— Débarrassez-vous de ce fardeau, dit-elle. Asseyez-vous et mettez-vous à l'aise. J'ai prié mon domestique de nous apporter quelques rafraîchissements.

— Je vous en remercie, madame. Je ne suis pas digne de ces bontés.

Chun posa son ballot et s'assit en tailleur sur le coussin de soie qu'elle avait disposé à son intention, tandis que Stoney faisait son entrée avec, sur un plateau, du vin filtré et des galettes de courge – mets raffiné qu'à cette époque seule une riche courtisane pouvait s'offrir.

— Le sort du vieux Baek m'a plongée dans une immense tristesse, dit Silver. Vous êtes membre de sa guilde et devez donc savoir qu'il faisait commerce avec cette maison avant même que j'en prenne la direction.

Chun inclina la tête en guise de réponse.

— Vous étiez un de ses proches, maître Chun ?

— Oui, madame, nous étions parents. C'était le frère de ma mère.

— Vous avez donc hérité de tout son territoire ? s'enquit Silver, dont l'attention s'était soudain éveillée.

— Oui, madame, répondit Chun à voix basse après avoir longuement dévisagé la courtisane. Ses fils sont morts depuis longtemps ; j'étais son plus proche parent, son légataire et son confident.

— Alors montrez-moi vos marchandises, répondit Silver.

Chun dénoua l'étoffe blanche qui enveloppait son chargement, une caisse en bois regorgeant de soies aux teintes estivales – bleu le plus clair possible, gris céladon, rose azalée, jaune forsythia, vert saule, bleu marine élégant pour les femmes mûres telles que Silver ; et, pour les toutes jeunes dont la féminité commençait à éclore, un rouge camélia des plus exubérants. Chun montra aussi des bijoux : des glands de soie ornés de corail et de jade que l'on suspendait, provocants, au bas des vestes courtes et légères des femmes ; des bagues *garakji* que l'on portait par deux, en argent émaillé, ambre, jade vert ou blanc, et une *binyeo* en or, une épingle à cheveux que l'on piquait dans le chignon. L'homme vendait également des bocaux de poudre odorante importée d'Angleterre, des cold cream japonaises, du rouge pour les joues et les lèvres, de l'huile de camélia pour le soin des cheveux et, pour finir, du musc véritable – un aphrodisiaque, disait-on – dans son pochon de soie.

Silver sélectionna tissus et cosmétiques, soulageant grandement le fardeau du marchand. Puis elle le dévisagea d'un regard pénétrant.

— C'est très bien, tout cela. Mais n'avez-vous rien d'autre ? s'enquit-elle.

Bien que Chun se soit présenté comme un neveu de Baek, il ne lui ressemblait guère. Silver connaissait le vieux marchand depuis des années. Il dissimulait sous sa frêle apparence et son humble posture une force physique considérable qui lui avait permis de voyager de la mer de l'Est à Pyongyang puis de rentrer à Uiju tous les ans, et ce jusqu'à un âge avancé. Plus jeune, il allait même jusqu'à Shanghai ou Vladivostok, mais depuis longtemps il avait confié ces responsabilités aux membres moins âgés de la guilde. Par contraste, le visage buriné de Chun, ses yeux rusés au regard de serpent ne suscitaient pas la confiance de Silver.

Le colporteur sortit de sa manche un bout de papier plié en quatre et le lui tendit. Elle s'en saisit avec une brusque inspiration et en brisa le sceau.

Lorsqu'elle reconnaissait l'écriture du général, ses mains se mettaient toujours à trembler. Elle lut rapidement le message, buvant ses mots des yeux. Le général la remerciait pour l'argent qu'elle avait envoyé l'été précédent ; il décrivait les victoires et les défaites vécues dans les collines de Sibérie[1]. Ses troupes ne l'abandonnaient jamais dans la bataille, si misérables, si mal équipées soient-elles. Certains soldats avaient emmené leurs familles à Vladivostok, et leurs retrouvailles le rendaient impatient de la revoir ainsi que Luna. « *Si elle te ressemble, elle doit être bien belle. Mais je crains de mourir avant d'avoir pu exaucer ce souhait* », écrivait-il.

Elle replia la lettre avec soin et la glissa dans un livre posé sur sa table. Elle la relirait quand elle serait seule, et libre de s'attarder sur chaque caractère.

— Je vous remercie, maître Chun. Lorsque j'ai appris le meurtre de maître Baek, j'ai pensé qu'on avait découvert cette lettre sur lui et que tout était perdu… Nos vies et celles de nos hommes à Vladivostok… J'ai attendu pendant toute la fin de l'hiver, me préparant au pire… J'avais un poignard sous le lit. S'ils étaient venus, je me serais ôté la vie. Mais ils n'ont pas réagi.

— Ces chiens ont abandonné son corps sans le fouiller, expliqua Chun. S'ils y avaient pensé, nul doute que les choses se seraient déroulées comme vous le craigniez. Mon oncle voulait les perdre dans la montagne, afin qu'ils se retrouvent à la merci de nos forces. Tuer un chef de la police et des officiers supérieurs, quelle magnifique victoire ! Mais soit mon oncle s'est vraiment égaré, soit nos hommes n'ont pas pu venir à sa rencontre.

1. De nombreux Coréens partirent combattre les Japonais en Mandchourie et dans l'Extrême-Orient russe. Ils y formèrent des réseaux de résistance, une armée et, en 1919, un gouvernement provisoire.

Ni Chun ni Silver n'exprimèrent le fond de leur pensée. Si les rebelles indépendantistes n'avaient pu s'emparer de cette escouade japonaise, sans doute avaient-ils eux-mêmes été tués lors d'un incident passé inaperçu.

— Et personne n'a touché au cadavre de votre oncle avant que vous puissiez le récupérer ?

— Non, cela ne s'est pas passé ainsi. J'étais dans le Sud au moment de sa mort, et je ne l'ai donc pas appris tout de suite. Un villageois a pris soin du corps et l'a préparé pour les funérailles. Un pauvre veuf, père de trois jeunes enfants, au ventre absolument vide mais à l'âme pure. Il a gardé tous les biens de mon oncle jusqu'à ce que j'arrive. Rien n'y manquait, pas un sou.

— Quelle chance ! marmonna Silver.

Elle ouvrit sa coiffeuse et en sortit deux bourses, une blanche et une rouge, pleines de lingots d'or.

— La blanche est pour vos peines, dit-elle en les tendant à Chun. La rouge est pour la cause. Peut-on se fier à l'homme qui lui fera franchir la frontière ?

— Madame, il en sera comme du vivant de mon oncle. Nous autres, marchands de classe inférieure, nous aimons l'or comme tout un chacun, mais cela ne nous empêche pas d'avoir notre honneur.

— Je le sais bien, maître Chun. Et vous n'ignorez pas que cette somme ne vous vient pas seulement de moi, mais aussi de la plupart des courtisanes de Pyongyang. C'est l'argent que nous gagnons à servir le vin et à nous coucher auprès des hommes, plus celui des bijoux que nous gardions pour nos vieilles années.

En guise de commentaire, maître Chun s'inclina profondément.

— Quand repartez-vous ? Et quand reviendrez-vous, Chun ?

— Demain, dès l'aube. Et je reviendrai à l'automne, si la chance me sourit.

— Vous devriez passer la nuit chez nous. C'est plus confortable qu'à l'auberge.

— Je vous remercie, madame, mais je ne voudrais pas attirer l'attention de manière indue, répondit le marchand, qui s'était déjà levé. Et puis les frères de la guilde m'y attendent… Je dois vous laisser.

— Attendez, j'ai failli oublier… Ce pauvre homme qui a pris soin de la dépouille de maître Baek… Si vous repassez dans son village sur le chemin du retour, pourriez-vous lui donner ceci de ma part ?

Silver rouvrit sa commode et soupesa quelques babioles. Elle avait déjà troqué ses plus beaux bijoux contre les lingots que Chun avait soigneusement remballés dans sa caisse. Elle finit par ôter sa lourde bague d'argent et la donner au marchand, un pâle sourire sur les lèvres.

— Dites-lui qu'elle n'a pas une immense valeur, mais qu'elle est la plus chère à mon cœur, ajouta-t-elle d'une voix mélodieuse empreinte d'hésitation.

Maître Chun s'inclina une dernière fois avant de prendre congé.

Elle avait eu moins de peine à se défaire de ses bijoux les plus coûteux que de cette seule bague. Mais la vie était une question d'équilibre. Il lui fallait accomplir ce qui, pour elle, relevait du sacrifice. Elle aurait fait don de sa vie avec joie pour préserver ceux qu'elle aimait : le général, Luna et Lotus. Si ces trois-là avaient été prisonniers d'une maison en feu, elle se serait renversé un seau d'eau sur la tête pour aller les sauver. Telle est la grandeur de mon amour, songea-t-elle. Mais sa main portait le deuil, même le lendemain matin, quand Chun franchit les portes de la ville pour donner l'anneau au chasseur.

2

Luna
1918

Un infime incident vint précéder le bouleversement le plus profond qu'on puisse imaginer. Une broutille à peine plus remarquable que le passage d'un chien errant. Un matin, au lever, Jade apprit que les élèves avaient congé. Elle se précipita dans le jardin pour humer l'air, telle une abeille sortie de son alvéole aux premières chaleurs. Le monde vibrait d'une vigueur de printemps tardif. Les arbres chantaient leurs mélodies vertes et leur fraîcheur était une musique pour les yeux. Les jeunes filles s'étaient égaillées au plein air comme des génisses, et Jade elle-même n'était pas mécontente de délaisser quelque temps ses livres. Alors qu'elle jouait à la ficelle avec Lotus, elle comprit d'où leur venaient ces vacances inattendues : Silver et Luna, parées toutes deux de leurs plus beaux atours, se rendaient en ville. Les fillettes aux petits visages ronds et envieux se rassemblèrent pour les regarder traverser la cour, aspirant en silence à pouvoir un jour les suivre. Seule Jade manquait à l'appel ; elle ne voulait pas accabler Silver de son trop lourd désir. Lotus, elle, fut moins discrète.

— Maman, j'aimerais bien venir moi aussi ! n'hésita-t-elle pas à quémander de la voix geignarde d'une enfant jouant consciemment de son âge encore tendre.

Silver considéra sa fille cadette comme si, en ouvrant sa boîte à bijoux, elle avait remarqué une babiole qui lui rappelait vaguement quelque chose : amusée, légèrement embarrassée, mais au fond indifférente.

— Luna a dû attendre ses 15 ans pour qu'on la photographie, finit-elle par dire. Je t'emmènerai quand tu seras grande.

Elle ignora la déception de Lotus avec son dédain coutumier et suivit Luna dans le rickshaw, sa splendide jupe de soie dépassant de son siège.

Cette sortie en ville était une gratification peu fréquente, y compris pour Luna, qui ne cessait de se pencher périlleusement au-dessus de la route, assise à l'extrême bord du banc. Peu à peu les visions familières firent place à un monde inconnu. En chemin, sa mère lui décrivit les lieux les plus remarquables de la ville.

— Tiens, regarde, la nouvelle usine de souliers en caoutchouc de M. Hong, qui a été construite cette année. Il a déjà gagné 2 000 wons… Ah, le lycée. Plus tard dans la journée, tu aurais vu les garçons. Mais là ils sont tous en cours… Ce bâtiment au toit pointu, c'est le lieu de culte des chrétiens. Ils chantent, eux aussi, mais pas comme nous.

— Est-ce que tu connais des chrétiens, maman ? On dit qu'ils défendent les Yankees en secret.

— Je ne connais aucun chrétien, répondit Silver en fronçant les sourcils. Ils ne nous fréquentent pas et ne veulent pas être nos clients. Mais comment ne pas servir les Yankees quand on décide de croire en leur dieu ? C'est le contraire qui serait étrange.

Le rickshaw s'arrêta en face du studio photographique et les deux femmes en descendirent, l'éventail levé pour préserver du soleil leur teint de lys. La clochette du studio tinta joyeusement lorsqu'elles franchirent le seuil. Un homme les accueillit puis les guida vers son appareil. Les modèles devaient prendre place dans des fauteuils tendus de velours délavé, devant un mur uniformément gris.

À la demande du photographe, Silver s'assit et Luna resta debout derrière elle, la main sur son épaule. L'homme alluma une lampe près de l'appareil.

— Ne clignez pas des yeux !

Il compta jusqu'à trois. Il y eut alors une explosion de lumière qui aveugla Luna pendant quelques secondes. Puis les fauteuils à l'occidentale et les accessoires du studio réapparurent peu à peu, envahissant de nouveau le monde de la jeune fille. Une étrange sensation l'avait saisie, comme si, émergeant d'une longue sieste, elle ne distinguait plus l'aube du crépuscule. C'était un trou minuscule dans le cours ininterrompu et lisse de son existence, un battement de cœur omis pour une raison qu'elle ne comprenait pas encore.

Tandis que Silver et Luna se préparaient à repartir, la sonnette retentit et deux officiers japonais firent leur entrée dans le studio.

— Ravi de vous revoir, messieurs, se réjouit le photographe d'une voix forte, en japonais. Vos épreuves sont prêtes.

Silver se faufila prestement dans la rue, entraînant Luna par la main. Sous le regard inquisiteur des officiers, les deux femmes remontèrent dans le rickshaw, qui démarra.

— Voici donc, messieurs. Elles sont très réussies, en fin de compte. J'espère que le résultat vous conviendra, commandant Hayashi, annonça le commerçant en tendant à l'officier une enveloppe qui contenait quelques clichés des deux hommes.

Le photographe japonais de la ville ayant succombé à la tuberculose l'année précédente, ses compatriotes avaient désormais recours aux services de son collègue coréen. Hayashi n'accorda cependant qu'un très bref regard à son portrait.

— Qui sont ces deux femmes ?

— Une vieille amie et sa fille, répondit le photographe d'une voix tremblante, en observant à la dérobée l'officier qui accompagnait Hayashi.

Bien que vêtu d'un uniforme japonais, ce dernier était indubitablement coréen.

— Commandant, c'est une célèbre courtisane nommée Silver ; elle passe pour la plus belle femme de Pyongyang, expliqua-t-il dans un japonais impeccable.

Puis, avec cette ardeur que les rencontres de hasard réveillent dans les cœurs, même les plus froids, il ajouta :

— Je ne l'avais pas vue depuis longtemps, mais je l'ai reconnue tout de suite.

Stoney alla chercher les photographies, et Luna fut déçue de ne pouvoir retourner en ville. Cette brève escapade lui avait fait tant de bien ! Elle aimait découvrir des endroits nouveaux. Mais, surtout, la manière dont les officiers l'avaient regardée l'avait emplie d'une secrète excitation. Elle avait envie désormais de mettre ses plus belles robes et de passer la journée à parcourir en rickshaw les rues de la ville. Riant sous cape, elle imagina combien ce serait épuisant pour le malheureux conducteur ! Puis elle se dit qu'elle n'avait plus l'âge de partager la chambre de sa mère, et cette idée lui fit honte, car elle savait que sa mère l'adorait.

Il faisait si chaud à présent que les femmes avaient pris l'habitude de dormir sur le frais plancher de la véranda. Ce qui fournit à Luna un prétexte commode pour les imiter. Ses compagnes avaient disposé leurs couches les unes près des autres, si bien que la véranda n'était plus qu'un immense lit. Pour tenir à distance les moustiques, elles faisaient brûler un encens d'armoise au parfum sucré, dont les volutes montaient vers le ciel ténébreux. Les plus jeunes, que cet accroc dans la routine réjouissait, bavardaient à voix basse toute la nuit, couchées en un chapelet de perles volubiles.

— Hé, Lotus, dit Luna au cours de l'une de ces nuits. Je meurs d'envie de manger de la pastèque. C'est si frais, si sucré ! Va m'en couper une tranche à la cuisine.

— Pourquoi moi ? Je ne suis pas ta bonne, répliqua la cadette, couchée à bonne distance de sa sœur.

— Oui, mais je suis ton aînée, petite insolente. Vas-y tout de suite ou je le dirai à maman.

Pressentant que Lotus allait s'embarquer dans l'une de ses joutes sans espoir contre Luna, Jade se leva.

— J'y vais, dit-elle en enfilant ses chaussures.

Elle contourna le jardin à l'arrière de la villa pour se rendre dans la cuisine. Il s'y trouvait un grand seau en bois rempli d'eau froide. C'était là que la servante avait plongé la pastèque pour la garder au frais. Jade posa l'énorme fruit sur la planche à découper et, le couteau à la main, le jaugea un instant de l'œil impitoyable du bourreau. Un curieux malaise s'empara d'elle.

Elle appuya le fil de la lame contre la peau vert sombre de la pastèque et l'y enfonça avec force. Un craquement sec, et le couteau révéla la chair d'un rose profond moucheté de noir. Jade départageait les deux moitiés du fruit lorsqu'elle eut l'impression qu'on lui mordait la main. En baissant les yeux vers sa paume, elle y vit une profonde estafilade d'où jaillissait déjà le sang, en gouttes sombres et rondes comme les graines de la grenade. Elle écarta la main ; le sang se mit à couler sur le plancher. Dans la cuisine, il n'y avait rien pour étancher la plaie. Elle serra fort sa main blessée et, de l'autre, fit de son mieux pour nettoyer le sang, la planche à découper et le couteau.

Puis elle revint d'un pas incertain vers la véranda, un panier contenant les quartiers de pastèque autour du bras. Elle les entendit avant de les voir : des voix graves qu'elle ne reconnaissait pas parlaient un mélange de coréen et de japonais. Au détour du mur, elle vit les jeunes filles en tenue de nuit alignées debout devant leurs couches. Sous leurs yeux quatre hommes faisaient les cent pas dans la cour, et Silver était là elle aussi, toute de soie vêtue. Jade repéra Stoney du coin de l'œil et poussa un soupir de soulagement.

— Vos élèves sont toutes là ? demanda l'un des hommes, un Coréen vêtu à l'occidentale.

— Oui, chuchota Silver.

La pénombre argentée du clair de lune ne suffisait pas à dissimuler la rougeur de ses yeux. Jade pensa au couteau dans la cuisine et recula d'un pas précautionneux mais le sable crissa sous ses pieds. Le Coréen tourna la tête d'un mouvement vif, un vrai chien de chasse.

— Et celle-ci ? Vous n'essaieriez pas de la cacher ? siffla-t-il en empoignant Jade par les épaules pour l'attirer à lui.

— Pas du tout. Je ne m'étais pas rendu compte qu'elle s'était levée.

Les trois autres intrus étaient en uniforme. L'un d'eux s'adressa en japonais au Coréen en civil et franchit le seuil de la véranda sans se déchausser.

— Savez-vous que tous les établissements de plaisirs, maisons de courtisanes, bordels et autres doivent posséder une licence et être administrés par le gouvernement ? reprit le Coréen.

— Cette maison a pignon sur rue depuis plus d'un siècle, répondit Silver. Elle s'est transmise de mère en fille. Nous avons toujours payé nos impôts. Nous nous sommes toujours conformées à la tradition.

— Ne me prends pas pour un idiot, espèce de traînée ! Si j'étais toi, je ferais attention à ce que je dis. Je sais très bien ce que tu manigances. Alors estime-toi heureuse de ce que le commandant Hayashi n'ait pas tout simplement fait fermer ta maison, dit-il en lançant un regard à l'officier dans la véranda.

Hayashi. Un taureau en uniforme, songea Jade. Avec sa tête carrée et son cou musculeux qui formait un bourrelet au-dessus du col, il avait commencé à faire les cent pas devant les jeunes filles, qu'il dévisageait avec un intense intérêt. Si elles gardaient la tête baissée, lui n'hésitait pas à s'arrêter devant l'une ou l'autre, à les prendre par le menton, inspectant chaque visage et le tournant de droite à gauche pour mieux le voir avant de passer à la suivante. Un manège qui cessa lorsqu'il parvint devant Luna. Un sourire lui fendit alors le visage et, hilare, il s'adressa en japonais aux deux autres officiers, qui s'esclaffèrent.

Le commandant força la jeune fille à lever la tête et se mit à l'étudier sous toutes les coutures. Elle garda les yeux baissés, les mains croisées contre le torse. Il la prit ensuite par les bras, les écarta. Ils retombèrent inertes le long de son corps. Puis Hayashi effleura ses clavicules, sa poitrine bandée serré par le ruban de son jupon noué sous les aisselles. Il glissa sa paume sous son sein et le pressa avec rudesse jusqu'à ce que Luna pousse un gémissement apeuré.

— Je vous en prie, intervint Silver en se tournant vers le Coréen.

Il y avait à présent dans sa voix une certaine déférence.

— J'ai élevé cette jeune fille avec plus de soin qu'une héritière de bonne famille et je l'ai toujours traitée comme telle. Luna n'est pas une courtisane ; elle n'est d'ailleurs pas inscrite à la guilde. Il peut toutes les avoir, sauf elle, ajouta-t-elle après un silence.

— C'est de toute évidence ton plus beau spécimen ; toi, tu es trop vieille. Mieux vaudrait te résigner plutôt que de vous mettre toutes en danger, fit le Coréen. Si tu ne veux pas qu'il la prenne devant les autres, trouve-lui une chambre.

— C'est hors de question, lança Silver, une lueur de défi dans le regard.

Un mouvement de la tête lui suffit pour que Stoney surgisse de son recoin et se jette sur Hayashi afin qu'il recule. Les deux soldats braquèrent immédiatement leurs fusils sur le domestique, et les jeunes filles se mirent à hurler. Hayashi, qui avait failli perdre l'équilibre, recouvra son calme. Le sourire aux lèvres, il assena un coup de poing à Stoney, que ce dernier para du coude. Mais, lâchant leurs armes, les soldats se précipitèrent sur le malheureux, lui ramenèrent les bras derrière le dos et le plaquèrent au sol en dépit de sa résistance silencieuse. Lorsqu'ils l'eurent immobilisé, Hayashi alluma une cigarette dont il tira une longue bouffée, tout en écrasant la nuque de Stoney du talon de sa botte.

Jade se demanda qui avait poussé ce cri strident. Était-il sorti de sa bouche ou de celle d'une autre fille ? Quoi qu'il en soit, il redoubla l'hilarité du commandant, qui pesait de toute sa masse de taureau sur le cou du domestique. Celui-ci, ne pouvant pas crier, haletait comme un chien. Quelques petites se mirent à pleurer. Les plus âgées, pétrifiées par la peur, se mordaient les lèvres. Jade sentit ses jambes se dérober sous elle, le vertige la saisir…

Hayashi marmonna quelque chose en japonais, et Jade reconnut les mots « *Joseon* » et « ordure ». Il recracha un nuage de fumée blanche et son talon appuya de plus belle sur la nuque de Stoney, dont le visage avait viré au violet. Son dos ruisselait de sueur.

— Arrêtez, je vous en supplie !

Silver s'était précipitée dans la véranda.

— Ne le tuez pas ! poursuivit-elle à genoux près de Stoney. Il ne vous voulait aucun mal.

Elle, qui ne pleurait jamais en public, était en larmes.

— C'est un muet, un idiot du village. Épargnez-le !

Peu importait que le commandant ne comprenne pas le coréen. Il leva le talon et flanqua un violent coup de botte sur le crâne de Stoney. Les os craquèrent avec le bruit humide d'une pastèque éclatée et les soldats relâchèrent leur étreinte. Inerte, le domestique avait cessé de résister.

Sans plus attendre, Hayashi empoigna Luna par le bras, la projeta à terre. Elle poussa un cri, lui lança un coup de pied. Il la gifla avec une telle vigueur que sa chevelure se dénoua, lui recouvrant le visage. Puis il redoubla de coups jusqu'à ce qu'elle ne bouge plus, ne gémisse plus.

Jade ferma les yeux, mais comment ne pas entendre le commandant ahaner en rythme ?

Une fois la chose terminée, Hayashi reboutonna son pantalon comme si de rien n'était et s'éloigna, suivi de son escorte. Silver se précipita vers Luna et des élèves allèrent chercher de quoi bander la tête de Stoney. Dans les oreilles de Jade, le brouhaha de leurs plaintes ne cessait de déferler. Elle se rendit compte qu'elle n'avait toujours pas lâché son panier et le posa à ses pieds, même si personne ce soir-là ne mangerait de pastèque. Personne ne mangerait plus rien avant un moment. Pourraient-elles encore jouer, danser, lire de la poésie dans cette cour ? Les confins de son champ de vision se brouillèrent ; ses forces enfin l'abandonnèrent. Elle s'évanouit sans que personne le remarque, une flaque de sang teignant d'un rouge noir le sable autour de sa main.

3

Un souvenir, une consolation
1918

À la suite de cet incident, Jade dut garder la main bandée pendant presque un mois. Lorsque les gazes furent ôtées, sur sa paume gauche ne restait plus qu'une longue cicatrice pourpre qui finit par virer au blanc. Mais Luna, elle, avait profondément changé. Elle n'avait plus l'énergie de tourmenter les autres, n'inspirait plus la peur mais la pitié. Rien d'ailleurs ne pouvait plus la faire sortir de sa chambre. Silver en personne lui apportait ses mets préférés, accompagnés de tranches de melon ; les plateaux revenaient quasiment intacts à la cuisine. Jade errait souvent devant sa porte, proposant ses services de garde-malade. Mais, refusant toute assistance, Silver continua de veiller seule sur sa fille.

On disait alors que Luna se rétablirait et que Stoney mourrait. Luna était jeune, ses blessures ne présentaient aucun danger. Stoney, en revanche, le crâne fendu, était resté cataleptique. À son âge, diagnostiqua le vieil herboriste du quartier, on ne se remet pas d'un tel choc. Et, si le miracle se produisait, Stoney serait encore plus diminué, incapable de se déplacer ou même de se soulager sans aide. Ayant entendu ce diagnostic, Silver fourra une pièce dans la main de l'herboriste en le priant de ne jamais remettre les pieds chez elle. Ce fut elle désormais qui prit soin du domestique, le baignant de linges humides, lui changeant régulièrement ses vêtements. Et puis, un jour, elle le trouva les yeux grands ouverts. Il l'attendait. Une semaine plus tard, il se tenait déjà sur son séant. Il parvint bientôt à se lever, à aller seul aux toilettes dans l'arrière-cour, même s'il perdit connaissance sur le chemin du retour. Les femmes le transportèrent dans sa chambre, où il demeura de nouveau couché pendant des jours.

Le récit de l'incident chez Silver avait fait le tour de la ville. Quel dommage, disaient certains, que Stoney n'ait pu venir en aide à sa jeune maîtresse ! À choisir entre les deux, mieux aurait valu perdre un domestique sourd et muet qu'une belle jeune femme promise à un avenir radieux. Mais Stoney, qui ne pouvait entendre ces racontars, recouvra finalement l'essentiel de ses forces.

Luna était alitée depuis si longtemps, toujours entre deux sommes, qu'elle finit par ne plus faire la distinction entre ses rêves et ses pensées. Elle se rappela une histoire racontée autrefois par sa mère : jadis vivaient dans la montagne un tigre et un ours. Tous deux voulaient devenir des hommes. Alors ils prièrent les cieux, qui leur répondirent ceci : s'ils voulaient bien rester cent jours dans une grotte, à ne se nourrir que d'un bouquet d'armoise et de 20 gousses d'ail, leur vœu serait exaucé. Le tigre finit par perdre patience et s'enfuir ; il s'était rapproché des hommes par son intelligence et par ses émotions tout en gardant son aspect bestial. L'ours, lui, persévéra ; au cent unième jour, il se transforma en une belle jeune femme.

Son désir le plus vif était de porter un enfant. Elle pria donc de nouveau ; cette fois, le fils du ciel descendit en personne coucher avec elle et l'enfant porté par la femme-ours devint le premier roi de Corée[1].

Depuis toujours, Luna entendait ces histoires de femmes en mal d'enfant. Jamais on ne contait la vie de celles qui ne voulaient pas devenir mères, quoiqu'elles soient nombreuses parmi les courtisanes, les domestiques, les filles non mariées, les veuves et les femmes d'un certain âge, qui avaient déjà trop de bouches à nourrir. Ces femmes-là priaient, elles aussi, et avalaient des herbes amères pour que leur vœu se réalise.

Quelques semaines plus tôt, la jeune fille de 14 ans qui leur lavait leur linge était tombée enceinte ; elle avait demandé à Silver de l'aider. Elle n'avait pas assez d'argent pour consulter un herboriste et ne pouvait, de toute manière, se risquer à accomplir publiquement une démarche qui aurait réduit à néant ses espérances de mariage. Naturellement, les courtisanes conservaient des réserves de ces remèdes. Sous le regard intéressé de Luna, la jeune fille avait préparé son âcre tisane. Une vapeur opaque se dégageait en épaisses volutes du breuvage qu'elle avait avalé – presque goulûment. Le tour de Luna était maintenant venu.

Une fois sa décision prise, elle quitta sa couche sur la pointe des pieds, craignant de réveiller sa mère. Ses jambes amaigries et sans force supportaient tout juste le poids de son corps, mais elle se traîna jusqu'à la cuisine.

---

1. Référence au mythe fondateur de la Corée par Dangun, en 2333 av. J.-C.

Les herbes se trouvaient encore dans leur pot de bronze. Luna fit bouillir de l'eau dans une marmite en terre et y fit infuser les feuilles jusqu'à obtenir un liquide épais et marron au goût de bile et de bois.

Puis elle alla se recoucher et attendit que le remède fasse son effet. Elle n'était en retard que d'un cycle, mais sentait déjà se développer dans son ventre quelque chose d'anguleux et de saillant. Un clou démoniaque – et cela ne la surprenait pas de la part d'un homme tel que le commandant Hayashi. Dans la chambre, l'air devint terriblement étouffant. Au lieu de la débarrasser du clou, l'infusion semblait le nourrir afin qu'il puisse la déchirer de l'intérieur. Silver s'était réveillée ; elle lui tenait la main, lui prenait la température. Luna aurait voulu que le sang lui coule entre les jambes mais le clou tenait bon, planté dans son ventre. Si seulement elle avait pu parler ! Elle aurait supplié qu'on le lui arrache à mains nues. Mais elle était incapable d'ouvrir la bouche, comme prisonnière d'un cauchemar.

Lorsqu'elle reprit conscience, il faisait nuit. La fièvre l'avait consumée toute une journée. Silver était assise à son chevet. Ses cernes étaient éloquents : elle n'avait pas fermé l'œil.

— Tu es trop jeune pour t'en souvenir, mais je ne voulais pas Lotus, et la tisane n'a pas marché non plus pour moi. De toute ma grossesse, je n'ai pas décoléré. À sa naissance, je détestais ma fille. Pourtant, avant ses 2 mois, un jour elle m'a regardée droit dans les yeux et m'a souri. Même si elle avait dû sentir, quand je la portais, à quel point je la haïssais.

Elle s'interrompit et se rendit compte que Luna était trop silencieuse, trop tendue pour ne pas être revenue à elle.

— C'est à ce moment-là que je l'ai serrée contre moi en pleurant comme si je voulais inonder le monde. Un si petit corps, la peau encore si rouge d'avoir vécu dans le mien. Et je n'arrêtais pas de lui dire « Pardon, pardon », comme une folle. J'avais essayé de me débarrasser d'elle mais son âme était restée liée à moi par un fil. C'est une chose étrange, l'*inyeon*[1]. S'il n'existe pas, impossible de s'attacher à quelqu'un en dépit de tous les efforts. Certaines personnes intensément aimées deviennent de parfaites étrangères s'il n'y a plus d'*inyeon*. Et d'autres vous restent fidèles en dépit de tout lorsqu'il résiste. Celui qui me lie à Lotus est profond, plus grand que nos vies. Je lui sacrifierais tout, comme à toi. Vous êtes toutes les deux mes filles. Luna, si je peux te promettre une chose, c'est que tu ne sais pas aujourd'hui ce que tu ressentiras demain.

Malgré la chaleur et l'atmosphère poisseuse, Silver se rendit à pied en ville pour envoyer un télégramme à Séoul. L'expédition porta ses fruits : une visiteuse se présenta quelques jours plus tard à la porte de la maison. C'était une courtisane, aussi belle que Silver, mais vêtue de manière plus simple et plus coûteuse. Sa chevelure noir corbeau était coiffée en rouleaux au-dessus de son front et sur sa nuque, dans le style occidental. Pas de mules en cuir et soie brodées de fleurs, mais des escarpins à talons et à

1. Relation prédestinée.

brides et de fins bas de soie comme n'en portaient alors que les femmes blanches. C'était la cousine germaine de Silver, Kim Yedan, que ses amis et ses admirateurs appelaient Dani. Elle emmènerait Luna à Séoul pour, disait-elle, lui offrir un nouveau départ. Mais tous connaissaient la véritable raison de ce déménagement : Hayashi ne devait pas savoir que la jeune fille était enceinte.

Lotus, qui devait elle aussi être du voyage, refusa de partir sans sa meilleure amie. Silver avait par avance payé l'hébergement de ses deux filles, ce qui les libérait de l'obligation de rembourser Dani. Mais Jade, elle, représentait un investissement d'une autre nature, qu'il n'était pas si facile de transférer. Dani accepta cependant de rencontrer la fillette, qui fut priée de se présenter à elle après le dîner.

— Quel âge as-tu ? demanda Dani.

Ses beaux yeux au regard pénétrant inspectèrent Jade de la tête aux pieds.

— Dix ans, madame, répondit la jeune fille d'une voix douce, en se concentrant sur les lèvres écarlates de son interlocutrice, maquillées de frais.

Si Silver et les autres courtisanes étaient elles aussi fardées, c'était la première fois qu'elle voyait une femme qui utilisait le maquillage comme Dani : pour s'embellir, bien sûr, mais aussi pour impressionner. Ce rouge vous donnait à lui seul la sensation d'une caresse tendre – ou d'une gifle, si tel était le désir de Dani. Elle tira d'un étui émaillé une cigarette qu'elle inséra entre ses lèvres délicatement entrouvertes et alluma d'un geste fluide. Sa diction, ses manières étaient irréprochables, mais il y avait dans son sillage comme un parfum de révolte. Dani, plus que qui que ce soit au monde, défiait les catégories. C'était la plus séduisante de ses qualités.

— Fais-moi voir tes yeux, susurra-t-elle en ôtant la cigarette de ses lèvres.

Une volute de fumée douce et blanche s'incurva autour de sa bouche avant de flotter dans l'air. Jade leva les yeux et son regard plongea dans celui de Dani, d'un marron presque noir que mouchetaient des éclats brun doré.

— Elle est jolie, et très intelligente, dit Silver. Elle ne sera pas en mesure de travailler avant un moment, mais elle peut toujours être utile.

Dani se tourna vers sa cousine. Quelle langoureuse élégance, se dit Jade, dans cette inclinaison de la tête, ce bras qui se déplie !

— Oui, elle a l'air d'apprendre vite, comme tu dis. Et ses yeux ne sont pas vilains. Pour être franche, elle est plus mignonne que ta Lotus, ajouta Dani sans ambages, comme si Jade n'était pas là.

— Lotus ne me ressemble pas vraiment, répliqua Silver, vexée.

— C'est incontestable. Mais Luna, la pauvre enfant, est ton pur reflet. Cette petite est loin d'être aussi belle, mais elle a de jolis traits, je le reconnais. Sourcils intelligents, lèvres pleines… Cela dit, je ne pense pas pouvoir la prendre. Elle est trop délicate. Faible, même, et pas seulement physiquement. Pire, elle n'a aucune personnalité. Et tu sais à quel point je déteste ces oies blanches de la campagne, conclut Dani en secouant la tête.

— Jade, aucune personnalité ? C'est faux ! s'écria Silver en fixant avec insistance la fillette comme pour lui dire : « Allez, dévoile donc tes charmes ! »

Mais cette prière muette ne fut suivie d'aucun effet. Sous les regards croisés de ces deux femmes impérieuses, Jade se sentait aussi vive qu'une meule à grain.

— Les temps sont durs, ma sœur. Il n'y a plus rien dans les greniers, tu le sais. Chaque semaine, on m'amène cinq filles au moins. Leurs parents sont prêts à me les donner pour 1 kilo de riz. Et certaines, dans leurs haillons boueux, sont plus jolies que cette Jade. Je n'en prends jamais aucune.

Dani se cambra, les bras croisés comme pour signifier que le débat était clos.

— C'est ma meilleure élève en poésie, insista Silver. Tu devrais l'entendre réciter des vers : un vrai rossignol ! Et la voir jouer avec ses petites compagnes dans la cour. Elle est charmante !

— Excuse-moi, mais ce genre de simagrée ne me convaincra pas de son originalité. Cette enfant est certainement adorable quand elle joue, mais la vivacité n'est pas une qualité en soi. Ah, ta Lotus, elle, elle a du caractère, de l'énergie ! Elle te ressemble – sauf physiquement...

Le rire de Dani n'eut guère d'effet sur Silver, dont le visage demeura morose.

— Tu es trop dure, Dani. Jade n'a que 10 ans. Les enfants changent tout au long de leur croissance. Cette petite est un bon investissement, c'est tout ce que je peux te dire. Moi aussi j'ai une certaine expérience des individus. Je sais de quoi je parle.

Dani se pencha et émit ce que Jade identifia comme un grognement exaspéré. Elle aurait voulu faire montre de cette qualité spéciale dont parlait Dani : était-ce la joie naturelle que Lotus irradiait si facilement ? Pourtant, si

Jade n'était pas orgueilleuse, elle ne voulait pas se forcer à minauder après avoir été traitée de cette manière. Une petite larme menaçait de couler de son œil droit. Elle fit de son mieux pour la ravaler.

— Ah, ma chère sœur, soupira Dani. Franchement, je ne suis pas certaine que cette petite ait l'étoffe d'une courtisane professionnelle. Elle n'a aucune sensualité ; or les hommes ne veulent rien d'autre, en fait. Cela dit, elle est trop raffinée pour faire une bonne lavandière. Elle est entre deux eaux, tu n'as pas cette impression ? Mais tu es ma cousine, ma plus vieille amie. Si ça peut te faire plaisir, je la prendrai comme apprentie.

Et, d'un geste désinvolte, elle congédia Jade.

Cette dernière se hâta d'apprendre la bonne nouvelle à Lotus, sans avoir compris pourquoi Dani la dépréciait à ce point tout en chantant les louanges de son amie, ni pourquoi Silver défendait la position inverse. Elle trouvait étrange que Lotus soit parée d'une qualité qui lui manquait à elle, qui pourtant était plus jolie et comprenait mieux la poésie. Mais, loin de se sentir humiliée par ce constat, elle en fut soulagée : Lotus et elle se complétaient parfaitement. Jade observatrice, intelligente, studieuse ; Lotus énergique, désarmante, assurée. Elles n'entreraient jamais en compétition pour les mêmes cœurs, le même bonheur, comme cela peut arriver à deux amies trop semblables. Elles auraient chacune une moitié de vie, une seule aile : elles ne pourraient viser à la plénitude qu'en restant côte à côte.

Lorsqu'elles montèrent dans le train, Dani choisit des sièges qui se faisaient face, au bout du wagon. Les champs passaient par la fenêtre dans un grand flou ; les voyageuses restaient muettes. Une nuée de moineaux suivit pendant quelque temps le convoi avant de renoncer, peut-être à bout de forces.

— Nous avançons plus vite que les oiseaux, souffla Lotus avec étonnement.

Dani eut un sourire complaisant. Toutes s'en étaient rendu compte : elle adorait Lotus pour son énergie et Luna pour sa beauté et sa malheureuse histoire. Qu'elle n'ait guère de considération pour Jade était pour cette dernière plus un embarras qu'une humiliation.

— C'est la première fois que tu prends le train, non ? Attends d'être à Séoul : cela dépassera tes rêves les plus fous. Oh, regardez par les fenêtres !

Dani s'interrompit, et les fillettes se tournèrent vers la vitre : le soleil emperlé était déjà descendu à mi-chemin du ciel d'été, opaque, humide.

— Cette voie ferrée ne relie pas simplement Pyongyang à Séoul ; elle s'étend jusqu'au bout de la péninsule de Corée et, vers le nord, jusqu'à Uiju, où on peut prendre un train vers l'ouest, Pékin puis Shanghai, ou vers le nord, la Mandchourie, la Sibérie, et pour finir l'Europe ! Ah, quel voyage ce serait !

— À quoi bon partir si loin ? répondit Lotus sur un ton rappelant de manière inattendue celui de sa mère. Ils ne sont pas civilisés, là-bas.

Mais, à l'évocation de l'ouest de l'océan, le visage de Luna s'était illuminé brièvement, ce qui n'avait pas échappé à Jade. Assise à côté d'elle, Dani scrutait l'horizon d'un regard intense, comme si elle avait pu, par la seule force de ses beaux yeux tenaces, s'envoler par la fenêtre.

Et Jade, avait-elle la fièvre des voyages ? Elle ne le savait pas vraiment, n'ayant jamais eu l'occasion de se poser la question. Confronté à l'inconnu, son esprit était impuissant à réagir. Pire, elle n'était pas curieuse de nature : ses livres préférés ne lui enseignaient rien de nouveau. Ils lui parlaient, de manière plus belle, de choses qu'elle comprenait déjà. Son imagination faisait sans cesse le tour d'un monde familier – une fontaine, et non une rivière –, surtout s'il lui fallait penser à sa propre existence. Que pouvait-elle devenir sinon ce que d'autres lui souhaitaient ? Dani, elle, avait sans doute déjà dès l'enfance des océans dans la tête. Jade songea que, même adulte, elle n'arriverait jamais à la cheville de cette femme. Et Dani le savait, circonstance aggravante.

À la nuit tombée, le train s'arrêta lentement en gare de Séoul, tel un cheval fatigué qui rentre à l'écurie. Dès qu'elles en sortirent, elles perçurent avec une intensité redoublée la moiteur de l'air, qui luisait d'un violet orangé au-dessus de la cité immense et inconnue. Mais Jade s'étonna particulièrement de ne reconnaître en rien les gens qui se pressaient autour d'elles. Bien sûr, à Pyongyang, les visages ne lui étaient pas plus familiers. Mais elle en connaissait les attitudes, les accents, les expressions, et se sentait en sécurité en leur compagnie. La foule étrangère de Séoul dégageait une tout autre impression : plus réservée, plus décidée, plus indifférente – un peu comme Dani. Les passants exaspérés par leur lenteur bousculaient les nouvelles venues pour se déverser sur le parvis de la gare, où des colporteurs et des conducteurs de rickshaw se disputaient les clients. Plus loin se dressait un arc de pierre, immense, coiffé de tuiles d'un bleu noir ; des petites boutiques et des bâtisses disparates se blottissaient à ses pieds, telles des chiots.

— C'est la Grande Porte du Sud, leur apprit Dani lorsqu'elles eurent pris place dans un rickshaw. Elle a plus de 500 ans. Elle faisait partie des murailles de la ville, qui étaient encore debout lors de ma première visite à Séoul. Quelle splendeur c'était ! Mais les Japonais ont détruit les fortifications il y a bien longtemps. On ne voyait pas non plus ces hideux poteaux électriques en ce temps-là.

Le conducteur de rickshaw s'élança au trot, s'éloignant peu à peu du chaos de la gare.

— On va passer sous la Grande Porte ? demanda Jade, qui n'avait pas ouvert la bouche depuis le départ de la maison.

— Mais bien sûr, répondit Dani. Ce n'est pas parce que les murailles ont disparu que la porte cesse d'être une porte. Sans cela, comment saurait-on qu'on est bien arrivé à Séoul ? Et puis rien ne vaut le plaisir de passer sous une arche pour se remonter le moral. Quand tu seras triste, souviens-toi de ce conseil, ajouta-t-elle avec gaieté.

Dani avait un talent singulier pour dénicher les plus étranges raisons d'espérer.

— Voilà, on y est. Tu vas comprendre ce que je voulais dire.

Et en effet Jade frissonna d'un plaisir inexplicable lorsque le rickshaw leur fit franchir la porte.

4

L'orphelin
1918

Au cours de la même matinée, un garçon passa également sous la Grande Porte du Sud. La veille au soir, il avait pris congé d'une troupe de colporteurs qu'il avait pu suivre en leur servant de portefaix et de coursier. Ils lui avaient donné deux sous, avec lesquels il aurait pu se payer un bol de soupe et un lit dans la salle commune d'une auberge. Au lieu de cela, il descendit dans un fossé, au bas de la route qui longeait la Grande Porte, décidé à ne s'alimenter qu'au moment où il se sentirait à bout. Ayant trouvé une ornière bien ronde, il s'y coucha, les genoux serrés contre la poitrine. De douces tiges d'orge verte lui fournirent une couverture, s'inclinant vers lui comme si elles avaient attendu sa venue. Le garçon lança un regard oblique vers le ciel, d'un noir profond semé d'étoiles splendides.

Son père était un homme de peu de mots. Avant de mourir, il lui avait cependant dit ceci : « Regarder le ciel te donnera toujours le courage de tout affronter. » Il avait été un chasseur hors pair. Au crépuscule de sa vie, hélas, il ne pouvait plus sortir de sa chambre. Inerte et impuissant sur sa couche, il avait demandé à son fils de prendre soin de ses sœurs. De son corps frêle comme une ombre ne saillait plus que sa chevelure grise. « Te voilà chef de famille. Pour avoir du courage, regarde le ciel. »

Lorsque les étoiles disparurent, le garçon fut réveillé par l'odeur de la terre qui s'échauffe au soleil. Il se frotta les yeux et sortit à quatre pattes de son fossé pour observer la ville, noyée dans sa lumière orange, liquide. À Séoul, les aubes d'été étaient exaltantes mais d'une brièveté qui en menaçait l'existence même. Le soleil brûlant se hissait au-dessus de l'horizon et séchait en quelques secondes la rosée. Alors la ville se levait, comme pour obéir à ses ordres. Les charrettes, les voyageurs, les ouvriers se pressaient déjà au pied de la Grande Porte. Le jeune garçon se mêla prudemment à la foule de ceux qui entraient. Personne ne l'interrogea sur sa présence, ni ne le remarqua. Il plongea avec délice dans l'ombre fraîche de l'arche, puis déboucha sur une large avenue où vrombissaient des véhicules automobiles ; les trottoirs étaient bordés de majestueux immeubles de style occidental. Quoique affaibli par la faim, il ne put s'empêcher de sourire. Il enfouit la main dans sa poche et ses doigts se refermèrent affectueusement sur la bourse qui contenait ses deux sous, une bague en argent et un étui à cigarettes.

Il y avait de chaque côté de l'avenue de splendides demeures, chrétiennes, pensa-t-il, alors qu'elles hébergeaient pour la plupart des administrations, des consulats ou des maisons de négoce. Sur les trottoirs, les Coréens vêtus de blanc côtoyaient les Japonais en noir. Il y avait des officiers à cheval que la foule contournait avec un embarras discret, tels des bancs de poissons qui auraient frôlé les requins en chasse. Le garçon vit même deux ou trois Occidentaux dont les jambes longues et puissantes émergeaient d'un rickshaw tiré par un vieil homme maigre. La sueur dégoulinait du bandeau sur son front, striant son visage rude et s'écrasant sur la terre battue et le bout de ses pieds. Le garçon songea à son père tandis que le rickshaw disparaissait dans la foule.

Le soleil tapait déjà fort et le garçon avait la gorge si sèche qu'il ne pouvait rien avaler. Il se força à déglutir deux ou trois fois mais n'avait presque plus de salive. Avant d'aller plus loin, il lui fallait de l'eau. Dans tous les hameaux de campagne, près de l'arbre du village, il y avait un puits où les femmes venaient chercher l'eau pour la journée. Il suffisait pour le trouver de localiser les plus hautes frondaisons ou de suivre les jeunes filles qui portaient de grandes cruches sur la tête. Dans cette ville, il n'y avait pas d'arbres, rien que des routes sans fin où déambulaient toutes sortes de personnes excepté des jeunes filles portant de hautes jarres sur la tête. Il repéra une femme d'âge mûr munie d'un panier et s'approcha d'elle.

— Ma tante, excuse-moi ! Où puis-je trouver de l'eau ?

Sa voix était aussi râpeuse, aussi rouillée qu'un vieux clou. La femme poursuivit son chemin sans même s'arrêter. Les deux passants qu'il tenta d'interroger ensuite lui infligèrent le même traitement. Le second, avec son allure d'étudiant, aurait pourtant dû lui répondre. Non ; il s'éloigna sans un mot, si froidement que le sang monta à la tête du gamin, qui vacilla. Il trouva un peu d'ombre sous l'auvent d'un immeuble et se laissa choir au bas du mur, sans rien faire pour adoucir sa chute tant il se sentait vidé de toute énergie. De ses paumes, il se pressa les paupières. Un des colporteurs avec lesquels il avait voyagé avait recours à cette pratique lorsque la fatigue le prenait, et en effet le garçon avait trouvé cela apaisant, mais ni honteux ni infantile.

— Tu viens de la campagne ?

Il rouvrit les yeux sur un gamin qui devait avoir son âge.

— Non.

Le mensonge avait fusé d'instinct.

— C'est quoi, ton nom, péquenot ?

— Nam Jungho.

— Tu vois que t'es un pécore. Qui d'autre pourrait donner son nom à quelqu'un qu'il connaît même pas à part un campagnard qui vient de passer la Grande Porte ?

— T'as quel âge, petit merdeux ? rétorqua Jungho. Toi, c'est clair, tu cherches la bagarre.

Jungho n'avait que 12 ans, mais il s'était déjà taillé une réputation de lutteur d'exception parmi les gamins de son village. S'il n'était pas bien épais, il était vif et sec. De plus, il ne craignait pas la douleur et ne se souciait que de frapper fort, une technique offensive qui lui avait permis de battre des adversaires plus grands et plus âgés que lui.

— Tu m'fais rire, ricana le petit citadin. T'as la tête du gars qu'a rien bouffé depuis une semaine. T'es tellement faible que tu tiens même pas sur tes cannes.

En un éclair, Jungho se redressa, les poings levés à hauteur du menton, prêt à se battre. L'autre garçon était plus grand que lui, mais la différence n'était pas flagrante.

— Du calme, du calme ! protesta le nouveau venu, soudain plus conciliant. C'est pas la peine de te mettre en rogne.

— Fiche-moi la paix, fils de chien ! siffla Jungho sans baisser les bras. Va-t'en !

— Ouais, j'y vais. Mais t'as quand même l'air mort de faim et de soif, mon gars. Viens plutôt avec moi. Je vais te montrer où trouver à boire.

— Tu mens, j'suis sûr.

— Si c'est le cas, tu pourras toujours me casser la figure.

— Et toi, tu t'appelles comment ?

— Loche.

— Comme le poisson ? C'est idiot, gronda Jungho.

Il emboîta néanmoins le pas au citadin. Loche était expert dans l'art de se frayer un chemin parmi cette foule qui allait dans toutes les directions sans jamais s'arrêter ni se perdre, ce qui expliquait son surnom.

— C'est encore loin ? ne pouvait s'empêcher de demander Jungho.

— Encore quelques minutes, répondait invariablement Loche.

Au début, Jungho essaya bien de mémoriser leur itinéraire, pour être en mesure de revenir seul à la Grande Porte du Sud, mais il finit par renoncer. Il était vain de prendre le monument comme point de repère. Il ne connaissait rien de cette ville et y était pour le moment égaré, en dépit de tous ses efforts. Les noms des boutiques rédigés en caractères chinois, le crissement des rickshaws sur la chaussée, les cris des colporteurs, des artistes de rue, et même un tramway tracté par son câble électrique et auquel des grappes humaines se cramponnaient : tout cela le submergeait. Afin de ne pas flancher, il gardait le regard braqué sur le dos fluet de Loche et la tache de transpiration qui s'étalait lentement sur sa chemise.

— Nous y voilà, lança enfin le citadin en se retournant vers Jungho avec un rictus ironique, la main tendue.

— Hein ?

Ils étaient parvenus au bord d'un canal. Rien à voir, cependant, avec les torrents vifs et clairs du village de Jungho, descendus tout droit des montagnes. À 5 mètres en contrebas de la rue coulait un ruisseau marécageux. Peu profond, il évoluait entre deux rives de galets qu'encadraient des talus de pierre et de ciment, et était enjambé par un pont dont les piles grinçaient sous le poids des charrettes et des piétons.

— Qu'est-ce que c'est que ce cirque ? demanda Jungho, sans fournir le moindre effort pour cacher sa colère. T'avais dit qu'y aurait de l'eau.

— Oui, sous le pont, rétorqua Loche sans ciller.

— Cette bouillasse ? Tu me prends pour un chien ?

— Arrête de te mettre en rogne pour un rien. Le soleil tape déjà bien assez fort. Ce pont, c'est ma maison, répondit Loche, qui poursuivit sans attendre la réponse de Jungho. Soit tu me suis, soit tu retournes d'où t'es venu, pécore.

Il s'accroupit, posa les mains sur le rebord du talus puis fit pivoter ses jambes de l'autre côté et dévala la pente. Jungho se pencha aussitôt : en contrebas, Loche s'était déjà relevé et se frottait les mains.

— Fils de chienne, maugréa Jungho avant d'imiter son jeune guide.

— Eh bien, il t'en a fallu du temps ! Ah, tu fais moins le fier, là, hein ? se moqua Loche. Allez, on y est presque.

Contrairement aux espérances de Jungho, la présence de l'eau ne rafraîchissait en rien l'atmosphère au bord du ruisseau. Il y avait autour du pont des tas d'ordures, et en approchant il se rendit compte qu'il s'agissait de tentes improvisées. Des garçons de son âge qui bavardaient assis sur des rochers se levèrent pour saluer Loche. Ils étaient si crasseux que Jungho se sentit sale rien qu'à les regarder.

Il tenta de dissimuler sa gêne. Fuir aurait été une terrible erreur : il n'aurait pas eu le temps d'atteindre le talus qu'ils l'auraient tous rattrapé. Il fallait leur montrer qu'il n'avait pas peur.

— C'est qui, ç'ui-là, Loche ? demanda le plus grand des crasseux, le seul dont la lèvre supérieure présentait déjà un duvet grisâtre.

— Un nouveau, qu'arrive juste de sa campagne. Et il est mort de soif. Trouve-lui quelque chose à boire.

Les gamins se disputèrent quelques secondes pour savoir sur qui tomberait la corvée. Pour finir, l'un d'entre eux partit chercher un bol dans une tente et le remit à Jungho.

— Bois, pécore, dit Loche. C'est de l'eau du puits.

Rassuré, Jungho porta le bol à ses lèvres et en avala rapidement le contenu sous le regard des autres.

— Ça va mieux ? demanda Loche avec un rictus lorsque le bol fut vide.

Jungho hocha la tête.

— Comment tu t'appelles ? demanda le garçon au duvet.

— Nam Jungho. Et toi ?

— Qui t'es pour me dire tu ? Je suis ton aîné. Déjà que t'as bu notre eau, sois poli au moins... Mon nom, c'est Younggu. Mais tu vas me dire vous et m'appeler grand frère.

Comme Jungho restait silencieux, l'adolescent poursuivit :

— T'es de quelle province ? Qu'est-ce que tu fabriques à Séoul ?

— Je suis de la province du Pyeongan. Et je suis venu à Séoul pour la même raison que tous les autres. On n'a plus rien à manger au village.

— Et ta famille ?

Jungho soupira. Après la mort du père, un veuf avait demandé la main de sa sœur aînée, une belle jeune fille. Le veuf proposait d'héberger l'autre sœur, une fillette de 5 ans, facile à nourrir. Mais un garçon, presque adolescent de surcroît… Néanmoins la sœur aînée aurait préféré mourir de faim avec le reste de la famille plutôt que d'abandonner Jungho. Alors ce dernier avait quitté la maison familiale en pleine nuit, sans prévenir.

— Ils sont tous morts, répondit-il.

— C'est ton jour de chance, dans ce cas, dit Younggu. Si tu deviens l'un des nôtres, au moins tu risqueras plus de crever de faim. On mange pas des masses, mais on partage tout.

— On est tous des orphelins, comme toi, renchérit Loche.

— Comment vous trouvez à manger ? s'enquit Jungho.

— On fait la manche, on vole…, répondit Younggu. Mais t'inquiète pas, on vole juste aux méchants. T'apprendras vite mais faut commencer par le début : prête serment de fidélité et file-nous tout ton argent.

— Je n'ai rien qui…, commença Jungho en plongeant instinctivement la main dans sa poche.

La bourse n'y était plus. La panique l'envahit.

— C'est moi qui l'ai, idiot ! fanfaronna Loche en lui montrant l'objet du délit. Tu sais, j'aurais pu me contenter de te la piquer et de te perdre dans la foule. Au lieu de ça, j't'ai amené chez nous. Alors fais pas cette tête-là, couillon !

Loche lança la bourse à Younggu, qui la rattrapa d'une main avant de l'ouvrir sous le regard furibond de Jungho. Le grand frère empocha immédiatement les deux sous, puis considéra dans sa main gauche l'étui, et dans sa main droite la bague.

— Tu peux garder l'argent, dit Jungho, le cœur battant la chamade. Mais pas le reste. Rends-les-moi.

— Oh ! Tu me prends pour un abruti ? ricana Younggu. Pourquoi je te les rendrais, ces trucs de riche ? Tu les as volés, hein ?

— Mon père me les a donnés avant de mourir.

À vrai dire, il avait trouvé l'étui et la bague sous l'oreiller de son père après sa mort. Mais dans son esprit cela revenait au même : n'était-il pas son seul fils et unique héritier ? Leur valeur lui importait moins que le fait de les tenir de lui.

— T'es franchement pas malin, fit Younggu avec ironie. Peut-être qu'en fait t'as jamais vraiment eu faim, ou alors ça tourne pas vite là-dedans, mais tes machins en argent, là, c'est pas ce qui te fera bouffer quand t'attendras la mort couché dans un fossé. Alors que si on les vend on pourra tous se faire éclater la panse.

Le garçon avait beau bomber le torse, il y avait dans cette conclusion une sincère aspiration.

— Je m'en fous de crever de faim, répliqua Jungho. J'ai pas envie de rester avec vous. Rendez-moi mes affaires.

Younggu éclata d'un gros rire, bientôt imité par les autres garçons.

— Pars, personne te retient. Mais on garde le butin. Faut vraiment être naïf pour nous le demander. C'est ça, Séoul. Que ça te serve de leçon…

Jungho leva les poings, prêt à se battre, ce qui mit fin à l'hilarité générale. Même Younggu cessa de sourire. Il glissa la bague et l'étui dans la bourse, qu'il confia à Loche.

Les orphelins reculèrent opportunément de quelques pas pour élargir le cercle, tandis que les deux combattants approchaient l'un de l'autre. L'atmosphère tremblait de l'énergie avide, opiniâtre de l'adolescence masculine. L'espace d'un instant, happé par la tension, chacun quitta en esprit le canal boueux constellé d'ordures, l'ombre humide du pont et la ville impitoyable en surplomb. Younggu se rappela la hutte qui l'avait vu naître et où il avait grandi, à quelques centaines de mètres de là. La main de sa mère, la douce fourrure de son chien… Des souvenirs décousus l'envahirent inexplicablement et l'emplirent d'un sentiment de réconfort. Jungho, lui, fit abstraction de tout ce qui l'entourait, y compris de Younggu et de son propre corps déjà rompu par la fatigue. En ce bref moment qui précéda les coups, il leva simplement les yeux vers le ciel, que le soleil de fin de journée illuminait d'un éclat jaune et violent. Contrairement à ce que son père lui avait promis, il n'y trouva ni courage ni consolation, mais il songea que ses parents étaient peut-être là-haut, qu'il n'était pas venu seul en ce monde. Et, tandis qu'il lançait son poing vers le visage de l'adversaire, cela lui rappela pourquoi il lui fallait y survivre.

Younggu esquiva sans mal et répliqua par un assaut que Jungho, plus petit, évita d'un pas de côté. Puis les garçons se jaugèrent, distribuant des coups et contrant, mais à bonne distance. Au bout de quelques minutes toutefois, Jungho se rua vers Younggu afin de le frapper au ventre. Pour ce faire, il s'était penché, ce qui offrait à son adversaire le crâne, cible idéale. Mais, alors qu'en toute confiance Younggu tendait le poing, Jungho plongea sous son bras et fonça, tête la première. Le choc de plein fouet fit tomber son adversaire. Jungho le savait : quand un assaillant est à terre, l'avantage que pourrait lui donner sa taille est anéanti. Si on parvient à le maintenir dans cette position, on a quasiment gagné la partie, même si on est moins fort. C'était la surprise plus que la violence du choc qui avait fait tomber Younggu. Jungho s'empressa de le chevaucher et fit pleuvoir sur son visage une avalanche de coups féroces. L'autre réussit à s'emparer des frêles poignets du garçon.

— P'tit merdeux ! P'tit merdeux ! piaillait-il, rugissant d'une colère bien réelle.

Jungho renversa la tête en arrière et la rabattit violemment sur le front de Younggu, qui hurla de douleur. Le gamin de la campagne réitéra l'opération sans ciller et plus violemment encore. Celui des villes lui lâcha les poignets et perdit connaissance, ses blessures ruisselant de sang. Alors, enfin, Jungho se releva et essuya d'un revers de main son front tout aussi sanglant.

— Rends-moi mes affaires, dit-il à Loche, qui lui tendit la bourse.

Sous le regard des autres garçons, en silence, Jungho se pencha vers Younggu et glissa la main dans sa poche pour récupérer ses deux sous, qui rejoignirent ses autres possessions. Puis il se dirigea vers le pont, scrutant le talus à la recherche d'une fente dans le ciment pour se faciliter la remontée. Mais à peine avait-il tourné le dos à la petite bande qu'il entendit des pas.

— Hé, reste ! fit une voix.

C'était Loche.

— Qu'est-ce que tu cherches ? gronda Jungho. Toi aussi tu veux que je te casse la gueule ?

— T'en va pas, haleta Loche. Tu comprends pas ce qui vient de se passer ?

Il reprit son souffle avant de poursuivre.

— T'as vaincu notre chef. Ça veut dire que t'es notre nouveau chef.

— J'ai aucune envie d'être votre chef, rétorqua Jungho. Toi et ces mioches, vous n'avez qu'à continuer à vous faire commander par Younggu. Moi, ça m'intéresse pas.

— C'est pas comme ça que ça marche, insista Loche. Tu veux pas vivre avec nous ? Tu t'imagines que tout seul tu vas t'en tirer ? Tu crois qu'on est la seule bande de mendiants à Séoul ? Y en a plein d'autres rien que dans ce quartier, et aussi des vrais criminels, des adultes. Tu feras pas de vieux os avec eux.

— Et alors ? Ça te regarde ? hurla Jungho. Si je dois mourir, je mourrai. Occupe-toi de tes oignons.

— Toi, tu pars vraiment au quart de tour, dit Loche. Moi j'essaie juste d'aider, hein. Si tu veux survivre dans cette ville, faut que tu te trouves une bande. Et si t'es le chef, c'est le bonheur : tu fais ce qui te plaît. Tu peux même dire aux gamins de te donner une plus grosse part et ne pas avoir à faire la manche toi-même.

— Comment tu peux dire ça ? Y a pas trois minutes t'étais encore le lieutenant de Younggu !

— Je suis le lieutenant de personne, ricana Loche. Moi, je fais ce que je peux pour rester en vie. Et si t'étais pas têtu comme une mule tu pigerais.

Les deux garçons se défièrent du regard. Loche avait guidé Jungho vers ce repaire avec le sourire, l'avait volé avec le sourire. C'était l'un de ces individus aux petits yeux en forme de virgules, jamais avares de courbettes ; un trait de caractère à la fois mystérieux et répugnant. Une fois parvenu à cette conclusion, Jungho dut résister à l'envie pressante de lui décocher un direct. Pourtant, Loche ne lui avait pas réellement menti, n'avait pas cherché à le mettre en danger. Et dans ce cas précis, il n'avait pas tort : le salut résidait dans la solidarité.

Puis le gamin de la ville tendit la main, et Jungho la prit sans trop savoir pourquoi. Et, à sa grande surprise, il la serra même deux ou trois fois avant que, gênés peut-être, les garçons ne se séparent, les bras ballants.

— Allez, viens, dit Loche. Nos gars qui sont allés en ville vont revenir. On a de tout : des acrobates, des pick-pockets et des vrais mendiants. Avec un peu de chance on aura gagné de quoi payer un dîner à tout le monde.

— Qu'est-ce que vous mangez, en général ? ne put s'empêcher de demander Jungho, soudain empli de curiosité et d'espoir.

— Du ragoût ou des patates dans les bons jours. Du poisson avarié, des trucs de ce genre.

— J'dirais pas non à du ragoût. J'ai rien avalé depuis hier, répondit Jungho, honteux d'avouer sa détresse.

— Moi non plus. Mais c'est pas comme si on avait besoin de manger tous les jours. C'est ce que me disait toujours ma mère, reprit Loche avec un sourire trop facile.

Cette fois, Jungho le trouva beaucoup moins méprisable.

5

L'ami de Shanghai
1918

Chaque être humain croit en sa propre signification, unique, inhérente, sans laquelle la vie lui serait insupportable. Aux yeux de Kim Sungsoo, cette conviction n'était pas seulement un socle : c'était sa *pièce de résistance**. Bien sûr, il n'en était pas conscient : par nature ces gens-là sont les moins aptes à considérer leur égoïsme. En individu moderne et cultivé, il vivait suivant son propre code de conduite et était assez content de lui pour s'y conformer sans trop de difficultés. Il était par exemple pour l'indépendance, mais opposé à toute forme d'activisme local (selon lui, le changement viendrait d'en haut ; il fallait supplier les États-Unis de libérer la Corée). En privé, il se répandait en commentaires au vitriol sur l'occupant ; une cigarette japonaise aux lèvres, il prenait plaisir à s'écouter parler. S'il pouvait entretenir des liaisons amoureuses, s'y investir physiquement, financièrement, et parfois même sentimentalement, il ne poussait pas le sordide jusqu'à s'en vanter auprès de son épouse : pourquoi l'exposer à une humiliation inutile ? En résumé, Kim Sungsoo était

---

* En français dans le texte.

le digne représentant d'un type bien précis : le fils unique d'une riche famille coréenne pourvue de nombreuses terres et disposant d'un revenu annuel avoisinant 200 000 wons.

Quand Kim Sungsoo était enfant, toute la province surnommait son père Kim le riche, Sungsoo étant lui-même, pour les domestiques de la maisonnée comme pour tous les paysans du district, le Petit maître. À l'instar de plus d'un fils de hobereau fortuné, on l'avait envoyé étudier à Séoul, au lycée puis à l'université. Il avait été fiancé et marié à 20 ans. Son épouse, fille d'un haut fonctionnaire, était tout juste diplômée d'une université féminine chrétienne. Ils avaient occupé pendant trois ans une villa de cinq pièces dans la propriété de l'oncle de Sungsoo, en face de la demeure principale. Kim avait passé ces trois années à fréquenter ses amis, aussi riches et cultivés que lui, et à se pavaner avec des courtisanes dans des restaurants de luxe. Le soir, il rentrait chez lui ivre mort, et sa femme le déshabillait tout en lui faisant la leçon d'une voix douce. Certes, au lycée elle avait été éduquée par des missionnaires américaines, mais elle avait appris chez elle que l'épouse idéale s'accommode avec patience et esprit de sacrifice des défauts de son mari. L'oncle de Sungsoo, cependant, un haut fonctionnaire devenu comte à la suite de l'Annexion de 1910[1], avait décidé que son neveu ne pouvait continuer à dilapider ainsi ses talents et la fortune familiale. Il l'avait donc envoyé parfaire sa formation au Japon.

Sungsoo avait laissé son épouse à Séoul pour s'installer en célibataire à Tokyo, où il avait passé trois nouvelles

1. La Corée fut annexée de force par le Japon le 22 août 1910.

années à étudier sans conviction les littératures française, allemande et russe. Lorsqu'il n'était pas plongé dans Pouchkine ou Goethe, il fréquentait d'autres étudiants étrangers aussi insouciants que lui. Il évitait sans en avoir conscience ceux qui se prenaient trop au sérieux, qui se souciaient de théories politiques, de souveraineté et d'égalité. Celui-ci était fatigant, celui-là agressif, ce dernier sans finesse et peu porté sur la culture. Malgré tout, chose étonnante, Sungsoo s'était lié d'amitié avec un étudiant des cercles politiques : il arrive parfois que l'on extraie d'un groupe par ailleurs méprisé un individu fréquentable. Cet étudiant l'impressionnait : particulièrement intelligent, il était issu d'une famille illustre ; pour agrémenter le tout, il était dépourvu de la moindre vanité, ce qui plus d'une fois leur évita de se brouiller. Voici donc pourquoi Kim Sungsoo et Lee Myungbo étaient de vieux amis.

Après le retour de Sungsoo à Séoul, Myungbo était resté à Tokyo une année de plus. Puis il s'était installé à Vladivostok, pour traverser ensuite la Mandchourie et s'établir plus ou moins définitivement à Shanghai[1]. Sungsoo n'avait plus de nouvelles de lui depuis six ou sept ans ; il l'avait même si complètement chassé de ses pensées qu'il fut stupéfait de recevoir, sans autre forme de cérémonie, une lettre de Myungbo le priant de lui accorder un rendez-vous. La surprise initiale dissipée, il se rasséréna ; mieux, l'idée de revoir son vieil ami finit par le mettre dans un état de sincère impatience.

---

1. Vladivostok, la Mandchourie et Shanghai : hauts lieux de l'indépendantisme coréen.

Le jour dit, une fois debout, Sungsoo se nettoya le visage à l'eau chaude apportée par leur vieille femme de charge. Il se rasa avec soin, enfila une chemise blanche impeccablement repassée par son épouse. Les manches habilement pliées se séparèrent avec un léger crépitement lorsqu'il y passa les bras, une sensation unique qu'il appréciait particulièrement. Lorsqu'il fut habillé de pied en cap, sa femme lui apporta son petit déjeuner : bol de riz blanc, poisson frit, potage aux pousses de soja, kimchi et œufs cuits à la vapeur avec saumure de crevettes.

— Tu as bien dormi ? lui demanda-t-elle d'une voix amicale en posant le plateau.

Il lui répondit d'un grognement et elle se mit à bavarder : leur fils avait de nouveau fait des siennes à l'école et leur fille, encore bébé, avait sans doute contracté la varicelle. Drames domestiques auxquels Sungsoo n'accorda qu'une éphémère attention. Il lui semblait souvent que ses enfants appartenaient à sa femme beaucoup plus qu'à lui et il se désolait de ne pas ressentir pour eux d'affection spontanée, suspectant cette indifférence d'être un prolongement du peu de considération que lui inspirait leur mère, son épouse. Si les trois autres s'entendaient parfois de manière chaotique, ils étaient unis par une sympathie naturelle, chaleureuse et même passionnée par moments. Comme si Sungsoo avait été ajouté par hasard au tableau d'une famille réelle à laquelle n'aurait manqué qu'un père, si bien que de son côté il avait souvent l'impression de jouer au mari et au père avec la femme et les enfants d'un autre.

— Excellent, tout cela, répondit-il à son épouse alors qu'elle venait de lui décrire l'éruption cutanée de leur fille. Mais il faut que j'y aille.

C'était l'un de ces matins d'octobre où le ciel est d'un bleu éblouissant et l'air d'une fraîcheur merveilleuse. Les toits, les jardins derrière leurs hauts murs, les rues : tout était purifié et sacralisé par l'or froid de la lumière automnale. Enfin seul, Sungsoo reprenait conscience de son propre corps, vigoureux, sain, vêtu d'un costume gris anthracite impeccable qui convenait exactement à ce temps de saison et que son tailleur avait livré une semaine plus tôt. La cravate, le col dur auquel elle était épinglée, le gilet doublé de soie, le feutre à large bord, les chaussures bien cirées : tout cela était jouissif. Les rues du quartier de Jongno, quelle splendeur également ! En été, il n'aurait pu y voir que paysans et ouvriers, silhouettes sans beauté et fort déplaisantes. Mais il marchait à présent sous l'embrasement des feuillages de l'arrière-saison, qui projetaient sur les trottoirs leurs ombres d'aquarelle.

Sa bonne humeur résista même au bureau. Il se mit au travail avec le sourire. Son secrétaire, un jeune provincial désireux de bien faire (mais son teint olivâtre et huileux et ses manières trop rustiques n'en feraient jamais un homme de lettres), lui apporta d'abord en grande cérémonie les journaux du matin. Sungsoo les parcourut en commençant par les nouvelles importantes – c'était ainsi qu'il fallait procéder, non ? À dire vrai, il s'en désintéressait rapidement et ne finissait jamais les articles. En deuxième page, il y avait un billet consacré à une émeute causée par l'augmentation astronomique du prix du riz. Il avait plus que doublé entre janvier 1917 et août 1918, de 15 à 38 wons les 80 kilos, une première dans l'histoire de la Corée, pourtant vieille de 5 000 ans ! Paysans et ouvriers mouraient de faim. Le jour de l'émeute, un millier d'hommes et de femmes, jeunes et vieux, armés de cailloux et de terre, avaient bombardé les policiers. Et ce à Jongno même, que Sungsoo venait de traverser dans la douceur du matin. L'armée avait été appelée à la rescousse pour disperser les émeutiers, arrêtés par centaines. Il fallait à présent les libérer, plaidait le journal.

Après avoir dûment pris note des principaux arguments de cette diatribe, Sungsoo se plongea dans le feuilleton, qu'il lut avec beaucoup plus d'attention. Le héros de l'histoire était un trentenaire de classe aisée qui avait reçu une éducation moderne, comme Sungsoo et l'auteur. Dans l'épisode du jour, il tombait amoureux de la veuve de son meilleur ami, en dépit des complications qui en découleraient.

— Pouah, que c'est mauvais ! maugréa Sungsoo en repliant le journal.

Mais il nourrissait une passion secrète pour ce feuilleton et ne pouvait s'empêcher d'attendre l'épisode suivant tout en ne souhaitant rien tant qu'écrire quelque chose du même style.

Les heures qui suivirent furent consacrées à la relecture d'un manuscrit destiné à paraître dans la revue littéraire dont il était le rédacteur en chef. Son éditeur lui rendit une courte visite pour lui vanter les mérites de la presse installée au sous-sol, sur laquelle était imprimée la revue en question et quelques autres ouvrages, et même des brochures. À peine s'était-il éclipsé que le secrétaire frappa à la porte avant de faire entrer le vieil ami de Sungsoo, Lee Myungbo.

— Ah, toutes ces années sans te voir ! Toutes ces années !

Les deux amis se prirent les mains et se congratulèrent longuement. Puis Sungsoo donna à son secrétaire l'ordre d'apporter du café. Et les deux hommes, rayonnants, se rassirent.

— Pourquoi ne pas m'avoir prévenu que tu étais à Séoul ? Je te croyais encore à Shanghai ! s'indigna gentiment Sungsoo.

— Je viens d'arriver. Et je repars d'ici un mois ou deux.

— Tu as l'air en pleine forme. Shanghai te va bien, fit remarquer Sungsoo avec un rire cordial.

Cependant, en comparant Myungbo au souvenir qu'il avait de lui, Sungsoo se rendit compte que son ami avait terriblement vieilli, que ses joues et son menton s'assombrissaient déjà, quoiqu'il soit loin encore d'être très âgé, et qu'il semblait flotter dans son manteau. Cela lui inspira une sincère compassion, qui eut pour étrange corollaire d'améliorer grandement sa propre humeur : en présence de Myungbo il se sentait plus sain et plus vigoureux que jamais.

Le secrétaire revint en hâte avec deux tasses de café en équilibre sur leurs soucoupes. Les vieux amis prirent un moment pour le savourer.

— Ne me flatte pas, Sungsoo ! C'est toi qui rayonnes de santé et de joie. La conséquence, j'imagine, de ton mariage avec une bonne âme. D'ailleurs, comment va ma belle-sœur ?

Ce terme affectueux fit sourire Sungsoo. Myungbo n'avait jamais rencontré son épouse.

— Oh, c'est une bonne âme. Elle ne se départ jamais de sa bonté.

— Et les enfants ? Quel âge ont-ils, maintenant ?

— Le garçon, 15 ans, et la petite vient d'avoir 1 an.

Dans la demi-heure qui suivit, ils devisèrent ainsi de leur présent, de leur famille, de leurs connaissances communes, de la maison d'édition de Sungsoo et de l'entreprise qu'il avait créée récemment.

— Un magasin de vélos ? s'étonna Myungbo. Comment diable cette idée t'est-elle venue ?

— J'adore la bicyclette depuis toujours. C'est un de mes passe-temps favoris, dit Sungsoo. Mais assez parlé de moi. Quel bon vent t'amène à Séoul, Myungbo ? Et si on se racontait cela devant un bon plat ? Tu n'as pas faim ? Je vais t'emmener dans un restaurant qui vient d'ouvrir, Myungwol. On y mange comme dans un palais, sept ou neuf plats. Tu verras, c'est somptueux.

Le visage de Myungbo, jusqu'ici si avenant, se rembrunit subtilement.

— Sans façon, Sungsoo. Je n'ai pas très faim. Et puis on est tellement bien dans ton bureau.

— Tu es sûr ? Allez, s'il te plaît… C'est moi qui régale, l'implora Sungsoo. Quand même, si je ne peux pas t'inviter à déjeuner après tout ce temps…

Cette supplique fit sourire Myungbo, dont le visage recouvra sa bonhomie.

— Tu n'as pas changé… Toujours le cœur sur la main ! Déjà au lycée, quand certains te traitaient de gosse de riche pourri gâté, je prenais ta défense. Je savais que tu étais plus généreux qu'on ne le disait.

— Je n'en suis pas si sûr, Myungbo, bafouilla Sungsoo avec dépit. Ça ne me ressemble pas vraiment. Je n'ai jamais rien fait qui mérite tant d'éloges.

— Mais si tu en avais l'occasion ? demanda Myungbo, enthousiaste. Si tu avais la possibilité de prouver au monde ta bonté, t'en priverais-tu ?

— Que veux-tu dire ? Je ne comprends pas…

— Mais si, tu comprends. Et tu vois. On meurt dans ce pays, Sungsoo. Des paysans honnêtes et travailleurs, qui n'ont jamais commis le moindre délit… et qui consacrent tout leur temps à essayer de nourrir les leurs… Sous tes fenêtres, ici, à Jongno, au cœur même de Séoul, des milliers de Coréens se sont rebellés contre l'oppression et se sont battus sans armes : tu ne peux pas ne pas les avoir entendus.

Une étrange lueur passa dans le regard de Myungbo.

— D'après toi, pourquoi ne peuvent-ils plus acheter de riz, Sungsoo ?

— À cause de l'inflation, répondit ce dernier non sans réticence.

— Non… Ou, du moins, ce n'est pas la seule réponse. Si les prix augmentent, c'est aussi à cause du recensement ordonné par les Japonais. Ils ont mesuré la Corée au millimètre près, et tous les paysans illettrés qui n'avaient pour acte de propriété que les droits ancestraux et oraux se sont réveillés un matin dépouillés de leurs terres alors qu'ils n'avaient qu'elles. Ces terres prétendument non attribuées, le gouvernement les a saisies ou les a vendues aux grands seigneurs ou aux négociants japonais. Naguère petits propriétaires, les paysans ne sont plus désormais que les métayers des plus riches. Et, une fois qu'ils ont payé les impôts au gouvernement, le loyer, les frais pour leurs outils et l'irrigation et que sais-je encore, il ne leur reste plus un sou pour acheter à manger. Rien que pour se procurer les semences, il leur faut emprunter de l'argent aux propriétaires en gageant la récolte à venir. Et chaque année ce cercle vicieux les rapproche un peu plus de l'enfer. Jusqu'au jour où, naturellement, le propriétaire leur fait signer un contrat communautaire : si l'un des fermiers s'enfuit, les autres villageois hériteront de ses dettes. Personne n'ose plus partir et tout le monde meurt sur place, à petit feu. Pendant ce temps, les grands propriétaires, qui contrôlent pratiquement toute la production du riz, constatent ceci : plus ils stockent, plus le prix du riz augmente. Et plus il augmente, plus eux s'enrichissent. Si bien que leurs entrepôts sont pleins à craquer pendant que le reste du pays meurt de faim. Sungsoo, ne me dis pas que tu ne comprends pas la situation !

— Elle est loin d'être idéale, mais qu'y puis-je ? Et, cela dit, ajouta Sungsoo sur un ton affable quoique fort peu sincère, toi aussi tu es le fils d'un grand propriétaire. Tu as tiré profit de ta naissance autant que moi. Quelles solutions proposes-tu ?

— Très bien, je suis ravi que tu me poses la question, se rengorgea Myungbo. Je ne peux plus, en mon âme et conscience, continuer à profiter d'un système que chaque atome de mon corps et de mon esprit juge immoral. Lorsque mon père mourra et que j'hériterai de ses terres, j'en donnerai la moitié aux paysans qui les cultivent depuis toujours et je vendrai l'autre pour la cause. Pour l'heure, toutefois, les miens ne me soutiennent plus et j'ai les plus grandes difficultés du monde à financer notre mouvement…

— Seigneur ! s'exclama Sungsoo. C'est donc pour cette raison que tu es venu ? Bien, combien te faut-il ?

— Je veux d'abord que tu comprennes que cet argent ne m'est pas destiné : il ira à la cause. Il nourrira, habillera et formera nos courageux jeunes combattants en Mandchourie, qui sont prêts à sacrifier sans ciller leur vie à notre pays.

Myungbo s'empourpra et les larmes lui vinrent aux yeux.

— J'ai pensé qu'un homme de ton envergure pourrait sans doute consentir à une donation de 20 000 wons.

— Vingt mille wons ? Mais, mon bon monsieur, on pourrait acheter 20 villas avec une telle somme ! Je sais qu'on me croit très riche, mais c'est un montant colossal, même pour moi ! Laisse-moi du temps pour y réfléchir.

Sungsoo savait déjà que jamais il n'accéderait à une demande si exorbitante. S'il avait besoin de temps, c'était pour mieux formuler son refus.

— Sungsoo, toi qui es un artiste, comment peux-tu fermer ainsi ton cœur aux souffrances du monde ? reprit Myungbo, amer.

— Eh bien, justement, la sphère de l'artiste, c'est l'art ; je préfère laisser aux politiciens comme toi le soin de s'occuper du monde.

Et puis quoi, encore ? songea Sungsoo. Fallait-il qu'il compatisse aussi au sort des vaches qui paissent dans les champs ? Chaque être vivant avait un rôle précis à jouer dans l'univers.

— Il est certain que je ne peux pas te forcer la main. Pourtant souviens-toi de ce que tu as dépensé pour entretenir cette geisha à Tokyo. Et pense à ce que tout cet argent pourrait apporter à nos jeunes soldats, qui ne demandent qu'un fusil et des munitions pour servir notre pays.

— Écoute, Myungbo, je ne peux pas décider sur un coup de tête, répondit Sungsoo en réprimant son irritation avec toute la courtoisie dont il était capable. Je regrette vraiment que tu aies refusé mon invitation à déjeuner. On aurait pu parler de tout ça autour d'une bonne bouteille. Quoi qu'il en soit, tu m'as dit ce que tu avais sur le cœur. Maintenant, on peut discuter d'autre chose.

— Non, je vois bien que tout cela t'a mis mal à l'aise. Je vais te laisser. Mais... au nom de nos souvenirs partagés, et des quelques sentiments amicaux que tu as encore pour moi, tu me promets d'y réfléchir ?

— Oui, je te le promets, je te le promets, répondit Sungsoo, qui ressentit un profond soulagement lorsque Myungbo eut remis son chapeau et quitté le bureau.

Dani habitait Yeongeon-dong, près du zoo du palais Changgyeong, où nombre de vieilles familles nobles avaient également leurs résidences ancestrales. La maison était plus que spacieuse. Dani en occupait seule le rez-de-chaussée, et les jeunes filles purent avoir chacune leur chambre au premier étage, avec la femme de chambre et la gouvernante. Au bout du jardin intérieur, il y avait également un charmant pavillon. Avec ses canapés en cuir et ses tentures en velours, c'était la plus jolie maison que Jade ait jamais vue. Il y avait même un piano Steinway. Dans le jardin poussaient d'exotiques et ravissantes plantes. Avec sa fantaisie poétique coutumière, Dani avait attribué à chacune de ses jeunes invitées une fleur supposée refléter ses qualités. À Lotus, le tournesol d'été, éclatant, sain et joyeux. À Luna, le cosmos d'automne, la préférée de Dani, qui disait toujours : « Un cosmos seul n'a rien d'époustouflant, c'est en bouquet qu'il est sublime. » Pour Jade, elle avait choisi le camélia d'hiver, un arbuste du Sud que la fillette n'avait jamais vu dans son Pyeongan natal, trop froid. Dani lui assura avec plus de chaleur que d'ordinaire que le camélia portait chance aux femmes. Son compagnon était le charmant oiseau camélia, au délicat plumage vert pâle, qui ne se nourrissait que de son nectar, se détournant de toutes les autres plantes. Et, lorsqu'elle se fanait, la fleur du camélia ne brunissait pas, ne se délitait pas pétale par pétale comme les autres ; elle tombait, intacte, immaculée, rouge sang, veloutée comme un cœur. Aussi belle à terre qu'au jour de son éclosion.

— C'est ce que toutes les femmes espèrent : un amour qui ne change jamais. Et c'est aussi ce que je te prédis, ajouta Dani avec un étrange sourire.

Cette tante adoptive avait aux yeux de Jade les intuitions d'un esprit créatif, entre l'artiste et la voyante. Sa fantaisie esthétique prenait parfois le dessus, résonnant soudain comme une prophétie. Dani avait-elle un don de divination ? Toujours est-il que son enthousiasme donnait à ses déclarations des accents de vérité.

— Et toi, tante Dani, quelle fleur serais-tu ? demanda Lotus.

— Je sais ! s'exclama Jade avant que Dani ait pu répondre. Ce ne peut être que la rose, reine du printemps !

Et, comme si elles s'étaient concertées, les deux fillettes se prirent par la main et firent une ronde autour de leur aînée en chantant « Reine Rose ! Reine Rose ! » jusqu'à ce que Dani éclate de rire. Mais, dans l'ardeur joyeuse de leurs jeux, Jade se sentait coupable dès qu'elle posait le regard sur la trop silencieuse Luna. Rien, apparemment, ne pouvait plus lui tirer une parole, un sourire, ni même un élan de colère envers sa petite sœur.

Par un jour de grisaille, au début de l'automne, Luna sortit enfin d'un mutisme qui avait duré des mois. La pluie tombait doucement, plongeant le monde dans une lueur indigo. Après le déjeuner, les jeunes filles s'étaient réfugiées sous une couverture dans la chambre de Jade et écoutaient le clapotis de l'averse, bercées par la mélancolie. Jade avait demandé à Hesoon, la femme de chambre, de leur raconter des histoires de son enfance à Jeju, une île magique du sud de la Corée où poussent des arbres sans branches et où les chevaux sauvages s'ébattent au pied des montagnes enneigées. Sa mère et ses quatre sœurs, leur expliqua Hesoon, étaient toutes pêcheuses d'ormeaux : elles plongeaient dans les profondeurs pour les rapporter et pouvaient retenir leur respiration pendant deux minutes.

— Mais c'est impossible, tu nous mens ! pouffa Lotus.

— Non, c'est vraiment vrai. Les femmes de Jeju plongent même quand elles sont enceintes. Ma mère a failli me donner naissance dans la mer, mais elle a pu rejoindre le rivage à temps pour que je voie le jour sur la plage. C'est elle qui m'a ramassée et essuyée avec du varech.

Les récits de la femme de chambre étaient toujours invraisemblables : montagnes de feu et de glace, oiseaux aux longues ailes qui faisaient leur nid sur les vagues. Quand Jade fermait les yeux, elle voyait les femmes se transformer en poissons au fond de la mer et des bébés bercés dans des flaques d'eau salée, amarrés à des cordes en varech.

Alors qu'elles étaient sur le point de poser mille autres questions à Hesoon, Dani fit son apparition sur le seuil de la chambre et feignit d'être horrifiée par leur oisiveté.

— Je sais bien qu'il pleut aujourd'hui, mais vous n'allez quand même pas rester au lit tout l'après-midi ? À votre âge, j'étais la meilleure élève de ma classe. J'apprenais même l'anglais ! Venez, je vais vous montrer quelque chose d'amusant.

Le temps que les jeunes filles quittent leur refuge, le canapé avait été poussé contre le mur et Dani avait posé sur le phonographe un disque noir et fin comme le papier, qui luisait magnifiquement dans la lumière des chandelles. Lorsqu'il commença à tourner sous l'aiguille, le salon s'emplit de la vibration chaleureuse et syncopée des cordes et des cuivres. Jade ferma les yeux : ah, si cette vague de musique avait pu l'entraîner vers le grand large !

— Merveilleux, non ? On appelle ça le fox-trot, déclara Dani, rayonnante. J'aimerais bien danser sur cette musique, mais je n'en ai pas encore appris les pas. Attendez, on va mettre une valse. Ça, je connais.

Dani, Luna, Jade, Lotus et même Hesoon furent bientôt toutes sur la pointe des pieds, à tournoyer dans le salon en hurlant de rire. Pour la première fois depuis des mois, Jade vit le visage de Luna exprimer de la joie.

— Venez dans ma chambre, les filles, proposa alors Dani. On va essayer des vêtements.

Cette proposition eut l'effet escompté : toutes redoublèrent de joie. Jade et Lotus étaient au comble du bonheur ; Luna, sortant de sa réserve, ne put résister à la tentation d'enfiler une splendide robe brodée pour continuer à danser la valse. Enfin, épuisées par ces folies, elles s'étaient affalées dans des amas de soie bariolée lorsque, au-dehors, elles entendirent une voiture approcher en faisant gicler la boue de la chaussée. Hesoon se précipita vers le portail et revint, frissonnante et trempée.

— Madame, dit-elle à Dani, M. le juge est arrivé.

— Avait-il dit qu'il venait ? s'enquit Dani, soucieuse.

Elle se leva immédiatement, rajusta sa tenue tandis que Hesoon rangeait en hâte le salon et que la gouvernante faisait monter les jeunes filles à l'étage.

Jade s'attarda quelques secondes. À mi-palier, elle se retourna et vit Dani accueillir à la porte un monsieur aux cheveux gris. Il avait l'allure encore fière d'un vieil homme en pleine santé, bien qu'on puisse déjà détecter dans sa physionomie, ses gestes, les fragilités qui quelques années plus tard le mineraient. Avec son teint terreux, sa voix douce, il ne correspondait guère au soupirant que Jade avait imaginé pour son adorable, son indomptable tante, apte à ses yeux à réduire en servitude n'importe quel mâle. Ainsi Dani, aussi rusée que les autres, préférait l'argent aux sentiments. Jade en eut le cœur serré de déception : sa tante n'était donc pas une créature magique.

Le lendemain, Dani commença les leçons de danse et de musique. Si Lotus avait eu du mal à passer d'une classe à l'autre sous la férule de sa mère, avec Dani elle retrouva suffisamment confiance en elle pour se découvrir une voix remarquable, qui semblait naître de tout son corps et non pas seulement de sa gorge. Luna, elle, voulait apprendre l'anglais : pour accéder à ce privilège lorsqu'on était une femme, il fallait appartenir aux familles les plus modernes des classes supérieures. Jade, quant à elle, s'adonna à la danse comme à la poésie : à ses yeux ces deux arts venaient d'un même lieu insondable. Elle pouvait imiter spontanément n'importe quelle figure ; et au deuxième ou troisième essai elle se l'appropriait en y ajoutant une légère torsion du corps, une inclinaison du menton, une pause subtile. Ces ajouts presque imperceptibles faisaient d'elle une véritable grue de Mandchourie, une héroïne de légende ou une saison, une idée, là où les autres jeunes filles restaient elles-mêmes. En spectatrice de ces métamorphoses, Dani posait le menton sur sa paume et plissait les paupières, le regard froid : était-ce de plaisir ou de désapprobation ? Jade l'ignorait.

En octobre, Dani annonça aux filles qu'elles allaient participer à un grand événement. Myungwol, un nouveau restaurant où elle travaillait pratiquement tous les soirs depuis quinze jours, lui avait demandé, ainsi qu'à d'autres courtisanes de sa guilde, de l'aider à faire de la publicité. Jade et Lotus viendraient, mais pas Luna, en raison de son état. La tante commanda de nouvelles tenues pour les cadettes, qui répétaient chants et danses tous les soirs dans la chambre de l'une ou de l'autre avant d'aller se coucher. Quelle injustice que de devoir dormir alors qu'il y avait tant à faire, tant à penser ! Jade ne pouvait sombrer dans le plus profond des sommeils que lorsqu'elle était brisée par l'excitation.

À son grand désespoir, la semaine qui précéda l'événement fut pluvieuse et grise. Mais le jour dit le soleil se leva, étincelant, dans un ciel sans nuages. Les filles sortirent dans le jardin avec Dani pour cueillir un bouquet de cosmos, puis s'habillèrent avec l'aide de Hesoon. Avant de fixer sur la tête de Jade sa coiffe brodée, la femme de chambre tressa ses longs cheveux et les roula en un chignon bas qu'elle épingla d'une *binyeo* d'argent, la première qu'ait jamais portée la jeune fille. C'était un ornement d'épouse. Ainsi parée, elle n'était plus vierge en esprit, même si elle l'était toujours de corps. Pourtant elle n'était pas une femme mariée : l'ouverture de sa jupe enroulée vers la droite trahissait sa profession. Ne manquait que le maquillage. Lorsqu'il fut achevé, celle que Jade vit dans le miroir était une belle inconnue aux lèvres rouges et à la peau poudrée. Chose étonnante, cette étrangère ressemblait beaucoup à Dani.

— Adieu, tu me manqueras, murmura Jade dans le jardin tandis que Hesoon ouvrait le portail.

Elle rentrerait quelques heures plus tard, mais sa vie ne serait plus jamais la même. Après avoir été vue en public dans cette tenue, elle ne pourrait plus prétendre au mariage. Entrée enfant dans la maison de Dani, elle en ressortait courtisane.

6

La parade
1918

Sungsoo attendit dix minutes dans son bureau pour sortir à son tour après le départ de Myungbo. Ces retrouvailles ne s'étaient pas déroulées comme prévu ; il était le premier à le regretter. Au lieu de partager des souvenirs communs assis à une bonne table, de jouir du plaisir mutuel de découvrir que l'autre se souvient de ce que vous avez été, ils avaient dû se rendre à l'évidence d'un changement radical. C'était mille fois plus triste que de faire connaissance avec un être qui se révèle antipathique. Et de surcroît personne n'avait reproché quoi que ce soit à Sungsoo depuis des années. Son entourage n'aspirait qu'à lui plaire : ses subordonnés le respectaient, ses pairs le complimentaient, sa femme l'adorait. Et cette approbation universelle était si inconditionnelle, si complètement intégrée à sa réalité que les accusations de Myungbo le bouleversaient.

A-t-il raison ? se demandait-il. Ai-je tort de ne pas vouloir renoncer aux privilèges de ma naissance, de ne pas m'exiler à Shanghai ou dans je ne sais quel village de Sibérie pour passer ma vie à m'exercer au tir en vue d'assassiner les puissants ?

Sungsoo avait entendu parler de ces jeunes gens. Certains venaient de familles nobles et fortunées, d'autres étaient de simples paysans. À vrai dire, toutes les classes sociales étaient représentées. Ils se rassemblaient dans des cachettes, en Chine ou en Russie, et juraient solennellement de sacrifier leur vie à la cause de l'indépendance. Ils s'incisaient le bout de l'annulaire et signaient leur promesse en lettres de sang ; ils portaient des costumes impeccablement coupés et d'élégants chapeaux, et faisaient de splendides cadavres – un sort qui les menaçait jour et nuit. Les femmes, naturellement, en étaient folles.

Mais dans quel but, tout cela ? C'est idiot, se disait Sungsoo. Ils n'arriveront jamais à rien. Et puis... l'assassinat, c'est une activité bonne pour les meurtriers.

Ces méditations apaisèrent peu à peu son irritation.

Nous nous plaignons, poursuivit-il, perdu dans ses pensées, nous nous plaignons de ce que les Japonais nous massacrent, mais n'est-il pas tout aussi barbare, tout aussi répréhensible de vouloir les massacrer en retour ? Non, je ne m'associerai pas à ces déchaînements de violence. Je ne me laisserai pas influencer, même si Myungbo doit m'en vouloir.

Cette conclusion avait de quoi satisfaire Sungsoo et le faire remonter dans sa propre estime. Il sortit de son bureau le sourire aux lèvres. Le soleil était au zénith dans un ciel céruléen ; une brise fraîche et revigorante s'était levée. À peine avait-il fait quelques pas qu'il croisa un ami, un auteur dramatique qui, comme lui, avait étudié au Japon. Ils se serrèrent la main puis Sungsoo aborda le sujet de Myungbo, une connaissance commune.

— C'est curieux, d'ailleurs, de vous voir tous les deux le même jour, fit-il remarquer.

Et d'insinuer habilement, sans employer de termes directs, que Myungbo semblait avoir des problèmes de santé et d'argent, qu'il était venu quelque temps à Séoul pour solliciter un soutien financier et que, pour sa part, Sungsoo pensait ne pas accéder immédiatement à sa requête ; il avait encore besoin d'y réfléchir.

— Tu as bien fait de ne rien lui donner, répondit l'auteur. Il m'a toujours hérissé. Merci de m'avoir mis en garde. S'il demande à me voir, je trouverai une bonne excuse.

Tandis qu'ils poursuivaient leur chemin tout en bavardant, ils remarquèrent un attroupement à quelques pas devant eux et perçurent des éclats de voix.

— Seigneur, encore une manifestation ? s'irrita Sungsoo. On devrait changer de rue.

— Non, il me semble que ce sont des rires. Peut-être un spectacle ?

L'auteur dramatique, qui aimait les parades, s'avança vers la foule et Sungsoo lui emboîta le pas. Il se passait quelque chose sur le boulevard, et les gens applaudissaient et poussaient des cris. Les deux hommes se frayèrent un chemin jusqu'au bord de la chaussée. Sous leurs yeux apparurent une vingtaine de courtisanes.

Chacune portait un merveilleux costume en soie, serré à la taille par une ceinture blanche dont les pans formaient une traîne. Le nom de la courtisane et celui d'un nouveau restaurant, Myungwol, étaient inscrits dessus. Quelques-unes de ces femmes portaient des paniers remplis de fleurs qu'elles lançaient de temps à autre à la foule ravie.

— Incroyable ! se réjouit l'auteur. C'est un coup de génie. Cette semaine, on ne parlera que du Myungwol. Il faut qu'on y aille ensemble un de ces jours.

Sungsoo, qui avait toujours apprécié le spectacle de la beauté féminine, regarda passer les courtisanes avec une curiosité qui se mua bientôt en stupéfaction. Cette femme au milieu du cortège, n'était-ce pas Dani, vision à la fois familière et changée ?

Il ne put d'abord penser qu'à cette transformation. Le visage jadis potelé avait minci, les traits étaient plus anguleux. La peau poudrée était lisse comme le marbre – elle qui autrefois avait le teint si frais, si rose, une aube de printemps ! La nouvelle Dani, avec ses yeux soulignés de noir, ses pommettes saillantes, ses lèvres maquillées de rouge, avait de quoi impressionner. Ah, elle avait perdu sa jeunesse, sans conteste. Mais le feu de son regard était intact, fenêtre ouverte sur son jardin secret, flèche prompte à percer toutes les âmes. Non, il n'avait pas changé, vraiment pas. Et, lorsque Sungsoo en prit pleinement conscience, il la vit de la même façon que le reste des spectateurs : une femme si splendide qu'elle en faisait pâlir toutes les autres.

Il était revenu à Séoul depuis sept ans déjà. Comment avait-il pu ne jamais la croiser ? À la vérité, il savait depuis longtemps qu'elle était devenue courtisane ; courtisane de haut vol. Impossible, en ce cas, de n'avoir pas entendu parler d'elle. À Séoul, les artistes, les intellectuels, les auteurs, les diplomates et autres membres de l'élite fréquentaient des cercles aux nombreuses ramifications. Tous s'entichaient à un moment ou à un autre, pour le meilleur ou pour le pire, de belles courtisanes. Sungsoo dut bien s'avouer alors qu'il avait sciemment évité de la rencontrer et n'était jamais allé dans les soirées qu'elle agrémentait de ses talents. Il avait décidé en son for intérieur que leur relation appartenait au passé, qu'il était inutile d'exhumer ces reliques pour en tirer on ne savait quel mauvais potage, pour ainsi dire. Le bon côté des souvenirs, c'est qu'ils sont derrière vous. Pas une fois en sept ans il ne s'était posé de questions sur le sort de Dani, jamais il n'avait imaginé les moindres retrouvailles. Et, à présent qu'il l'avait sous les yeux, il se sentait troublé et confus.

— Tu la connais, celle-là ? Dani ? s'enquit l'auteur avec un sourire en coin.

La perplexité de Sungsoo ne lui avait pas échappé.

— Oui, c'est une vieille histoire. Elle était lycéenne à l'époque.

— Lycéenne ? s'étonna l'auteur, les yeux écarquillés.

La mère de Dani, expliqua Sungsoo, elle-même une célèbre courtisane, avait pris sa retraite après être devenue la seconde épouse d'un haut fonctionnaire.

— Ah, belle-fille dans un foyer fortuné. Mais pourquoi avoir choisi ce métier si elle a pu aller au lycée ? insista l'auteur.

Ne souhaitant guère s'impliquer davantage dans ces réminiscences, Sungsoo répondit d'un haussement d'épaules. Dani avait reçu une éducation bourgeoise ; lorsqu'il l'avait rencontrée devant son lycée, elle était vierge et ne se destinait pas au commerce de ses charmes. Sungsoo l'avait séduite par des promesses tacites mais, lorsque sa famille l'avait envoyé au Japon, il l'avait abandonnée. Sans regrets de son côté : jamais il ne lui avait réellement parlé de mariage. Il ne pouvait prendre pour épouse qu'une femme issue d'un clan irréprochable et à la fortune assurée. Une placide aristocrate, comme sa présente conjointe, toujours dévouée, toujours contente. Si Dani ne s'en était pas rendu compte, qu'y pouvait-il ?

— Elle est entretenue par un très riche protecteur, tu le sais ?

L'auteur lui donna le nom d'un juge japonais, une éminence du droit, qui l'avait installée dans une maison cossue et lui avait même offert des diamants.

— Si jamais tu voulais t'y intéresser, renonce. C'est un fruit interdit. À ne toucher qu'avec les yeux, comme on dit. Les morceaux de choix, c'est toujours ainsi.

— Oh, sans moi de toute façon, marmonna Sungsoo tout en ayant le plus grand mal à détourner les yeux des jupes rouges de Dani.

Au même moment, à quelques rues de là, Yamada Genzo sortait à cheval de la caserne de son régiment en compagnie d'un camarade officier, un certain Ito. La brutalité dont Hayashi avait fait preuve pendant la partie de chasse avait révolté Yamada, qui n'avait eu aucun problème à obtenir de son père une mutation loin de Pyongyang. Le baron Yamada encourageait toujours les ambitions de ses rejetons, une règle dans les grandes familles. Il avait si bien activé son vaste réseau d'amis et de connaissances qu'au printemps son fils Genzo avait été nommé commandant et affecté à Séoul. Cette promotion avait provoqué une hostilité voilée chez presque tous ses camarades de Pyongyang, et surtout chez le commandant Hayashi. Yamada en était conscient, et ses anciens compagnons aussi. Mais tous avaient dissimulé habilement leur ressentiment, et les compliments avaient été exprimés et reçus sans la moindre amertume ni la moindre brutalité.

À Séoul, contrairement à Pyongyang, aucun officier supérieur ne pouvait prétendre à la domination absolue sur les autres. Ils étaient plusieurs à se disputer la meilleure place, la plus grande influence. Suivant les conseils de son père, Genzo s'allia à une faction dont le commandant Ito était membre. Les deux hommes étaient à peu près du même âge, tous deux beaux et bien bâtis, et de haute naissance. Ito, plutôt petit, la taille fine et les mollets musclés, semblait déborder d'une énergie contenue. Futur comte, il faisait peu de cas de son aristocratique naissance et cultivait l'humilité. Yamada l'appréciait, pour autant qu'il puisse y avoir dans son âme une place pour des sentiments amicaux. Ils se fréquentaient volontiers en dehors de la caserne, et ce jour-là ils se rendaient à cheval à une réunion.

— Tu vois, l'assimilation d'une nation et/ou d'un peuple faible par une nation et/ou un peuple plus fort est non seulement inévitable, mais aussi désirable, dit Ito en caressant son élégante moustache. Sans le Japon, comment la Corée aurait-elle pu se moderniser ? Qui lui a apporté les chemins de fer, les routes, l'électricité, le progrès ? Nous la gouvernons avec bienveillance, si toutefois on peut gouverner des gens aussi dépourvus de discipline. Pourtant, ces chiens ne savent toujours pas ce qui est bon pour eux.

— Oui, nous leur avons apporté le progrès. Et tu as raison d'y voir la main d'une loi naturelle. Mais, tout de même, je me pose des questions sur le problème du riz, objecta Yamada. Pourquoi les saigner à blanc ? Cela les rend hostiles, rebelles à tout contrôle. Il y a d'autres moyens, sans doute ?

— Nous avons besoin de ce riz pour le Japon, pour la mère patrie. C'est ce qui se passe lorsque le corps dirige vers le cœur le sang et les nutriments au détriment de tel ou tel membre. Le Japon est le cœur, la Corée, une simple extrémité. Et puis ces *josenjin* sont trop bien nourris, trop vigoureux, trop énergiques. Une fois saignés, ils seront moins rétifs.

Un sourire flottait sur les lèvres d'Ito. Le balancement de son corps sur la selle l'emplissait d'une humeur particulièrement joyeuse en ce bel après-midi.

— Nous leur apportons le progrès, poursuivit-il. Et eux nous fournissent le riz et quelques curiosités exotiques, les vieux céladons, les peaux de tigre, etc. C'est comme ça partout dans le monde, maintenant. Regarde ce qui se passe en France, en Grande-Bretagne, en Allemagne, aux Pays-Bas et en Belgique : ils se sont partagé l'Afrique et l'Asie ; ça les a renforcés. Les Américains sont aux Philippines et dans le Pacifique Sud. C'est l'ordre mondial.

Il demeura un instant silencieux puis, remarquant la foule qui avait envahi le boulevard, il tendit le bras dans sa direction et partit au galop. Yamada l'imita, faisant presser le pas à sa monture.

— C'est une parade de courtisanes de Joseon ! s'exclama Ito en faisant de grands signes.

Yamada revint à la hauteur de son compagnon. Au-delà de la foule, un cortège de femmes aux magnifiques costumes avançait dans les chants et les psalmodies. Les courtisanes lançaient des fleurs et Ito riait de si bon cœur que son bel étalon noir se mit à renâcler.

— Ah, j'oubliais les femmes, bien sûr. Le riz, les tigres et les femmes. Voilà ce qui fait la gloire de Joseon, ricana-t-il en se joignant aux applaudissements. Et, pour ce qui est des femmes, je suis très amateur. Elles n'ont pas le même goût que les geishas.

— En quoi ? s'enquit Yamada.

— Je trouve qu'elles sont plus volontaires que nos filles, qui sont comme l'eau, rafraîchissantes et inconsistantes. Ces courtisanes de Joseon ont le feu au corps. Elles vous combattent avec ardeur. Et il est si plaisant de les faire céder ! Comme on casse une noix pour en manger les cerneaux.

Ito accompagna cette comparaison d'un clin d'œil et d'un geste obscène.

Au même moment passèrent devant lui deux très jeunes apprenties qui, bras dessus bras dessous, lançaient à la foule des sourires charmeurs.

— Regarde-moi ces courtisanes miniatures ! s'écria Ito. Ravissantes, hein ? Ah, quel charme !

Tous ces étrangers qui la regardaient avec insistance... À la fin de la parade, Jade se sentait submergée. La pression subtile du bras de Lotus sur le sien la rassurait ; elle fit de son mieux pour réprimer son inquiétude. De sa main libre, elle tenait un panier de cosmos et de chrysanthèmes cueillis le matin même dans le jardin de Dani. De temps en temps, Lotus plongeait la main dans les fleurs et en lançait quelques-unes à la foule. Chaque fois que les pétales s'égrenaient sur la chaussée, les spectateurs applaudissaient et poussaient des cris de joie.

— Essaie, toi. Tu vas voir, c'est tellement drôle ! chuchota Lotus en s'emparant du panier.

— Je n'arriverai pas à les lancer si loin, répondit Jade, prise de panique.

Elles se mirent à rire sous cape.

— Ne dis pas n'importe quoi, ça ne pèse rien ! N'y pense pas, et évite de viser la tête des gens.

Jade prit à pleines mains une poignée de fleurs qu'elle lança sur sa droite. Les pétales, portés par une brise douce et bleutée, flottèrent un instant avant de retomber en dessinant dans les airs des motifs roses, blancs et violets. La foule applaudit, sous le charme. Les rues zébrées de soleil, le crissement du sable sous ses semelles, tout emplissait le cœur de Jade d'un sentiment qui n'était plus seulement physique et qu'elle avait toujours cru inaccessible : elle se sentait libre. Elle aurait aimé battre des bras, s'envoler comme un oiseau. Sans pourtant céder à cette envie, elle éclata de rire et jeta, désinvolte, une fleur qui frappa en plein visage un jeune garçon.

En compagnie de Loche, de Younggu et du chien, Jungho avait regardé défiler les courtisanes avec une intense fascination. Lui et Younggu étaient devenus les meilleurs amis du monde, comme cela arrive aux garçons après une franche bagarre. Le chien, lui, était une acquisition récente. Un jour de septembre, Younggu l'avait trouvé qui errait sous le pont. Il était sale et maigre à faire peur, mais n'avait rien perdu de son énergie. Jungho et Loche avaient proposé de le vendre au boucher, mais Younggu les avait menacés d'un nouveau duel aux poings, et Jungho avait fini par céder : le chien resterait, mais Younggu devrait le nourrir de sa propre pitance. Ce dernier partageait donc ses rations avec lui et l'épouillait tendrement, écrasant les puces entre ses ongles. Le chien le suivait partout et se révéla très utile pour trouver les endroits les plus propices à la mendicité. Ce jour-là, ils traînaient sans but précis lorsque le chien les avait conduits vers la parade. Il s'était d'ailleurs accroupi au premier rang, comme pour profiter lui aussi du spectacle.

C'était la première fois que Jungho prenait vraiment conscience de la beauté des femmes. Les courtisanes lui avaient toujours semblé appartenir à une autre espèce que les femmes qu'il avait croisées jusqu'alors. La parade était d'une telle splendeur qu'il en avait eu la nausée. Impossible pourtant de détourner le regard. Il avait remarqué les deux très jeunes filles – elles devaient avoir à peu près son âge –, qui fermaient la marche. Toutes deux étaient de taille et de corpulence moyennes, et leurs costumes étaient identiques : longue tunique vert tendre sur jupe rose. En toute objectivité, elles n'avaient rien d'extraordinaire. Elles étaient encore trop jeunes pour qu'on puisse détecter dans leur physionomie la beauté de l'adulte. Pourtant, le regard de Jungho s'était posé sur l'une des deux comme s'il avait toujours espéré la rencontrer. La plénitude de son visage était accentuée par la partition de sa chevelure, du haut du front au sommet du crâne. Ses joues étaient rondes comme des pommes, légèrement rougies par le vent frais d'octobre, et son regard scintillait. Rien de plus remarquable, mais cela suffisait à Jungho.

Tandis qu'il la contemplait bouche bée, elle avait pris dans son panier une fleur de cosmos et la lui avait lancée en plein visage, un sourire radieux sur les lèvres.

Un choc tendre qui l'avait empli de terreur – le geste était-il une moquerie ? –, mais aussi d'euphorie, pour la même raison. Remarquant son ébahissement, Loche et Younggu avaient éclaté de rire et s'étaient mis à le taquiner impitoyablement. Pourtant Jungho n'en avait pas pris ombrage. Un merveilleux sentiment, encore impossible à nommer, venait de lui ouvrir le cœur.

7

L'évasion
1918

Il n'y a sans doute que les jeunes gens pour croire naïvement que l'existence est un progrès continu. Pour Jade, les étapes devaient se suivre et se ressembler ; elle était certaine, avec la parade, d'avoir entamé une progression sans à-coup qui la conduirait à l'âge adulte. Aussi fut-elle surprise et déçue lorsqu'elle dut retourner à la routine médiocre du quotidien. Dani ne permettait pas aux filles de s'éloigner à plus de cinq maisons de chez elles. Jade lui obéissait, comme elle l'avait toujours fait, mais le charme de la jolie villa lui parut bien vite s'empoussiérer. Il y avait une vie à quelques pas de leur quartier : des spectacles, de la musique, de riches maîtresses de maison qui singeaient la mode des courtisanes ou des lycéens aux yeux ébahis avec des casquettes de livreur de journaux, des messieurs élégants portant col dur et monocle, ou encore des boutiques vendant toutes sortes de friandises. Le monde la tirait par la manche, aussi irrésistible et réel que les premières journées de chaleur estivale du mois de juin. Mais elle en était exclue, prisonnière dans le cœur même de Séoul. Avec l'arrivée de l'hiver, Jade prit l'habitude de sortir toute seule et de s'asseoir au bout de la rue.

Au-delà, c'était terre interdite. C'est au cours d'une de ces méditations qu'elle croisa un jeune garçon qu'elle n'avait jamais vu dans le quartier.

Jamais, par la suite, elle ne parviendrait à se souvenir exactement de l'effet qu'il avait produit sur elle ce jour-là. D'ailleurs, l'existence de ce nouveau venu mit de nombreuses journées à se consolider. Il devint d'abord un élément du paysage, au même titre qu'un arbre ou une haie, et elle s'habitua à sa présence avant même de la remarquer. Petit et maigre, il avait à peu près le même âge qu'elle. Difficile de dire ce que son teint olivâtre devait à la crasse plutôt qu'au hâle. Mais, le jour où le regard de Jade le distingua de son environnement, le garçon sourit comme s'il n'avait attendu que ce signe. Il avança vers elle, suivi par un chien jaune à la queue en tire-bouchon. Et elle constata bientôt qu'il y avait dans son apparence quelque chose d'absurde : ses vêtements ! Si usés qu'on l'aurait dit vêtu d'une simple trame. Sur les haillons des pauvres, les ravaudages prenaient souvent plus de place que le tissu d'origine. Ceux du garçon, jamais réparés, béaient tels des plaies et leurs effilochures flottaient dans la bise mordante. Jade oscillait entre dégoût et compassion.

— Je te vois souvent par ici. Tu vis dans cette rue ? demanda le gamin.

Elle hocha la tête, non sans réticence. Dani ne lui avait pas formellement interdit de parler à des enfants de son âge, mais la recommandation était tacite. Sur ce point, cependant, le poids de l'ennui dépassait la crainte que lui inspirait Dani. Et, si sale qu'il soit, l'inconnu lui évoquait les petits garçons avec lesquels elle avait grandi au village.

— C'est ton chien ? demanda-t-elle.

L'animal reniflait le pavé derrière le gamin, qui le siffla. Il bondit vers Jade, remuant joyeusement la queue.

— Non, il est à mon copain. Mais tu peux le caresser, il est très gentil.

Jade s'accroupit et caressa le chien reconnaissant, de la tête à la queue puis derrière les oreilles et sous le menton.

— Il s'appelle comment ?

— Il a pas de nom. C'est le chien, c'est tout. Moi, par contre, c'est Jungho.

— Oh, désolée, pouffa Jade. J'aurais dû te le demander d'abord. Moi, c'est Jade. Je ne vais pas tarder à rentrer, ajouta-t-elle. Je n'ai pas le droit de trop m'éloigner.

— C'est quoi, trop ?

— Cette rue.

Jungho secoua la tête, incrédule.

— Mais t'en as pas marre d'être en cage ? Moi, à Séoul, y a pas une rue que je connais pas. J'vais partout, juste pour voir à quoi ça ressemble. Y a le fleuve, le marché, la rue des Yankees… Et même, pas loin d'ici, le zoo. Si tu veux, je peux te le montrer.

— Oh, je ne sais pas… Mais qu'est-ce que c'est, un zoo ?

Un endroit où étaient rassemblés tous les animaux du monde, expliqua Jungho. Dans celui-là, l'animal le plus célèbre était un éléphant nommé Giant. Mais il fallait payer pour y entrer. Jade se mordit les lèvres et réfléchit longuement. Dani était déjà partie. Elle ne rentrerait pas avant la nuit tombée. Si elle ne profitait pas de cette opportunité, quand donc pourrait-elle ressortir ? Dans un an, deux ans ? Cela dépendrait du seul caprice de sa tante.

— D'accord, mais il faudra que je rentre le plus vite possible, dit-elle en se rapprochant de Jungho.

Il n'était pas plus grand qu'elle, peut-être même légèrement plus petit, mais il ne témoignait d'aucun signe de faiblesse. Contrairement à certains mendiants il ne se traînait pas, mais marchait d'un pas ferme en balançant fièrement les bras, sans se soucier du regard des autres. Comme s'il n'était vêtu de haillons que par choix, le temps de l'aventure. Oui, comme ces princes déguisés dont regorgent les contes. Tandis qu'ils avançaient, il montra à Jade quelques-uns des monuments de Séoul, comme si la ville lui appartenait.

— Et voilà le zoo. Autrefois, c'était un palais, déclara-t-il.

Il y avait une petite foule devant le portail, bien qu'on soit en plein hiver. De l'autre côté des grilles résonnaient des chants, des cris et des rires.

— Tiens, viens par là.

Ils longèrent l'entrée principale et contournèrent l'angle du mur. Les passants étaient beaucoup moins nombreux. Jungho se dirigea vers un orme zelkova dont les branches surplombaient l'enceinte du zoo.

— Tu sais grimper ?

Jade fit non de la tête. Il se campa près du tronc, croisa les mains et fit la courte échelle à sa nouvelle amie. Mais n'allait-il pas céder sous son poids ? Il parvint à garder son équilibre pendant qu'elle cherchait un appui sur le tronc puis se hissait sur une branche. Il la suivit presque aussitôt et s'accroupit près d'elle sous les branches nues. Le chien, lui, s'assit au pied de l'arbre et se mit à gémir.

— Tu vois Giant ? chuchota Jungho.

Il y avait dans l'enceinte du zoo une douve sèche autour de laquelle des centaines de personnes étaient amassées.

Au centre se dressait un monticule couvert d'un sable crayeux, couleur ivoire. Giant était perché sur cet îlot tel un navire échoué aux voiles grises. Il était si colossal que même à distance on pouvait voir cligner ses yeux, gros comme des soucoupes. La foule poussait des cris de joie et lui lançait divers projectiles pour attirer son attention. Soit par patience, soit par obstination, le pachyderme ne daignait pas réagir. Déçus, les premiers spectateurs laissèrent place à une nouvelle rangée de plaisantins. Certains jurèrent, d'autres crachèrent dans la douve ou bombardèrent Giant de trognons de pommes. Il ne bronchait toujours pas.

Sa force et sa taille rendaient ses souffrances plus pathétiques encore aux yeux de Jade : une puce en captivité ne l'aurait pas émue le moins du monde. Elle voulut détourner le regard, mais en fut incapable. Elle avait voulu voir le monde ? À présent qu'elle l'avait sous les yeux, elle sentait la nausée l'envahir.

Jungho tira sur sa manche. Quelqu'un avançait vers eux, vitupérant.

À 30 mètres de l'arbre, un garde en uniforme brandissait son fusil tout en insultant les enfants. Jade étouffa un cri de panique. Jungho avait déjà sauté à terre et le chien grondait, aboyait, les babines retroussées sur ses crocs blancs.

— Saute ! ordonna Jungho.

Le soldat approcha en faisant tournoyer son fusil comme un gourdin.

— Je te rattraperai ! cria Jungho.

Jade secoua la tête.

À 1 ou 2 mètres de l'arbre, le garde mit le chien en joue. Jungho n'avait pas bougé : hors de question de filer sans Jade. Cette dernière inspira profondément avant de sauter, et atterrit à quatre pattes devant le garçon. Ils détalèrent à toutes jambes, suivis par le chien, sans se retourner pour voir ce que faisait le garde. Ils ne s'arrêtèrent pas avant d'être arrivés devant chez Dani.

— Ça va ? haleta Jungho. Fais voir tes mains.

— Tout va bien, ce n'est qu'une égratignure, protesta-t-elle alors qu'il prenait dans les siennes les mains de la fillette et soufflait dessus pour en chasser la terre.

Le chien battit de la queue, poussa un gémissement sonore et se coucha de tout son long sur le trottoir, épuisé.

— Cet éléphant..., dit Jade. À ton avis, il pense à quoi, toute la journée, à rester sans bouger, sans faire de bruit ?

— Hmmm, médita Jungho. Il doit trouver tous ces gens horribles. Ou peut-être qu'il pense à ce qu'il va manger.

— Non, il se demande comment sortir du zoo. Tu as vu, il n'est pas attaché. Il est très grand, mais pas assez pour franchir la douve. Les éléphants ne peuvent pas sauter. Tu crois qu'il y a moyen de le libérer ?

Jungho s'était assombri à force de réfléchir.

— Je... Non, je sais pas. Désolé.

— On en parlera la prochaine fois qu'on se verra, dit Jade.

Une fois rentrée chez Dani, elle raconta ses aventures à Lotus.

— Mon nouvel ami m'a emmenée au zoo ; on a vu l'animal le plus grand de la Terre ! Mais c'est curieux parce que, au lieu de me rendre joyeuse, ça me rend triste.

— Un nouvel ami ? s'enquit Lotus en refermant sa boîte à couture.

Elle venait de recoudre le ruban *goreum* de sa veste.

— Oui, un garçon qui doit avoir notre âge et qui se promène avec un chien jaune.

— Ah oui, je l'ai déjà vu dans le quartier, dit Lotus en rouvrant brusquement le coffret.

Elle ajouta quelques points au ruban, qui n'en avait plus besoin.

— Un gosse des rues crasseux, un petit voleur. Ne t'approche pas trop de lui, tu pourrais attraper des poux.

Jade en fut blessée. Elles ne s'étaient jamais disputées. Leur amitié était-elle vouée à évoluer, premier changement aussi subtil, inévitable que la première fissure dans la glace qui recouvre le lac ? Elle préféra chasser cette pensée de son esprit et rassurer Lotus : personne ne prendrait sa place à ses côtés. Elles resteraient les amies les plus fidèles, les plus intimes du monde. Pourtant, elle eut beau essayer jour après jour d'attirer sa sœur de cœur dans la rue pour lui faire rencontrer Jungho, Lotus préférait rester dans la maison auprès de Luna, qui vivait la fin de sa grossesse dans un silence catatonique.

Désormais, chaque fois que Jade sortait de chez Dani pour jouer, Jungho l'attendait près du portail. Parfois, il venait avec le chien, et ils le caressaient, lui lançaient des bâtons. Parfois il était seul, et tout en se promenant autour du pâté de maisons ils imaginaient les mille façons de libérer l'éléphant. Avant même que Jungho n'apprenne à Jade qu'il était orphelin et dormait sous une tente, elle l'avait adopté.

— Tu sais, il n'y a pas tant de différence entre nous. Moi non plus je n'ai plus mes parents, même si je sais qu'ils sont encore vivants. Je ne dois pas chercher à les revoir : c'est ma mère qui me l'a dit. Au village, s'ils savaient que je suis une apprentie courtisane, la réputation de ma famille serait ruinée.

— Ils te manquent ? demanda Jungho.

Jade fouilla dans sa mémoire. Sa mère, la nuit, lui peignant et lui tressant les cheveux. Sa mère l'embrassant une dernière fois tout en lui faisant jurer de ne jamais revenir. Ces souvenirs pâlissaient déjà comme les étoiles à l'approche de l'aube.

— Autrefois oui, répondit-elle, mais maintenant j'ai l'impression d'avoir trouvé ma vraie famille.

Un jour de très grand froid, Jade prit dans la commode en bois de paulownia l'une de leurs innombrables couvertures en soie et la donna à Jungho. Un geste qui sembla causer au garçon plus de trouble que de plaisir.

— Ne t'inquiète pas, dit Jade en lui fourrant le paquet dans les mains. Nous en avons des dizaines !

Muet, il baissa les yeux sur la couverture, rembourrée de cocons de soie aussi légers que l'air. Puis une idée parut lui traverser l'esprit. Il se redressa de toute sa hauteur.

— Quand je serai plus âgé, je t'offrirai quelque chose qui aura la valeur de 100 couvertures, déclara-t-il.

Dans un sourire, Jade accueillit cette promesse encourageante sans penser qu'il puisse jamais la tenir. Quelle assurance dans ses propos ! Elle l'admirait justement pour cela. Il lui faudrait toute une vie de travail pour lui offrir un tel cadeau. Comparé à elle, Jungho n'avait rien, et toutefois il semblait incapable de couardise. Il ne se plaignait jamais de son sort, ne s'adonnait jamais à la nostalgie. Certes, il ne savait pas grand-chose, mais son esprit était libre de virevolter en tout sens et jamais il ne se complaisait dans la douleur. Ce qu'il avait appris, pensa Jade, il le conservait précieusement au fond de son *jangdok*[1]. Peut-être ne s'éloignerait-il jamais beaucoup du milieu dans lequel il avait atterri, mais cela ne l'empêcherait pas d'être heureux, car il refusait de se laisser enfermer.

---

1. Grande jarre dans laquelle on fait fermenter pâte de soja et kimchi.

8

J'ai enfin rencontré l'âme sœur
1919

Dani ne se contentait pas d'aimer travailler : elle était aussi toujours en quête de projets aptes à mobiliser ses impressionnantes capacités intellectuelles et physiques. C'était d'ailleurs le secret de sa réussite. Sa renommée, sa belle villa aux meubles magnifiques et au jardin aux essences rares, son puissant protecteur, et même sa beauté et son allure, si singulières, n'étaient pas le fruit du hasard mais celui de son imagination, et de sa capacité à transformer les idées en réalités.

Son dernier projet en date consistait à élever jusqu'à l'âge adulte Jade, Lotus et Luna. Elle n'avait pas demandé à les recevoir, n'y avait consenti que pour faire plaisir à sa cousine bien-aimée, Silver. Mais, si elle avait fini par les accepter, c'était en partie parce qu'elle arrivait à une période de la vie où les femmes comme elles, courtisanes riches et sans enfant, formulaient souvent le vœu d'adopter des filles qui leur serviraient de bâton de vieillesse. Pourquoi ne pas transmettre tout son savoir à des héritières dignes d'elle, comme les hommes bien nés cherchaient à laisser une trace par le biais de leurs descendants, de leurs écrits, de leurs legs ? Oui, pourquoi ne l'aurait-elle pas fait elle aussi ?

Mais la tâche se révélait plus complexe qu'elle ne l'avait imaginé. Quand bien même elle apprenait à aimer les trois jeunes filles, y compris Jade, elle ne se sentait pas mère. Une incapacité instinctive provenant sans doute d'un vide dans sa matrice : Dani n'avait jamais été enceinte et se demandait à présent si elle aurait jamais pu l'être. Jusqu'à ses 30 ans, elle avait été terrifiée à la pensée d'être atteinte de cette effroyable maladie. Avant les clients, elle glissait en elle une poignée de cocons de soie. Et après, elle buvait la tisane qui déclenchait ses menstruations et les rendait abondantes. Mais elle ne pouvait pas toujours prévoir quand elle aurait un rapport. Parfois, au milieu de l'acte, elle soufflait au client qu'elle n'était pas assez protégée, mais il la pénétrait malgré tout. Ensuite elle restait immobile, écœurée par le liquide poisseux qui coulait entre ses cuisses tandis que l'homme, sur le dos, soupirait d'aise en fermant les yeux comme s'il venait d'accomplir quelque exploit. Et, bien qu'elle soit une courtisane renommée, admirée par des cercles entiers d'hommes importants et cultivés, tout ce qu'elle pouvait faire c'était attendre que, remis de ses efforts, il parte enfin. Elle se lavait alors l'entrejambe avec de l'eau brûlante et ne le revoyait plus jamais.

Ces imprévus avaient été assez fréquents pour que Dani, à l'âge où la plupart des femmes mariées ont trois ou quatre enfants, se demande si elle n'était pas stérile. Elle demeurait perplexe face à la malheureuse Luna, tombée enceinte après un unique et déplorable incident, et aux prises désormais avec une si grande souffrance. Ah, quelle chance, se disait-elle, de n'avoir jamais connu un tel supplice !

Et, pourtant, même dépourvue de la boussole intime de l'instinct maternel, Dani avait la conviction croissante de conduire ses jeunes pupilles dans la bonne direction. Elles se comportaient de moins en moins comme des gamines écervelées. Un jour, elle avait même surpris Lotus un livre à la main. Mais, alors que Dani se réjouissait de les voir embellir, se cultiver et se polir, l'attention qu'elle portait à ce projet éducatif et maternel fut détournée par un incident des plus troublants. Il se manifesta sous la forme d'une lettre rédigée dans une écriture qu'elle connaissait fort bien et qui lui fut apportée à l'heure du petit déjeuner, quelques jours après la parade.

Dani sortit de table en n'ayant presque rien avalé, désireuse de lire la missive dans l'intimité de sa chambre. Sungsoo lui écrivait avoir obtenu son adresse auprès du restaurant Myungwol. Depuis son retour de l'étranger, il avait été accaparé par ses devoirs familiaux et professionnels. Quelle place y avait-il pour l'amour dans une vie comme celle-ci ? D'ailleurs, il avait renoncé à la notion même d'amour et n'en avait pas fait l'expérience depuis des années (s'il n'écrivait pas « depuis toi », le sens était implicite). Mais avoir revu Dani à la parade avait réveillé en lui le désir extatique qu'elle lui avait toujours inspiré. *« Tu étais aussi belle qu'au jour de notre première rencontre »*, écrivait-il. Oui, il l'avait abandonnée, il était parti au Japon, songeant qu'ils étaient tous deux jeunes et que leurs plaies d'amour guériraient (pas un mot cependant de son mariage). Pourtant, à l'âge mûr, il comprenait à quel point il s'était trompé. Il n'aurait pas dû la laisser derrière lui. Il voulait faire pénitence en personne, face à elle.

Elle relut plusieurs fois cette lettre avant de la ranger dans son petit secrétaire, puis elle pria Hesoon de lui apporter du café et la relut, une fois de plus, la tasse à la main. Le chaud breuvage apaisa, comme souvent, son humeur tout en aiguisant son esprit, réveillant des souvenirs oubliés depuis longtemps. Si douloureux qu'il puisse être, le retour du passé avait aussi de quoi la ravir. Elle se vit dans les cieux, à considérer sa vie d'un œil lucide, quoique son corps soit resté devant son secrétaire. La lettre de Sungsoo était une preuve tangible de l'amour qu'elle lui avait porté. Non, ce n'était ni une illusion ni un faux souvenir. Elle avait bel et bien vécu.

Pourtant, je n'aime plus de lui que l'évocation, songea-t-elle. Elle inclina machinalement le miroir de sa coiffeuse et, devant son reflet, dut bien reconnaître qu'elle était curieuse de savoir quel effet elle avait pu produire sur Sungsoo le jour de la parade. Elle espérait ne pas lui avoir paru trop changée ou trop vieillie. Satisfaite de son apparence, elle rabattit le miroir avec un sourire de triomphe. Non, je ne le reverrai pas, se jura-t-elle. Je ne lui répondrai même pas. Il ne le mérite guère. Le silence : voilà la seule réponse digne.

Et, bien qu'elle soit persuadée de la pertinence de ce choix, dans les jours qui suivirent elle fut accablée par un mal de tête inexplicable qui ne lui laissa aucun répit. Elle fit de son mieux pour dissimuler sa frustration dans les soirées qu'elle animait de sa présence, mais au moindre écart elle s'en prenait aux filles, Luna comprise. Le soir, étendue sur sa courtepointe en soie, elle se sentait plus seule qu'elle ne l'avait été ces dernières années.

— Jamais je ne connaîtrai de nouveau l'amour, gémissait-elle en essuyant ses larmes du revers de la main.

Elle avait 33 ans ; aucun nouvel amant ne s'éprendrait d'elle, et elle avait éconduit le seul homme qu'elle ait profondément aimé. Puisque ces pensées l'empêchaient de dormir, seule en chemise de nuit elle buvait parfois plusieurs verres de *soju*, pratique qu'en temps normal elle aurait considérée comme malsaine mais qui, dans ces circonstances, lui semblait thérapeutique.

Une autre lettre lui parvint juste après la première chute de neige. Le cœur de Dani eut beau s'emballer à la vue de l'enveloppe dans la main de Hesoon, cette missive ne venait pas de Sungsoo, mais d'un militant tout juste revenu de Shanghai, où il avait travaillé quelques années. Elle le connaissait de réputation ; l'homme lui écrivait sur les conseils d'un certain général posté à Vladivostok, un rebelle que sa cousine Silver de Pyongyang soutenait financièrement. Craignant d'être surveillé, l'auteur de la lettre n'avait écrit ni le nom du rebelle ni celui de Silver. Dani lui proposa immédiatement de le rencontrer dans un petit salon de thé ignoré des élites de Séoul.

Lorsqu'elle entra dans la salle, il n'y avait qu'un seul client attablé dans un coin. Il s'arracha immédiatement à ses pensées et se leva, en homme courtois, tandis qu'elle approchait. Leurs regards se croisèrent.

— Je suis Lee Myungbo, dit-il en s'inclinant. Merci infiniment de votre venue !

— Non, c'est moi qui vous remercie de l'honneur que vous me faites.

Elle le salua à son tour et s'installa face à lui, puis ils commandèrent du thé et rompirent la glace en parlant du temps qu'il faisait.

— Il fait tellement plus froid dans notre pays qu'à Shanghai, où les températures dépassent rarement celles que nous avons en automne ! Et la neige y est presque inconnue, commença Myungbo, le sourire aux lèvres.

Il n'était pas aussi beau que Sungsoo, mais sa voix de baryton et le brun chaleureux de ses yeux lui conféraient un charme sylvestre.

— Comme j'aimerais visiter Shanghai ! répondit Dani en toute spontanéité.

Elle aimait la façon dont il avait évoqué « notre pays », elle aimait le fait qu'il soit allé dans le vaste monde, qu'elle-même aurait tant voulu voir, elle aimait sa simplicité, sa chaleur, son absence d'affectation. Il était si modeste que l'idée de devoir aborder la véritable raison de leur rencontre le faisait rougir. Ce fut elle qui lui en parla.

— Quant au sujet que, par discrétion, vous n'avez pas pu aborder dans votre lettre, sachez que je suis prête à vous accorder mon soutien de toutes les manières possibles, affirma-t-elle en posant un regard lourd de sens sur son visage affable et las.

— Je vous remercie de cet engagement si sincère. Il est tellement pénible de devoir le quémander auprès d'une personne qu'on ne connaît pas, une femme de surcroît…

Il avait baissé la tête, évitant les yeux sombres, étincelants de Dani. C'est dans cette position qu'il lui expliqua, non sans de nombreuses hésitations, l'état de la rébellion. Plusieurs initiatives simultanées avaient été prévues dans la péninsule et à l'étranger. Les chefs des diverses factions militantes et des milices rebelles de Mandchourie, du Primorié, et même des États-Unis et de Hawaii tentaient de s'unifier sous la bannière d'un gouvernement provisoire basé à Shanghai. Dans le même temps, les cellules coréennes s'efforçaient également de regrouper les courants cheondoïstes, chrétiens, bouddhistes, nationalistes et communistes pour déclarer l'indépendance du pays d'une seule et même voix.

— Tout cela requiert un financement important, dit Myungbo non sans embarras. Pour nourrir et armer nos soldats et nos militants, pour entretenir des locaux, des cachettes, imprimer des tracts, des manifestes, faire voyager nos émissaires, corrompre les officiels, faire libérer nos prisonniers… et mille autres tâches. Je suis à la recherche constante de fonds.

Ses joues s'empourprèrent comme celles d'un enfant, ce qui, chez cet homme si digne et sérieux, était un spectacle inattendu et touchant.

— Mes amis me tournent presque tous le dos, poursuivit-il avec un rictus doux-amer. Mon propre frère ne veut plus me parler. Dans ma famille, seule ma femme et mon fils me soutiennent.

À ces mots, Dani eut elle aussi l'impression de recevoir un coup de poignard.

— N'en dites pas plus, répondit-elle avec un sourire encourageant. J'ai compris. Mais, rassurez-vous, je suis la personne qu'il vous faut. Les riches sont toujours plus enclins à dépenser leur argent pour des courtisanes que pour la cause. Fort heureusement, nous avons davantage de cœur. Je peux réunir les cinq guildes de notre profession à Séoul. J'en dirige une et je connais bien les responsables des quatre autres. Personne n'est mieux placé que moi pour les convaincre.

Myungbo leva sur elle un regard ému et joyeux, et elle sentit son propre cœur se gonfler de bonheur.

— Je défaille de reconnaissance, madame. Oui, j'ai enfin rencontré l'âme sœur !

En rentrant chez elle, Dani médita ces paroles en repensant à l'expression qu'avait eue Myungbo lorsqu'il les avait prononcées. Avaient-elles un sens caché, étaient-elles anodines ? Cette ambiguïté la tourmentait. Il y avait là quelque chose de plus que le simple soulagement d'avoir trouvé un ardent soutien, et cela la troublait profondément. Après la vague de tristesse causée par la lettre de Sungsoo, cette pensée lui procura un étrange ravissement. L'immoralité de son ancien amant le lui avait rendu à la fois disponible et moins attirant ; au contraire, l'honnêteté de Myungbo en faisait un être plus inaccessible et plus digne d'admiration. Le spectacle des rues enneigées, où le gris-bleu des ombres se mêlait à l'éclat doré du soleil de l'après-midi, s'invita dans ses réflexions : le quartier n'était-il pas plus beau, plus vivant que d'ordinaire ? Il lui vint une sensation de jeunesse et de vigueur qu'elle n'avait pas éprouvée depuis des mois, des années peut-être.

Un après-midi, quelqu'un frappa discrètement au portail de Dani. Jade sortit, pensant y voir le visage familier de Jungho. Mais elle tomba face à face avec un monsieur à la belle apparence qui lui demanda fort poliment si sa tante était chez elle. Jade retourna à la villa annoncer le visiteur, que Dani, son manteau sur les épaules, rencontra à la porte.

— Tu n'as pas répondu à ma lettre, lui dit Sungsoo sans s'embarrasser de salutations superflues.

Son pardessus d'un magnifique drap anglais était neuf, son homburg à la dernière mode. De son corps vigoureux et bien nourri émanait un frais parfum de Cologne et de bonne santé ; son visage avait cependant revêtu une expression chagrine.

— J'espère que tu sais à quel point je regrette de t'avoir quittée, d'être parti au Japon…, poursuivit-il, fièrement campé sur le seuil du jardin comme pour faire montre de sa solidité.

Les flocons de neige flottaient délicatement autour de sa tête telles des aigrettes de pissenlit. Atterriraient-ils jamais ? Étaient-ils si légers ?

— Si j'en juge par ton masque de douleur, répondit-elle, je te crois en effet bien triste. Mais sais-tu ce qui te trahit ? Ta voix. Elle n'exprime pas le moindre chagrin.

Elle pivota sur ses talons et s'éloignait déjà lorsqu'il lui prit la main. Il l'attira à lui et lui enserra la taille avant de l'embrasser.

Juste avant que les lèvres de Sungsoo ne se posent sur les siennes, et tandis qu'en un éclair elle comprenait ce qui allait se produire, elle pensa un instant n'éprouver que dégoût et repousser son ancien amant. Mais au contact de sa bouche elle n'eut plus qu'une envie : l'embrasser, pour toujours. Le désir qu'il avait d'elle la rendait folle de joie. Lorsqu'ils durent s'écarter, elle soupira.

— Non, je ne te déteste pas.

Sungsoo la dévisagea, sincère, attendant son absolution. Il le sentait bien : en cet instant Dani le trouvait aussi beau, aussi séduisant qu'au premier jour. Et ce plaisir spécifique et luxuriant, cette conscience de son propre pouvoir de séduction l'enivra : pour nombre d'hommes et de femmes, c'est ce qui tient lieu d'expérience amoureuse. Sungsoo reprit la main de Dani ; elle ne se déroba pas.

— Mais il est beaucoup trop tard pour que je puisse te pardonner. Ne reviens pas, dit-elle d'une voix tremblante.

Ces mots ne reflétaient pas sa pensée, bien au contraire. Tous deux en étaient parfaitement conscients.

Que faire ? Sungsoo aurait pu obéir à cet ordre et ne jamais la revoir, non parce qu'elle le souhaitait, ni parce qu'il avait sa fierté, mais parce qu'il était fondamentalement inapte à se livrer à quelqu'un. Intellectuellement, il y répugnait ; spirituellement, il n'en était pas capable. C'est à cet instant qu'il vit Dani frissonner. Cette fragilité l'émut. Il se pencha et la prit dans ses bras. Une larme coula sur la joue de la courtisane, qui s'abandonna à son étreinte.

Puis, de nouveau, leurs corps se séparèrent. Sans rien dire, elle lui fit traverser la cour, réprimant comme lui l'envie de se précipiter dans un lit. Tous deux allaient d'un pas paisible, comme s'ils ne brûlaient pas du désir d'arracher les couches de laine et de soie qui les recouvraient, de nouer chacun leurs jambes autour de la taille de l'autre. Une fois dans la chambre, ils firent l'amour sans autre conscience, sans autre sensation que celles de leurs corps unis.

Il était presque minuit quand, rassasiés, ils se couchèrent côte à côte à la lueur de la bougie. Jamais je n'ai connu un tel bonheur, songeait Dani. Rien de ce qui suivra ne pourra égaler cette soirée passée avec lui, loin du monde. Quelques heures qui, plus tard, lui paraîtraient des journées entières. Et ce moment, comme tant d'autres de la même sorte, prit fin avant qu'elle y soit prête, par un coup frappé à la porte de la chambre.

— Il y a devant le portail un monsieur qui demande à vous voir, lui souffla Hesoon à l'oreille. J'ai bien essayé de lui dire que vous n'étiez pas là, mais il m'a répondu qu'en ce cas il vous attendrait. Je ne savais pas quoi faire.

— Mais qui est ce monsieur ? s'irrita Dani en traversant le vestibule. La police ? Ou un envoyé du juge, peut-être ?

— Je ne crois pas. Il s'appelle Lee, mais ne m'a pas donné son prénom. Il dit que vous le connaissez.

— Oh !

Dani inspira profondément.

— Oui, je le connais. Je me demande ce qui l'amène ici... Quoi qu'il en soit, je ne vais pas le faire patienter dans le froid pendant des heures, à attendre mon retour. Fais-le entrer dans le salon.

Tout en s'habillant, Dani expliqua la situation à Sungsoo : un visiteur s'était annoncé auquel elle devait parler ; pouvait-il attendre discrètement dans la chambre ? Sungsoo eut un mouvement d'humeur : pourquoi se cacher de ce mystérieux visiteur, qui selon Dani n'était pas un amant, et qui pourtant s'annonçait après minuit ? Non, plutôt partir que rester enfermé comme un rat dans cette pièce.

— Eh bien, comme il te plaira, soupira Dani, les joues empourprées par une exaspération qu'elle ne maîtrisait plus.

Elle sortit furieuse de la chambre et se rua vers le salon, où l'attendait un Lee Myungbo hésitant. Il n'avait pas ôté son manteau et tenait son chapeau à deux mains.

— Mademoiselle Dani, je suis confus de vous importuner à une heure si tardive...

Dani remarqua avec une secrète satisfaction l'éclat subtil du regard de Myungbo, le rose qui colorait sa peau.

— Je sais à quel point ma conduite est grossière, mais je suis venu vous dire…

— Oui ?

Elle vint à lui d'un pas léger, frémissante d'excitation mais gênée d'être à ce point séduite. Myungbo avança lui aussi vers elle, presque involontairement. Tandis qu'il levait la main vers l'épaule de la courtisane, elle entendit s'ouvrir la porte de sa chambre. Sungsoo apparut dans le salon.

Il s'ensuivit une confusion invraisemblable.

— Qu'est-ce que tu fais là ? lancèrent simultanément les deux hommes tandis que Dani, après les avoir dévisagés, leur demandait s'ils se connaissaient.

Il y eut un silence embarrassé. Sungsoo, remis de ses émotions, fut le premier à le rompre.

— Myungbo et moi sommes de vieux amis ; nous nous sommes connus à l'université, à Tokyo.

— Je vois, répondit Dani.

Nouveau silence.

— Je suis venu vous faire part d'une information importante, annonça alors Myungbo, dont le regard s'était terni. Sa majesté l'empereur Gojong n'est plus.

Dani gémit, le poing serré sur le cœur, et les deux hommes se précipitèrent vers elle pour la soutenir. Myungbo se reprit rapidement tandis que son ami posait une main protectrice sur l'épaule de la jeune femme.

— Cela s'est passé cet après-midi. L'une de nos informatrices, une camériste de la cour, nous a prévenus presque aussitôt. Il buvait lorsqu'il s'est mis à tousser et cracher du sang. Cette dame a vu son cadavre couvert de plaques rouges.

Avec un cri d'effroi, Dani se laissa tomber à terre. Sungsoo s'agenouilla auprès d'elle, la main sur son dos. Myungbo n'avait pas bronché.

— Pourquoi l'avoir assassiné ? murmura Sungsoo. Il a été destitué il y a des années et son fils n'est qu'une marionnette[1] !

— Qui sait ? Je crois qu'il s'agit simplement de nous faire savoir que, sans autre forme de procès, ils peuvent mettre à mort notre souverain comme ils ont déjà assassiné son épouse, notre impératrice...

Myungbo s'interrompit et baissa les yeux vers Dani, dont le visage était d'une pâleur mortelle.

— Mlle Dani est prise de malaise. Cette nouvelle est si choquante...

— Non, je vais bien. J'irai encore mieux après avoir bu quelque chose, répondit-elle en se redressant.

Elle pria Hesoon d'apporter une bouteille de *soju* et trois verres. La femme de chambre revint bientôt, apportant également du kimchi blanc revigorant et quelques autres collations. Elle posa le plateau devant sa maîtresse, qui insista pour que Myungbo se joigne à eux. Dani servit d'abord les deux hommes, puis Sungsoo la servit à son tour.

1. En 1897, le roi Gojong s'émancipa de la suzeraineté chinoise. Sans cette protection, la Corée se retrouva à la merci de la convoitise japonaise. En 1905, un protectorat lui fut imposé, puis Gojong fut déposé par les Japonais qui placèrent son fils sur le trône. Ce dernier, Sunjong, régna comme empereur de 1907 à 1910 – sans exercer aucun pouvoir.

— À Sa Majesté, murmurèrent-ils de concert en levant leur verre.

En pénétrant dans leurs veines, l'alcool leur donna quelque réconfort, sans toutefois les consoler de la mort de l'empereur. Et leur relation à trois leur sembla soudain plus naturelle. Il est toujours terrible de prendre conscience que des amis qui jusqu'alors appartenaient à des sphères fermement et chastement distinctes entretiennent des rapports parfois plus intimes qu'on ne l'aurait souhaité. Ils souffraient tous trois avec acuité de cette situation, en particulier Sungsoo, qui se sentait insulté et trahi. Seuls sa bonne éducation et l'effet apaisant du *soju* l'empêchèrent de succomber à la jalousie qui le consumait.

— Et maintenant ? demanda Dani, revigorée par l'alcool, à Myungbo. Que faire ?

— Vous le savez, nous préparons activement une manifestation…

Myungbo hésita, se demandant s'il pouvait parler librement en présence de son vieil ami. Il finit par s'y résoudre.

— Cela signifie sans doute que nous rassemblerons nos forces plus vite que nous ne l'avions pensé. Dans un mois environ, au moment des funérailles de notre majesté, quand le peuple convergera vers Séoul pour lui présenter ses derniers hommages.

— Mais êtes-vous prêts ? Les regroupements peuvent-ils se faire avant cette date ? demanda Dani en resservant les deux hommes.

Cette fois, lui prenant la bouteille des mains, ce fut Myungbo qui lui rendit la pareille. Le geste n'avait rien d'extraordinaire, on ne doit jamais se servir soi-même, mais son intimité implicite fit bondir intérieurement Sungsoo.

— C'est aussi pour cette raison que je suis venu vous voir. J'ai tout de suite compris que les choses évolueraient plus vite que prévu, et hormis à vous je ne savais pas à qui me fier.

Et il avala le contenu de son verre les paupières baissées.

— Je vous en prie, le supplia Dani, dites-moi ce dont vous avez besoin !

Le visage de Myungbo s'empourpra. Déjà bouleversé par la mort de l'empereur, il avait été troublé par la présence de Sungsoo, et curieusement vexé. À présent, il lui fallait subir l'humiliation de quémander des faveurs sous le regard de l'homme qui l'avait si froidement éconduit. Il se concentra sur le reflet de la bougie dansant au fond de son verre pour ne regarder aucun des deux amants.

— Notre cortège sera pacifique. Pour cela, il nous faut seulement préparer les manifestes, et des drapeaux coréens en abondance. Mais il est essentiel d'anticiper l'après-manifestation. Ce qui signifie des armes, des cachettes, des moyens de transport à disposition des activistes, des émissaires... Et bien sûr cela n'inclut pas la mise en place de la lutte armée en tant que telle. Non seulement en Mandchourie, où sont regroupées la plupart de nos troupes, mais aussi en Corée même. Si nous parvenons à rassembler assez de combattants, nous pourrons organiser la lutte armée à l'intérieur de nos frontières pour la première fois en plus de vingt ans.

— Je comprends, dit Dani. Et je n'ai pas été inactive depuis notre première entrevue. J'ai rencontré en personne les représentantes de toutes les guildes. Elles ont toutes promis de vous verser le tiers de leurs bénéfices, pour commencer. J'espère que cette nouvelle vous fera chaud au cœur.

Dani sourit et ses joues s'empourprèrent, rehaussant sa beauté. La présence des deux hommes l'avait plongée dans une fébrilité qui n'était pas sans charme. En partie parce que la gêne visible de Myungbo trahissait clairement sa jalousie envers Sungsoo. L'heure avait beau être grave, elle ne pouvait s'empêcher de jouir de cette concurrence.

— Lorsque les cinq guildes des courtisanes de Séoul auront rassemblé leurs fonds, vous constaterez que la somme est loin d'être insignifiante, même s'il faut financer une guerre. Les gens considèrent notre commerce avec mépris, mais nous avons notre honneur. Et je n'ai jamais été plus heureuse qu'en ce jour où je peux apporter ma petite pierre à…

Dani s'interrompit et ses yeux s'embuèrent. L'émotion lui clouait la langue. Mais ces larmes de joie lui venaient-elles de sa contribution à la révolution, ou avaient-elles aussi d'autres causes, moins altruistes ?

Elle avala une gorgée de *soju* avant d'expliquer à Myungbo comment elle procéderait au transfert de fonds dans les semaines à venir. Tandis qu'il se répandait en remerciements sans la moindre obséquiosité, elle se tourna vers Sungsoo.

— Mais, j'y pense, s'enquit-elle naïvement. Toi, tu peux peut-être aussi contribuer au financement ?

— Qui, moi ? bafouilla Sungsoo, sidéré par cette demande.

— Mais oui, toi, toi plus que les autres. Avec ta fortune, c'est certainement possible.

— Mais… C'est une fortune familiale qui ne m'appartient pas… Mes revenus personnels sont modestes…, se hâta-t-il d'objecter. Ma maison d'édition et mon magasin de cycles ne me rapportent rien ; au contraire, ils me coûtent de l'argent.

Chose surprenante, le visage de Dani s'illumina.

— Ah, mais même dans ce cas tu peux nous aider, Sungsoo. Bien sûr que tu peux nous aider, dit-elle en lui prenant le bras. Tu n'as pas entendu ce que disait M. Lee tout à l'heure ? Nous allons avoir besoin de milliers de tracts et de drapeaux. Tu possèdes une imprimerie, je crois ?

— Oui, bien sûr, mais…

Sungsoo se sentit défaillir. Il était pris au piège : impossible d'évoquer les risques que cela lui ferait encourir.

— Mon bon ami, dit-il en se tournant vers Myungbo, c'est bien de cela que tu as besoin ?

— Si tu me le proposes, j'en serai ravi, répliqua Myungbo avec toute la courtoisie et la sincérité dont il était coutumier. Mais uniquement si ça ne te paraît pas insurmontable. Si tel est le cas, dis-le-moi franchement et je te promets de ne plus jamais aborder la question.

Le regard de Dani pesait sur lui avec une telle intensité que Sungsoo n'eut guère le choix.

— C'est tout à fait surmontable, déclara-t-il. C'est entendu.

Et, ce disant, il sentit que sa passion pour la belle courtisane avait commencé à pâlir.

9

La marche
1919

C'était la deuxième fois que Myungbo se rendait dans les locaux de la maison d'édition de son ami Sungsoo, où il avait pensé ne jamais remettre les pieds. À son arrivée, il fut reçu par le secrétaire, toujours ce rustre au teint bistre, qui le pria d'attendre devant le bureau de Sungsoo sans même lui proposer de café.

Myungbo n'en fut pas blessé. Des années de vexations similaires lui avaient fait comprendre que l'argent peut gâcher les plus cordiales des relations. Lui-même n'avait jamais accordé une grande importance aux biens de ce monde. Enfant, déjà, il se faisait parfois gronder pour avoir donné ses livres ou ses vêtements à des camarades moins fortunés, ou aux enfants des domestiques. Il avait beau donner, encore et encore, il lui restait toujours amplement de quoi vivre. En grandissant, il s'était même mis à apprécier les difficultés matérielles que lui valaient ses sacrifices. Chaque fois qu'il lui coûtait d'agir pour le bien, son âme était illuminée par la noble exaltation de sa conscience.

Une euphorie contrebalancée par l'épouvante que lui inspiraient nombre de ses contemporains, lesquels ne cultivaient pas la vertu du sacrifice, qu'ils tenaient même pour détestable. Les gens, tout simplement, n'étaient pas faits de la même étoffe que lui. Ce n'était pas une question d'intensité. Il s'agissait d'une différence de texture profonde, de nature. Qu'en cette époque apocalyptique, où son peuple périssait sous la baïonnette japonaise, où partout ailleurs, la guerre en Europe à peine finie, le monde était livré aux massacres et aux viols, qu'en cette époque les gens puissent encore rêver de postes lucratifs et s'acharner à faire fructifier terres et placements à leur seul bénéfice comme si la planète n'était pas en feu le sidérait ! Il comprenait que les paysans affamés ne se mêlent pas d'indépendance, que la plupart d'entre eux ne se soucient pas de la nationalité de leur maître, coréen ou japonais, tant qu'ils pouvaient nourrir leur famille. Mais que les gens éduqués se montrent indifférents ou hostiles à la cause et refusent de prendre leur part du fardeau, cela brisait le cœur de Myungbo. Sa femme elle-même aurait préféré qu'il reste en Corée, qu'il accepte un poste haut placé ou attende patiemment d'hériter des terres de son père. Elle ne le lui avait jamais dit, bien sûr, mais il savait à quoi s'en tenir. Quelle amère déception de n'être pas respecté pour ce qui était sa plus grande fierté !

Sans doute était-ce pour cette raison qu'il s'était senti si charmé par Dani. Elle, elle avait parfaitement compris la cause et lui témoignait une véritable sympathie. En triturant machinalement son chapeau, Myungbo revit le regard étincelant de la courtisane, ses lèvres éloquentes, expressives. Quel dommage que la plupart des gens ne puissent voir que sensualité dans ce visage exquis, à l'intelligence et à la pureté pourtant si manifestes ! Il y avait plus que cela encore chez elle, une force et une fierté qui cohabitaient avec une immense tendresse, une grande sincérité… Soudain arraché à ses réflexions, Myungbo se leva. Le secrétaire venait d'entrer ; Sungsoo était prêt à recevoir son vieil ami.

— Tu attends depuis longtemps ? s'enquit l'éditeur en le voyant apparaître.

— Non, pas du tout, répondit Myungbo avec un sourire hésitant. Et tu aurais pu me faire patienter des heures encore. Je te resterai redevable jusqu'au dernier jour.

Au lieu de se récrier, Sungsoo alluma une cigarette, les yeux baissés, sans rien dire. Il se cala contre le dossier de son confortable fauteuil et exhala un nuage de fumée en croisant ses longues jambes.

— Je ne peux pas nier que cela a posé… quelques problèmes, finit-il par répondre.

— Je comprends bien. Oh, crois-moi, je le comprends, mon cher ami, dit Myungbo en s'empourprant. Mais, avec ton intelligence et ton éducation, tu dois bien savoir que cette contribution vient de te faire gagner ta place dans les livres d'histoire. En es-tu conscient ?

— Ah ! Les livres d'histoire !

Et Sungsoo éclata d'un rire creux, dissipant son anneau de fumée.

— Tu veux parler d'histoire, Myungbo ? Allons-y. Tu te souviens, je pense, de l'histoire de Goguryeo ? Ce royaume guerrier de nos ancêtres ne comprenait pas seulement le nord de la péninsule coréenne ; il s'étendait également jusqu'au Primorié et à la Mandchourie ; il en fut ainsi pendant sept cents ans à partir du premier siècle de l'ère chrétienne. Après lui, pendant trois cents autres années, lui succéda le royaume de Balhae. Aujourd'hui, cependant, ces territoires appartiennent à la Chine et à la Russie. Et qui y vit ? Les Chinois et les Russes. Qu'est-il arrivé aux Coréens qui y ont vécu pendant un millénaire ? Ils ont été éradiqués, ou sont partis au sud, ou se sont mélangés par le mariage aux Russes et aux Chinois. Mais les quelques Coréens de sang qui demeurent là-bas, les descendants de Goguryeo, déplorent-ils la perte de leur mère patrie ? Non, ils n'ont pas une once de patriotisme pour la péninsule. Leur identité s'est perdue dans le millénaire qui a suivi la fin de Balhae. La nation, ce n'est qu'une construction intellectuelle. Certes, elle sert de ciment à notre réalité. Pour nos gouvernements et leurs problématiques, elle est nécessaire. Mais elle n'est ni naturelle ni évidente. Et, plus tu réfléchis au contexte historique, plus elle te paraît dépourvue de sens, cette nation. L'histoire est faite de nations détruites, assimilées, ressuscitées, oubliées. Et elles ne changent en rien le degré de prospérité de celles qui leur succèdent. Goguryeo, l'Empire romain, la Perse… C'est du pareil au même. Voici neuf ans que nous avons été annexés par le Japon : eh bien, quelle importance, au fond ? Si rien ne change, il n'y aura plus ni Corée ni Coréens dans mille ans. Et crois-tu qu'alors les gens se soucieront vraiment du fait que leur pays ait pu un jour être indépendant ?

Les deux hommes savaient parfaitement ce que signifiait ce cours d'histoire. Un sourire suffisant parut sur le beau visage de Sungsoo tandis que son ami réfléchissait non sans difficulté au moyen de le ramener à ses vues.

— Voilà qui peut sembler très rationnel, finit par répondre Myungbo. Il se peut fort, comme tu le dis, que ces luttes, ces morts, ces sacrifices n'aient aucun sens au regard du grand dessein de l'histoire de l'humanité. Mais prenons une autre image. Pense à un petit garçon qui jouerait sur une voie ferrée. Soudain, un train surgit sous tes yeux. L'enfant est trop jeune ou trop paniqué pour bouger et tu te dis : « Bah, de toute façon, dans le grand dessein de l'humanité, cet enfant doit mourir, aujourd'hui ou dans soixante ans. Alors pourquoi m'échiner à le sauver ? Mieux vaut vaquer à mes occupations. » C'est incontestablement rationnel, mais ce n'est pas faire le bien pour autant.

« Et qui décide du bien et du mal ? Est-ce toujours toi ? » fut sur le point de répondre Sungsoo. Puis il se ravisa et écrasa son mégot tandis que Myungbo, les épaules soudain plus droites, s'éclaircissait la voix.

— Bon, assez parlé, je crois, dit Sungsoo. Tu voulais voir comment ça avance ? Viens, on descend.

Il se leva, puis tira sur les pans de son élégant veston.

Les deux hommes se dirigèrent vers l'escalier qui conduisait au sous-sol, dont le palier était éclairé par une ampoule nue. Sungsoo déverrouilla l'unique porte et entra le premier dans une pièce qui semblait dépourvue de lumière. Lorsque ses yeux s'accoutumèrent à la pénombre, Myungbo remarqua deux petits soupiraux au sommet de l'un des murs. Ils donnaient sur la rue, au niveau des chevilles des passants. Au milieu de cette salle, deux hommes s'affairaient devant des tables, tandis qu'un troisième ouvrier manipulait la presse à main. Myungbo se posta devant la machine près de laquelle une pile de prospectus était posée et s'empara d'un exemplaire. Le titre, « Déclaration d'indépendance de la grande République de

Corée », était fièrement imprimé sur le papier blanc comme des empreintes dans la neige.

— Combien de copies ? demanda Myungbo.

— Nous en sommes à 2 000 ; nous atteindrons 10 000 avant le 1er mars, répondit Sungsoo.

— Ah, mon cher ! s'écria son ami avec fougue. Tu as bien servi ta patrie. Et les drapeaux ?

Sungsoo tendit la main vers les deux hommes qui, penchés sur les tables, enduisaient d'encre rouge, bleue et noire des blocs de bois qu'ils appliquaient sur des rectangles de mousseline.

— Peu m'importe ton discours, ce sont tes actions qui comptent. Sungsoo, tu es un véritable patriote ! chuchota Myungbo.

— Si tu veux mon avis…, soupira le patriote malgré lui en secouant la tête. Si tu souhaites que la Corée survive à cette tempête et ne disparaisse pas corps et biens dans les naufrages de l'histoire, écoute bien ce que je vais te dire : je ne pense pas que vous réussirez, affirma-t-il avec sincérité. Cette manifestation, où vous mènera-t-elle ? À quoi rime une « Déclaration d'indépendance » sans pouvoir réel ? Cela ne vous vaudra qu'une nouvelle répression de la part des Japonais, des milliers d'arrestations et bien pire.

— Nous nous y attendons, Sungsoo, objecta son ami. Tous les participants ont juré de signer la déclaration et de ne pas résister à l'arrestation. Les chefs religieux cheondoïstes, chrétiens et bouddhistes défendent la position de la non-violence. Il faut tenter l'action sans coup de force. Personne n'imagine survivre à cette révolte, mais nous ne pouvons pas ne pas la tenter.

— Mais non, enfin ! Si tu tiens vraiment à ce que la Corée se libère de la férule japonaise, ce n'est pas en rassemblant ceux qui n'ont aucun pouvoir et en défilant des drapeaux à la main que vous y parviendrez ! Ce qu'il vous faut, c'est une aide extérieure. Sans doute celle des États-Unis. Tu as dû entendre parler du discours des Quatorze points du président Wilson ? Il y promet de rétablir la souveraineté de tous les peuples colonisés en ce monde. Et ce devant le concert des nations ! Il ne nous ignorera pas, surtout si nous attirons son attention sur les intérêts américains en Asie. Un Japon trop fort et trop gourmand sur notre continent ne saurait plaire longtemps aux Américains. Wilson nous entendra.

Il y avait longtemps que Sungsoo n'avait pas été aussi franc avec Myungbo, qui lui en fut reconnaissant.

— Je connais ces arguments, bien sûr. Certaines personnes pensent même que nous sommes tellement en retard sur le reste du monde que nous ferions mieux de demander à l'Amérique de nous gouverner plutôt que de lutter pour notre souveraineté.

Avec un sourire, Myungbo baissa les yeux.

— Eh bien, renchérit Sungsoo, au moins, nous ne serions pas détruits. Qu'est-ce qui compte le plus ? Une indépendance sur le papier, ou une prospérité bien réelle ? S'il faut massacrer la moitié du pays pour assurer son indépendance, à quoi bon lutter ? Tu me dis ne pas craindre la mort, mais l'objectif de ta lutte est bien la survie, non ?

Myungbo lut alors dans les yeux de son ami la vérité – sa vérité, plutôt : Sungsoo était fait pour la vie ; nul ne maîtrisait cet art mieux que lui. Myungbo, lui, excellait à se rendre l'existence difficile. Mais avait-il le choix ?

— Tu as raison, soupira-t-il. Je me fiche de mourir. Mais contrairement à toi je ne pense pas que notre résistance soit inutile. J'accepte ton aide avec une infinie gratitude, vraiment, Sungsoo. Mais pour moi comme pour les nombreux militants qui me suivent... il ne s'agit pas seulement de lutter contre l'extinction d'un peuple. Il s'agit surtout de faire le bien. Et, tu peux le constater, nous voilà revenus au point où ni toi ni moi ne pouvons plus convaincre l'autre. Car le bien et le mal ne relèvent pas de la logique. Puisque je ne peux pas espérer te faire entrevoir les choses de mon point de vue, je peux simplement te dire ce que souhaite mon âme.

Sur ces paroles, Myungbo remit son chapeau, signifiant ainsi qu'il était prêt à prendre congé.

Le matin du premier jour de mars, Jungho se réveilla avec dans les oreilles d'étranges et incompréhensibles murmures.

Ses fidèles amis étaient persuadés qu'il avait le don singulier de pressentir les événements. Son père, leur avait-il expliqué, était un chasseur de tigres de la province du Pyeongan ; il en avait hérité cet instinct de survie que partagent les proies et ceux qui les traquent. Dans le secret de son âme, Jungho n'était pas certain de posséder une telle aptitude. Mais, à force de vivre dans la rue, il avait pris l'habitude de lire sur les visages, d'écouter les paroles, d'interpréter les silences. Et il avait parfois l'impression tangible de sentir venir le danger, qu'il s'agisse de la police ou d'un gang de garçons plus âgés ou d'adultes. Il avait ainsi pu épargner de graves désagréments à sa petite bande, qui depuis lui vouait une confiance aveugle.

Il se redressa sur le tas de matelas de paille crasseuse qui leur servait de plancher et de lit. Loche était encore endormi à sa gauche, et Younggu à sa droite. Le chien s'était lové entre les deux garçons : c'était l'endroit le plus confortable de la tente.

— Debout, Loche ! chuchota Jungho en secouant son camarade par l'épaule.

— Hein ? Fous-moi la paix. Je dors.

— Debout, je te dis. Il va se passer des choses aujourd'hui.

— De quoi tu parles ? marmonna Loche en se frottant les yeux. Qu'est-ce qui va se passer ?

— Je sais pas, mais ça va être terrible.

C'est en prononçant ces mots que Jungho prit conscience de sa prémonition.

— Il faut faire gaffe aujourd'hui. Ne pas se séparer comme d'habitude. Rester en groupe.

— Comme tu veux, chef, acquiesça Loche en haussant les sourcils à la vue de la mine grave de son ami.

Lorsque le soleil pâle et rose se leva tel un œil au-dessus de la ville endormie, les 15 garçons au grand complet et le chien quittèrent le camp. Certains comptaient mendier et proposer leurs spectacles de rue, comme d'habitude, mais Jungho s'y opposa. Pourtant, rien ne semblait différer des autres jours, si ce n'est le flot continu de visiteurs de la campagne : ils venaient pour les funérailles de l'empereur, qui auraient lieu quatre jours plus tard. Les rues grouillaient de marchands, de colporteurs, d'ouvriers, d'étudiants ; leurs cris et leurs pas arrachaient de sourdes vibrations à la neige étincelante qui était tombée dans la nuit. Une odeur alléchante de châtaignes grillées flottait dans l'air frais et mordant. Les garçons et le chien en eurent l'eau à la bouche et essayèrent d'oublier leur faim en déambulant dans les rues.

Au zénith, ils débouchèrent sur une immense place, où s'était formé un attroupement de plusieurs centaines de personnes, dont nombre d'étudiants en uniforme.

— Jungho, regarde tout ce monde ! s'écria Loche, rayonnant. Si nous nous installons ici, nous gagnerons une jolie somme !

Mais le chef secoua la tête, les yeux rivés sur une pagode à l'autre bout de la place. Un étudiant, qui ne devait guère avoir plus de 18 ans, y était campé, face à la foule, une casquette de livreur de journaux sur la tête et un long manteau d'hiver sur le dos. Il leva le poing et la foule se tut comme un seul homme.

— Aujourd'hui, nous déclarons haut et fort l'indépendance de la Corée et du peuple coréen, vociféra-t-il, un tract dans les mains.

Au lieu de se perdre dans cet espace immense, sa voix semblait amplifiée par l'air froid de mars et résonnait dans l'étrange silence de la place. L'étudiant poursuivit sa lecture.

— Nous souhaitons annoncer cette décision au monde entier, afin que s'illumine la vérité inviolable de l'égalité humaine, afin que ceux qui nous succéderont puissent jouir éternellement de leurs droits souverains, de leur droit à la vie. Ce qui est conforme à la conscience du monde, à l'ordre des cieux et à la morale de nos temps modernes, nulle puissance en cette Terre ne pourra nous y faire renoncer. Voilà dix ans que nous sommes les victimes de l'impérialisme, sombre héritage du passé. Dix ans que nous souffrons le martyre sous la botte d'un peuple étranger, pour la première fois de nos 50 siècles d'histoire. Le désir le plus sacré de notre population, ces 20 millions de Coréens qui peuplent le pays, c'est la liberté. La conscience de l'humanité est à nos côtés. Aujourd'hui, notre armée se nomme Justice. Nos lances, nos boucliers Humanisme : ainsi parés, nous ne pouvons échouer !

Il brandit de nouveau son poing vers le ciel et la foule se mit à rugir.

— Aujourd'hui, poursuivit-il, nous ne cherchons qu'à nous reconstruire. Nous ne comptons pas détruire l'autre. Nous ne cherchons pas à nous venger. Nous voulons simplement réparer les injustices que nous ont causées les impérialistes japonais qui nous oppriment et nous pillent. Ainsi, nous pourrons vivre d'une manière plus juste, plus humaine. Le nouveau monde est en marche. L'âge de la force brute est passé, vient celui de la justice. Après un siècle de préparation, l'humanisme va enfin pouvoir briller de tous ses feux. Un printemps nouveau va redonner vie à tous les êtres vivants qui peuplent cette Terre. Nous n'avons rien à craindre…

Jungho ne comprenait pas grand-chose à ce discours. Mais il vit autour de lui des visages extatiques, et même en larmes, et fut surpris de sentir ses propres yeux s'embuer. Jamais de sa vie il n'avait mis les pieds à l'école. Mais ce jour-là il ne lui échappa pas que le monde était, pas seulement pour sa famille, pas seulement pour sa petite bande de mendiants, mais aussi pour tous ceux qui manifestaient sur la place, un enfer de ténèbres. La douleur qui unissait la foule résonnait dans son corps comme un battement de cœur collectif.

L'étudiant leva un drapeau blanc frappé en son centre d'un symbole rouge et bleu.

— *Manse*[1] pour l'indépendance coréenne ! hurla-t-il, et la foule se joignit à lui.

— *Manse ! Manse !*

Portées par le vent froid, ces voix seraient assurément entendues dans tout Séoul. Sur la place, la foule avait triplé depuis l'arrivée des garçons ; des drapeaux avaient jailli de nulle part et chacun brandissait le sien. Ces milliers de rectangles blancs ondulant et scintillant dans la brise évoquaient un troupeau de grues sur le point de s'envoler.

Puis bientôt la foule s'ébranla. En rangs serrés, elle se dirigea vers l'ouest. Jungho et son gang se joignirent à elle et descendirent toute la rue de la Légation, du consulat américain au n° 10 à la légation de France au n° 28. Une jeune étudiante à la fine silhouette s'approcha de ses portes magnifiquement sculptées et y frappa, tandis que montaient des cris : « France ! France ! Amie de la liberté ! Liberté, Égalité, Fraternité ! Aidez-nous ! » Mais les portes demeurèrent closes ; aux fenêtres du bel immeuble en pierre de taille, les tentures ne tremblèrent même pas.

Une minute passa, au cours de laquelle la foule hurla « *Manse ! Manse !* » avec enthousiasme. Jungho avait compris toutefois que les Français ne réagiraient pas. L'étrange murmure revint alors à ses tympans, un son aussi ténu que celui de la neige tombant sur de la neige. Il regarda autour de lui et vit Loche, Younggu et ses autres jeunes

1. Équivalent de « Hourra ! ».

frères de sang crier avec la foule ; il sentit le temps s'étirer, s'allonger.

— Les gars ! Faut pas qu'on reste ici ! On file !

Ses amis le regardèrent, bouche bée.

Il empoigna Loche et Younggu par le bras et détala aussi vite que ses jambes le lui permettaient. Le chien poussait des aboiements paniqués comme s'il avait vu un fantôme.

Alors que le petit groupe se faufilait dans une ruelle, les *« Manse ! Manse ! »* firent place à des hurlements à une extrémité de l'avenue. Un escadron japonais commandé par des officiers de cavalerie venait d'arriver. En une seconde les manifestants firent volte-face et se mirent à courir en sens inverse, bousculant ceux qui les précédaient. Puis ce fut une éruption de détonations sèches, sonores, ponctuées de cris de douleur. Les soldats tiraient sur les fuyards.

Yamada Genzo, bien en selle, considérait cette scène avec flegme, comme s'il s'était agi d'un banal affrontement avec des rebelles coréens. Leur colère ne l'émouvait pas, mais leur sordide ignorance l'irritait à un point ! Qu'espéraient-ils obtenir par ces gesticulations ? Pensaient-ils vraiment pouvoir survivre au siècle sous la houlette de leur roi imbécile et de son fils, ce louchon inapte à procréer ? La colonisation de la Corée par une grande nation était inévitable. Or mieux valait le Japon, pays aux racines voisines, que l'Amérique, l'Angleterre ou la France. Le Japon, ce soleil qui tôt ou tard illuminerait toute l'Asie et la conduirait vers un nouvel âge des Lumières.

Son cheval de bataille alezan se frayait un chemin dans la foule comme dans un torrent de boue ; de tous les côtés les Coréens cherchaient à fuir, se bousculaient, hurlaient. Yamada demeurait indifférent : pour lui, l'ennemi n'avait plus de visage depuis longtemps. Toutes les batailles se ressemblaient, se réduisant à deux camps : le sien et celui de l'ennemi. Désabusé, il vit s'effondrer plusieurs lycéens, criblés de balles. C'est seulement lorsqu'ils s'affalèrent dans la neige et que lentement le sang auréola leurs corps qu'il ressentit une sorte de décharge électrique : ce spectacle lui rappelait la mort du vieux marchand de soie. Face contre neige, le sang imbibant peu à peu son baluchon… Sa mort, ou plutôt son exécution ignoble par Hayashi. Un frisson lui parcourut la moelle épinière. Il tourna la tête vers la gauche et aperçut le commandant sur son noir étalon. Ito hurla alors ses ordres d'une voix claire, énergique : les soldats pointèrent leurs fusils sur la foule et tirèrent.

Le regard de Yamada se posa sur un Coréen qui ne reculait pas, quand ses compagnons fuyaient devant l'averse de balles. En brandissant dans sa main droite le drapeau de son pays, l'homme se mit à courir en direction de l'escadron. Son visage était buriné, sa peau brune, il avait des traits communs ; on aurait dit un ouvrier agricole. Pourtant ses cheveux noirs étaient peignés avec soin et il portait la tunique blanche, immaculée, des aristocrates. Sans doute savait-il qu'il vivait ses derniers instants. Yamada ne put s'empêcher d'admirer sa bravoure. Ito, lui, était descendu de cheval avec son agilité habituelle. D'un pas ferme, sans précipitation aucune, il dégaina son sabre. Parvenu à la hauteur du manifestant, il lui trancha le bras droit d'un seul coup. Dans sa gaine de soie blanche, le membre tomba dans la neige comme la branche d'un arbre foudroyé.

Le Coréen poussa un hurlement de douleur mais ne s'effondra pas, faisant montre d'une sidérante volonté. Il se baissa aussitôt pour ramasser de sa main gauche le drapeau. Ito leva son sabre, et le bras gauche tomba à son tour. Le mutilé poursuivit son chemin en hurlant d'une voix rauque : *« Manse ! Manse ! »* Un dernier coup de sabre entre les omoplates mit fin à sa course.

Immobile sur sa monture, Yamada vit Ito essuyer sa lame sanglante sur la tunique blanche du mort. Les manifestants qui avaient assisté à la scène, loin de faiblir, semblèrent puiser du courage dans l'ultime résistance de leur compatriote. Ils revinrent vers les troupes japonaises.

Une nouvelle rafale de balles s'abattit sur les jeunes gens. Et, cette fois, ils furent frappés de face. Des nuages de fumée qui obscurcissaient l'avenue émanaient des hurlements perçants. Remonté en selle, Ito lui-même épongeait la sueur qui ruisselait sur son visage, éructant des jurons exaspérés. Lorsque la fumée se dissipa, Yamada vit qu'un groupe de femmes s'était porté à la rencontre des soldats. Elles se tenaient par la main. Des courtisanes, comme l'indiquaient clairement leurs chignons sophistiqués, leurs robes somptueuses et leur maquillage à la mode. Les soldats se retournèrent vers Ito, hésitants. L'officier paraissait avoir perdu sa langue.

— Ne tirez pas, dit Yamada en levant la main.

— Feu ! ordonna Ito.

Les soldats, perplexes, finirent par recharger leurs fusils, Ito ayant réitéré son ordre. Sans reculer d'un pouce, les courtisanes resserrèrent leur chaîne humaine. Échevelées, le fond de teint strié de suie, la voix rauque et les lèvres gonflées, elles n'avaient plus rien de séducteur, ni même de vraiment féminin. C'était précisément ce débraillement qui les rendait plus femmes encore aux yeux de Yamada.

Les canons visaient leurs poitrines lorsque, vers le haut de l'avenue, en face du n° 10, une clameur assourdissante se fit entendre.

— Amérique ! Amérique ! Amérique !

Les trois syllabes emplirent le ciel froid et blanc, sous lequel la mer de drapeaux se mit à frémir.

— Ne tirez pas ! hurla de nouveau Yamada.

Les soldats baissèrent leurs fusils. Un événement décisif venait de se produire sous leurs yeux : les portes du consulat américain s'étaient ouvertes.

La foule hurlait encore ses slogans lorsque le consul général apparut sur le seuil, en compagnie d'un assistant aux cheveux roux et d'un interprète. Un étudiant s'avança vers lui pour lire en anglais la déclaration d'indépendance de la Corée.

— Aidez-nous, conclut-il en regardant le consul droit dans les yeux. Racontez au président Wilson ce qui se passe à Séoul. Aidez-nous à obtenir justice.

Yamada retint son souffle. Comment l'Américain allait-il réagir ? S'il refermait ses portes, l'incident n'aurait aucune conséquence ni pour l'Amérique ni pour le monde occidental.

— Je vous aiderai, proclama le consul en anglais, aussitôt traduit en coréen par l'interprète. Je rapporterai ce que j'ai vu au président Wilson. Le monde entendra vos cris et vos larmes. L'Amérique ne vous abandonnera pas, je vous le promets !

Une clameur assourdissante s'éleva de la foule, et le jeune homme roux s'essuya les yeux en donnant une bourrade à l'interprète. Les manifestants reprirent espoir et Yamada se tourna vers Ito, qui croisa son regard avec un rictus rageur. Les deux officiers ne bougeaient plus, ne pouvant guère intervenir en face du consulat et risquer une implication directe des Américains. Une chape de silence s'abattit sur eux, grise et lourde comme une nuée de cendres. Puis Yamada entendit le sang battre à ses tempes : ce n'était pas la fureur du combat, mais l'espoir honteux de voir le massacre prendre fin.

Pourtant, après s'être incliné face à la foule et lui avoir adressé quelques signes de la main, le représentant du peuple américain finit par réintégrer son consulat avec ses deux acolytes.

Dès qu'ils se furent éclipsés, Ito reprit courage. Il avait perdu un peu de sa superbe, la manifestation étant beaucoup plus massive qu'il ne l'avait pensé. Ces *josenjin*, avec leur résistance passive, lui donnaient du fil à retordre. Et ses hommes ignoraient toujours que faire devant la chaîne humaine des formidables courtisanes. Ito soupira et descendit de cheval. Il n'était pas dans ses habitudes de tuer des femmes, mais pourquoi ne pas déroger à la règle de temps à autre ? Fusil en main, il se dirigea vers la cheffe de bande.

— Sais-tu qui je suis ? vociféra-t-elle en japonais. La maîtresse du juge !

Son visage, blanc de plomb, était déformé par la peur ; Ito ne ressentit que dégoût pour cette créature.

— Putain !

Il la frappa au crâne, de la crosse de son fusil ; elle bascula vers l'avant, à genoux dans la boue. Un soldat se précipita vers elle et lui ligota les mains dans le dos avant de l'emmener au poste de police. Cette arrestation déclencha un chaos général. Ito recula tandis que les manifestants fuyaient de nouveau les coups de feu en hurlant. Cette fois, la porte du consulat américain demeura close. La démonstration de solidarité des Occidentaux n'avait donc été que pure pantomime.

Une heure s'écoula, deux peut-être, Ito n'en était pas certain. D'ordinaire, il restait maître de la situation, et surtout de ses propres émotions. Cette fois les choses lui avaient échappé, tel un cheval capricieux. Lorsqu'il recouvra une certaine lucidité, il vit les soldats s'égailler, perçant de leurs sabres les manifestants qui se débattaient encore sous leurs bottes. En baissant les yeux, il vit un tas de chair humaine : non plus vraiment un homme, mais un terrible assemblage. Un souffle sanglant attestait cependant de ce que cette chose était encore vivante. Dans cet étrange puzzle manquaient les deux bras, ce qui donnait à l'homme l'aspect d'un poisson. C'était celui, en tunique blanche, qu'Ito avait si terriblement mutilé au début de la manifestation. Dans les yeux injectés de sang du mourant luisait encore une faible espérance de survie. Ito eut la sensation de contempler une abeille à laquelle il aurait arraché les ailes. Les êtres vivants réagissent tous de la même façon, songea-t-il. Ils préfèrent la souffrance à la mort. Après avoir égorgé cette chose d'un coup de sabre, il reprit son arme de la main gauche. Hormis la crampe qui soudain paralysait sa main droite, il n'éprouvait aucune sensation.

Le soleil sombra derrière d'épais nuages noirs aux contours comme carbonisés. Dans la pénombre, Ito aperçut devant lui, à une cinquantaine de mètres, un éclat de couleur vive. C'était la chevelure rousse du jeune assistant du consul américain. Penché au-dessus d'un cadavre, il était accompagné d'un autre Occidental, plus petit, courbé lui aussi et tenant un objet rectangulaire. Lorsque Ito s'avança vers eux, le pistolet à la main, les deux hommes se redressèrent et levèrent les bras.

— Ne tirez pas ! Américains ! s'écrièrent-ils en japonais.

Ito, qui n'était plus qu'à quelques mètres, comprit que le petit homme tenait un appareil photo.

— Associated Press ! Ne tirez pas, répéta-t-il en détachant les syllabes.

Amusant, tout de même, cet acharnement des gens à se croire invincibles jusqu'à ce qu'une balle vienne leur transpercer la peau. Pourtant, la mort n'est-elle pas la seule certitude absolue de l'existence ? Voilà à quoi se résume la vie, songea Ito, blasé : une incrédulité insensée. Il braqua son pistolet sur la tempe du photographe et pressa la détente.

L'arme émit un cliquètement, et les paupières de l'Américain battirent comme un papillon à l'agonie. Mais il tenait toujours debout, indemne. Une tache s'élargissait sur le tissu de son pantalon, au niveau de l'aine. L'odeur de son urine s'insinua dans les narines d'Ito, qui n'avait plus de munitions.

Il rengaina son pistolet et tira son sabre en guise de compensation. En nage, les deux Américains tremblaient comme des feuilles. Le rouquin murmura quelque chose, les yeux clos. Lorsqu'ils lui semblèrent prêts à mourir, Ito poussa un soupir et baissa la garde. Sa main droite était encore traversée de crampes féroces, et hors de question pour lui de massacrer ces hommes de la main gauche. Ç'aurait été une pure boucherie.

— Fichez le camp, dit-il.

La journée avait été si longue ! Ito était mort de fatigue. Il avait fait de son mieux et méritait maintenant le repos des braves.

Avant de changer d'avis, il les chassa d'un geste éloquent de la main. Et, inondés de sueur, de larmes et de pisse, les deux Américains coururent se réfugier dans leur précieux sanctuaire.

10

Le bleu le plus sombre qui soit
1919

Après avoir ramené sous le pont le gang au complet, Jungho repartit en solitaire. Il avait soudain été saisi par la nécessité impérieuse de se rendre chez Jade, et cela lui faisait craindre qu'il ne soit arrivé malheur à la jeune fille. Lorsqu'il arriva devant la maison, il trouva le portail fermé et frappa à la porte, craignant de devoir affronter une domestique ou, pire, un membre de sa famille.

Le battant s'entrouvrit ; il perçut un petit cri puis, en tirant sur le verrou Jade chuchota :

— Oh, c'est toi. Entre vite !

— Tu vas bien ? Qu'est-ce qui se passe ?

Jungho se faufila dans le vestibule et Jade verrouilla la porte. Son visage était empourpré, ses joues luisantes de sueur ou peut-être de larmes.

— Tante Dani et Hesoon, notre femme de chambre, sont allées à la grande manifestation d'aujourd'hui. Elles ne sont pas encore rentrées. Et Luna ne va pas bien. Le bébé va arriver. Je ne sais plus quoi faire !

Jungho ne connaissait rien aux accouchements, si ce n'était que sa mère était morte en donnant naissance à sa plus jeune sœur. Détail qu'il s'abstint de mentionner à Jade.

— Tu es seule avec elle ? Comment est-ce que je peux t'aider ?

— Lotus est à son chevet mais elle a encore plus peur que moi, dit Jade en s'essuyant le visage. Je ne sais pas où trouver une sage-femme ; et puis avec la manifestation ce n'est pas prudent de courir les rues.

— Je vais m'en occuper. Toi, tu restes ici.

Jungho fit un effort de mémoire : qu'avait dit la sage-femme de sa mère, autrefois ?

— Il faut que Luna soit bien au chaud et qu'elle puisse boire ! s'écria-t-il tout en se précipitant dans la rue.

C'était le moment le plus silencieux de la nuit, juste avant la venue de l'aube. Le ciel était du bleu le plus sombre qui soit. Une heure plus tard exactement, les oiseaux se mettraient à chanter. Jungho traversa en courant ce quartier dont il connaissait la moindre boutique, la moindre bâtisse, y compris la maison au jujubier, qui à toute heure attirait des femmes enceintes. C'est là qu'il trouva la vieille accoucheuse, encore au lit. Elle était la seule sans doute à Séoul à ne pas se formaliser de l'aspect de Jungho. Tous les nouveau-nés du district étaient venus au monde grâce à elle ; ses mains ridées les avaient ensuite couchés sur le sol en terre battue des chaumières ou dans les riches berceaux des manoirs.

En arrivant chez Dani, elle examina Luna avant d'ordonner aux filles de lui apporter des ciseaux, de la ficelle, des draps propres et de l'eau, chaude et froide. Puis les heures passèrent, sans grand changement. Sous le regard épouvanté des deux fillettes, la sage-femme quitta le chevet de Luna pour aller s'asseoir dans le jardin, avec Jungho. Le garçon lui non plus ne comprenait pas ce flegme. Juste avant le lever du soleil, elle remonta auprès de la future mère, laissant Jungho seul devant le spectacle de l'aube, du bleu-noir au bleu-gris.

Le garçon s'assoupit une demi-heure, peut-être plus, puis Jade le tira brutalement du sommeil.

— C'est une fille ! lui dit-elle, rayonnante.

— Elles vont bien ? Et toi ? Tu te sens comment ?

— Elles dorment. La grand-mère dit qu'elle n'a jamais mis au monde un si joli bébé, et pourtant elle a accouché des reines.

Jade fit signe à Jungho de la suivre dans la cuisine.

— Tiens, sers-toi.

— Je n'ai pas fait ça pour manger, grommela le garçon, confus et blessé. Je voulais juste t'aider.

— Mais je sais, Jungho. Et je te remercie.

Elle lui prit la main. Au contact de ses doigts, le garçon sentit des comètes traverser les veines de son bras. Oh, s'il avait pu rester là pour toujours, et garder les mains de Jade dans les siennes jusqu'à la fin des temps ! Mais elle se leva pour emballer dans un torchon quelques provisions.

— Je suis désolée que tu ne puisses pas rester... Il faut que je remonte voir Luna.

Elle le prit de nouveau par la main pour lui faire traverser le jardin jusqu'au portail, puis s'arrêta en chemin.

— Sans toi, Luna serait peut-être morte. Tu sais, c'est curieux que tu sois arrivé juste à ce moment-là, parce que je pensais à toi. Je me disais, il va peut-être nous aider, même si je ne savais pas comment... Et tu es venu.

Jungho aurait voulu lui répondre qu'il pensait constamment à elle, qu'il y avait en lui un recoin de son esprit qu'elle habitait en permanence, comme une maison. Un accès de timidité l'en empêcha. Le soleil du matin scintillait sur le bout des cils de Jade, et des mèches folles échappées de sa tresse du soir auréolaient ses joues. Son visage rayonnait d'une promesse qui dépassait largement ses 11 jeunes années ; Jungho eut le sentiment d'avoir sous les yeux la Jade tant aimée du futur.

— Je dirai à tante Dani que tu nous as aidées ; elle te donnera sûrement une récompense. Peut-être même qu'elle te permettra de dormir dans la maison. Comme ça, tu ne serais plus dans la rue, dans le froid. Tu aurais tout le temps à manger et tu pourrais même aller à l'école. Oh, Jungho, je suis tellement contente !

Et, le visage fendu par un grand sourire, elle le laissa partir.

Au troisième jour de sa détention, Dani se réveilla avec la sensation écœurante d'avoir le bas du corps trempé. Elle baignait dans sa propre urine, n'ayant pu se retenir durant son sommeil. Depuis son arrestation lors de la grande manifestation, elle s'était abstenue de pisser par terre, ce dont les autres femmes ne se privaient pas. Il n'y avait pas de pot de chambre dans leur cellule. On ne leur donnait pas d'eau non plus, mais Dani avait senti le poison de ses reins se disséminer dans son corps, de plus en plus nocif ; sa peau avait jauni. Avant de s'endormir, la veille au soir, cette femme si courageuse et si lucide n'avait plus eu qu'un souhait, une perspective de bonheur : pisser des rivières à l'abri de tous les regards.

Et, tandis qu'elle émergeait des brumes du sommeil, le soulagement bestial d'avoir enfin pu uriner se transforma en honte. Pour la première fois depuis trois jours, elle se mit à pleurer. Ses compagnes d'infortune ne remarquèrent ni la pisse ni les larmes. Aucune ne vint la consoler. Quand l'oppression dure, l'esprit de corps, qui les avait pourtant unies devant l'éventualité d'une mort héroïque et rapide, disparaît.

La porte de la cellule s'ouvrit en grinçant et un soldat entra, un seau plein d'eau à la main. Dani serra les poings, s'attendant à ce qu'il vide le seau sur les prisonnières pour atténuer la puanteur qui s'en dégageait, comme les jours précédents. Mais il posa le seau et hurla en japonais :

— *Kokoni Kimu Dani iru ?*[1]

Elle se leva, chancelante, les muscles affaiblis.

— *Watashi ga Kimu Dani desu.*[1]

Le soldat porta un index boudiné à son nez délicatement froncé, comme si à son approche l'odeur de Dani devenait insupportable. Sa fine moustache en ouïe de violon, soigneusement cirée, se mit à frémir. Il tendit la main vers la porte.

— Toi, dehors ! s'écria-t-il.

Aucune explication ne fut donnée. Dani savait pourtant à qui elle devait cette libération. Avant que le moustachu ne change d'avis, elle franchit le seuil d'un pas mal assuré. Lorsque la porte se referma, elle n'eut pas un regard pour les autres prisonnières.

1. « Où est Kim Dani ? » ; « C'est moi, Kim Dani. »

Dans les heures qui suivirent sa libération, Dani ne fut guère capable que de deux choses : se laver et boire. Puis elle se réfugia dans les draps tièdes et propres de son lit et dormit une éternité.

Oh, ne plus jamais sortir de cette chambre ! se répétait-elle. Ne plus parler à qui que ce soit. Elle n'aspirait plus désormais qu'à se blottir dans ce doux cocon et à préserver jalousement son corps, son énergie, sa santé mentale. Des jours s'écoulèrent avant qu'elle n'exprime le désir de voir le bébé de Luna. Et, lorsque ce moment vint, elle garda la petite fille dans ses bras quelques secondes à peine. Tout juste félicita-t-elle les filles pour leur courage. Jade lui parla bien, comme promis, du jeune garçon qui était allé chercher la sage-femme, mais Dani lui répondit d'un haussement d'épaules.

— Mais sans lui, Luna n'aurait pas survécu, insista timidement Jade. Elle a failli mourir !

— Ça suffit, rétorqua sèchement Dani. Si je ne m'abuse, elle est toujours de ce monde. Alors que tant d'autres l'ont quitté et que moi-même j'ai frôlé la mort. Maintenant, disparais. J'ai besoin de silence.

Sa seule obsession pendant ces journées de convalescence fut le retour du juge. Il ne se montra qu'au bout d'une semaine. Pour lui, elle revêtit sa plus belle robe, un modèle de Paris orné de perles de jais. Une rivière de diamants scintillait à sa gorge, et au-dessus de son sein gauche s'épanouissait une fleur de magnolia. Sa peau étincelait tel le marbre sous le velours noir ; ses lèvres avaient le velouté du daim.

— Tu es bien pâle, lui dit le juge en japonais.

Elle lui sourit avec toute la déférence possible et prit sa vieille main tavelée, la porta à ses lèvres puis l'appliqua à son décolleté.

— Comme vous avez pu le voir, je n'étais guère moi-même ces derniers temps. Mais c'est à vous, je le sais, que je dois d'avoir retrouvé mon foyer.

Le juge se contenta de la dévisager ; Dani combla le silence en lui servant du saké. Songeant qu'elles plairaient à son protecteur, elle avait disposé dans un vase du XVIIIe siècle, près du guéridon en laque, les autres fleurs de magnolia de son jardin. Rien n'échappait au regard terni du magistrat, qui en tira les conclusions qui s'imposaient.

Le parfum ténu et voluptueux des magnolias emplissait le salon. Plus que par la beauté et l'odeur de ces fleurs, le juge fut touché par le fait que Dani ait, pour lui faire plaisir, dépouillé les arbres de leur floraison précoce. Elle prévoyait les moindres désirs du vieil homme. Or cette élégance de l'esprit dont Dani faisait preuve, cette aptitude singulière à la subtilité et aux communications tacites le charmait plus encore que son éclat et son maintien admirables.

— Vous savez, deux de mes proches sont encore emprisonnés, dit-elle. Ils sont aussi innocents que moi. L'une est ma fidèle femme de chambre, Hesoon, qui est à mon service depuis des années. Elle et moi faisions des courses lorsque nous avons été entraînées malgré nous dans la manifestation. Elle a été incarcérée dans une autre cellule, avec les femmes du peuple. La malheureuse ! Je ne sais même pas quel sort lui a été réservé ! Elle ne sait rien, ne comprend rien… Elle ne peut être coupable de rien ! Puis il y a mon cousin. J'ignore ce qu'il faisait là, mais lui aussi a été arrêté… Pourtant, j'en suis certaine, il est innocent. Ce n'est pas un militant. Il vient d'une très bonne famille ; son père a d'immenses terres à la campagne ; son grand-oncle est un ancien ministre des Finances. Il possède un manoir très célèbre à Jongno, qui n'a pas moins de 99 pièces ! Et il a étudié à Tokyo. Il s'appelle Lee Myungbo.

— Lee Myungbo ? Et c'est ton cousin ?

Le juge avait gardé les yeux baissés sur son saké.

— Oui.

— Je ne savais pas que tu avais des cousins Lee. Du côté de ta mère, j'imagine ?

— Oui, du côté de ma mère, bafouilla Dani, dont les joues avaient rosi.

— Lee Myungbo, soupira le juge, est l'un des 33 signataires du manifeste arrêtés au Myungwol. Il faudrait être plus haut placé que moi pour le faire libérer. Mais je peux tenter d'alléger sa peine et, en attendant son procès, d'améliorer ses conditions de détention. Pour ta femme de chambre, il n'y a aucun problème.

Dani l'enlaça de ses bras nus et se serra voluptueusement contre son corps osseux et ridé.

— Merci ! Jamais je n'oublierai votre bonté, chuchota-t-elle.

— Ah ! Et j'allais oublier, Dani. C'est fou comme cette rivière de diamants te va bien. Lorsque je l'ai vue, j'ai su tout de suite qu'elle était faite pour toi. Il y a tant de plaisir à voir un objet de prix trouver un propriétaire digne de lui. C'est pour cette raison que je te l'ai achetée, ma chère. C'est aussi le sentiment que tu m'as inspiré dès notre première rencontre. J'aurais plaisir à savoir que tu ne portes ce collier que pour moi. Oui, Dani : ne le montre à personne… pas même à tes cousins.

— Bien sûr, monsieur. Je suis incapable de contrevenir à vos désirs, répondit Dani avec un sourire éclatant, feignant de ne pas avoir compris le message.

Puis elle emprisonna sa main dans les siennes et la porta respectueusement à ses lèvres.

Chaque fois que Myungbo perdait connaissance, il sombrait dans un abîme plus profond. Cette fois, on l'avait flagellé avec un fouet à clous puis enfermé trois jours durant dans une niche guère plus grande qu'un sarcophage, creusée dans un mur. Quand il se réveilla, il était seul dans une cellule. Du regard, sans bouger la tête, il explora ce lieu nouveau pour lui. Il y avait un pot de chambre dans un coin, une fenêtre à barreaux tout en haut du mur. Il baissa les yeux : ses plaies avaient été pansées, il portait des vêtements propres et reposait sur un mince matelas, confort hélas réduit à néant par les douleurs atroces dont son corps était transpercé au moindre mouvement. Avant de s'évanouir, il ne recouvra pas assez de lucidité pour saisir le sens de ces améliorations.

Souvent, lorsqu'il revenait à lui, il trouvait à son chevet de l'eau et du porridge délayé. Peu lui importait alors la durée de sa détention, ou même le moment de la journée. Il se jetait sur l'eau, puis sur la bouillie. Après quoi il allait pisser dans le pot et se recouchait.

Le temps était comme un brouillard hivernal : gris, informe, indifférent à son existence. Il s'écoulait tel un vaisseau sans voiles ni passagers. Ou peut-être Myungbo était-il le seul à n'y avoir pas embarqué. Être resté à terre, quelle torture ! Cela voulait dire « Tu n'es rien ». L'unique chose qui puisse lui rappeler qu'il était vivant, c'était sa barbe, de plus en plus longue.

Peu à peu, il se remit assez pour ne plus dormir lorsque son gardien passait. Il put donc lui réclamer du papier et un crayon. À sa grande surprise, le geôlier les lui apporta le lendemain, avec sa pitance. Après avoir bu un peu, sans toucher à la bouillie, Myungbo réintégra son matelas à quatre pattes et se mit à réfléchir à sa lettre.

Au cours des quelques éclairs de lucidité qui lui étaient venus depuis son incarcération, il avait pu méditer sur ses erreurs. Premièrement, il avait tort d'en vouloir à sa si pragmatique épouse, lui qui avait eu l'imprudence de tomber amoureux de Dani. Les mois qui avaient précédé la manifestation, il s'était langui de la belle courtisane, ne désirant rien tant que la voir, bavarder avec elle, tout simplement. Il avait d'abord pris ce désir pour de l'admiration : Dani était si belle, si intelligente ! Puis la jalousie qu'il avait ressentie en la voyant avec Sungsoo lui avait fait comprendre la véritable nature de ses sentiments. Quelle ironie : il avait si souvent reproché à son ami son tempérament de séducteur ! Sa perplexité s'en était accentuée. Mais cette incartade lui apparaissait à présent sous un jour terne, sordide. C'était la première fois qu'il pensait à Dani depuis qu'il était en prison : il n'en ressentit que de la honte. L'amour se définissait par la souffrance que l'on consentait à endurer pour l'être aimé, par les sacrifices acceptés pour le protéger. Et, cet être aimé, c'était celui avec lequel on se préparait à accomplir le dernier voyage. Il savait désormais quelle était la véritable élue de son cœur.

À mon cher fils, Hyunwoo.

Comment vas-tu ? Et comment va ta mère ? J'espère que vous n'avez pas eu froid cet hiver et que vous êtes en bonne santé tous les deux. Il fait un temps glacial ici mais quand je pense à vous je me sens mieux.

Tu viens d'avoir 4 ans : tu dois être un vrai petit homme maintenant. Comme j'aimerais être là pour te voir grandir ! Je pense souvent aux jours où tu étais si petit qu'on pouvait dormir tous les trois ensemble. Toi, tu ne t'en souviens certainement pas, mais à cette époque nous étions très heureux. Hyunwoo, obéis toujours à ta mère. Et quand tu seras plus grand sois de ceux qui sont fermes envers les forts et compatissants envers les faibles. C'est mon unique souhait.

Vous me manquez tant tous les deux ! Mais je veille toujours sur vous.

Ton père

Myungbo avait commencé à écrire en toutes petites lettres, songeant qu'il remplirait la page. En fin de compte les deux tiers restèrent vierges. Il lui était trop difficile d'expliquer ce qu'il avait sur le cœur. Le geôlier, à qui on avait donné de nouvelles instructions concernant le prisonnier Lee, fit parvenir la lettre au père de Myungbo, et son frère cadet la transmit à Mme Lee, à Shanghai.

Sa seconde erreur était bien plus grave. Jamais Myungbo n'aurait dû se fier à la résistance pacifique. Il avait cru, comme les autres signataires du manifeste, qu'il pourrait sacrifier joyeusement sa vie si cela rapprochait le pays de l'indépendance. Mais les martyrs du 1er mars avaient péri pour rien. Avec la disparition des chefs du mouvement et de nombreux civils, la cause avait même perdu du terrain. Pour répondre à de si cruelles injustices, une seule solution : l'usage de la force. Myungbo ignorait s'il sortirait vivant de prison. En plus de ses plaies qui ne cessaient de se rouvrir, de se réinfecter, il avait contracté la tuberculose. Mais qu'une seconde chance lui soit accordée et il promettait de reprendre la lutte. Là, ce serait œil pour œil, dent pour dent.

Contre toute attente, il finit par se rétablir. Jugé pour trahison, il reçut une peine légère de deux ans. Il était mieux traité que les autres, mieux nourri parfois, bénéficia d'une couverture plus chaude et même, à plusieurs reprises, de livres. Ne connaissant pas la raison de ce traitement de faveur, il pensait à présent à Dani comme à Sungsoo et à ses autres amis : assez rarement en somme, non sans un vague embarras.

Après le 1er mars, Sungsoo ne passa guère de temps à se morfondre sur les infortunes de Myungbo. Le jour de la manifestation, il avait été arrêté en fin d'après-midi alors qu'il prenait le café au bureau avec son éditeur. On lui reprochait une complicité avec Lee, mais la perquisition de sa maison d'édition n'avait pas permis d'établir les faits avec certitude. Bien au contraire : plus l'enquête avançait, plus les sympathies de Sungsoo pour l'occupant japonais paraissaient manifestes. Le lendemain même, son père paya la caution de 10 000 wons et Sungsoo recouvra la liberté, fatigué, obsédé par l'idée d'un bon bain, mais parfaitement indemne.

Ni Sungsoo ni Dani ne cherchèrent à se revoir après les événements ; ce silence partagé signifiait la fin de leur relation, ils l'avaient compris tous les deux et il avait le sentiment que son immense désir pour elle avait été assouvi. Au fond, il y avait dans cette réalisation quelque chose d'élégant, de très satisfaisant. Outre sa beauté extraordinaire, il y avait en Dani une passion et un mystère qui le séduiraient toujours. Sans doute finirait-elle par lui manquer. Mais, pour l'heure, il était ravi que leur histoire ait pris fin, cela lui épargnait d'avoir à résoudre des casse-tête de psychologie féminine. (Et de s'excuser alors qu'il n'en avait pas envie, dans le seul but de prouver qu'il était bon et généreux. Ah, les femmes : elles adoraient les excuses !) Après le chaos et la confusion de l'hiver, il se sentait aussi léger que les parents de Gregor[1] à la fin de son roman préféré. Son envie d'entretenir une relation avec une femme fut chassée par celle d'entreprendre une activité productive et moderne. Il se félicita de ces changements et décida qu'au printemps il agrandirait son magasin de cycles et ferait une longue promenade à la campagne.

Par une journée d'avril inhabituellement froide, tandis que Dani débarrassait le jardin des derniers tas de neige, le chauffeur du juge ramena à la maison ce qui restait de Hesoon dans une petite urne de bois. Le juge ne l'avait pas retrouvée à temps. Jade et Lotus pleurèrent sans discontinuer pendant trois jours et trois nuits. Luna, que la solide présence de Hesoon avait toujours apaisée, appela sa fille Hesook en mémoire de la femme de chambre.

---

1. Gregor Samsa, personnage principal de *La Métamorphose* de Kafka (1915).

Dani ayant un certain mépris pour les démonstrations de chagrin en public, elle ne pleura pas devant ses pupilles. Et, si elle avait tant à cœur de ne pas montrer ses émotions, c'est qu'elle se pensait coupable de ce drame. Elle avait emmené Hesoon à la manifestation et avait tardé à demander de l'aide au juge. Au lieu de s'abandonner à la douleur, elle décida d'aller un jour au bord de la mer du Sud pour répandre elle-même les cendres de la domestique, ne sachant comment joindre sa famille à Jeju. Puis elle se lança avec une énergie redoublée dans les divers projets qu'elle avait un temps délaissés ; elle semblait décidée à oublier les tragédies passées. Dani avait toujours été une femme active : à présent, le moindre ralentissement dans son rythme infernal lui paraissait catastrophique. Sa mise était plus élégante que jamais. Elle essaya toutes les crèmes de Séoul pour cacher les ravages de l'insomnie, acheta des vêtements et des jouets pour la petite Hesook, prépara des potages nourrissants pour Luna, la jeune mère. Quand les températures repartirent à la hausse, elle se lança dans le grand nettoyage de printemps, récurant la maison jusque dans les moindres recoins, remisant les vêtements d'hiver, ouvrant les tiroirs, aérant la literie.

— C'est étrange, dit-elle un jour en levant les bras au ciel devant sa commode en bois de paulownia. Je n'arrive pas à remettre la main sur ma couverture aux pivoines, ma préférée. Il a fallu deux mois à ma couturière pour broder au vrai fil d'or chacune de ses fleurs.

Dani interrogea la femme de charge, qui jura ses grands dieux qu'elle ne savait rien de cette couverture, ce qui renforça la détermination de Dani : elle allait la retrouver, quitte à vider toutes les armoires de la maison. C'est alors que Jade décida de passer aux aveux.

— C'est ma faute, tante Dani, je suis désolée, bafouilla-t-elle la tête baissée et les larmes aux yeux. J'aurais dû t'en parler, mais mon ami Jungho dormait dehors, dans le froid… et je voulais juste l'aider.

— Quel ami ? demanda Dani, perplexe.

— L'ami qui est allé chercher la sage-femme pour Luna.

— Et cet ami est à la rue ?

Dani referma les tiroirs de la commode et se dirigea vers la fillette.

— Oui. Il n'a pas de maison.

À peine Jade avait-elle fini sa phrase qu'une main sèche s'abattit sur sa joue.

— Tu te rends compte de ce que tu as fait ? Tu m'as volée ! Cette couverture représente plus d'argent que la somme versée par Silver pour t'acheter à ta mère. Tu comprends ?

Dani la fusilla du regard. La fillette hocha la tête, les joues striées de larmes.

— Ta valeur dépend du regard que les hommes portent sur toi. Quand ils apprendront que tu fréquentes un pouilleux, ils ne paieront pas un sou pour le plaisir de ta compagnie. Est-ce que ce garçon t'a touchée ?

— Jamais ! protesta Jade.

— Je t'interdis formellement de lui adresser la parole. Et si je te reprends à me voler quoi que ce soit ou à discuter avec lui, je te mets à la porte. Que tu voies par toi-même à quel point les nuits sont froides quand on vit dans la rue.

Depuis l'accouchement de Luna, Jungho se présentait tous les après-midi au portail de la villa pour retrouver Jade. Il amenait le chien pour la distraire, et de temps à autre lui apportait de jolis galets qu'il avait trouvés au bord du canal. Depuis peu, pourtant, elle ne venait plus.

Un jour, il trouva le courage de frapper au battant et entendit des pas légers résonner dans la cour. Sa poitrine se gonfla de plaisir : peut-être Jade allait-elle paraître en personne, comme la première fois ? Mais lorsque la porte s'ouvrit il sursauta. Une belle femme, beaucoup plus âgée, le dévisagea d'un œil altier.

— C'est toi, le mendiant qui harcèle ma Jade ?

Sans même attendre sa réponse, elle s'éclipsa quelques minutes et revint avec une enveloppe qu'elle lui fourra entre les mains.

— C'est pour l'aide que tu as apportée à Luna. Il y a là-dedans plus d'argent qu'un adulte n'en gagne en une semaine. Tu auras assez pour te nourrir sans rien faire pendant un mois. Prends-la et ne reviens jamais nous importuner.

— Gardez votre argent, parvint à répondre Jungho en lui rendant l'enveloppe. Ce que je veux, moi, c'est être ami avec elle.

— Petit morveux ! rétorqua Dani. Tu n'es pas digne de fréquenter quelqu'un comme Jade. Elle sera courtisane ; sans doute la meilleure que j'aie jamais éduquée. Et toi tu n'es qu'un orphelin sans nom.

Jungho eut envie de lui dire comment il s'appelait, mais il se ravisa. Dès qu'il eut le dos tourné, il entendit Dani verrouiller le portail. Il ne parvenait pas à croire que Jade ne se soit même pas donné la peine de lui dire adieu, que leur amitié ait pris fin. Savait-elle à quel point il avait besoin de lui parler ? Elle trouverait sûrement un moyen de le revoir. Tous les jours, Jungho vint donc lancer un caillou par-dessus le mur de la cour. Un matin, il expédia même un galet vert et lisse comme le jade, le message le plus clair qu'il puisse lui envoyer. Mais la jeune fille ne se montra plus jamais. Au bout de quelques mois, il renonça à venir.

PARTIE II

1925-1937

11

Jungho parle
1925

Je m'appelle Jungho. On peut pas commencer une histoire sans se présenter. Quand je suis arrivé à Séoul, c'est la première chose qu'on m'a demandée : « C'est quoi, ton nom, péquenot ? »

D'ailleurs, cette question m'était posée par Loche, le type le plus pénible de la planète. Mais je peux difficilement oublier que c'est aussi mon plus vieil ami.

J'ai expliqué à mes sbires que je devais mon nom à un tigre qui était devenu une légende dans mon village des montagnes. Cette histoire-là, ma grande sœur nous la racontait souvent à ma petite sœur et à moi, la nuit venue, pour nous endormir. Il était une fois un pauvre bûcheron qui vivait seul avec sa mère. Un soir, il rentrait de la forêt après avoir coupé du bois toute la journée lorsqu'un tigre géant lui apparut. Alors que le fauve était sur le point de lui bondir dessus, le bûcheron fondit en larmes.

— Oh, s'écria-t-il, grand frère ! C'est donc toi ? Cela fait des années que j'espérais te revoir !

Confus, le tigre s'arrêta.

— Hein ? De quoi tu parles, l'humain ?

— Tu ne te souviens donc pas, grand frère ?

Les pleurs du bûcheron redoublèrent.

— Il y a vingt ans, tu t'es levé en pleine nuit et tu as quitté la maison. Je me suis réveillé et je t'ai suivi. Et, dans les montagnes, tu t'es soudain transformé en tigre, comme sous l'effet d'un mystérieux sortilège. Sans doute as-tu oublié tes souvenirs d'humain. Mais nous, nous n'avons jamais perdu l'espoir de te revoir. Viens, rentrons à la maison. Notre mère attend ce moment depuis si longtemps !

Au cas où vous auriez des doutes, c'était un mensonge pour se tirer de ce mauvais pas. Mais le tigre se mit à réfléchir. Et il avait beau se creuser la cervelle, il ne se souvenait pas de ce qu'il avait pu être avant sa jeunesse de tigre.

— Mais c'est donc ça ! En des temps reculés, j'ai été un homme !

Il se mit à pleurer lui aussi, et serra le bûcheron de ses pattes velues.

— Je suis si heureux de t'avoir retrouvé, petit frère ! dit-il à travers ses larmes. Je ne peux pas rentrer à la maison dans cet état, je ferais peur à notre mère. Mais je veillerai sur vous.

Le bûcheron serra de nouveau le tigre dans ses bras et rentra chez lui. Le lendemain, il trouva devant sa porte un lapin mort.

Le tigre est vraiment persuadé que nous sommes de la même famille, se dit-il.

Il y eut ensuite un chevreuil, et une grande variété de gibier ; la bête ne cessait de leur apporter de la nourriture, de sorte que le bûcheron et sa mère ne connurent plus la faim.

Cela dura quelques années, jusqu'à ce que la mère meure de vieillesse. Le tigre cessa alors d'apporter à manger. Quelque temps plus tard, le bûcheron descendait de la montagne lorsqu'il croisa la route de trois jeunes tigres. Chacun avait un ruban de chanvre blanc noué à la queue.

— Pourquoi portez-vous ces liens, jeunes tigres ? leur demanda le bûcheron.

— Notre grand-mère, répondit l'un d'entre eux, était une humaine qui vivait dans un village au pied de la montagne. Quand elle est morte, notre père l'a pleurée pendant des mois ; il en a perdu l'appétit. Il est mort à son tour de chagrin dans notre grotte et aujourd'hui nous portons son deuil.

Cette fois, le bûcheron versa des larmes sincères, se reprochant d'avoir trompé un si fidèle animal. Il construisit un monument en l'honneur du tigre : une très grosse pierre portant des inscriptions, qu'il installa sur la place de notre village. J'étais incapable de lire ce qui était écrit dessus mais ce monument existe bel et bien près du ginkgo, à côté du puits. C'est pour cela qu'on m'appelle Jungho. *Jung* signifie « juste », et *ho* « tigre ». C'est ce que j'ai dit à mes gars. Et ils m'ont cru, même ceux qui avaient déjà entendu des légendes de ce type dans leur propre village.

La stèle du tigre existe vraiment. Pourtant, la vérité, c'est que quand je suis né mon père était tellement content d'avoir enfin un fils qu'il est allé voir le devin pour me trouver un prénom. Mon père lui a donné un lapin entier : il voulait que j'aie un vrai nom en caractères chinois alors que, chez nous, la plupart des gens donnent à leurs enfants des noms d'animaux ou de fleurs, les premiers qui leur viennent à l'esprit. Loche, par exemple, raconte que sa mère avait tout le temps envie de manger de la soupe à la loche quand elle l'attendait, d'où son nom. Mes parents ont appelé mes sœurs Mai et Juin parce que ce sont leurs mois de naissance. Mon père m'aimait donc vraiment plus fort que tout pour être allé chez le devin. Si je raconte jamais cette version de l'histoire, c'est qu'avec le temps je me souviens de moins en moins bien de mon père. Quand je parle de lui, c'est comme si je soulevais le couvercle d'une marmite où cuirait un bon ragoût. Quand on laisse sortir la vapeur trop souvent, le goût se perd. C'est pour ça que je parle jamais de lui, sauf quand c'est vraiment nécessaire. La plupart du temps, j'ai juste besoin de regarder son étui à cigarettes et la bague de ma mère pour me rappeler que je ne suis pas personne, que mon nom est Nam Jungho.

Des années après avoir quitté le campement sous le pont, j'y retournais encore de temps en temps. Pas parce que ça me plaisait, cette boue, ces quais de pierre où on dormait sur des matelas de paille humide. Mais parce qu'il fallait que j'y aille. Ça vous arrive jamais de retourner à un endroit où vous avez vécu et d'avoir l'impression de boire du *soju* à jeun ? La tête vous tourne d'un coup et il vous vient des regrets que vous n'arrivez pas à définir. Ce n'est pas exactement du bonheur, mais parfois j'avais envie de ressentir cette espèce de manque.

La plupart du temps, bien sûr, je n'avais pas assez à manger, alors l'alcool… Nous, les garçons du pont, on voulait qu'une chose : manger au moins un jour sur deux. On crevait la dalle dès le réveil et jusqu'au soir, et même dans nos rêves. Et souvent c'était moi le plus affamé, parce que j'avais tendance à donner ma part à ceux qui paraissaient vraiment mal en point. Parfois, quand je filais mon bout de petit pain à un gamin, je me retrouvais en nage, baigné de cette sueur glacée qui vient de la faim. Je faisais pas ça pour acheter leur fidélité, mais en fin de compte c'est ça qui a rendu mes relations avec les gars encore plus fortes que les liens du sang. En ville, on disait que Nam Jungho, le gars du pont, était le chef de tous les gosses des rues de Jongno et qu'il donnait à manger à tous ceux qui lui étaient fidèles. À 16 ans, j'avais plus de 40 gosses sous mes ordres.

C'est à ce moment-là qu'on a compris qu'on pouvait pas rester sous le pont. C'était un enfer, ce coin, même pour des mendiants. L'été, les moustiques nous bouffaient intégralement, et les nuits d'hiver on crevait de froid. Et je peux vous dire qu'au bout d'un moment, quand même, ça fatigue. Chaque fois qu'il y avait des émeutes, les policiers venaient détruire nos pauvres tentes et nos matelas en paille. Alors on se planquait dans des recoins de la digue et on les regardait tout brûler, même nos cuillers et nos bols en bois. C'est là que Loche m'a convaincu : il fallait arrêter de mendier et devenir des protecteurs. Bon, c'était pas facile non plus de débarquer dans les petits restaurants chinois pour demander aux proprios de nous payer en échange de notre protection contre d'autres gangs. À Séoul, tous les quartiers de tous les districts étaient revendiqués par un gang de la ville. Soit des Japonais, soit des Coréens. Et ce découpage était strictement respecté, sinon ç'aurait été la guerre ouverte. Nous, on commençait au bas de l'échelle, sans le moindre territoire à notre nom. On était une troupe de pouilleux et on savait même pas se battre.

En fait, si on n'avait pas été au bord du gouffre, j'aurais jamais eu le courage de demander de l'argent au vieux monsieur de ce restaurant, qui nous avait rien fait de mal. Mais c'est passé comme une lettre à la poste. J'étais avec Loche et Younggu et il m'a regardé et puis il m'a payé, la tête basse. J'ai compté l'argent et j'ai calculé ce que pouvaient représenter ces frais de protection dans le quartier, puis j'ai demandé deux fois cette somme dans le café d'à côté. Il était tenu par une dame qui portait un chemisier à fleurs et un fond de teint épais et blanc ; un visage de pleine lune avec des yeux dessinés au charbon. J'avais vu assez de femmes et de jeunes filles dans les rues de Séoul pour savoir que maquillée ou pas celle-là n'était pas belle. Mais c'était une femme, et j'avais du mal à la forcer à quoi que ce soit. Elle m'a écouté sans rien dire et m'a donné ce que je lui demandais, sans s'indigner le moins du monde.

Quand les autres gangs ont compris qu'on était en train de s'approprier un territoire, forcément, ils ont commencé à nous tomber dessus. Comme ils étaient plus vieux et plus expérimentés, en toute logique ils auraient dû nous écrabouiller. Mais à la surprise générale on a gagné. Et on a fait valoir nos droits. Vous allez dire que je crâne, mais la bagarre c'est ma seconde nature. Un jour, je me suis battu contre six types en même temps, et ils avaient des grands sabres japonais. Mais j'ai réussi à planter mon couteau dans la paume de leur chef. De son autre main il a lâché son sabre, je l'ai ramassé et je lui ai tranché l'oreille.

— La prochaine fois, je lui ai dit, ce sera la tête.

Après quoi plus personne n'est venu me provoquer ; même la police nous a fichu la paix.

J'ai beau être petit et tout maigre, je suis le chef du gang, et le meilleur lutteur du district. Ça surprend les gens, je sais. Le bruit a couru que si j'étais aussi fort c'est que mon père était chasseur de tigres et qu'il les tuait à mains nues. C'est faux, évidemment, mais je n'ai pas vraiment démenti. C'est juste que c'est moi le plus rapide, et que quand je me bats je sais comment retourner contre lui la force et le poids d'un adversaire, et que j'ai jamais peur d'enfoncer des trucs tranchants dans les gens qui se mettent en travers de mon chemin. Mais j'ai pas eu besoin de recourir à ces méthodes pour convaincre le propriétaire du restaurant chinois de nous louer son arrière-boutique pour pas un won. Ensuite j'ai trouvé d'autres endroits pour répartir mes troupes sur les mêmes bases.

Donc du jour au lendemain, ou presque, on a quitté le pont pour se retrouver sous des toits. Au début, d'ailleurs, c'était pas facile de s'endormir si à l'étroit. Il faisait tellement chaud que j'avais envie de retourner sous le pont. Oui, même quand il neigeait à fond et qu'il aurait fallu se réveiller toutes les heures pour secouer la tente avant qu'elle s'écroule. Les autres, ça leur faisait le même effet. Et certains ont pris le large. Quand j'ai dit à Younggu que le chien pouvait plus dormir avec nous, il a été horrifié. C'était la première fois depuis des années qu'ils ne coucheraient pas sur le même matelas. Le chien, on l'a attaché au châtaignier, dans le jardin près des toilettes, et pendant des semaines il a hurlé une bonne partie de la nuit. Quand il pensait que je dormais (et il se trompait), Younggu sortait du dortoir pour aller le consoler. Ce type, il a toujours été fleur bleue. Je comprends toujours pas comment il a pu être chef avant que j'arrive. Il fait une tête de plus que moi et il est deux fois plus épais mais il a pas la moindre méchanceté. Il sait se battre, Younggu, mais au fond de lui, je crois qu'il aimerait ouvrir un restaurant chinois.

Ces trois dernières années, j'ai agrandi notre territoire du mieux que j'ai pu tout en respectant l'équilibre délicat des bas-fonds de Jongno. Tous les jours j'envoie mes gars par petits groupes de trois ou quatre. Tous les commerçants les voient à peu près une fois par semaine, mais on fait très attention à ne pas les saigner à blanc, sinon ils commenceraient à nous haïr. Il ne faut pas désespérer les gens. C'est ce genre de précaution qui fait de moi un lutteur hors pair. Si vous voulez connaître mon secret pour gagner à tous les coups, oubliez ce que je viens de vous dire pour ne retenir que ça : c'est quand les gens perdent tout espoir qu'ils deviennent vraiment dangereux.

De temps en temps, bien sûr, il y a des propriétaires de bar ou de pharmacie qui refusent de payer. Là j'interviens pour les remettre à leur place. Parfois, hélas, ça se passe pas bien. Comme avec ce vieil herboriste très riche qui était persuadé que j'oserais pas lui faire de mal. Mes gars étaient allés le voir je ne sais combien de fois, sans résultat. Donc j'ai fini par y aller moi-même. Le vieux avait une barbe blanche comme la neige et il portait une tunique traditionnelle tout aussi immaculée, un noble peut-être. Il m'a regardé droit dans les yeux et a commencé à me hurler dessus. En substance : « Je pourrais être ton grand-père et les voyous de votre calibre ne me font pas peur. » Il y avait aussi son fils, avec son épouse jeune et jolie, et leur bébé. La beauté et la prospérité incarnées. Mais il fallait que je fasse un exemple. Sans quoi tous les boutiquiers du quartier m'auraient tenu tête et puis retour sous le pont pour la bande, ou pire. Il a suffi que je fasse un petit signe à mes gars pour qu'ils prennent les bocaux de plantes et de poudre et les jettent par terre. La mignonne belle-fille et le bébé se sont mis à hurler en même temps. Le fils s'est précipité devant les petits tiroirs en bois et du coup j'ai compris que c'était là qu'ils mettaient les potions les plus chères. Je me suis débarrassé de lui en un coup de poing, et quel plaisir d'entendre le craquement de son nez ! Ensuite j'ai vidé par terre tous les tiroirs sous le regard horrifié du vieux. Ça vaut de l'or, ces plantes, ces poudres d'os de tigre, de vésicule d'ours et de ginseng sauvage ; même un inculte comme moi le sait. D'ailleurs le vieil herboriste n'a pas tardé à se mettre à genoux pour me supplier d'arrêter pendant que sa belle-fille allait chercher notre argent en courant.

C'est comme ça que j'ai pu nous mettre encore plus à l'aise. On a même des réserves, parce que quand on va dans un de nos restaurants on mange à l'œil. Même chose pour les vêtements, les chaussures et l'alcool. Pour autant, je le dis toujours à mes gars : faut jamais trop demander à nos commerçants. D'ailleurs depuis un an je peux payer un loyer au restaurant chinois, même si de temps en temps il nous offre un bol de nouilles à la sauce de haricots noirs avec du porc sucré-salé. J'ai remarqué que chaque fois qu'on y mange Younggu a l'air tout gêné. Ça doit être rapport à la fille du propriétaire, qui apporte les restes et les os au chien et qui s'en va tout de suite la tête baissée.

Ce qui m'amène à la raison pour laquelle je suis venu ce soir sous le pont. Mes pieds m'y conduisent sans que je le veuille chaque fois que j'ai besoin d'un peu de temps pour réfléchir. Les coudes sur la rambarde, j'ai regardé la surface noire et mate du canal. Elle frémissait comme le dos d'une sorte de monstre marin. Les lumières jaunes des bars et des boutiques proches, en surplomb, ne s'y reflétaient pas, et j'avais la drôle d'impression d'être le seul à voir le canal de cette manière. Je me suis senti très isolé mais j'avais pas envie d'être avec les autres, même Loche qui est pourtant mon meilleur ami. Pas moyen de lui parler de ce que j'ai sur le cœur. Quand les gars et moi on s'est moqués de Younggu et de cette jeune fille, quand on a fait des blagues cochonnes et qu'on lui a demandé quand est-ce qu'il finirait par se dépuceler, j'ai bien vu que Loche était le seul parmi nous à ne pas éprouver ce mélange bizarre d'envie et de fascination pour les deux amoureux. Il a suivi la conversation avec son habituel sourire rusé, mais si ça n'avait tenu qu'à lui on aurait parlé d'autre chose. Nous, quand on voit une femme, on la siffle ou on rougit : on sait pas faire autrement. Loche, lui, il s'en fiche. Et j'ai l'impression que si je lui raconte ce qui me préoccupe il réagira avec la même froideur. Alors je préfère me taire.

Mais venons-en au fait. La semaine dernière, je me promenais tout seul près de la Grande Porte de l'Est et je regardais les magasins et les établissements du quartier. C'est fou ce que Séoul a changé depuis mon arrivée. Autrefois, y avait que des petites maisons avec des toits de chaume. Maintenant, partout des bars, des cafés, des dancings, des restaurants, des banques, des bureaux et des grands magasins de quatre ou cinq étages. Autrefois, y avait des armées d'hommes en complet-veston mais peu de femmes habillées à l'occidentale. Maintenant, y a des réverbères au gaz et des tas de filles qu'on appelle Modern girls avec des cheveux à la garçonne, des permanentes, des lèvres rouges et des jupes courtes. Bien sûr, nous on essaie d'attirer leur attention, mais elles nous fuient ! Soit elles ont peur, soit elles nous méprisent. Et au-dessus de cette foule de gens qui marchent ou qui se baladent à vélo ou s'accrochent par grappes entières aux tramways, il y a ce réseau de fils électriques, qui se balancent dangereusement juste au-dessus des toits. Séoul sent la pluie et l'huile de cuisson, les ordures, la sève de pin et le kaki, le parfum des femmes et la pâte de haricot rouge, le métal chaud et la neige. Des odeurs qui changent suivant les saisons, le moment de la journée et le quartier.

Donc, un jour, je me promenais en humant ces odeurs et en regardant ce qui se passait dans la rue. Le temps était magnifique, un ciel bleu d'automne, sans aucun nuage. J'allais traverser quand un tram s'est arrêté devant moi. Une jeune fille s'est précipitée sur la plate-forme, et une seconde avant de monter à bord elle s'est retournée, sans raison, et elle m'a regardé droit dans les yeux. Une seconde qui m'a coupé le souffle. Elle ne ressemblait plus du tout à celle de mon souvenir, mais c'était Jade, j'en étais sûr et certain. J'ai couru vers le tram pour monter avec tous les gens qui faisaient la queue. C'était bondé, comme d'habitude, et j'ai eu peur de ne pas la retrouver, mais après avoir joué des coudes dans l'allée centrale je l'ai vue : elle était assise dans le fond avec une amie. Elles se parlaient tout bas, elles souriaient. Elles étaient coiffées comme des femmes mariées, les cheveux relevés, mais elles portaient des tuniques brodées d'or et des jupes. Leur visage était maquillé de blanc, leurs lèvres bien rouges : j'ai vite compris que c'étaient des courtisanes. Pendant un moment j'ai eu l'impression que mon cœur avait chaviré dans ma poitrine, mais j'ai fait un effort et ça m'a passé.

Quand elles sont descendues, quelques arrêts plus tard, je les ai suivies ; elles allaient au cinéma le Grand Oriental. J'ai dépensé mes derniers sous pour acheter un billet en me disant que c'était idiot, que je les perdrais dans cette immense salle obscure. Oui, comment retrouver Jade au milieu de 1 000 personnes ? Mais, par un hasard un peu fou, j'ai trouvé un siège à quelques rangées d'elles, alors que le cinéma était plein. Je tournais la tête toutes les cinq minutes pour la contempler, éclairée par la lumière du film en noir et blanc. Ces sourcils froncés quand elle se concentrait sur les images, c'était tellement touchant, tellement familier ! Et tout à coup elle m'a manqué, aussi terriblement qu'autrefois. Après ma rencontre avec sa tante, malgré mes efforts, je l'avais complètement perdue de vue. À présent, elle avait grandi, et son maquillage lui donnait l'air plus âgé, mais ses yeux n'avaient pas changé. J'étais tellement ému que c'était difficile pour moi. J'avais le cœur chamboulé, envie de hurler ou de taper sur quelque chose juste pour pouvoir réfléchir à la situation. Et pourtant je suis resté sagement assis, comme les autres spectateurs.

Après la projection j'ai eu peur qu'elles reprennent le tram et qu'elles disparaissent dans la ville. Mais j'ai réussi à les rattraper juste devant les portes du cinéma. J'étais derrière Jade et je lui ai tapoté l'épaule, tout doucement. Elle s'est retournée et m'a dévisagé, le regard brillant ; j'ai eu la sensation d'être couché au bord du canal une nuit d'été, la tête dans les étoiles. Les étoiles du vertige. Je savais pas qu'on pouvait ressentir ce genre de chose juste en regardant quelqu'un dans les yeux.

— Jade, j'ai fini par lui dire. C'est moi. Jungho.

Elle a semblé perplexe, désolée, et pendant un moment j'ai même pensé que je m'étais trompé, que ce n'était pas elle. Mais soudain son visage s'est illuminé et ça m'a fait comme les oiseaux qui commencent à chanter à l'aube.

— Jungho ! Quel bonheur !

Elle m'a pris par les mains et elle s'est mise à rire, à sauter sur place avec une joie de gamine.

— Ça fait si longtemps ! Comme tu as bonne mine ! Tu m'as tellement manqué…

À mon tour d'être surpris. Elle avait l'air tellement contente de me voir ! J'avais du mal à croire que la plus belle fille de Séoul puisse me tenir les mains en pleine journée, dans la rue, devant tout le monde.

— On a plein de choses à se raconter, Jungho, depuis le temps. Tu te souviens de Lotus ?

Elle a désigné son amie et elles ont parlé à voix basse un moment. Lotus m'a lancé un drôle de regard avant de partir de son côté, et là j'ai pris conscience de ce que j'avais sur le dos. Des vêtements choisis chez un tailleur de notre territoire, plutôt neufs, mais pas d'une extrême propreté et un peu grands pour moi.

— Et si on faisait une balade ?

Jade m'a pris le bras, chose qu'elle avait jamais faite quand on était petits. Elle était si proche que je sentais l'odeur de ses cheveux, peignés à l'huile parfumée. J'ai essayé de garder mon calme pendant qu'on s'éloignait du centre-ville pour se diriger vers une petite colline. Les boutiques ont laissé place aux maisons, aux potagers, et finalement à un petit bosquet de pins avec quelques buissons. Jade s'est assise sur une grosse pierre et a posé la main sur celle d'à côté.

Pendant un instant on est restés muets elle et moi. On regardait la ville, toute rose dans le soleil couchant. J'étais encore en train de me demander comment j'allais pouvoir lui expliquer à quel point elle m'avait manqué quand elle s'est mise à parler :

— Tu as l'air d'aller bien, Jungho. On dirait que ta situation s'est améliorée.

Je n'avais pas l'air spécialement riche, et je ne ressemblais pas non plus à la plupart des passants, mais on voyait bien que je ne vivais plus sous les ponts. J'ai rougi.

— Oui, on s'en tire, d'une manière ou d'une autre. Je fais des bricoles...

J'ai préféré changer de sujet.

— Mais toi, alors... Tu es éblouissante !

— Je suis courtisane, Jungho, a-t-elle dit avec son rire d'oiseau du matin. Nous sommes toutes comme ça.

— Ah non. Pas du tout. Mais alors pas du tout, j'ai répondu.

J'ai voulu lui reprendre la main mais ça a pas eu l'air de lui convenir. Elle a baissé les yeux sur la ville, en contrebas, comme si elle pensait à autre chose.

— Je suis désolée de la manière dont tante Dani t'a traité, tu sais. Et de ne pas avoir pu te dire au revoir.

— T'inquiète pas. C'est du passé.

Je ne voulais pas qu'elle ait de regrets là-dessus. Je me serais tranché la gorge cent fois plutôt que de la rendre malheureuse.

— Je n'ai pas eu le droit de sortir pendant trois mois. Si tante Dani m'avait vue te parler, elle m'aurait mise à la porte. Maintenant, avec le recul, je comprends qu'elle voulait simplement me protéger. Mais, tout de même, c'était…

Elle a hésité et j'ai compris qu'elle avait pas envie de dire du mal de sa tante.

— C'est une femme extraordinaire, impressionnante, très douée. Quoi qu'elle fasse, on ne peut pas s'empêcher d'avoir de l'admiration pour elle.

— Je comprends.

Je me fichais bien de la tante Dani, à ce moment-là. Je lui aurais presque pardonné. J'étais avec Jade, c'était l'essentiel.

— Mais, même confinée dans la maison, je savais que tu venais tous les jours. C'est bien toi qui lançais des cailloux dans la cour ?

— Ah ! Tu les as trouvés ?

J'étais tellement content que j'avais l'impression d'avoir un feu d'artifice dans le corps.

— Oui. Et l'une de ces pierres était vraiment jolie : vert pâle.

Jade, vous comprenez, elle est pas seulement très belle. Elle n'a pas son égale dans ce monde. Même si je pouvais décrocher toutes les étoiles de la nuit pour les lancer dans son jardin, ça ne suffirait pas à dire ce que je ressens. Cette pensée m'est venue plus tard : sur le coup j'avais surtout envie de la prendre dans mes bras.

— Oui. Celle-là, elle était vraiment juste pour toi. Verte, comme le jade, j'ai réussi à bafouiller avec un sourire.

— J'ai une idée pour que tante Dani te voie sous un nouveau jour, a dit Jade. Demain soir, Lotus, Luna et moi donnons un spectacle de charité au théâtre Joseon. Si tu venais ? Après coup, quand on sortira, tu n'auras qu'à faire comme si tu venais de me recroiser. Tu viendras me saluer, et comme on sera en public tante Dani n'osera rien dire. Et puis elle se rendra compte qu'en grandissant tu es devenu tout à fait respectable.

Et voilà pourquoi je me ronge les sangs et pourquoi j'arrive pas à dormir. Évidemment, je ne suis plus en haillons, mais je sais que je ne suis pas « tout à fait respectable », contrairement à ce qu'elle a dit. En tout cas pas comme les gens qui fréquentent les courtisanes. Celles qui ont vraiment de la classe, comme Jade, n'ont d'aventures qu'avec les riches. Je suis sûr qu'elle a des dizaines d'amants qui la couvrent de cadeaux et d'argent pendant que moi je dois me contenter de rêver d'elle.

Pour la première fois de ma vie, je suis nerveux et joyeux en même temps. D'habitude, je ne suis ni heureux ni excité parce que j'attends rien. Mais maintenant que j'ai un but, quelque chose que je veux, il faut que je réfléchisse. C'est essentiel de ne pas me tromper.

J'ai sorti de la poche de ma veste l'étui à cigarettes et l'anneau. J'aime bien les regarder quand je suis seul et que je sens comme un manque. Le contact du métal est frais, on dirait les galets sur le bord de la rivière. Mon père n'a jamais vendu ces objets alors qu'il aurait pu s'acheter des médicaments et du bouillon de poulet ; il aurait peut-être survécu. Je saurai jamais pourquoi.

Plus petit, après les avoir trouvés, j'étais sûr qu'ils me porteraient chance et que grâce à eux il ne m'arriverait jamais malheur. L'étui à cigarettes de mon père, la bague de ma mère : c'est tout ce qu'il me reste d'eux en dehors de mon nom et de mon corps, en fait. Ces talismans expliquent aussi pourquoi je n'ai pas peur de la mort :

c'est grâce à eux que j'ai pu survivre toutes ces années à Séoul. Et maintenant que je suis presque adulte je sais que le plus important, c'est pas ce qui nous garde en vie, ce qui nous protège, mais ce qu'on veut protéger. Demain, quand je reverrai Jade, c'est ce que je lui expliquerai, et je lui dirai que moi c'est elle, elle que je veux protéger plus que tout au monde.

12

Une proposition de mariage
1925

Jade se leva à 11 heures et se prépara pour la journée. Sa femme de chambre lui apporta une tasse de thé d'orge bien chaud, après quoi elle se nettoya le visage et s'installa devant sa coiffeuse incrustée de nacre. Elle déposa sur sa peau une fine couche de poudre de coquillage : tout autour de ses joues, de soyeux nuages se formèrent dans les rayons du soleil. Elle souligna d'un trait de khôl ses fins sourcils en arc de cercle épilés suivant la mode du moment, puis le contour de ses yeux. Ensuite, avec le plus grand soin, elle se peignit les lèvres de rouge. Puis sa femme de chambre lui brossa les cheveux avant de les lui rassembler en un chignon en spirale sur la nuque, à l'occidentale, avant de le percer d'une *binyeo* de corail pour le faire tenir.

Lorsque Jade contempla dans son miroir le résultat de ces efforts conjoints, elle ne put s'empêcher d'avoir un sourire satisfait : cette vision confirmait l'intuition qu'elle avait de sa beauté. Son visage avait mûri, et ses mâchoires s'étaient assez élargies pour que ses dents s'y placent avec une plus grande régularité. Elle était désormais à l'âge où l'on se demande toujours quelle image les autres se font de nous, et si cette image les charme.

Depuis ses débuts, à 15 ans, elle jouissait d'une cour d'admirateurs qui réclamaient sa présence à leurs soirées et venaient même la voir chez Dani. Ces hommes dépensaient des fortunes pour passer la nuit avec elle et lui offraient de l'argent sans qu'elle en fasse la demande, contrairement à certaines courtisanes plus âgées et moins naïves. Elle prêtait à ces soupirants des sentiments sincères et s'en inventait en retour. Dans le Séoul des années 1920, certaines courtisanes avaient pu épouser des hommes de la bonne société, des intellectuels ou des artistes. Elles vivaient désormais en épouses et en mères aimées dans des familles honorables. Lorsque cela se produisait, dans les dîners en ville, les journaux et les magazines, la bourgeoisie et la noblesse se répandaient en ragots sur ces amants aux mœurs libres. Jade avait bon espoir de connaître le même sort : tomber amoureuse comme ces consœurs d'un parti sympathique, et si possible bel homme. Jusqu'alors, hélas, ses admirateurs avaient tous cessé de la fréquenter au bout de quelques mois. Aucun ne lui avait jamais écrit de lettre ni offert le moindre gage. Elle avait vite compris : plus ces messieurs étaient désireux de mettre fin rapidement à la relation, plus ils payaient. Enfant, elle avait cru que tomber amoureuse et recevoir autant de bijoux que ses deux mères adoptives était chose aisée. À présent, ce souvenir lui faisait monter le rouge au front. Et le doute la rongeait. Était-elle assez belle ou, qualité beaucoup plus importante, était-elle assez experte à donner du plaisir grâce aux manuels illustrés que sa tante lui avait fait lire, de même qu'à Lotus ? À moins, comme Dani, de trouver un protecteur régulier, comment pourrait-elle subvenir à ses besoins après 30 ans ? Nombre de courtisanes riches dans leur jeunesse étaient tombées dans la misère pour n'avoir pas été assez prévoyantes, ou tout simplement par malchance. Mais ces sombres perspectives étaient assez lointaines pour pouvoir être évacuées rapidement.

Lorsqu'elle eut fini de s'habiller, Jade rejoignit Dani, Lotus, Luna et Hesook à la table du déjeuner. Leur tante avait pris sa retraite : à l'approche de la quarantaine, même les courtisanes les plus recherchées cessaient de se produire dans les soirées et de prendre de nouveaux amants. Le juge avait quitté ce monde en 1922 ; Dani passait désormais ses nuits seule. Elle était toujours aussi élégante, aussi merveilleusement maquillée et parfumée, pour se rendre en ville comme pour rester à la maison. Elle avait maintes occupations : boire du café, lire, jardiner, jouer avec Hesook, ou encore tricoter des pulls (son nouveau passe-temps). Rien ne laissait présumer qu'elle puisse regretter sa vie d'antan. Lorsque Jade fit son entrée, Dani lisait le journal, allongée sur son nouveau canapé. Elle portait un pull bleu marine de sa confection et une jupe moulante, mi-longue, en drap anthracite. Une cigarette pendait entre ses doigts en un équilibre instable.

Assise en face de sa tante, Luna regardait jouer Hesook. Certaines filles extrêmement jolies à 15 ou 16 ans deviennent des femmes ordinaires et parfois même assez laides. L'invraisemblable beauté de Luna avait au contraire gagné en douceur et en plénitude. Si la sœur aînée de Lotus n'était plus si cruellement parfaite aux yeux de Jade, elle était en revanche beaucoup plus séduisante avec ses cheveux aile de corbeau et ses joues rondes et lisses comme l'ivoire. Les hommes payaient très cher le privilège d'être assis à son côté dans les banquets et d'admirer ainsi ses formes renommées.

Lorsque Dani, Luna, Jade et la petite Hesook eurent pris place à table, Lotus daigna enfin se montrer, un sourire assuré sur les lèvres et parfumée des pieds à la tête. On la sollicitait sans cesse dans les soirées pour sa voix magnifique. Non seulement elle connaissait par cœur le répertoire traditionnel, mais elle pouvait aussi chanter n'importe quel standard de jazz, n'importe laquelle de ces chansons à la mode qui prenaient d'assaut les dancings au coucher du soleil et débordaient dans les ruelles sombres au cœur la nuit. Lotus commençait toujours son numéro par des chansons d'amour entraînantes. Puis, lorsque les conversations s'étiolaient, lorsque les bougies finissaient de se consumer et que les convives contemplaient d'un regard vague les bouteilles vidées, elle concluait sur une valse lente à trois temps. Et, entre-temps, les hommes qui ne l'avaient pas même remarquée au début de la soirée avaient cédé au charme de sa voix. Ils l'écoutaient en ravalant leurs larmes et se disputaient le privilège de lui offrir à boire, de la faire asseoir auprès d'eux. Jade savait que Lotus tenait en haute estime le pouvoir de sa voix, aussi la complimentait-elle sans cesse sur la beauté de son timbre et reprenait-elle avec sévérité quiconque osait trouver son amie quelconque.

Lorsque, quelques années plus tôt, Jade était arrivée à Séoul, les avenues et ruelles étaient peuplées de milliers de conducteurs de rickshaw qui véhiculaient des messieurs bien nourris en col dur et costume de laine. À présent, taxis et trams avaient pris le dessus, et seules les courtisanes étaient restées fidèles à ce moyen de transport. Elles laissaient des pourboires plus généreux que les hommes riches et, par principe, refusaient la plupart du temps de se déplacer autrement.

Au printemps, la guilde des conducteurs de rickshaw avait commencé à récolter des fonds pour ouvrir une école privée destinée aux enfants de ses membres, et les courtisanes avaient organisé cette soirée pour les aider. Tout Séoul était attendu, des oisifs aux intellectuels en passant par les artistes, les riches maîtresses de maison, les étudiants, les boutiquiers, et même les ouvriers. Sept cents courtisanes provenant des cinq guildes avaient accepté de se produire, et les organisateurs avaient décidé de confier des solos à Jade et à Lotus.

Tandis qu'elles patientaient dans les coulisses, elles tentèrent de dominer leur trac en lançant des regards vers la scène illuminée, où parmi leurs consœurs se produisait Luna. Baignées d'une lumière dorée, les femmes interprétaient une danse traditionnelle avec des éventails. Tout en formant une ronde évoquant une fleur de nénuphar en train d'éclore, elles chatoyaient et ondoyaient en rythme. Inutile de chercher à les distinguer les unes des autres : elles étaient liées, semblables comme des pétales. La patronne de sa guilde avait assigné cette danse à Luna parce qu'elle ne cherchait jamais à surpasser les autres. Un vague sourire aux lèvres, elle virevoltait sur scène ainsi qu'on le lui avait demandé, sans joie particulière. Et, lorsqu'elle la quitta, elle fut ravie d'échapper à la lumière aveuglante des projecteurs.

Quand la salle redevint silencieuse, Lotus s'avança à son tour sous les projecteurs, qui éclairaient un grand piano devant lequel l'attendait un accompagnateur en queue-de-pie, les cheveux gominés et coiffés en arrière. La jeune femme se tourna vers les spectateurs et se mit à chanter sa valse fétiche. Sa voix portait jusqu'au fond de la salle, caressant le public de sa mélodie lancinante et faisant remonter à la surface les peines de cœur et les deuils les plus profonds. Tout ce qu'on avait oublié ou tentait d'oublier sans y parvenir. Dans l'obscurité, grâce à cette voix on pouvait donner libre cours aux larmes, et nul n'échappait à la fascination : chacun s'éprenait un peu de la chanteuse. L'ovation fut unanime : Lotus dut reparaître sur la scène pour saluer ses admirateurs. Lorsqu'elle revint en coulisse, Jade la serra très fort dans ses bras.

— Quel incroyable spectacle ! lui souffla-t-elle à l'oreille. Même si avec toi on s'attend toujours à des merveilles. C'est la seule chose que les gens retiendront de cette soirée.

— Une fois qu'ils t'auront vue, j'en doute, répliqua Lotus avec un sourire rayonnant.

— Oh, Lotus, j'ai si peur de passer après toi ! repartit Jade avec un petit rire nerveux. Heureusement qu'il y a un entracte.

Elle avait déjà endossé son costume de scène : tunique noire, veste rouge aux très longs pans serrée sous la poitrine par une ceinture cramoisie. Elle portait au-dessus de son chignon tressé la coiffe traditionnelle des militaires coréens : chapeau noir à large bord orné d'un gland en crin de cheval rouge. Le contraste entre cet ornement masculin, son doux visage et son chignon féminin ajoutait à son charme. Elle tenait dans chaque main un petit sabre à fine lame long comme son avant-bras. Lorsque l'entracte prit fin et que la foule reprit place derrière le rideau, Jade glissa les sabres dans ses manches, adressa un signe de tête à Lotus et entra en scène.

Le rideau s'ouvrit sur une femme placide, assise dans la chaleur d'une lumière dorée. Quand les tambours résonnèrent de leurs calmes battements, elle se redressa en un mouvement tendre et souple des épaules et des mains, la tête baissée. Puis elle déploya toute sa hauteur et se mit à tournoyer lentement, ses jupes se soulevant avec grâce. Pendant quelques secondes elle flotta, aussi légère et immatérielle que les danseuses aux éventails. Alors le son perçant de la flûte s'ajouta aux tambours, dont le rythme s'accéléra. À ce signal, Jade rassembla les longs pans de sa veste rouge et les noua autour de sa taille. Puis elle se tourna vers les spectateurs, un sabre scintillant apparu comme par magie dans chacune de ses mains. Une petite chaîne reliait la lame à la garde, si bien qu'à chaque rotation des poignets de la danseuse les armes décrivaient des cercles. Jade se contenta d'abord de les faire tourner, les coudes collés au corps. Puis, la musique des tambours se précipitant et la flûte se faisant de plus en plus stridente, elle fit faire aux sabres des figures plus audacieuses, les approchant sans les entrechoquer, laissant parfois les lames effleurer son visage et son corps. Contrairement aux danseuses aux éventails, Jade ne souriait pas. Si ses sabres, ornementaux, étaient émoussés, elle les maniait avec le regard fatal d'une guerrière, et dans la salle les hommes rêvaient de tomber sous ses coups. Les femmes, elles, auraient aimé savoir se mouvoir avec cette même grâce sauvage. Aux premiers rangs, tout en soutenant son regard solennel, les spectateurs voyaient la transpiration perler à son front poudré et l'entendaient haleter d'épuisement. Elle avait 17 ans, elle avait un siècle, elle était sans âge, elle était sublime.

Les tambours allèrent crescendo puis s'interrompirent soudain ; elle se prosterna sur la scène, les sabres plantés entre les planches. Pas un bruit dans la salle. La lumière s'éteignit, et dans l'obscurité Jade se releva pour s'enfuir en coulisses. Tandis qu'elle détachait son chapeau de son front en nage, elle entendit dans la salle quelques applaudissements dispersés. Puis en quelques secondes ils se transformèrent en une colossale ovation, et la lumière revint.

— Vite, va saluer ! lui souffla Lotus d'une voix tendue en lui remettant son chapeau.

La jeune femme se précipita sur la scène, une main sur le couvre-chef, l'autre tenant ses jupes. Lorsqu'elle réapparut dans la lumière des projecteurs, les applaudissements et les sifflets d'admiration devinrent assourdissants. Par rangées entières les spectateurs se levaient. Elle salua une fois, deux fois, trois fois, les cils embués de larmes.

À la fin du spectacle, Jade, Lotus et Luna sortirent par l'entrée des artistes dans une ruelle tranquille à l'arrière du théâtre. Épuisées, elles ne s'étaient pas changées. Dani les attendait emmitouflée dans son manteau de fourrure quoique en ce début d'octobre la température soit encore clémente. C'était même une délicieuse soirée d'automne au ciel clair et à la fraîcheur revigorante, rendue plus émouvante encore par le chant des grillons.

— Vous avez été magnifiques, toutes les trois… Je suis si fière de vous ! s'exclama Dani en serrant tendrement dans ses bras ses pupilles, chacune son tour.

Puis les quatre femmes se mirent à bavarder, se coupant la parole, impatientes et joyeuses, pour mettre en valeur tel ou tel moment fort du spectacle.

Tout en profitant de cette bonne humeur, Jade épiait du coin de l'œil les alentours à la recherche de Jungho, qu'elle finit par apercevoir. D'un geste discret, elle lui fit signe d'approcher. Ce qu'il fit avec courage, les joues visiblement en feu malgré la pénombre.

— Jade ! Tu te souviens de moi ? Je suis Jungho. Ça fait si longtemps… Quelle surprise de te voir aujourd'hui sur scène ! Les gens n'avaient d'yeux que pour toi.

— Jungho ! C'est incroyable, après tant d'années ! Je ne t'avais pas reconnu, répondit Jade en riant. Tu as tellement grandi.

Les yeux plissés, Dani toisa Jungho. Suivant l'idée qu'elle se faisait de la situation et de la personne qu'elle avait devant elle, elle avait deux méthodes d'approche : l'une subtile, l'autre d'une franchise absolue. Comment allait-elle traiter le garçon ? Impossible de le savoir.

— C'est un plaisir de vous revoir, tante Dani, n'hésita pas à lancer Jungho comme si elle ne l'avait pas grossièrement éconduit quelques années plus tôt.

— Oui. Tu as grandi, c'est le moins qu'on puisse dire.

Dani sourit, mais son élan fut immédiatement interrompu par une intervention inopinée.

— Ah, vous voilà ! Comme je suis content de vous trouver ici ! Je ne vous ai pas vue parmi les artistes qui se préparaient à la soirée, et je craignais de vous avoir manquée.

L'homme d'âge mûr qui venait de bredouiller ces paroles portait un col dur, des lunettes à verres ronds et une mince cravate noire. Son élocution était à la fois confuse et volubile : aucun moyen de savoir à laquelle des quatre femmes il s'adressait.

— Comment pouvons-nous vous être utiles ? susurra Dani sur un ton poli qu'elle employait pour se montrer glaciale.

— Ah. Oui. Voici, mesdames.

Des deux mains, il tendit à Dani une carte de visite extraite de sa poche intérieure, puis se retourna vers Jade.

— Je suis le propriétaire et directeur du théâtre Joseon. Mademoiselle Jade, j'ai vu votre nom sur le programme. Vous avez marqué les esprits, ce soir ! Jamais je n'avais été si ému par, veuillez me pardonner, une danse de courtisane. En général, ces danses de palais et autres exercices de style traditionnel ne me touchent guère. Mais vous m'avez fait changer d'avis. Le patriotisme de votre numéro a bouleversé les spectateurs !

Le directeur s'interrompit pour remonter ses lunettes.

— Je me suis donc dit qu'il me fallait vous convaincre de rejoindre notre troupe. Au Joseon, nous avons des spectacles tous les soirs de la semaine : des drames, des comédies, des variétés ou des contes… Il suffit de demander. Nous avons les meilleurs acteurs hommes et femmes de Séoul. Si vous voulez devenir quelqu'un dans cette ville, il vous faut passer par notre scène.

Il sourit sans raison précise et prit dans ses grandes mains brunes celles de Jade, blanches et fines. Puis il vit Lotus.

— Ah ! La remarquable chanteuse de cette valse. Quel organe ! Je n'en croyais pas mes oreilles. Votre voix est tellement supérieure à celles du moment, qui certes chantent juste, mais sans âme… J'aimerais vous parler à vous aussi. Eh bien ! Qu'attendons-nous ? Pourquoi ne pas retourner au foyer pour évoquer tout cela ? Non, à la réflexion, il y aurait trop de bruit, trop de distractions… Puis-je vous inviter dans un agréable restaurant du quartier pour en discuter autour de bons plats et de quelque chose à boire ?

Ayant remarqué que les jeunes filles s'étaient retournées vers leur tante, il interrogea Dani du regard.

— Que de flatteries ! déclara cette dernière sur un ton hautain. Mais la soirée a été longue et nous sommes lasses.

À vrai dire, Dani était vexée de n'être pas au centre de l'attention, faiblesse commune à nombre de jolies femmes.

— Mais, si vous souhaitez passer demain après-midi à la maison, nous en serons honorées, ajouta-t-elle avant d'indiquer son adresse au directeur de théâtre.

— C'est moi qui le serai, mesdames, vraiment. Alors à demain, donc. Demain, répéta-t-il en s'inclinant à plusieurs reprises avant de prendre congé.

Dans le feu de la conversation, Jungho avait été quasiment oublié. Jade lui décocha un grand sourire : la proposition du directeur du Joseon était si excitante que même Dani était impuissante à gâcher sa joie. D'ailleurs, celle-ci semblait avoir décidé de faire table rase du passé. Elle accorda un bref salut de la tête à Jungho avant de pousser les trois filles devant elle comme une poule orgueilleuse guide ses poussins.

— À bientôt, Jungho. Viens quand tu veux, lui murmura Jade en lui tapotant l'épaule. À midi, je suis toujours à la maison.

Le garçon avait le sourire extatique de l'amoureux renversé par une vague de bonheur. Avec quelle facilité, quel naturel et quel charme se sont déroulées ces retrouvailles ! songea Jade avant de rattraper les autres. Le rickshaw de Dani et Luna était déjà parti, et Lotus l'appela d'un second véhicule tiré par un jeune homme vêtu d'un vieux manteau noir. Il aida Jade à monter, puis le rickshaw s'ébranla et la brise douce de la nuit leur caressa les oreilles ; des étoiles dansaient dans les cieux.

— C'est la soirée la plus extraordinaire de ma vie. Jade ! Nous allons rejoindre la troupe du théâtre Joseon ! Nous ne servirons plus jamais de *soju* aux riches dandys ! À nous la vie d'artiste ! s'écria Lotus en prenant la main de son amie, qu'elle secoua en tous sens.

— C'est un rêve, non ? Dire que nous sommes arrivées à Séoul avec un petit baluchon de rien du tout ! Nous étions tellement petites que nous tenions toutes les quatre dans le même rickshaw, tu te souviens ?

Jade éclata de rire. Son amie était sur le point de devenir la plus grande chanteuse de Séoul. Et, bien qu'elle n'ait elle-même aucune ambition ni talent particulier, elle avait fait son chemin au-delà de toute espérance. À 17 ans, impossible après cette soirée de penser qu'elle avait devant elle autre chose que du bonheur et de nouveaux triomphes.

Elles furent bientôt arrivées devant la villa. Le conducteur, précis et attentif dans ses gestes, les aida à mettre pied à terre sans l'obséquiosité ni la rage secrète qui étaient souvent l'apanage des membres de cette profession. Il était assez élancé et avait des épaules larges, mais son manteau trop grand aux coudes renforcés de velours marron ne parvenait pas à dissimuler sa maigreur. Cette fragilité émut Jade, sujette, comme tous ceux qui se trouvent injustement favorisés par le sort, à des accès de compassion.

— Oh, mon pauvre ami, vous avez l'air d'un étudiant, dit-elle en scrutant le visage grave du jeune homme. Est-ce le cas ?

Les yeux du conducteur, charmeurs sans être grands, s'illuminèrent à cette question.

— Oui, mademoiselle, je vais aux cours du soir.

— Alors vous travaillez donc matin, midi et soir ! Il vous reste du temps pour dormir, j'espère ? Pauvre jeune homme ! Voyez-vous, nous venons de donner un gala de charité pour une école destinée aux enfants des conducteurs de rickshaw. Mon amie et moi avons passé une merveilleuse soirée. Tenez, prenez ceci pour vous acheter un nouveau manteau.

Elle lui donna une somme équivalente aux gains d'une journée, puis prit le bras de Lotus et franchit le portail que la femme de chambre tenait ouvert en sautillant sur place pour se réchauffer. Jade sentit peser sur elle le regard du jeune homme, ce qui l'incita à rire encore plus fort et à se montrer encore plus démonstrative avec Lotus.

— Si tu trouvais ce charmant chauffeur à ton goût, tu aurais dû l'inviter à la maison, gloussa son amie pendant qu'elles traversaient la cour.

— C'est un étudiant sans le sou… je voulais juste être polie.

Jade ne pouvait jamais se montrer aimable avec quelqu'un sans que Lotus se moque ! Même avec un conducteur de rickshaw ou un gamin juste assez vieux pour être au lycée !

— Ah ? Dans ce cas, je peux l'avoir ?

Jade haussa les épaules.

— Parfait, alors on partage. Il semble avoir les épaules assez larges pour nous transporter toutes les deux, et je suis sûre qu'on saura manœuvrer son rickshaw toute la nuit…

Et elles éclatèrent de rire.

— Je suis ravi que tu sois venu. Que veux-tu boire ? J'ai un très bon saké. Et un excellent cognac. J'ai découvert les charmes de cet alcool pendant mon voyage en Europe, et je dois dire que c'est devenu une de mes passions, déclara Ito Atsuo après avoir serré la main de son hôte.

Il s'installa dans son canapé avec un plaisir manifeste et indiqua de la main le grand fauteuil qui lui faisait face. Yamada Genzo se coula dedans avec la prudence d'un visiteur qui entre pour la première fois chez l'un de ses amis.

— Si c'est une de tes passions, alors j'essaierai volontiers de la partager, répondit-il en souriant.

— Parfait : cognac, donc ! s'exclama joyeusement Ito en faisant signe à son majordome.

Ce dernier revint bientôt sans un mot avec une bouteille et deux verres en cristal disposés sur un plateau. Les deux hommes savourèrent leur digestif en silence, appréciant son arôme mêlé à la saveur fraîche et sereine d'un crépuscule d'automne.

— Excellent, en effet, fit remarquer Yamada.

Ito approuva d'un sourire. La fiabilité absolue de son goût dans tous les domaines – vins, mets, arts ou décoration – était sa principale source de satisfaction. Pour lui comme pour tous ceux qui se pensent esthètes, le goût était l'essence de la sensibilité et de la perception. C'est aussi pour cette raison que, pour la première fois depuis qu'ils étaient collègues, quelques années tout de même, Ito avait officiellement invité Yamada : ils allaient parler art et discuter des pièces inestimables qu'Ito avait achetées ces derniers temps. Depuis la mort de son père, qui lui avait légué ses immenses propriétés de Corée, Ito collectionnait avec ardeur les antiquités. Il venait d'ailleurs de montrer à Yamada un céladon de l'époque du royaume de Goryeo – XIe ou XIIe siècle ? – avec le regard avisé de qui pose une question mais connaît la réponse. Le vase de céramique avait la grâce spontanée des épaules d'une belle femme. Si sa couleur d'un vert laiteux n'avait pas de réel équivalent dans la nature, elle l'évoquait pourtant immédiatement.

— Quelle splendeur ! commenta Yamada en toute sincérité. Dans ce style, j'ai rarement vu aussi beau. Mais il y a cela…

Et, de l'index, il indiqua une ligne fine qui courait du bas du vase au début du col.

— Ah oui, cette fêlure. Impossible d'obtenir une pièce aussi ancienne qui soit intacte. La coupable, c'est la pelle du fossoyeur. Mais comment lui en vouloir ? Il ne peut pas creuser avec un plumeau. Et la réparation est impeccable.

Il eut une moue de connaisseur.

— D'ailleurs, au fond, c'est très excitant. Elle a plus de valeur que si elle avait été conservée dans la bibliothèque d'on ne sait quel vieux hobereau. Tu te rends compte ? Ce vase a été enseveli avec le roi de Goryeo, et voilà qu'après mille ans sous la terre je le récupère.

— Oui, c'est excitant, en effet ! s'exclama Yamada, feignant l'approbation.

Seules la lueur qui passa dans ses yeux et la douceur délibérée avec laquelle il reposa son verre trahissaient sa véritable pensée.

— Quant à la suite, tu vas l'adorer, poursuivit Ito en priant son hôte de passer dans la pièce suivante.

Sur le plancher s'étalait un immense tigre jaune et noir qui semblait encore vivant. Ce n'était évidemment qu'une dépouille naturalisée.

— Sais-tu combien je l'ai payée ? demanda Ito avec une franchise inhabituelle.

La somme devait dépasser largement leur traitement annuel de colonel.

— Incroyablement chères de nos jours, ces peaux ! Mais c'est précisément pour cette raison que je l'ai achetée. Quand ces animaux auront disparu de Corée, je pourrai la revendre vingt fois son prix.

— J'ai chassé le tigre un jour, dit Yamada, le regard dans le lointain. Ce sont les animaux les plus puissants et les plus intelligents qui soient.

— Exact ! Il n'en reste presque plus dans la nature. Je ne crois pas qu'on en ait tué ces trois ou quatre dernières années. À l'avenir, on n'en verra sans doute plus que dans les allées du zoo du palais Changgyeong.

Ito se tourna alors vers la porte. Sa sœur venait d'apparaître sur le seuil, les yeux chastement baissés.

— Mais entre, Mineko, dit Ito d'une voix chaleureuse.

Elle obtempéra sans un mot et échangea quelques courbettes avec Yamada. Elle n'avait pas la beauté de son frère ; on aurait même pu dire qu'elle était laide. Mais elle avait de jolis yeux au regard doux, sans rien de la froideur égoïste du colonel. Comme les deux hommes et nombre d'autres représentants de l'aristocratie japonaise, elle était vêtue à l'occidentale. Le rose pâle de sa robe ample la faisait paraître plus blême encore. Elle souriait, gênée, devant Yamada.

— Tu disais, Genzo ? reprit Ito.

Yamada comprit à cet instant que le véritable motif de cette invitation était de lui faire rencontrer la jeune femme.

— Tu l'as tué ? insista Ito.

— Non, j'ai pu lui tirer dessus, comme mes compagnons. Nous l'avons blessé à la patte mais il a réussi à s'enfuir.

Pour la première fois de sa vie, Yamada se prit à espérer que le tigre ait survécu.

— Quel dommage ! Mais n'aie pas de regrets. Il est sûrement mort dans les bois par la suite ; c'est un peu comme si tu l'avais tué. Et c'est mieux que d'acheter une peau comme je l'ai fait.

Mineko opina et s'éclipsa poliment.

Tandis qu'un domestique venait remettre une à une les antiquités à leur place, les deux hommes se resservirent du cognac.

— J'étais de loin l'enfant préféré de mon père, dit Ito en portant le verre à ses lèvres. Cela m'a toujours fait de la peine pour Mineko, qu'il n'a jamais aimée et à qui il me semblait devoir protection.

— Elle me paraît être quelqu'un de bien.

— Vraiment ? Ravi de voir qu'elle t'a fait bonne impression. Et donc ?

— Je la connais à peine, je viens de la rencontrer, protesta Yamada en haussant les épaules.

— Genzo, tu sais que je n'ai pas beaucoup de considération pour les femmes, reprit son hôte sur le ton de la confidence. Pour les belles femmes, si, bien sûr. J'apprécie leur apparence, et même leurs qualités personnelles. Je les regarde comme des antiquités. Hélas, contrairement aux antiquités, elles perdent de la valeur en vieillissant. De mon point de vue en tout cas. C'est imparable. Et, cependant, je me soumets aux lois qui régissent ce monde.

Il se carra au fond du canapé et avala une gorgée de cognac.

— Je vais épouser la fille du comte H. Je ne l'ai rencontrée que deux fois.

— Puis-je me permettre de te féliciter ? s'enquit Yamada avec ironie.

— J'imagine que oui, s'esclaffa Ito. C'est une belle alliance. Père aurait été ravi. Mais parlons plutôt de toi, Genzo. Que penses-tu de ma sœur ? Un de ces jours il faudra bien que tu prennes femme. Ton père te l'a sûrement fait remarquer. Mineko est cultivée et agréable, et ne parlons pas de sa fortune. Elle sera une bonne épouse, tranquille à souhait, et j'aimerais assez la voir se marier avec un homme dans ton genre.

Yamada ne répondit pas, préférant s'abîmer dans la contemplation de son verre. Ito Mineko était au moins aussi désirable que les autres options que lui avait présentées son père, si ce n'est plus. Depuis quelque temps, le colonel Yamada avait découvert que ses sensations le dupaient : elles n'étaient pas toujours conformes à ce qu'on attendait de lui. Craignant que ce signe de faiblesse ne le tire vers le bas, il avait pris l'habitude d'éprouver sa volonté en faisant ce qui lui répugnait le plus. Il avait proposé ses services à la prison et fouettait en personne les rebelles les plus rétifs, tel un athlète qui se serait exercé avec vigueur, pensant que le développement de sa musculature lui faciliterait la tâche. Si bien que, malgré l'indifférence absolue que lui inspirait Mineko, en tant que femme et même en tant que personne, il répondit :

— Parfait. J'accepte sa main.

— Hourra ! Eh bien, buvons à cela. À nos familles.

Leurs verres s'entrechoquèrent, mais Yamada ne sourit pas.

— Genzo, allons, détends-toi ! Sais-tu ce qu'est le mariage ? Une maison que tu construis pour élever des enfants. Mais ne va pas t'imaginer qu'il faille t'y enfermer, hein ? Tu peux y entrer et en sortir à ta guise. Un homme n'est pas plus prisonnier de son mariage que de sa maison, Genzo.

Ito se cala le dos contre les coussins de son canapé, jouissant de leur moelleux et des brumes lumineuses du cognac.

13

Gauche et droite
1925

Jungho prit l'habitude de se rendre chez Jade presque tous les jours, même s'il arrivait que ses visites ne durent pas plus de dix minutes. Ne voulant pas qu'elle se lasse de lui, il omettait cependant de venir de temps à autre et se tenait à l'écart. Quand il réapparaissait, Jade lui demandait ce qui l'avait retenu avec autant d'enthousiasme que lorsqu'ils étaient enfants. Jungho se sentait alors soulagé et autorisé à reprendre ses visites quotidiennes.

Ils restaient parfois à la maison, où ils buvaient du thé de chrysanthème dans le salon. Ou alors ils sortaient se promener, partant vers le nord pour longer le zoo du palais Changgyeong jusqu'à atteindre la Grande Porte de l'Est, avant de revenir chez Dani. Au cours d'une de ces marches, Jade lui fit une terrible révélation. Elle portait ce jour-là un tailleur neuf, gansé de fil d'or et doublé de fourrure de lapin grise.

— Oh, c'est un cadeau, dit-elle avec désinvolture lorsque le jeune homme la complimenta sur sa tenue.

— De ta tante Dani ? demanda Jungho avec un brin de culpabilité.

— Mais non, gloussa Jade. D'un type… le fils d'un millionnaire de Gyeongju.

Elle effleura le bras de Jungho.

— Il est d'un ennui mortel, et en plus il ronfle.

Le jeune homme ne sut que répondre et ils n'échangèrent guère plus de trois mots avant qu'il ne prenne congé, sans regrets cette fois. Comme il avait été idiot de croire qu'il était pour Jade davantage qu'un ami, un compagnon de jeu des temps anciens !

Elle ne le voyait pas comme un homme, raison pour laquelle elle pouvait lui parler si librement. Cette manie qu'elle avait de lui caresser le bras lorsqu'elle voulait mettre l'accent sur un propos était une simple marque d'amitié, sans aucune intention de séduction. Pour qu'elle lui prête la même attention qu'aux autres, il fallait qu'il devienne riche. Non pas pour l'acheter, mais pour gagner son respect. Et ce fut une révélation : jusqu'alors, il s'était appliqué à survivre puis à se forger une vie un peu plus confortable que celle de la rue. Il comprenait à présent pourquoi les hommes au ventre plein étaient tellement obsédés par l'argent. Moins pour ce qu'il leur permettait d'acheter que pour la position sociale qu'il leur procurait.

Une fois sa décision prise, Jungho proposa une balade à Loche. Par habitude, ils se dirigèrent vers le pont qu'ils connaissaient si bien. À l'ouest, le soleil inondait de rose les nuages, et les façades bleuâtres commençaient à s'illuminer. Quelques voitures les dépassèrent sur le pont et devant eux une troupe de moineaux quitta une ligne électrique pour s'égailler dans le ciel du soir, échangeant sans doute en pépiant les nouvelles du jour.

— Loche, comment devient-on riche ? demanda Jungho de but en blanc.

Question digne d'un benêt en proie au désespoir, mais il ravala son orgueil.

— Tu veux devenir riche ? rétorqua Loche avec son sourire en coin.

— Tu sais, un jour on en aura peut-être marre de vivre comme des idiots, affirma Jungho en frappant de ses poings le vieux parapet. Il n'y a rien de glorieux à extorquer des fonds et des repas gratuits à des boutiquiers. Un jour ou l'autre, il faudra arrêter.

— Il y a bien une solution, dit Loche, recouvrant soudain son sérieux. Séoul est divisée entre les gens de gauche et les gens de droite, tu sais ça ?

Si Jungho avait surpris dans les rues des conversations excédées, il ignorait ce qu'elles signifiaient, tant pour ses congénères que pour son propre sort. Et, comme il ne savait pas lire, il ne comprenait pas davantage ce que disaient les journaux.

— À gauche, ce sont les communistes. À droite, les nationalistes. Quelle que soit leur opinion, un jour ou l'autre ils auront besoin de protection et de petites mains pour exécuter les tâches dont ils ne pourront pas se charger. Tu vois ce que je veux dire ?

— Oui, répondit Jungho, qui n'avait pourtant qu'une idée très approximative de la situation.

— Donc il faut se renseigner pour savoir qui paie le mieux, proposer nos services, prêter allégeance et se mettre au boulot.

— Mais à qui on doit s'adresser ? Je les connais pas, moi, ces gens, fit remarquer Jungho avec gêne.

— T'en fais pas pour ça, dit Loche avec un sourire. Il se trouve que je suis déjà en contact avec un gros bonnet. C'est l'un des fondateurs du parti communiste de Koryo, qui a été créé à Shanghai. Ce type, il est très riche, et il a plein d'amis. Si on travaille pour lui, ce sera un vrai filon ! Je te le présenterai. Il s'appelle Lee Myungbo.

La maison de Lee Myungbo à Pyeongchang-dong était une villa traditionnelle ceinte de vieux murs en pierre ; de la rue, on ne voyait que le faîte des arbres. Et leurs branches dépourvues de feuilles mais chargées de kakis qui luisaient tels des rubis dans le clair de lune étaient d'une fragilité touchante. Le portail principal, coiffé de tuiles en céramique, faisait presque 4 mètres de haut et était assez large pour que l'équipage du maître de maison puisse entrer, privilège réservé à la plus haute aristocratie. Ce n'était là que l'une des nombreuses propriétés que Myungbo avait héritées de son père, mort en 1925. Lorsque cet homme au cœur de pierre s'était étouffé avec une arête de poisson un matin au petit déjeuner, son fils, qui tel un nécessiteux sollicitait sans répit ses amis pour la cause, était devenu le propriétaire de terres qui rapportaient plus de 300 000 wons par an.

Jungho se sentit si peu à sa place lorsqu'il franchit ces portes majestueuses qu'il lui sembla un instant entamer la visite du palais impérial. Il resta bouche bée devant ce que pour sa part Myungbo leur présenterait ensuite comme étant sa modeste demeure : l'odeur de vieux cuir des livres anciens sur les rayonnages, les buffets incrustés de nacre, les porcelaines si simples qu'elles en étaient d'autant plus inestimables. Au-dessus d'urnes trônait la photographie d'un étranger au crâne chauve portant une moustache et un bouc pointu. Pour le reste, la maison de Myungbo exhalait un tel raffinement sans ostentation et une telle élégance aristocratique que le seul contact de ses chaussettes usées sur le plancher lustré faisait honte à Jungho.

— Ne sois pas si nerveux, lui souffla Loche à l'oreille tandis qu'ils attendaient leur hôte dans la bibliothèque.

— Ça va, répondit Jungho en serrant les poings sans même s'en apercevoir. Je ne suis pas nerveux du tout. Il est peut-être riche, ce monsieur, mais ça reste un être humain qui mange et qui chie comme toi et moi.

Des propos plus rudes que ses pensées, comme bien souvent : ce garçon incapable de retenir ses coups était inapte à bien choisir ses mots.

Il y eut comme un bruissement, suivi d'une toux discrète.

— Puis-je entrer ? demanda Myungbo juste avant de faire coulisser la porte pour rejoindre les deux jeunes gens, un sourire serein sur les lèvres. Je suis désolé de vous avoir fait attendre. J'étais dans mes appartements, où je rencontrais quelques camarades. Je vous ai apporté moi-même du thé et quelque chose à manger, car ma femme ne se sent pas très bien, ajouta-t-il en posant sur un guéridon un plateau avec des kakis, une théière et des tasses. Nous avons encore des domestiques, mais lorsqu'il se fait tard je les laisse prendre du repos.

Puis il salua Jungho.

— Mon nom est Lee Myungbo, mais appelez-moi plutôt camarade Lee.

Jungho fut pris de court : jamais un membre de la bonne société ne l'avait regardé droit dans les yeux, et encore moins salué avec une telle cordialité, comme un égal. Tandis qu'il s'inclinait à son tour, déstabilisé, Myungbo serra vigoureusement la main de Loche.

— Ravi de vous revoir, monsieur Loche.

Ce dernier avait raconté en quelques mots à son ami de quelle manière il avait fait la connaissance de Myungbo. Un jour qu'il faisait la tournée des boutiques placées sous leur protection avec quelques-uns des gars, ils étaient entrés chez un petit marchand de nouilles où Myungbo déjeunait justement. Lorsque Loche avait exigé le paiement des frais auprès du propriétaire, Myungbo s'était interposé, prêt à payer ce que demandait Loche, et prêt également à inviter les gars à déjeuner pourvu qu'ils lui accordent un peu de temps.

Depuis un moment, Loche et le reste du gang n'avaient plus guère de scrupules : lorsqu'un commerçant résistait ou cherchait à leur faire la morale, ils n'hésitaient pas à cogner. Mais, dans le sourire placide et les manières humbles et pourtant si dignes de Myungbo, quelque chose avait retenu les ardeurs des plus brutaux d'entre eux. Lorsqu'ils se furent assis à sa table, Myungbo leur avait demandé d'où ils venaient et ce que faisaient leurs parents. Tous avaient répondu, même les plus endurcis. Et, le temps qu'ils aient fini leur bol de nouilles, Myungbo leur avait déjà parlé d'une société qui prendrait soin des orphelins et des pauvres, une société où plus personne n'aurait jamais faim.

— Ce n'est pas l'humain qui est mauvais, avait-il déclaré en les considérant d'un œil si doux, si pur qu'ils en avaient été réduits au silence. C'est la faim.

Loche avait assisté par la suite à plusieurs réunions dans la belle demeure, en compagnie d'une dizaine de personnes, dont quelques femmes, qui discutaient de cette chose étrange, le communisme.

Le soir de la visite de Jungho, Myungbo lui posa la même question qu'aux garçons du gang. D'où venait-il ? Ses parents étaient-ils encore de ce monde ? Si Jungho avait eu la plus vive intention de rester muet devant ce bon monsieur, c'était impossible : Myungbo était trop sincère, trop gentil pour qu'on lui oppose une telle grossièreté.

— Quel âge avez-vous, monsieur Jungho ?

— Dix-neuf ans, répondit le garçon en rougissant sous son hâle.

Comme il devait sembler jeune et naïf aux yeux de son hôte ! Ce dernier ne lui aurait sans doute pas posé la question s'il l'avait jugé adulte.

— Ah, 19 ans. Je m'en souviens comme si c'était hier...

Myungbo ferma les yeux et poussa un soupir nostalgique.

— Les jeunes gens ont tous des rêves, monsieur Jungho. Qu'attendez-vous de la vie ?

— Ce que j'en attends...

Le garçon s'interrompit. Il avait immédiatement pensé à Jade, à l'expression de son visage sur la colline quand elle avait évoqué la pierre verte. Mais comment avouer à cet inconnu sa secrète faiblesse, et surtout devant Loche ?

— Je veux être riche, répondit-il.

Il comprit au moment même où ces mots sortaient de sa bouche que la réponse n'était pas la bonne. Le visage doux et confiant de M. Lee se voila de mélancolie. Pour cacher sa déception, il leva sa tasse de thé de chrysanthème. Sa main maigre, couverte de cicatrices, tremblait – on aurait dit celle d'un vieillard.

— Que faisait votre père, monsieur Jungho ? s'enquit-il après quelques secondes de silence.

— Il était soldat de l'empereur. Quand l'armée a été dispersée, il est rentré chez nous. Il était métayer… Et quand il n'a plus pu payer le loyer, il est devenu chasseur.

Jungho n'avait pas pensé à son père depuis longtemps. Il glissa la main dans la poche de son veston et caressa discrètement la bourse qui contenait l'étui à cigarettes et la bague, comme toujours lorsqu'il avait besoin de réconfort.

— Votre père a exercé la plus noble des professions qui soit. Cultiver la terre, chasser : c'est vivre de manière honnête et laborieuse, dit Myungbo d'une voix plus joyeuse. C'est la même chose pour ces propriétaires de restaurants, ces gens qui tiennent des boutiques. Qu'aurait dit votre père s'il avait su que vous voliez ces gens simples, que vous les menaciez alors qu'ils cherchent seulement à gagner quelques sous de façon digne ? Je vous parais peut-être pompeux, et j'en suis désolé, mais étant donné mon grand âge je pourrais être votre père.

Jungho lui répondit d'un regard noir où scintilla soudain une violence mauvaise.

— Mon père… Ah oui ! Il était tellement honnête qu'il est mort de faim. Quand il est décédé, il n'avait pas mangé depuis trois jours. Il n'avait dans le ventre qu'un peu d'eau chaude et de sauce de soja. C'était notre soupe maison, monsieur le bourgeois. Alors ne me faites pas la leçon sur l'honnêteté et les gens simples, d'accord ? Vous n'avez pas le droit !

S'il se savait incapable de lever la main sur ce bon monsieur souriant et bavard, Jungho avait pourtant serré les poings. Loche le prit par le bras, comme pour l'apaiser.

— Je suis désolé, monsieur Jungho, s'excusa Myungbo avec une douceur qui surprit son interlocuteur. Vous avez raison, je n'ai pas à vous faire la morale. Vous vous êtes débrouillé comme vous avez pu pour survivre. Mais ne serait-il pas préférable que l'on vous permette d'exercer un travail honnête qui vous rapporte de quoi vivre ? Je vous ai demandé ce que vous attendiez de la vie. Maintenant je vais vous dire ce que j'en attends, moi. Mon rêve le plus cher est l'indépendance de notre pays. Ensuite, je voudrais que chaque Coréen ait de quoi manger, prospérer et mener une existence digne, en véritable être humain. Je voudrais une société juste, équitable, où personne ne serait laissé pour compte. Et ces deux rêves sont inséparables…

Myungbo ferma les yeux. Voilà ce qui l'habitait, ce qui l'avait transformé et occupé depuis sa libération, à l'été 1921. Il avait pris le premier bateau pour Shanghai, refuge des militants expatriés quelle que soit leur couleur politique.

S'ils avaient tous risqué leur vie pour la même cause, Myungbo s'était vite rendu compte que nombre de ses compagnons n'étaient pas fiables. Avant son séjour en prison, il avait réservé son mépris à ceux qui recherchaient la célébrité ou les bénéfices matériels (faction à laquelle appartenait Sungsoo, quoique leur amitié de jeunesse interdise à Myungbo de se l'avouer aussi distinctement). À Shanghai, il avait découvert avec stupéfaction un moteur plus puissant encore que l'argent et la renommée : le pouvoir. Et remarqué aussi que certains de ces militants parlaient de Warren G. Harding, le successeur du président Wilson, comme d'un riche et bien-aimé cousin éloigné qui leur léguerait un jour son immense fortune. De ce fait, ils nourrissaient à son égard des attentes et un respect inconvenants. Certains s'étaient même rendus à Washington pour plaider directement leur cause auprès du Président. Myungbo, cependant, n'avait jamais oublié les promesses creuses du consulat d'Amérique le jour de la grande manifestation. Il avait préféré rejoindre une cellule socialiste et prendre le Transsibérien pour Moscou afin d'implorer l'aide de la Russie.

Bien qu'il ait passé les quinze années précédentes à parcourir le monde, Myungbo n'était pas un voyageur né. Pourtant, comme tous les poètes dans l'âme, il avait été ensorcelé par les étendues sauvages de la steppe mongole et ses poneys hirsutes qui broutaient l'herbe blanche de givre, par ces fleurs sans nom qui se balançaient sur la lande balayée par les vents, leur modeste corolle jaune ou violette tendue vers le ciel immense. Il n'y avait au monde nul spectacle plus glorieux. Tandis que le train serpentait sur les rives du lac Baïkal dont les insondables eaux turquoise, éternelles, léchaient le pied des falaises, tandis que les montagnes de Sibérie s'élevaient dans l'aube rose pour retomber dans les ténèbres au crépuscule, Myungbo s'était parfois endormi contre la vitre à force de contempler ce spectacle sidérant.

— La Russie est vraiment une grande nation, lui avait dit l'un des socialistes, touché par son enthousiasme. Plus belle que la Chine, qui est formidable, et plus formidable que la Corée, qui est si belle. Si ce paysage reflète leur âme, les Russes ne manqueront pas de nous aider.

Mais la Russie était avant tout une terre immense ; le train avait dû poursuivre sa route dix jours et dix nuits durant. Myungbo souffrait encore de sa détention, mais dissimulait son état à ses compagnons : il avait de fréquents malaises et vomissait presque tout ce qu'il mangeait. Cependant, leurs efforts avaient été récompensés : à Moscou ils avaient obtenu un entretien privé avec Lénine, qui leur avait fait un accueil cordial et accordé une subvention de 600 000 roubles.

La délégation de Washington connaissait au même moment un sort très différent. À cette époque, Harding avait entrepris de se partager l'Asie et l'Océanie avec le Japon. Les États-Unis coloniseraient les Philippines et laisseraient les Japonais arracher la Mongolie à la Chine et la Sibérie aux Russes. Washington ne comptait pas provoquer la colère de son nouvel allié en encourageant les velléités d'indépendance d'on ne savait quels rebelles. Les Coréens étaient donc rentrés à Shanghai sans avoir obtenu le moindre contact officiel, pas même avec un fonctionnaire de second rang.

Ce qui avait achevé de convaincre Myungbo : la Russie était la seule solution aux deux maux qui déchiraient le monde. La Corée deviendrait indépendante avec l'aide des Soviétiques et créerait une société juste et prospère grâce au communisme. Cela permettrait l'expulsion du gouvernement colonial japonais et l'éradication de la classe des propriétaires terriens, trop avides : les deux principales causes des souffrances du peuple. Quant à l'Amérique, elle n'était certes pas peuplée que de canailles. Mais en dépit de ses beaux discours sur la paix et la justice dans le monde elle demeurait une puissance coloniale tout aussi insatiable et nuisible que le Japon.

Myungbo ne put expliquer tout cela à Jungho, trop fruste. Mais le garçon paraissait intelligent à sa manière ; assez en tout cas pour avoir survécu à l'impensable tout en soutenant ses jeunes troupes, dévouées comme des loups à leur chef de meute. Myungbo se fiait toujours à ses premières impressions, or il avait vu sur le visage plutôt ordinaire de Jungho une qualité rare et pour lui essentielle : l'honnêteté.

Presque tout le monde se juge honnête, chose fascinante aux yeux de Myungbo. Quand il s'agissait de se trouver des excuses, les gens rivalisaient d'ingéniosité et de subtilité. Au point de ne pas remarquer qu'ils se mentaient. Mais ce Jungho n'était pas comme les autres. S'il semblait capable de blesser et de tuer sans le moindre état d'âme, n'ayant aucune limite, il n'avait pas non plus la moindre aptitude à la traîtrise. Et cela faisait de lui quelqu'un de très particulier. C'est à cette droiture combinée à une énergie instinctive et sauvage que Jungho devait ses nombreux fidèles.

Myungbo se redressa contre le dossier du fauteuil et inspira profondément.

— Monsieur Jungho, connaissez-vous la Russie ? Elle peut vous paraître fort lointaine, mais figurez-vous qu'elle a une frontière commune avec notre pays, à l'extrême nord-est.

— Je sais, dit le jeune homme. Le nord, j'en viens, vous savez. J'y ai rencontré des Yankees, et même des Chinois, mais jamais aucun Russe. Ils sont plutôt comme nous ou plutôt comme les Yankees ?

— Ça dépend. Quand je suis allé en Russie, j'ai rencontré pas mal de Russes au type asiatique, avec la peau dorée et les cheveux noirs. Un peu comme nous. Mais nombre d'autres ressemblaient plutôt à des Européens, avec de grands yeux bleus et des cheveux clairs.

— Ce bonhomme barbu, dit Jungho en désignant la photo au-dessus des urnes, il est curieux, non ? Mi-asiatique mi-européen, on dirait. C'est un Russe ?

— Ah, soupira Myungbo, le regard triste. Il est russe en effet, et j'ai eu l'honneur de le rencontrer à Moscou avant sa mort. Il s'appelait Vladimir Lénine. Il faudra que je vous en apprenne plus à son sujet lorsque vous reviendrez. Dans un futur proche, je l'espère.

— Monsieur Lee, je me rends compte que vous êtes un homme bon, dit Jungho en secouant la tête. Mais moi, pour ne rien vous cacher, je n'essaie pas de sauver la nation ou qui que ce soit. Qu'est-ce que tout ça a à voir avec moi ? Ce sont les aristos comme vous qui nous ont mis dans la panade. Et c'est à vous de nous en sortir. Moi, mon problème, c'est de trouver à gagner un peu plus d'argent pour les frères et moi.

Myungbo soupira et, en fixant le buffet, il s'accorda un moment de réflexion.

— Les gens croient vouloir de l'argent, dit-il d'une voix posée, mais c'est souvent autre chose qui les préoccupe.

Il songeait à Sungsoo et à d'autres hommes riches de leur sphère.

— Ils disent rechercher la richesse parce que c'est plus rassurant à admettre que ce qu'ils ont réellement en tête… Comprenez-vous où je veux en venir ?

Stupéfait, Jungho contempla le visage buriné et cependant séduisant de son hôte, et rougit parce que son secret le plus cher venait d'être dévoilé.

— Vous êtes un homme bon, monsieur Jungho, je le vois bien, poursuivit Myungbo. Si vos amis et vous acceptez de travailler pour moi et pour ma cause, je ne peux pas vous garantir la richesse, non… En revanche vous obtiendrez sans doute ce dont vous avez besoin pour être heureux. Et ce n'est pas quelque chose qui se monnaie.

À ces mots, le visage de Jade apparut à Jungho. Les paroles de Myungbo avaient touché juste. Non pas en ce qui concernait le communisme, la Russie, le Japon ou la Corée, ni l'histoire et la géographie : cela n'avait aucune importance pour le garçon. Mais au sujet de la quête du bonheur ! Au fond de son cœur, Jungho n'avait qu'un souhait : partager la vie de quelqu'un qui l'aimait. Sans parvenir à s'expliquer pourquoi, il sentit que Myungbo apprécierait ce souhait, et le respecterait même. Jamais le jeune homme ne s'était senti aussi bien compris par qui que ce soit. Et dire qu'il voyait cet homme pour la première fois ! Si une personne aussi authentique, aussi intelligente et aussi puissante que Myungbo ne parvenait pas à l'aider, qui le pourrait ?

— Bon ! demanda Jungho. Comment devient-on communiste, alors ?

14

Il y a deux sortes d'hommes : les bons et les mauvais

1925

Une fois le rideau retombé, Jade regagna sa loge et s'affala sur le canapé capitonné parmi des dizaines de bouquets. Elle resta immobile quelques minutes, les membres lourds, s'abandonnant à l'épuisement qui la saisissait après chaque spectacle. Puis elle finit par rassembler assez de forces pour dénouer le ruban de son *jeogori* avant de l'ôter. Défaire le *chima*[1] qui l'oppressait lui permit d'inspirer profondément ; plus détendue, elle arracha une rose au bouquet le plus proche et la porta à son nez.

C'était la première semaine de représentation du *Chant de Chunhyang*. Jade jouait le rôle-titre, celui d'une courtisane du XVIIe siècle qui tombe amoureuse du fils d'un juge local. Après bien des péripéties, ils se mariaient en dépit de leur différence de classe. On parlait de la pièce dans tout Séoul et les journaux n'avaient pas assez de superlatifs pour louer l'interprétation de Jade. La première fois

1. Jupe portefeuille du costume traditionnel coréen, qui se noue sur la poitrine. Sur cette dernière est porté un *jeogori,* veste courte aux manches larges en demi-lune, fermée sur le devant par des rubans.

qu'elle avait vu sa photographie illustrer une critique du spectacle, elle avait failli hurler de joie. Jamais elle n'avait rêvé pareil succès. Pour Lotus peut-être, oui, mais pas pour elle. Tous les soirs, on apportait dans sa loge des brassées de fleurs entre lesquelles se cachaient des messages de ses admirateurs. Il y en avait d'ailleurs un dans le bouquet de roses rouges. Sans cesser de porter la fleur à son visage, elle s'en saisit et le lut rapidement.

— À la plus grande actrice de Séoul, qui fera sans doute rougir un peu plus ces roses, puisqu'elle est plus belle que la plus belle des fleurs... Ah, c'est M. Yoo ! C'est lamentable mais tellement drôle !

Jade ne put s'empêcher de glousser en se figurant le baron de l'acier. Il portait des costumes à carreaux et des lunettes à monture ronde. Ses cheveux étaient soigneusement gominés et si bien coiffés en arrière qu'on y voyait la trace du peigne. Ses dents étaient jaunes et son haleine fétide : la malédiction du tabac. Il la couvrait de cadeaux depuis des mois. Poupées de porcelaine venues de Paris, truffes au chocolat, et un joli peigne incrusté de pierres précieuses. Ou du moins, sachant M. Yoo fortuné, c'est ce qu'avait cru Jade jusqu'à ce que Dani, qui ne portait que les plus beaux bijoux, détecte en un clin d'œil l'imitation.

— Ce ne sont que des bouts de verre, avait-elle tranché sans remarquer la gêne de Jade, humiliée par cette tromperie.

Depuis, la jeune femme refusait tous les présents de l'industriel et ne répondait plus à ses lettres.

— Marié, bien sûr, et il a trente ans de plus que moi, marmonna-t-elle en jetant la missive d'un geste distrait.

Près des roses se trouvait un bouquet beaucoup plus modeste de cosmos rouges et blancs.

— Pas de petit mot. Je me demande…

Jade contempla le bouquet avec un sourire joyeux. Aucun de ses vieux admirateurs, les M. Yoo et consorts, n'aurait envoyé de fleurs sans son nom. Elle croyait savoir de qui elles venaient : ce jeune homme timide qui l'adorait à distance. Et, tandis qu'elle s'accordait un moment de rêverie, la porte s'ouvrit sur un visiteur en uniforme.

— Vous êtes resplendissante ce soir, dit le colonel Ito en souriant comme si Jade devait lui être reconnaissante de ce compliment. Ah, mais pourquoi vous rhabiller ? Vous êtes plus jolie ainsi.

Et, tandis qu'elle enroulait son vêtement sur sa poitrine en lui décochant un regard fulminant, il éclata de rire.

— Si vous voulez me voir sur scène, vous êtes le bienvenu. Mais je vous prie de ne pas venir m'importuner dans ma loge. Je vous l'ai dit et répété cent fois, protesta Jade en japonais tout en passant rapidement les bras dans les manches de son *jeogori* avant d'en nouer les liens.

— Au contraire, je n'ai nullement l'intention d'aller m'ennuyer à vous regarder jouer alors que je vous vois beaucoup mieux ici, répliqua-t-il en défaisant le bouton de son col.

Il traversa la petite pièce en deux pas et s'assit sur le canapé, les cuisses bien écartées. Jade se leva mais le colonel la rattrapa par le bras et l'attira à lui.

— Et puis, ici, je peux vous toucher, grommela-t-il en lui arrachant sa veste pour avoir sous les yeux ses seins couleur d'ivoire.

L'odeur âcre et florale de cette peau de femme lui emplit les narines ; il n'avait qu'une envie, s'y abîmer. Il posa sur la poitrine de Jade ses mains hâlées et comprima la chair. Il sentit son membre se tendre. Mais tandis qu'il posait ses lèvres affamées sur la gorge de la jeune femme, elle le repoussa avec une vigueur animale.

Un sourire complaisant fendit le visage d'Ito.

— J'adore cette façon que vous avez de résister, vous, les filles de Joseon... C'est tellement plus excitant !

Du bras gauche il s'empara de la taille de Jade et la serra contre lui tandis que sa main droite plongeait sous la jupe, remontant sur ses cuisses pour venir se plaquer sur le triangle perlé de rosée que protégeait la fine mousseline de ses sous-vêtements.

— Ne me touchez pas ! hurla Jade.

Et, parvenant à s'écarter, elle le gifla avec force, ce qu'il ne parut même pas remarquer, se contentant de la serrer plus fort encore. Elle lui frappa frénétiquement le dos de ses poings puis, en désespoir de cause, lui mordit l'épaule droite, qu'il avait large et musclée.

— Putain ! cracha-t-il en relâchant son étreinte.

Elle se précipita à l'autre bout de la loge. Une lueur d'effroi brillait dans son regard. N'était-elle pas allée trop loin ?

— Je pourrais te faire jeter en prison pour ça, gronda Ito en se carrant dans le canapé, le souffle court. Mais je m'en abstiendrai si tu passes une nuit avec moi. Qui sait, tu en retireras peut-être du plaisir ?

— Jamais, répondit-elle à voix basse, les bras croisés sur sa poitrine nue. Je n'ai pas peur de vous, ajouta-t-elle d'une voix qu'elle sentait pourtant tremblante.

— Très bien. Qu'est-ce que tu veux ? Des fleurs, comme tous ces bouquets ? ricana-t-il en désignant la loge. De l'argent ? Des bijoux ? Il n'est pas né, celui qui traitera Ito Atsuo d'avare. Je suis prêt à payer un bon prix.

— Aucune somme d'argent ne saurait me faire coucher avec vous, répondit Jade, ce qui était à moitié vrai.

Elle avait fini de rembourser le prix de sa formation et de sa pension à Dani ; elle avait payé sa compensation à la guilde qu'elle quittait ; elle n'avait plus ni le temps ni le besoin de se produire dans des soirées. Elle gagnait des fortunes sur scène mais continuait d'accepter les cadeaux d'hommes qui, par la suite, devenaient ou non des amants de quelques jours. Mais, comme d'autres actrices et courtisanes réputées, elle ne se vendait pas à tous ceux qui auraient voulu l'acheter.

Furieux de son obstination, Ito déboutonna son pantalon ; son sexe était toujours désespérément dressé.

— Eh bien, contente-toi de me regarder, dans ce cas.

Il commença à se masturber, cramponné à l'accoudoir. Jade le dévisagea un instant avant de détourner le regard lorsqu'il s'empara de sa fine veste de soie et la roula en boule pour éjaculer dedans.

Pendant quelques minutes, il se laissa retomber sur les coussins, levant les yeux au ciel puis les refermant, les paupières battantes, haletant d'extase comme s'il venait de courir. Puis il reprit ses esprits et reboutonna son pantalon tandis qu'on frappait à la porte.

— Tu en mets du temps, Jade. Tout va bien ? Je peux entrer ?

Et sans attendre la réponse, Lotus, en costume de ville, passa la tête dans l'embrasure. En voyant le débraillement d'Ito et de Jade elle rougit, et détourna les yeux. Ignorant les deux femmes, Ito, lui, se leva avec flegme, épousseta les manches de sa tunique et sortit sans un mot.

— Qu'est-ce qui s'est passé ? Jade, ça va ? demanda Lotus en enlaçant son amie.

— Oui, ça va, mais j'aimerais rentrer à la maison.

Lorsque Jade se fut changée, elles sortirent par l'entrée des artistes. Hanchol les attendait avec son rickshaw. Depuis le spectacle de bienfaisance, il était devenu leur conducteur attitré. Jade le tenait toujours au courant de ses plans pour la journée, s'adressait à lui avec politesse, d'égal à égal, et le payait toujours au moins 50 % de plus que le tarif. Pour l'heure, cependant, elle n'avait qu'une envie : se retrouver seule. Même la présence de Hanchol l'importunait. Là où les mains d'Ito avaient comprimé ses chairs, il lui semblait sentir se former des bleus gros comme des raisins écrasés.

— Mlle Jade va-t-elle bien ? Elle semble souffrante, s'enquit Hanchol.

La jeune femme détourna le regard sans répondre.

— Elle a eu une surprise désagréable, rien de grave, répondit Lotus. Tu peux faire vite ?

Hanchol hocha la tête et aida les passagères à monter dans le rickshaw. Lorsqu'il fut prêt à tirer, il jeta un coup d'œil par-dessus son épaule et vit que Jade pleurait. Il se hâta donc de les ramener à la villa, bien qu'il fasse nuit et que sa journée de travail ait déjà été longue. Lorsqu'elles furent arrivées, Jade et Lotus descendirent sans les gais bavardages dont elles étaient coutumières, et disparurent derrière les grilles.

Un dénouement fort peu conforme à ce que Hanchol avait imaginé. Il en éprouva une déception qui le vida de son énergie. Il avait espéré que Jade lui demanderait si les cosmos venaient de lui ; il avait économisé sou par sou pendant une semaine pour pouvoir les lui offrir. Il aurait enfin pu lui avouer ce qu'il éprouvait pour elle. Au lieu de cela, les larmes de la jeune femme le rendaient malade d'inquiétude ; une crainte mêlée d'une étrange exaltation, car cette peur même rendait au jeune homme son humanité. La plupart du temps il ne pensait qu'à survivre et à franchir patiemment les échelons de la société, imperméable à toute émotion. Lorsqu'il s'inquiétait pour Jade, au contraire, sa souffrance s'accompagnait d'une immense douceur.

Les deux jeunes filles traversèrent le jardin et entrèrent dans leur pavillon, où Lotus suivit Jade jusque dans sa chambre pour lui préparer son lit.

— Allez, installe-toi bien confortablement sous les couvertures, dit-elle en tapotant l'oreiller. Tu veux que je dorme avec toi cette nuit ?

Jade se glissa sous les draps et hocha la tête. Lotus sortit donc un second matelas du coffre, se déshabilla, ôta les épingles de son chignon et peigna sa longue chevelure noire et lustrée sans se départir de cette énergie saine et réconfortante qui la caractérisait. Puis elle détacha les cheveux de Jade et les brossa à leur tour, avec le même instinct protecteur et la même tendresse que lorsque, enfants, elles se coiffaient l'une l'autre.

Cette tâche accomplie, Lotus se coucha à côté de son amie.

— On devrait se démaquiller, mais je suis morte de fatigue, chuchota-t-elle.

— Moi aussi, répondit Jade les yeux clos, apaisée par la présence de sa sœur de cœur.

— Qu'est-ce qu'il t'a fait, ce gros porc japonais ? Il n'a quand même pas essayé de te prendre par la force ?

— Si... Mais je l'ai mordu.

Lotus éclata de rire.

— Cette technique ne figure sans doute pas dans les manuels de galanterie de tante Dani. C'est dommage, d'ailleurs.

Cela fit sourire Jade dans la pénombre, comme si en fin de compte la visite d'Ito avait eu quelque chose de comique. En regardant sa comparse, Lotus se sentit fière d'avoir su garder son sens de l'humour. Elle en avait à revendre, c'est ce que les gens disaient, et elle ne reculait pas devant la vulgarité s'il fallait rendre service à ses amies. Qui les aurait fait rire, sans cela, à présent que le monde n'était plus que viols, meurtres et tragédies ?

— Il n'est pas mal du tout, pourtant ; tu aurais dû le laisser faire, poursuivit Lotus. Tu sais, tu n'as pas à te comporter comme un parangon de vertu. Nous ne sommes pas des dames. Et puis, quand on éteint les lumières, tous les hommes se valent. Japonais ou Coréens, ce sont tous des salauds.

Elle ne l'aurait jamais dit franchement mais Lotus, elle, ne se serait sans doute pas refusée à Ito.

— Je le hais, répliqua Jade avec passion. Il se figure qu'il peut avoir n'importe quelle femme, qu'il peut tout leur faire subir. Et elles, parce qu'il est riche, puissant et plutôt agréable à regarder, elles ne se posent pas de questions. Eh bien moi, ce n'est pas mon genre !

Au comble de la colère, elle se tourna vers son amie.

— Lotus, comment peux-tu oublier ce qu'ils ont fait à ta sœur ? Et à Hesoon ? Tant que j'aurai la force de me défendre, pas un seul de ces salopards de Japonais ne posera la main sur moi.

Mais depuis quand Jade est-elle si déterminée dans ses opinions ? se demanda son amie. Enfant, elle se contentait de suivre sagement Lotus en toutes choses. C'est au sortir de l'adolescence qu'elle était devenue aussi radicale et têtue.

— Très bien, soupira Lotus. Mais pense au juge de Dani. À ton avis, pourquoi supportait-elle cette situation ? Rien n'est jamais ni tout noir ni tout blanc. Bon, on dort ?

Avant que n'apparaissent les premières lueurs bleutées de l'aube, Lotus émergea et réintégra sa chambre, où elle effaça son maquillage de la veille à l'eau mousseuse de haricot mungo. Selon ses proches, Lotus détestait sortir sans fard : en vérité, elle adorait la sensation du démaquillage, des couches de poudre, du khôl et du rouge qu'on nettoie. Chaque fois qu'elle s'asseyait en tailleur devant sa coiffeuse pour masser ses joues enfin nues avec de l'eau de fleurs de pêche, elle éprouvait une telle sérénité ! C'était le moment de la journée où elle se sentait le plus en accord avec elle-même.

Elle examina longuement sa peau douce et lisse, le lustre délicat de l'arrête de son nez, ses pommettes. Quand elle s'étudiait de la sorte, elle se trouvait belle, et cela lui donnait le courage d'exprimer des sentiments qu'elle réprimait le reste du temps.

La colère, par exemple, songea-t-elle en se peignant avec un peu d'huile de camélia. Dans *Le Chant de Chunhyang*, Lotus jouait Hyangdan, la servante de l'héroïne. Un second rôle comique, émaillé de répliques grivoises et sans la moindre partie chantée ! Lorsqu'elle avait signé son contrat, le directeur lui avait promis un premier rôle. À l'annonce de la distribution, elle s'était précipitée dans son bureau pour exiger des explications.

— Oui, s'était-il contenté de dire, sur la défensive. Je sais que tu chantes mieux que tu ne joues. Mais Jade est si photogénique !

Et ce qui rendait Lotus malade de rage, c'était que Jade, avec son filet de voix, chantait tous les soirs sur scène. Pourquoi ce rôle lui avait-il échu ? Pourquoi avait-elle sa photo dans *Le Journal des femmes* et Lotus non ? Et pourquoi les hommes regardaient-ils tous sa sœur de cœur de cette manière, comme l'assoiffé contemple la cascade ? Même leur conducteur de rickshaw, Hanchol, avait pour Jade les yeux de l'amour. Et les voir flirter en douce comme pour ménager les sentiments de Lotus lui donnait des aigreurs d'estomac.

Elle avait beau adorer Jade, cette même colère la reprenait tous les soirs. Luna, c'était différent. Après avoir donné naissance à Hesook, elle s'était si bien accommodée de son rôle de mère qu'elle semblait désormais embarrassée par les regards trop insistants. Contrairement à ses cadettes, Luna était encore courtisane et liée à sa guilde. Elle participait fréquemment à des soirées où elle maintenait tout le monde à bonne distance, y compris ses consœurs.

Lorsqu'un homme s'éprenait d'elle, elle multipliait avec flegme les excuses pour échapper aux rendez-vous jusqu'à ce qu'il s'en désintéresse. Certes elle avait prêté son visage à quelques publicités pour des crèmes de beauté et autres savons pour les cheveux que l'on voyait dans tous les journaux et magazines, mais c'était une solitaire dans l'âme, privilège que sa jeune sœur ne lui contestait pas.

Lotus finit de se maquiller. De nouveau elle avait recouvert sa peau d'une couche toute neuve de coquillages broyés, de poudre de riz et de plomb. Sa chevelure était relevée en chignon avec une raie sur le côté et les épingles à cheveux remplaçaient la traditionnelle *binyeo*. Ce type de coiffure s'accordait mieux avec son chemisier de soie à l'occidentale à la coupe ample et moins ajusté à la taille, et sa jupe assortie en drap rouge. Lorsqu'elle sortit dans la cour, elle croisa sa femme de chambre, qui se rendait dans la cuisine pour préparer le petit déjeuner et faire chauffer l'eau pour la toilette.

— Dis à Jade que je serai absente toute la matinée. Je la retrouverai au théâtre à 17 heures.

Aucun rickshaw ne l'attendait devant le portail de la villa ; elle n'avait pas requis les services de Hanchol, ne voulant pas que Jade soit informée de son emploi du temps. Elle marcha jusqu'au boulevard, où elle eut la chance de pouvoir en héler un autre, bien que ce moyen de locomotion soit devenu des plus rares.

— Au Grand Oriental, s'il vous plaît ! demanda-t-elle avant de se pelotonner contre le dossier, à l'abri de la bise mordante.

Cette matinée de novembre était glaciale : c'était l'une de ces journées où le bleu et le jaune de l'automne commencent à céder aux gris, rose et argent de l'hiver. Déjà les rues étaient animées : colporteurs traînant leurs charrettes et vantant les mérites de leurs kakis ou patates douces grillées, de leur charbon, de leur poisson ou de leurs plantes et champignons. Les automobiles ne cessaient de prendre de vitesse le rickshaw, même si le chauffeur ne ménageait pas sa peine. Il y avait dans l'air une odeur suave, fumée et fraîche. Le temps que Lotus enregistre avec un émerveillement enfantin tous ces détails, le rickshaw la déposa devant le grand cinéma, où elle fit son entrée. L'établissement était désert à cette heure de la matinée. Une secrétaire apparut aussitôt.

— Vous êtes mademoiselle Lotus, je crois ? susurra-t-elle, suave, sans toutefois s'incliner. Le président Ma vous attend. Par ici je vous prie.

Lotus traversa à sa suite un couloir mal éclairé avant d'arriver dans le bureau du président, qu'elle trouva absorbé dans ses dossiers.

— Ah ! s'exclama-t-il en se levant et en la saluant d'une courtoise révérence. Quel honneur, mademoiselle Lotus, de vous recevoir en ces lieux !

Le président Ma avait une grosse tête, le front large, et des yeux vifs séparés par un nez puissant. De toute sa solide et masculine personne émanait la vigueur mûre du tout début de la vieillesse. Lotus se sentit nerveuse sans trop savoir pourquoi.

— Mais c'est votre invitation qui m'honore, murmura-t-elle tandis que le président s'avançait vers elle pour la faire asseoir dans l'un des fauteuils club disposés au centre de la pièce, lui effleurant au passage le bas du dos.

Lorsqu'il demanda à la secrétaire de leur apporter du café, Lotus vit, non sans plaisir, passer une lueur de ressentiment dans le regard de la jeune femme.

— Bon, reprit le président. Vous vous demandez peut-être, mademoiselle Lotus, ce qui vous vaut ce rendez-vous. Vous êtes une de nos plus grandes actrices et chanteuses du moment. La première fois que je vous ai entendue, c'était au Myungwol, il y a deux ans. Vous vous en souvenez peut-être ? C'était lors d'un banquet.

Lotus secoua la tête.

— Vous aviez chanté une valse, et il y avait une telle profondeur dans votre voix que je peinais à croire que vous puissiez n'avoir que 15 ans. Depuis ce jour, je rêve de vous voir sur les planches du Grand Oriental. Je sais que vous êtes sous contrat avec le théâtre Joseon, mais ce rôle ne rend pas justice à votre talent. J'ai donc décidé de vous contacter pour vous proposer de devenir une de nos stars.

Lotus s'empourpra, oubliant sa résolution à paraître aussi hautaine que Dani. Le Grand Oriental était de loin le plus grand théâtre de Séoul : une salle de 2 000 places où l'on pouvait voir des films, des spectacles de variétés et de danse, mais aussi des pièces de théâtre. Le lieu était encore plus prestigieux que le Joseon. Et le président Ma lui proposait de s'y produire en vedette !

— Des talents comme le vôtre, mademoiselle Lotus, on n'en rencontre qu'un ou deux par génération. Je veux donc être certain que vous recevrez toute l'attention qui vous est due. Nous allons présenter une nouvelle pièce, avec un rôle-vedette pour vous : des numéros de chant. Je pense au *Chant de Simcheong*. Le public adore ces adaptations de romans anciens, qui nous permettent en outre de contourner plus facilement la censure japonaise.

Le président s'interrompit un instant, les mains jointes par le bout des doigts.

— Et vous pourriez publier un disque en même temps. Des chansons originales de style jazz et valse, composés par un musicien de ma connaissance qui a étudié à Tokyo. Qu'en dites-vous ?

— L'estime dans laquelle vous me tenez me laisse pantoise, bafouilla Lotus.

— Votre voix est exceptionnelle, mademoiselle. Il paraît que vous êtes la nièce de Kim Dani ? Il y a quinze ans, tout Séoul était sous son charme. Je me souviens très bien d'elle... Une femme formidable, l'égale des hommes par le courage et l'intelligence. Mais je suis certain que votre renommée surpassera la sienne.

15

Oiseaux de nuit
1928

L'été où Jade et Lotus atteignirent leur 21e année, il régnait dans leur maison une atmosphère toute de timidité et de délicatesse. La jeune femme de chambre ne cessait de remettre des missives secrètes à l'une ou l'autre de ses maîtresses, lesquelles semblaient fort disposées à regarder dans le vide, les yeux vagues, ou au contraire à se démener sans raison.

Ce n'étaient plus des adolescentes. À leur âge, la plupart des femmes de la campagne avaient déjà un ou deux enfants, et les courtisanes les plus convoitées étaient plus proches de 15 ans que de 20. Mais elles commençaient tout juste à se considérer comme des adultes. Et chacune avait l'impression d'avoir obtenu un sésame apte à modifier toutes les règles auxquelles elles avaient obéi jusqu'alors.

Si elle n'en parlait jamais, toute la maison savait que Lotus avait le président Ma pour amant. Elle triomphait dans le rôle-titre du *Chant de Simcheong* depuis un mois seulement lorsque, à l'entracte, il lui avait fait envoyer un message dans sa loge. Voulait-elle dîner avec lui ? Après la représentation, une voiture noire attendait la jeune femme devant l'entrée des artistes du Grand Oriental.

Ma se trouvait au volant, coiffé d'un élégant feutre et vêtu d'un costume noir agrémenté d'une pochette d'un blanc immaculé.

— Allons boire à votre succès où il vous conviendra, lui avait-il proposé tandis qu'elle se hissait sur le siège passager.

Le parfum de Ma envahit les narines de la jeune femme : fraîcheur de l'eau de Cologne, tiédeur du tabac.

— C'est agréable, les promenades en voiture, vous ne trouvez pas ? Cet été j'abaisserai la capote et vous serez cheveux au vent. C'est la sensation la plus revigorante du monde.

Lotus buvait ses paroles : ils continueraient à se voir, et il pensait donc à elle, à ce qu'elle pouvait aimer, tout autant qu'à partager avec elle ses propres goûts. C'est donc cela, l'amour, avait songé Lotus. Ma était la première personne à s'intéresser à elle de cette manière. Elle s'était éprise de lui avant même qu'il lui ait proposé de devenir sa maîtresse.

Depuis, la voiture noire qu'il avait achetée à un Français propriétaire de mines d'or attendait toujours Lotus à la sortie du théâtre. La plupart du temps ils faisaient l'amour sur la banquette, avant que Ma rentre chez lui. Il était marié et père de trois enfants. La première fois que la chose se produisit, Lotus en fut mortifiée. Par une nuit de printemps douce et lumineuse, ils s'étaient garés dans une ruelle ; n'importe qui aurait pu les surprendre. Puis elle comprit que cette indécence offrait à Ma une excitation supplémentaire, comme celle qu'il éprouvait en conduisant à vive allure le véhicule décapoté. Jamais il n'aurait pu exiger cela de sa femme ; d'ailleurs il ne le souhaitait pas, et Lotus le savait, fière d'être la seule à pouvoir lui procurer ce dont il avait besoin. Et, lorsqu'elle parvenait à le convaincre de passer la nuit dans sa chambre à elle et qu'il s'endormait d'un sommeil profond, le bras passé autour de ses épaules comme pour la rassurer, elle oubliait toute pensée amère et toute frustration de ne pas occuper dans la vie de son amant le devant de la scène, plaignant ceux qui n'avaient pas la chance de connaître un pareil bonheur.

Il était 22 heures. Jungho attendait devant la porte de son mentor, écoutant d'une oreille distraite le brouhaha des voix derrière le battant et gagné peu à peu par le sommeil.

— … envoyer des renforts aux métayers qui se soulèvent contre la Compagnie de développement oriental[1]… Mais nous abandonnons Primorsky ? Nous n'aurions jamais dû nous fier à l'Armée rouge…

Lorsque Jungho s'était installé dans la dépendance de la villa de Myungbo, ce jargon n'avait aucun sens pour lui : autant lui parler chinois ! Il n'avait d'ailleurs aucune envie de savoir ce que recouvraient ces termes creux et ces idées brumeuses. Il préférait penser à Jade, à ses amis, aux moyens d'obtenir le gîte et le couvert et à d'autres choses bien réelles qui lui réchauffaient le cœur, lui remplissaient l'estomac ou donnaient de la force à ses jambes. Puis Myungbo se mit à lui fournir des explications en usant de termes qu'il pouvait comprendre. Primorsky, c'était le nom

1. Entreprise nationale créée en 1908 par le Japon afin d'exploiter les ressources de l'Empire coréen.

russe de Yeonhaeju, terre nordique envahie par le givre et que les cavaliers coréens avaient conquise vingt siècles plus tôt. C'était un territoire de chasseurs, de montagnards, de guerriers ; la capitale se nommait Pyongyang, à courte distance du village natal de Jungho. Lorsqu'il écoutait ces histoires, il sentait s'éveiller en lui un désir sourd, une étrange douleur venue de l'extérieur. Elle s'insinuait sous sa peau comme la pâle lueur de la lune, le hurlement des loups, le crissement de la neige sous ses pas.

La porte s'ouvrit sur quelques hommes en costume occidental accompagnés d'une ou deux femmes en tenue traditionnelle. Chuchotant, ils saluèrent à peine Jungho au passage. Le jeune homme rougit sous l'effet d'une vague colère, se rappelant au contraire l'exquise politesse de Myungbo lors de leur première rencontre. Ces révolutionnaires parlaient sans cesse d'abolir les classes sociales, mais en réalité seul Myungbo savait traiter tout un chacun sur un pied d'égalité et avec un authentique respect, y compris Jungho.

— Camarade Jungho, désolé ! La réunion a duré plus longtemps que prévu.

Il put enfin entrer. Myungbo ne se leva pas : c'était la seule familiarité qu'il se soit autorisée au fil du temps. Il disposa sur une table basse un livre, du papier et un crayon. Jungho s'installa face à lui et ses yeux se posèrent sur le livre, perdant immédiatement le souvenir des lettres qu'il avait déjà apprises. Dans son esprit les caractères se transformèrent en grues qui se détachaient des pages à tire-d'aile, puis en traits de charbon dans la neige. Il secoua la tête pour se débarrasser de ces associations inopportunes.

— Commençons en haut de la page, suggéra Myungbo d'une voix douce. Tu te souviens de cette syllabe…

Jungho alla puiser la réponse au plus profond de son être. Les larmes lui montèrent aux yeux tant l'effort était grand.

— C'est *dae*, dit-il.

Il ne s'était pas trompé.

— Magnifique ! Bien joué ! s'exclama Myungbo, frétillant d'excitation. Et la suivante ?

Jungho ne baissa pas les bras : il s'agissait de ne pas décevoir son mentor ! Il plongea de nouveau dans les recoins de son esprit et en rapporta les réponses une à une.

Au bout d'une heure de travail acharné, Myungbo referma le livre.

— Je pense que cela suffira pour aujourd'hui, dit-il avant d'adresser un sourire à son élève comme pour le rassurer. Je sais que ce n'est pas facile, camarade Jungho, mais mon instinct me dit que tu joueras un rôle important dans notre lutte. Et c'est à cela que je te prépare. Maintenant, un peu d'écriture.

Myungbo lui demandait depuis quelques mois de noircir des pages entières avec les dizaines de consonnes et de voyelles de l'alphabet coréen. Ce jour-là, il se contenta de trois syllabes puis demanda à Jungho de les lire à voix haute.

— *Nam… Jong…* Non, *Jung…*

Le jeune homme leva les yeux vers le visage rayonnant de son aîné.

— Mais c'est mon nom !

— Jusqu'ici, j'ai employé une mauvaise méthode d'enseignement et cela t'a empêché de progresser. Il faut commencer par les mots les plus importants. Tout ce que tu écriras désormais au-dessous de ton nom devra l'être en toute bonne foi et en toute honnêteté. La « bonne réputation », c'est cela, et cela n'a rien à voir avec le statut de ta famille, la richesse ou la célébrité.

Jungho recopia les syllabes qu'avait tracées Myungbo : d'abord la première dix ou quinze fois, puis la deuxième, puis la troisième jusqu'à ce que la page soit remplie. Puis il prit une feuille vierge et écrivit à la suite d'une main tremblante les trois syllabes de son nom pour la première fois de sa vie. Lorsqu'il eut terminé, il leva la tête avec le sérieux d'un jeune écolier et se rendit compte que Myungbo avait les larmes aux yeux.

— Magnifique, mon ami, dit celui-ci en cherchant à masquer le tremblement de sa voix. Ton écriture est puissante ; elle reflète ta personnalité.

Les lettres étaient enfantines, trop grandes, mais Jungho savait que le compliment était des plus sincères.

Il se promit dès lors de mener sa vie d'une manière qui fasse honneur à Myungbo. Jusqu'alors, il n'avait cherché qu'à s'améliorer pour gagner un jour le cœur de Jade. Son mentor, lui, ne lui était lié ni par le sang ni par l'amour, mais par un honneur irrévocable. Ce soir-là, Jungho l'ajouta à la liste de ceux qu'il était déterminé à protéger contre vents et marées.

S'il était l'un des 40 hommes les plus riches de Corée et disposait d'une influence considérable, Myungbo vivait sous une menace constante, redoublée depuis qu'il avait renoncé aux compromis et à la résistance passive. Il l'avait expliqué un jour à Jungho : la marche du 1er mars avait coûté trop de vies, pour un bénéfice politique à peu près nul. Pour recouvrer la liberté, il fallait se battre (une notion que Jungho n'avait aucun problème à comprendre ; il avait même eu envie de demander à quoi d'autre avaient pu s'attendre les riches mais s'était retenu, par respect envers son mentor). L'armée coréenne avait hélas perdu une bonne partie de ses forces. Les régiments indépendantistes cantonnés à Vladivostok avaient remporté maintes victoires pendant dix ans, combattant parfois les Japonais au côté de l'Armée rouge. Mais, après cela, les bolcheviks leur avaient demandé de renvoyer leurs hommes ou d'intégrer les rangs de l'armée soviétique. Ceux qui avaient refusé avaient été exécutés ou jetés en prison.

Les régiments de Mandchourie avaient connu un sort un peu moins tragique, mais avaient été considérablement affaiblis par les massacres commis par l'armée japonaise ; des dizaines de milliers de Coréens, civils et soldats, avaient alors péri. Restait Shanghai, où siégeait le gouvernement provisoire de la République de Corée, dernier centre viable de la résistance armée. Mais comment lever une armée coréenne au cœur de la Chine ? C'était impossible. Myungbo pensait par conséquent que la seule solution consistait à attaquer directement ce qui avait le plus de valeur aux yeux des Japonais : leurs commissariats de police, leurs banques, leurs administrations, leurs arsenaux, leurs casernes, en Corée, au Japon et en Chine. Il avait décidé de rassembler à Shanghai un groupe de tireurs d'élite pour ces cibles si particulières.

— Nous sommes en guerre, camarade Jungho. Et, parfois, en dépit de tous nos efforts et de nos meilleures intentions, la guerre est la seule solution, avait un jour reconnu Myungbo, sur le ton de l'excuse.

Jungho, qui n'avait pas besoin de ces justifications, avait hoché la tête et esquissé un rictus féroce, pour bien montrer qu'il prenait tout cela au sérieux. Jamais son mentor ne l'aurait trompé, jamais il ne lui aurait demandé de commettre quelque acte honteux ou injuste que ce soit. Lorsque le moment viendrait, il se montrerait donc à la hauteur de ses attentes. Dans l'intervalle, Jungho se chargeait de mille corvées que le grand militant ne pouvait assumer : livrer aux cellules socialistes du Sud des tracts censurés, procurer aux fugitifs cachettes et nourriture, procéder sous le regard des gendarmes à des échanges de bagages avec des inconnus à la gare. Jungho se donnait corps et âme à ses missions, et Myungbo le récompensait en le couvrant non pas d'argent ou de promotions, mais de son ineffable bonté.

Et plus Jungho se rapprochait de son mentor, moins il soupirait après Jade. Son esprit et son corps se consacraient tout entiers à des activités qui un jour ou l'autre le rendraient digne d'elle. Pour l'heure, il était si occupé qu'il n'avait presque plus de temps et d'énergie pour rencontrer l'objet de sa passion. Bientôt il ne se rendit plus à la villa qu'une fois par semaine, puis une fois tous les quinze jours, et bientôt une fois par mois. Pire, Jade semblait ne plus souffrir de ses absences. Elle était prise de son côté par les répétitions, les représentations, les rendez-vous chez le coiffeur, les séances de photographie, les interviews, les essayages, le cinéma et mille autres obligations et distractions. Elle l'accueillait toujours avec cordialité, lui paraissait de plus en plus belle et bavardait à en perdre haleine au sujet d'artistes et de romans qui venaient de sortir et dont il ignorait tout. D'ailleurs, au bout de dix ou quinze minutes, elle avait toujours autre chose à faire ; lorsqu'il venait, vers midi, il arrivait parfois qu'elle soit déjà sortie.

Jungho se fit donc la promesse suivante : il cesserait de lui rendre visite jusqu'à ce qu'elle paraisse lui rendre l'intérêt qu'il lui portait. Il n'était pas certain de pouvoir un jour trouver sa place dans la vie de Jade. Pour l'avoir vue danser, il savait que son art occupait dans l'âme de sa bien-aimée une position qu'aucun homme ne pouvait détrôner. D'ailleurs, tel n'était pas son souhait. Il voulait seulement être le premier être humain à être aimé de Jade. Ce n'était pas impossible, pourvu qu'il puisse un jour lui prouver de quoi il était capable. De quelle manière… ? Il n'en avait pas la moindre idée. Ces pensées lui venaient sans prévenir, tandis qu'il vaquait à ses tâches quotidiennes : en mangeant avec ses amis, en se levant le matin, en se rasant, en portant des messages pour Myungbo. Mais, le plus souvent, c'était quand il sentait la brise du printemps le caresser ou voyait les cristaux du clair de lune saupoudrer les flots du fleuve Han. Alors il se demandait si Jade avait changé depuis leur dernière entrevue, s'il était à présent digne d'elle.

Cet après-midi de printemps était tiède, et l'atmosphère étincelait sous un soleil qui desséchait tout. Il y avait dans les arbres, dans l'herbe, dans les maisons comme une invitation secrète à l'expansion, à la croissance. Hanchol plissa les yeux sous la lumière aveuglante, s'adossa au mur et résista à l'envie de poser la main sur son ventre. « Regardez, je crie famine » : ce n'était pas ainsi qu'il attirerait la clientèle. Il n'avait dans l'estomac que la pomme de terre vapeur et l'orge du petit déjeuner, et depuis l'aube il n'avait gagné que 1 won. Or, il avait décidé de ne rentrer manger chez lui que s'il arrivait à 1,50 won. Il était 16 heures et il en était encore loin.

Une passante en kimono se dirigeait vers lui et il se redressa immédiatement. Difficile de savoir quel âge elle avait tant elle était maquillée. Mais sa démarche et ses gestes aguicheurs étaient ceux d'une femme jeune.

— *Koko kara Honmachi made ikura kakarimasuka ?* Combien est-ce pour Honmachi ? demanda-t-elle avec un sourire.

— *Niju sen desu*, 20 centimes, répondit Hanchol.

Elle opina et il l'aida à monter dans le rickshaw. Il n'avait presque jamais de clients japonais : ils vivaient essentiellement à Myeongdong et à Honmachi et ne s'aventuraient jamais au-delà, pas même à Jongno, pourtant si proche. Mais l'argent n'a pas d'odeur. Et la femme semblait ravie : peut-être n'avait-elle jamais pris un rickshaw tiré par un *josenjin*. Elle rompit le silence à quelques reprises en parlant du temps, remarques qui pouvaient tout aussi bien s'adresser à Hanchol qu'à elle-même. La longue manche de son kimono battait en rythme sur le bord du véhicule tandis qu'il prenait de la vitesse. Hanchol ne répondit pas. Elle descendit à Honmachi et lui glissa dans la main un billet de 1 won.

— Gardez la monnaie.

Puis la ceinture brodée de son kimono se fondit dans la foule. Elle ne l'avait pas ému, mais il ne put s'empêcher de l'ajouter à sa collection de femmes.

Hanchol n'avait que 19 ans mais avait cessé depuis longtemps de se considérer comme un jeune homme et ne s'adonnait plus à aucun caprice juvénile. Il était fier d'aborder l'existence avec professionnalisme, chose capitale pour qui veut progresser. Il était obsédé par le succès ; le devoir arrivait loin derrière. Quant à l'amour, il ne l'avait jamais considéré comme une chose qui puisse lui être bénéfique. C'était une montagne lointaine et mystérieuse, réelle sans aucun doute puisque certains en parlaient avec respect et pénétration. Mais lui n'avait aucune envie de la voir de ses yeux. Elle n'avait pas plus de place dans son monde que l'idée du paradis et de l'enfer. Le seul moment où il pensait aux femmes avec un certain désir était celui où il se masturbait en silence dans sa chambre, sans même oser respirer, sa mère et ses deux sœurs dormant dans la pièce d'à côté. Alors, les yeux fermés, il pensait à l'une des jolies dames qu'il avait transportées ce jour-là dans son rickshaw : une courtisane charmeuse qui l'avait trouvé beau comme un prince, ou une Modern Girl dont les jambes joliment moulées dans des bas de soie lui étaient apparues toutes les fois qu'il avait pris la peine de tourner la tête.

Et pourtant. En sortant du quartier japonais, vers l'ouest, ses pensées revinrent vers celle dont l'image n'était pas confinée à ces débordements nocturnes. Celle qui le surprenait pour avoir pris dans son âme une place étrange. La première fois qu'il avait vu Jade à la porte du théâtre, il avait été saisi par un désir que les autres femmes ne lui inspiraient jamais : parler. Parler avec elle. Et il avait eu la nette sensation qu'elle aussi souhaitait la même chose, bien que la présence de son amie rende impossible le moindre débat intime. Ils avaient, par des regards dérobés et des lueurs de complicité, partagé une compréhension réciproque d'une manière subtile, précieuse et secrète si spécifique aux premières amours. Ce soir-là, en rentrant chez lui, il s'était donné du plaisir avec une intensité jamais atteinte encore.

Oui, au début, cela n'avait été que curiosité et désir physique ; rien de plus, il en était certain. Puis, lorsqu'il était devenu son conducteur de prédilection et avait commencé à la véhiculer plusieurs fois par semaine, la considération qu'il avait pour elle avait acquis une dimension inédite. Certes, Hanchol avait toujours mis les gens dans des cases : la famille, les camarades de classe et amis proches ou autres chauffeurs de rickshaw, les clients et gens aptes à lui procurer des avantages. Son comportement à leur égard dépendait strictement de leur catégorie. Mais ce qu'il pensait de Jade n'avait rien à voir avec ce qu'il pensait des courtisanes, des clients ou des femmes en général. Si Jade appartenait à ces catégories, elle ne ressemblait en rien aux autres et n'agissait pas comme eux. Et, lorsqu'il songeait à elle, c'était tout simplement en tant que Jade.

Hanchol secoua la tête pour sortir de cette rêverie éveillée. Il était presque 17 heures ; il allait rentrer chez lui et déjeuner et dîner en un seul et même repas. Lorsqu'il arriva dans la cour de leur maison au toit de chaume, sa mère se précipita hors de la pièce, où elle avait passé l'après-midi à coudre en compagnie de l'une de ses filles. L'autre faisait la lessive à la rivière. À ravauder et nettoyer les vêtements des ouvriers, les trois femmes gagnaient la moitié de ce que rapportait Hanchol.

— Dépêche-toi d'aller préparer le repas de ton frère, s'écria-t-elle en se tournant vers la jeune fille, assise devant son ouvrage.

Quoique habituée aux vexations de leur mère, la sœur de Hanchol ouvrit des yeux effarés. Elle avait utilisé toute leur orge pour le petit déjeuner. Et, étant la fille aînée, elle devait préparer des repas avec le peu qu'ils avaient. Ce jour-là, la performance aurait tenu du miracle. Mais, avant que ne s'abattent sur elle les récriminations de leur mère, Hanchol prit les devants.

— Mère, ne t'en fais pas. J'ai pris un bol de soupe dans une taverne. Tiens, voilà pour le dîner, dit-il en lui donnant les 2 wons.

Le visage de la mère se fendit d'un sourire.

— *Aiguuu*, mon fils. Mon premier-né.

Ne voulait-il pas rester se reposer ? Il secoua la tête et repartit avec le rickshaw. Sa mère l'avait toujours plus gâté que ses sœurs ; elle avait pour lui du respect et même de la crainte. Après la mort du père, il était devenu à 14 ans le chef de famille. Mais l'obsession constante de la mère pour leur lignée, une obscure branche cadette du puissant clan des Kim d'Andong, mettait Hanchol mal à l'aise. « Ah, si ton père était encore de ce monde, ses cousins nous auraient pris sous leur aile… Il te faut redorer le blason familial, te montrer à la hauteur de notre nom. » Tel était le leitmotiv maternel. Le clan principal prospérait encore dans la riche enclave d'Andong, mais leur branche à eux avait été écartée trois générations plus tôt, à l'époque du grand-père de Hanchol. À présent, ils ne vivaient guère mieux que des paysans, dont ils ne se distinguaient plus que par le respect de certaines coutumes et par l'espoir que Hanchol puisse étudier à l'université. En embrassant une profession respectable, il pourrait alors sortir la famille de la misère.

Le soleil brillait encore au-dessus des maisons, mais sa chaleur avait laissé place à une fraîcheur plus terrienne, comme souvent les soirs de printemps.

Le premier client qui se présenta après sa pause fut un monsieur bien habillé aux lunettes rondes, qui lut tranquillement son journal pendant tout le trajet, jusqu'au nouveau stade de base-ball d'Euljiro. Lorsque Hanchol fut arrivé à destination, le monsieur leva le nez, sauta à terre et fouilla dans son portefeuille.

— Bon sang, je n'ai pas fait attention… Je n'ai que 10 cents sur moi. Je suis vraiment désolé, mon ami.

Avant que Hanchol ait pu protester, l'homme lui donna un billet de 10 cents et disparut dans la foule. Le garçon roula en boule le billet et, écœuré, le fourra dans sa poche. Ah, les gens !

Les heures passèrent, tout aussi riches en désillusions. À 22 h 30, Jade sortit par l'entrée des artistes, devant laquelle Hanchol l'attendait comme d'habitude. Lorsque le regard du jeune homme se posa sur elle, sa bonne humeur revint. C'était la première semaine de la nouvelle pièce. Elle y interprétait le rôle d'une jeune fille de famille jadis honorable qui, pour payer les soins dont ont besoin son père infirme et son frère malade, doit devenir courtisane. Elle portait ce soir-là un tailleur bleu clair et des escarpins à hauts talons. Un chapeau bleu marine à bord étroit orné d'un ruban de la même couleur que son tailleur complétait sa mise. Elle tenait à deux mains la poignée de son sac, lançant aux alentours des regards pénétrants, comme son personnage de la pièce, lorsqu'il arrivait au port. Les lampadaires répandaient à ses pieds leur lueur en flaques d'or. Quelle splendeur ! Hanchol en fut pétrifié. Il poussa lentement vers elle le rickshaw, comme pour résister à cet ensorcellement.

Tandis qu'il l'aidait à monter puis se dirigeait mécaniquement vers la villa, elle demeura muette. Elle semblait perdue dans des pensées où lui n'avait aucune place et cela le contraria, sans qu'il laisse rien paraître. Elle restait rarement silencieuse et triste, pensive ; ces soirs-là, il avait envie de savoir ce qui n'allait pas et de lui redonner le sourire. Autrefois, elle discutait gaiement avec Lotus et les deux jeunes femmes ne lui épargnaient aucun détail sur les riches amants qui les courtisaient. Mais, depuis que Lotus jouait dans un autre théâtre, Jade était plus silencieuse, plus réservée, se contentant d'observer les vitrines nimbées d'une musique de jazz et les passants qui se promenaient sous le froid clair de lune.

Tandis qu'ils tournaient dans le boulevard, elle rompit enfin le silence.

— Monsieur Hanchol ! Je vous connais depuis un certain temps mais vous ne m'avez jamais parlé de vous.

Il eut envie de s'arrêter et de partir en courant, mais se ravisa et poursuivit sa route. Ce n'était pas l'effort qui faisait battre son cœur plus vite.

— Je ne sais pas ce qui pourrait avoir le moindre intérêt pour vous dans mon existence, répondit-il sans se retourner de sa belle voix de bronze.

— Mais si ! Tout. Et n'importe quoi.

Les yeux de Jade devaient déborder de sourires.

— Par exemple… Quel âge avez-vous ? Dix-neuf ? Vous êtes plus jeune que moi, qui en ai déjà 20, soupira-t-elle. Et vous allez toujours aux cours du soir ?

— Oui, mademoiselle.

— Vous devez être brillant. Je peux juger de l'intelligence des gens rien qu'à leur regard.

Donc elle le pensait doué ! Et avait étudié son regard ! Hanchol prit le temps d'assimiler ces deux informations. Quand donc l'avait-elle regardé dans les yeux ?

— J'arrive à suivre les autres. Je fais de mon mieux, répondit humblement Hanchol alors que son professeur, un protestant qui avait étudié à Hiroshima, l'avait souvent complimenté pour son extraordinaire vivacité d'esprit et sa mémoire d'éléphant.

— Vous êtes trop modeste. Je suis sûre que si vous pouviez étudier à plein temps vous seriez déjà entré à l'université, insista-t-elle.

Cette réflexion, Hanchol se l'était faite des centaines de fois. Ses gains allaient à l'entretien de la famille, après quoi il restait à peine assez pour payer les cours du soir. Quand pourrait-il passer le concours d'entrée ? Pourrait-il même payer les frais de scolarité ? Et espérer sortir diplômé à 25 ou 26 ans ? Impossible de le dire. Il préféra changer de sujet plutôt que de lui faire part de ces tristes considérations.

— Vous aussi, mademoiselle, vous êtes intelligente.

Il l'avait toujours jugée telle.

— Moi ? s'étonna Jade. Qu'est-ce qui vous fait dire ça ?

— Il me suffit de regarder les gens dans les yeux pour le savoir, badina-t-il.

Il se sentit suffisamment enhardi pour l'observer à la dérobée. Elle le contemplait les yeux écarquillés sous son chapeau marine, les lèvres incurvées en un sourire de demi-lune.

— C'est bien la première fois qu'on m'adresse un tel compliment, marmonna-t-elle avec gêne tandis qu'il lui tournait de nouveau le dos.

— Vous dites toujours ce qu'il faut. Par exemple, quand vous discutez avec Mlle Lotus.

— Ah, mais vous nous écoutiez, alors ? feignit-elle de se scandaliser.

Ils poursuivirent jusqu'à la villa cette conversation à la fois suggestive et prudente. Il l'aida à descendre, comme toujours, mais cette fois au lieu de baisser les yeux en lui prenant la main il croisa son regard et sourit. Qui des deux tenait l'autre, ils n'auraient su le dire. Pourtant, pendant une seconde à peine, ils ne se lâchèrent pas. C'était d'une douceur excessive, irrationnelle ; un bref instant où ni l'un ni l'autre n'eut envie de reprendre sa place. Et, quand ils durent se séparer, ils sentirent sur-le-champ à quel point le contact de l'autre leur manquait déjà. Jade masqua sa confusion en cherchant de quoi payer la course.

— Tenez, voilà qui vous permettra d'acheter des livres, souffla-t-elle en lui fourrant quelques billets dans la main.

— Je ne veux pas de votre argent.

Il secoua la tête, continuant à la dévisager fièrement. Elle semblait éblouie par le soleil blanc du zénith. De la part d'une jeune femme si jolie, à qui aucun homme ne pouvait sans doute résister, c'était une manifestation de timidité pour le moins inattendue. Hanchol la trouva ensorcelante.

— Si vous m'offrez cette course, je ne ferai plus jamais appel à vous de peur de ne plus jamais pouvoir vous payer. Prenez, je vous en prie.

Et de nouveau elle lui mit l'argent dans les mains, et cette fois il céda, avant de la regarder disparaître, fine silhouette derrière le portail. En rentrant, il sentit que tout, voitures, vélos, chant des ivrognes ou fraîcheur de l'air nocturne, tout se répandait en lueurs liquides sur la chaussée noyée d'ombre ; tout avait plus d'éclat que d'ordinaire. À mesure qu'il approchait de chez lui, la rumeur se tut. Le silence n'était plus rehaussé dans sa pureté que par le cri naïf et répété du *sojjeok*, le petit-duc d'Orient. Cet appel printanier ne lui avait jamais tant serré le cœur. Il semblait célébrer la vie dans toute sa plénitude.

Après la représentation du lendemain, Jade s'installa dans le rickshaw, guindée, et n'adressa pas la parole à Hanchol. Elle semblait vouloir se comporter comme si rien ne s'était déroulé entre eux. Hanchol en fut déçu mais pas vexé. Cette réticence confirmait l'importance de leurs échanges de la veille. Il se demandait comment entamer la conversation lorsque le *sojjeok* se fit entendre.

— Vous avez entendu, mademoiselle ? dit-il en ralentissant son allure.

— Entendu quoi ? Cet oiseau ?

Elle se pencha légèrement vers lui.

— Oui, mademoiselle. C'est un *sojjeok*.

— Je l'entends tous les jours mais j'avoue que je ne savais pas comment il s'appelait.

— C'est un petit hibou marron, avec de grands yeux ronds. Quand j'étais petit, un jour mon père et moi sommes allés dans la Montagne du sud, et nous avons trouvé un bébé hibou tombé du nid. Une toute petite chose qui tenait dans ma paume comme une pomme de terre couverte de duvet.

— Oh ! C'est vrai ? s'émerveilla Jade, qui ne pouvait plus feindre l'indifférence. Qu'est-ce qui lui était arrivé ?

— Il avait une patte cassée. Nous l'avons ramené à la maison et mon père lui a fait un petit pansement pour l'aider à guérir. Mes sœurs et moi le nourrissions de cigales chacun à notre tour. Nous l'avons appelé Patate.

— Mais quelle charmante histoire ! A-t-il guéri ?

— Mais oui. Il me suivait partout ! Quand il se fatiguait, il se mettait à pleurer et je le prenais sur mon épaule. Quand je n'étais pas à la maison, il pleurait aussi et m'attendait près du portail pendant des heures… Mais il a fini par grandir, bien sûr, et l'automne est venu. Comme nous ne pouvions plus passer des heures à chercher des insectes pour Patate, même si nous étions encore enfants, nos parents nous ont dit qu'il fallait nous en séparer. Alors je l'ai emmené dans la forêt, à l'endroit où je l'avais trouvé. Au début, il me suivait partout en poussant de petits cris. Et puis je l'ai pris dans mes mains et posé sur une branche et je lui ai dit au revoir.

— C'est horrible ! Il est peut-être mort de faim s'il n'a pas bougé de sa branche ? dit Jade d'une voix tremblante.

— Non, il essayait de voler depuis longtemps. Il a dû s'en tirer sans mal.

Hanchol avait appris bien plus tard que les hiboux *sojjeok* migrent et doivent traverser la mer du Sud à l'automne. Mais il se garda de le répéter à Jade, de peur de lui faire de la peine.

De son côté la jeune femme tentait de retenir le frisson mystérieux qui s'était emparé de son cœur pour se répandre ensuite dans tout son corps, telle une ivresse. L'amour s'impose parfois d'un seul bloc ; parfois il vient aussi par étapes. Déjà éprise de la beauté de Hanchol, elle était à présent en proie à une autre révélation : elle venait d'entrevoir l'âme de l'homme qu'elle aimait. Une âme à ses yeux si particulière, si tendre qu'il ne pouvait la révéler qu'à elle ; peut-être même était-elle la seule à en avoir la clef. En contemplant ses épaules larges, son corps mince au dos musculeux, à la taille et aux hanches étroites, elle ressentit de la compassion pour le jeune homme qu'il était devenu : une tête bien faite et bien pleine, talentueux mais prisonnier de sa famille et de sa condition. Déjà naissait en elle le désir d'alléger ce sens du devoir trop précoce, de voir son visage se détendre, ses yeux s'illuminer, comme la veille au soir. Certaines personnes s'adonnent naturellement à la lecture, aux mathématiques, à la réussite financière ; le cœur de Jade, lui, était tourné tout entier vers l'amour. Et il ne souhaitait rien tant que rendre ce garçon heureux.

— Monsieur Hanchol, vous devez être épuisé, lui dit-elle. Laissez-moi ici.

— Ici, mademoiselle ?

La maison se trouvait encore à quelques rues de là.

— Oui, je veux descendre ici. Mais, si vous voulez, accompagnez-moi jusqu'au portail.

Il l'aida à sortir du véhicule et elle fut parcourue d'un autre frisson en sentant la main de Hanchol s'attarder sur son bras une seconde de plus qu'il ne le fallait. Ils marchèrent côte à côte sans plus parler, et cela aussi était plaisant ; d'une certaine manière chacun ne pouvait plus que penser à la présence de l'autre. Y avait-il jamais eu promenade plus délicieuse ? Les pensées de Jade s'égaillaient en tous sens. Ils ne s'étaient presque rien dit et se comprenaient déjà si bien ! On peut discuter des heures avec les gens sans véritable désir de les connaître. Mais, avec la bonne personne, parler n'est pas nécessaire pour ressentir un lien. Cela, Jade le comprit durant leur courte marche.

Lorsqu'elle voulut le payer, ce fut lui qui prit les devants en lui plaçant une enveloppe dans les mains. Tandis qu'elle tentait de recouvrer ses esprits, les joues en feu, il lui adressa un sourire resplendissant et s'éclipsa. Elle rentra chez elle et, dans le sanctuaire de sa chambre, alluma une bougie et lut le message de Hanchol, le cœur battant. Il l'admirait depuis des années, depuis le premier jour. Il n'avait aucune raison d'espérer qu'elle puisse lui retourner ces sentiments, mais il était heureux de lui avoir révélé ce secret. Il comprendrait qu'elle ne souhaite plus entendre parler de lui puisqu'il n'avait rien à offrir. Mais il lui souhaitait tout le bonheur du monde parce qu'elle le méritait.

Mais c'est exactement ce que je ressens pour lui ! Je ne veux que son bonheur, se dit-elle, blottie sous ses couvertures et en proie à une joie et une douleur folles.

Le lendemain soir, anxieux, Hanchol se posta devant l'entrée des artistes, ne sachant pas si elle viendrait. Des mois plus tôt, Jade avait fait allusion à l'amant de Lotus qui, tous les soirs, lui envoyait sa belle voiture noire, ou parfois même la conduisait en personne. Il n'y avait aucune raison de penser que Jade n'avait pas déjà déniché un amant prestigieux. Séoul recelait forcément un homme riche qui en ferait sa maîtresse ou sa concubine, ou voudrait même l'épouser en toute légalité. La ville entière l'avait admirée dans *Le Chant de Chunhyang* et avait vu des photos d'elle dans la presse. Même si Hanchol l'avait flattée, intriguée, comment pouvait-il envisager une seconde une relation suivie avec une femme ? Il était déjà trop pauvre pour une jeune fille honnête et travailleuse… Alors une actrice !

La porte s'ouvrit alors sur Jade et cette apparition le surprit dans ces considérations. Tout son corps semblait en quête de lui. Les yeux, les mains, le ventre… La lumière du lampadaire l'éclairait de biais, scintillant sur son front étroit à la courbe charmante, sur ses paupières lustrées, l'arête de son nez et sa pommette gauche, laissant dans l'ombre le reste de son visage. Lorsqu'elle l'aperçut enfin, un sourire s'épanouit sur ses lèvres comme le ciel nocturne rosit avant l'aube. Elle n'était pas seulement belle. Elle avait aussi une présence pleine de vitalité, qui frémissait de significations mystérieuses tel le chant des oiseaux de nuit. Hanchol oublia toutes ses pensées mauvaises, n'ayant plus à l'esprit qu'un désir : la prendre dans ses bras.

16

Parce que tu étais toi, debout, là-bas
1928

Lotus avait fini par comprendre avec le temps que le président Ma avait un trait de caractère peu commun. Il était d'une franchise absolue : un jour, dans un restaurant, il avait ainsi forcé le chef à refaire les 12 plats d'un festin parce qu'il avait détecté dans l'un d'eux de l'oignon, auquel il était allergique. Lotus n'avait donc pas osé lui apprendre immédiatement la nouvelle. Elle attendit qu'il soit d'humeur joyeuse, un soir qu'il avait conclu une bonne affaire, l'achat d'une usine très profitable à Gaeseong.

— C'est un succès colossal ! L'une des seules usines chimiques du pays. J'irai y faire un tour vendredi, dit-il, les mains sur le volant.

Il était passé la prendre après la représentation et ils s'étaient garés près de chez elle.

— Pourquoi ne pas m'accompagner ? Ce serait l'occasion d'une jolie promenade à la campagne.

Puis il s'interrompit, remarquant le silence de Lotus.

— Je suis enceinte, bafouilla-t-elle, le visage enfoui dans ses mains.

Un silence s'ensuivit, puis elle sentit qu'il lui avait pris le poignet, qu'il abaissa lentement.

— Regarde-moi dans les yeux, dit-il sans émotion. Tu en es sûre ?

Les mains sur son ventre encore plat, elle hocha la tête en dépit des larmes brûlantes qui inondaient ses joues.

— Tu ne vas pas pouvoir rester chez ta tante. Je vais te trouver une maison, avec une femme de chambre et une femme de ménage. Tu seras à ton aise. Mais pourquoi pleures-tu ?

— J'avais peur que tu ne te mettes en colère, sanglota-t-elle, les narines palpitantes.

Le président Ma éclata de rire.

— Moi, en colère ? Mais pas le moins du monde, répondit-il en déposant un baiser sur son crâne. Peut-être me donneras-tu enfin un fils ?

Le lendemain, Lotus annonça au petit déjeuner qu'elle déménagerait sous peu, sans pour autant en expliquer la véritable raison, préférant jouir du pouvoir que lui donnait ce secret bien gardé. Et, pour ne pas se mentir, elle se protégeait en particulier de Jade. Depuis que Lotus avait signé avec le Grand Oriental, une gêne s'était insinuée dans leur amitié. Elles échangeaient encore des plaisanteries et des sourires, mais l'une et l'autre se rendaient compte avec une douloureuse lucidité qu'elles ne pouvaient plus tout se dire. Pour Lotus, la jalousie de Jade était la cause de cette rupture. À présent qu'elle était la vedette du plus grand théâtre et la maîtresse de l'un des plus riches hommes d'affaires de Séoul, Jade lui battait froid et ne semblait pas aussi heureuse pour elle qu'elle aurait dû l'être. Jade, elle, pensait que leur relation avait souffert de la sournoiserie de Lotus, qui lui avait caché jusqu'au dernier moment sa décision de quitter le Joseon. Comment avait-elle pu penser une seconde que Jade, sa meilleure amie, aurait pu envier son succès et son bonheur ?

Le jour du déménagement, Dani, Luna et Jade aidèrent la jeune femme à porter ses malles de vêtements dans la voiture.

— Eh bien, il y en a beaucoup plus qu'il y a dix ans, quand tu es arrivée ici, plaisanta Dani en feignant de souffrir sous le poids des bagages. Ah ! Mes bras vont se décrocher !

Mais elle avait insisté pour se charger elle-même du paquetage plutôt que de laisser faire les domestiques. Lorsque tout eut été introduit dans le coffre ou sur la banquette arrière, Dani prit le visage de Lotus dans ses mains comme si la jeune femme avait encore été une enfant.

— Tu es la cadette de ma cousine, nous sommes donc de lointaines parentes. Mais je t'ai toujours traitée comme ma fille et pendant dix ans nous avons vécu en famille unie dans cette maison, n'est-ce pas ?

Si aucune larme ne perlait à ses cils, sa voix se fêla.

— Nous resterons unies, tante Dani, chuchota Lotus en l'embrassant tendrement.

Puis elle serra dans ses bras, chacune à leur tour, Luna, Jade et Hesook. Le chauffeur avait déjà démarré la voiture et le pot d'échappement crachait une fumée tiède et cendreuse. L'homme se pencha pour ouvrir la portière passager à Lotus ; la minute suivante, ils avaient disparu.

L'absence de Lotus jeta un voile de mélancolie subtile sur la maison de Dani. C'est au petit déjeuner qu'elle se faisait le plus sentir, un repas qu'elles partageaient toutes les cinq. Comme toujours, Dani oscilla entre deux attitudes : donner libre cours à ses émotions et s'abstenir de sombrer dans le sentimentalisme. La première reflétait sa nature, la seconde ses principes. Elle ne s'avoua jamais triste, n'admit jamais le manque. Seul l'œil le plus aigu pouvait remarquer une légère altération de son flegme coutumier. Mais Luna, qui connaissait les rouages intimes de sa tante, savait à quel point l'absence de Lotus la peinait.

Luna, quant à elle, regretta ce départ sans en être désespérée. En grandissant, elle avait conçu une affection croissante pour sa sœur. Mais cela avait coïncidé avec la formation de leurs personnalités respectives. Le temps passant, elles avaient eu moins besoin l'une de l'autre, et Luna était heureuse que sa sœur se soit épanouie et ait atteint son but. Lotus, elle le savait, avait besoin de deux choses pour être heureuse : la musique et l'amour d'un homme.

Mais à elle, Luna, que fallait-il pour être heureuse ? Elle n'était pas sûre de la réponse et avait arrêté d'y penser, l'idée même du bonheur lui paraissant étrangère, inaccessible. Ce qui, pour elle, ressemblait le plus au bonheur était le sentiment qui l'envahissait lorsque, le soir, sa fille se blottissait contre elle.

— Maman, suppliait-elle, je peux poser ma tête sur ton bras ?

— Mais tu as un oreiller, ma chérie, répondait Luna en lui montrant le cylindre de soie doux, rempli de pétales de chrysanthèmes séchés et de haricots mungo.

— Non, je veux dormir sur ton bras, maman, protestait Hesook.

Luna soupirait, feignant l'exaspération, et la petite pouffait. Elles jouaient à des jeux qu'elles seules comprenaient. Par exemple, Hesook nommait certaines parties de son corps – le nez, le front, le menton, la joue, le sourcil et ainsi de suite –, et Luna se dépêchait d'embrasser le nez, le front, etc. Lorsqu'elle se trompait d'endroit, la fille et la mère succombaient à d'absurdes crises de fou rire. Et, lorsqu'elle regardait le doux visage de son enfant et voyait dans son regard l'adoration, elle sentait son cœur se gonfler de la certitude que rien ni personne n'avait d'importance que Hesook.

C'était cela, peut-être, le bonheur de Luna. Même si, en lui attribuant cette qualité, elle se sentait égoïste et ingrate. Luna n'avait pas désiré sa fille et son seul but désormais était de mettre assez d'argent de côté pour assurer leur avenir. Elle voulait faire de Hesook une jeune fille ordinaire, moderne. Voilà pourquoi elle s'était bien gardée de toute liaison. Cela permettrait un jour à sa fille, si elle le souhaitait, de faire des études et d'épouser un homme qui lui convienne. Les jeunes filles de bonne famille allaient souvent à l'université au Japon, ou même en Europe ; Hesook aurait droit à la meilleure éducation que sa mère pourrait lui offrir. Luna épargnait won par won ce qu'elle gagnait dans les soirées ou en posant pour des publicités : des gains certes inférieurs à ceux de Jade ou Lotus, mais non négligeables. Hesook ne manquerait jamais de rien. La petite fille, bonne élève, obtenait des notes et des appréciations excellentes dans presque toutes les matières.

Quelle inquiétude ressentit-elle donc lorsque Hesook rentra à la maison avec un message de la directrice de l'école, qui demandait à rencontrer sa mère le lendemain ! Luna interrogea sa fille, menaçant même d'avoir recours à la baguette. Hesook, qui n'avait jamais subi aucun châtiment corporel, éclata en sanglots et courut se réfugier dans sa chambre. Luna regretta immédiatement sa sévérité, alla la retrouver, lui caressa les cheveux et lui promit de ne plus jamais se mettre en colère. Hesook lui expliqua alors d'une voix entrecoupée de sanglots et de hoquets qu'elle s'était battue dans la cour de l'école, sans vouloir dire pourquoi.

Le lendemain matin, Luna s'habilla avec un soin particulier. Elle choisit l'ensemble d'été le plus élégant de sa garde-robe, une courte veste de soie blanche et une longue jupe bleu lavande. Contrairement à Jade et Lotus, qui ne s'habillaient quasiment plus qu'à l'occidentale, Luna portait presque toujours le costume traditionnel. Elle était la seule dans la maison à rassembler sa chevelure en un chignon tressé. Ce jour-là, elle y enfonça une *binyeo* en jade.

Vers midi, elle sortit du taxi devant l'école de filles, un établissement protestant fréquenté en son temps par Dani. L'impitoyable soleil de juillet se réfléchissait sur le sable rose de la cour. Il y régnait cet étrange et complet silence qui s'abat entre deux récréations, dans l'attente des cris joyeux des enfants. Un concierge aux cheveux gris l'arrêta au portail ; lorsqu'elle lui dit être la mère de Hesook, il la fit entrer. Il ignorait sans doute – et ne s'en serait pas soucié – qu'elle était une célèbre courtisane.

— Ah oui, la directrice vous a écrit. Son bureau se trouve au premier étage. Vous pouvez y aller, dit le concierge sur un ton cordial.

Elle le remercia et traversa la cour inondée de soleil, essayant de ne pas montrer qu'elle se sentait aussi peu rassurée qu'une fillette prise en faute.

À l'étage, dans son bureau, la directrice prenait le café avec un visiteur, le vice-consul Curtice. Elle était née à Rochester et il venait d'Ithaca. En tant que voisins de par leurs origines géographiques, ils avaient conclu depuis longtemps un pacte d'entraide au sein de la communauté américaine de Séoul.

— Vous allez constater que nos élèves sont bien élevées, cultivées et très croyantes. Je vous en recommanderai quelques-unes, dit-elle en reposant sa tasse dans la soucoupe avec un cliquètement précis et chaleureux. Je pense à certaines jeunes filles très vives, de milieux modestes, et qui sans cela seraient contraintes à des mariages précoces. Cela pourrait donner l'occasion à l'une d'entre elles d'utiliser sa formation et de gagner son indépendance.

Le vice-consul opina, pensif. Il était en quête d'une nouvelle secrétaire-interprète pour le consulat, la précédente ayant succombé à la tuberculose quelques mois plus tôt. Il y avait désormais urgence. Il aurait pu jeter son dévolu sur un jeune homme fraîchement diplômé d'une école religieuse, mais le nouveau consul général avait décidé que le personnel féminin était plus malléable et coûtait moins cher. Et les hommes étaient plus enclins à militer, pour le parti communiste ou pour l'indépendance ; parfois pour les deux. Son prédécesseur avait eu plus de compassion pour les malheurs des Coréens. Il avait envoyé au secrétaire d'État les photographies que le reporter d'Associated Press avait prises le jour de la manifestation et demandé à l'administration Wilson de prendre position contre ces atrocités. Honnêteté qui peu après lui avait coûté son poste à Séoul. Il œuvrait désormais à Canton.

Le nouveau consul général défendait bec et ongles la position officielle : le régime en place était un allié de l'Amérique. Curtice avait du mal à partager toutes les opinions de son supérieur mais, en ce qui concernait le recrutement en cours, il était plutôt favorable à ce que la position échoie à une Coréenne éduquée à l'occidentale.

— Oui, cela me serait de la plus grande utilité, conclut-il.

Une lueur rieuse passa dans les yeux bleu vif qui avaient gardé toute leur jeunesse. Ses cheveux roux, eux, avaient reculé de quelques centimètres sur son front, et son corps commençait à s'alourdir, rançon de l'âge mûr. Tandis qu'il cherchait à mettre fin à l'entretien avec la courtoisie requise, on frappa doucement à la porte.

— Entrez, dit la directrice en anglais.

Ses yeux s'écarquillèrent lorsqu'une belle et jeune Coréenne fit son entrée dans le bureau, le regard inquiet et le visage empourpré.

— Puis-je vous demander l'objet de votre venue ? demanda la directrice en coréen.

Elle le parlait avec une agilité surprenante, résultat de vingt années de pratique, ce qui sembla presque choquer la jeune femme. Sa langue dans la bouche d'une Blanche ?

— Je suis la mère de Hesook, dit la jeune femme en coréen. C'est, ajouta-t-elle en anglais, pour parler d'elle que je suis là.

— Mais bien sûr ! Je suis désolée.

Cette fois, la directrice avait mélangé anglais et coréen. Elle se leva pour saluer la nouvelle venue et Curtice en fit autant, puis adressa à la directrice un petit signe du menton. Tandis qu'il s'apprêtait à les laisser, cette dernière lui fit tacitement comprendre qu'il pouvait rester. La réunion, une broutille, ne durerait guère. Il obtempéra.

— Asseyez-vous, je vous en prie, dit la directrice à la jeune femme, qui se faufila timidement entre chaise et table basse pour s'installer, ses mains blanches croisées sur sa jupe lavande.

Comme cela se produit parfois lorsqu'on est en présence d'un inconnu formidablement beau ou incontestablement laid, les Américains restèrent bouche bée devant cette éblouissante jeune femme. Étant tous deux bien élevés, ils se conduisirent cependant comme s'ils n'avaient rien remarqué. Curtice détourna les yeux vers la fenêtre comme pour signifier qu'il ne souhaitait pas les interrompre. Une brise tiède venue de la cour faisait onduler les rideaux blancs.

— Puisque je ne donne de cours que dans les grandes classes, madame, je ne connais pas vraiment Hesook, expliqua la directrice en anglais. Mais, d'après sa maîtresse, c'est une élève brillante.

— Je vous remercie, répondit la mère en s'inclinant.

— Comme elle n'a jamais causé le moindre problème, nous avons été très surprises qu'elle se batte soudain avec d'autres petites filles. Apparemment, ces dernières se moquaient d'elle, mais c'est elle qui a commencé à leur donner des coups de poing et de pied.

La voix de la directrice se fit plus sévère pour employer le ton qu'elle réservait aux fauteurs de troubles, qu'il s'agisse d'élèves, du personnel ou de visiteurs.

— Ces élèves, reprit-elle, se moquaient de Hesook parce qu'elle n'a pas de père. C'est odieux, bien sûr, mais je ne peux tolérer le recours à la violence dans cette école.

— Vous n'allez pas renvoyer Hesook ?

La jeune femme, inquiète, leva la tête et dévisagea la directrice avec insistance.

— Ce n'est qu'une enfant. Elle a commis une erreur, c'est tout...

La mère était passée au coréen pour demander pardon au nom de sa fille. Le vice-consul résista à la tentation de plaider la cause de l'enfant auprès de la directrice.

— Je sais, Hesook est jeune ; je me contenterai d'un simple avertissement pour le moment, affirma la directrice. Mais dites-lui bien qu'il ne faut pas se battre. La prochaine fois, je serai plus sévère.

— Oh, merci, merci ! dit la jeune femme en anglais tout en s'inclinant profondément.

Ayant saisi une partie de la conversation, Curtice se demandait qui pouvait bien être cette inconnue. Elle semblait assez jeune pour être encore étudiante – et elle parlait anglais ! Quelle étrange situation ! Sa curiosité fut en partie satisfaite lorsque la directrice demanda à la mère de Hesook où elle avait appris cette langue.

— C'est ma tante, une ancienne élève de votre école, qui me l'a apprise.

Après le départ de la jeune femme, la directrice s'excusa auprès du vice-consul.

— Ne vous inquiétez pas. Cela ne m'a pas ennuyé du tout. Qui est-ce ?

— La mère d'une de nos élèves.

— Mais elle semble bien jeune pour être mère, s'étonna le vice-consul avec sa franchise habituelle. Et elle parle anglais. Pensez-vous qu'une femme mariée puisse avoir envie de travailler pour le consulat ?

— Elle n'est pas mariée, monsieur Curtice, pourtant je doute fort qu'elle veuille devenir secrétaire ou interprète, fit remarquer la directrice, acerbe.

Curtice rougit. Avait-il offensé sa compatriote ? Elle avait au moins dix ans de plus que lui et ils avaient toujours su placer dans leurs relations une dynamique respectueuse, dépourvue de considérations liées à leur sexe. Toutefois, il sentait que l'intérêt qu'il avait témoigné pour la belle inconnue avait choqué la directrice.

— Cette dame est ce qu'on appelle une… *gisaeng*. Très renommée, d'après ce que j'en sais. Et donc la petite fille n'a pas de père, lança-t-elle en croisant les mains sur ses genoux comme si cette assertion devait mettre fin à la discussion.

Curtice regarda de nouveau par la fenêtre afin de ne pas trahir sa stupéfaction. Une pensée lui vint : s'il voyait l'inconnue traverser la cour, il l'interpréterait comme un signe. Un signe de quoi ? Pour l'heure, il l'ignorait. Une brise légère leva du sol un voile de poussière qu'elle porta vers les cieux. Alors que le vice-consul songeait que la directrice ne tarderait pas à prendre ombrage de sa trop longue distraction, la femme en jupe lavande apparut dans l'encadrement de la fenêtre. Dans les tourbillons de sable rose levés par le vent, elle avait l'air d'une voyageuse du désert.

Hanchol ne venait plus chercher Jade en rickshaw après les représentations. C'était à pied, simplement, qu'il la raccompagnait tous les soirs. La promenade durait presque une heure, mais ni l'un ni l'autre ne ressentait la moindre fatigue, même après une journée à courir dans la ville, même après les répétitions et le travail de scène. Ils se sentaient si intensément vivants à marcher et à se tenir la main ! Chacun montrait à l'autre ce qu'il remarquait en chemin.

— Tu as vu les fenêtres en ogive de ce grand magasin ?

— Tu avais remarqué cette statue, là-bas ?

Et, bien qu'aucun de ces éléments de décor ne soit particulièrement remarquable, il leur semblait toujours mémorable, significatif, magnifique. Lorsqu'ils arrivaient à la maison, Hanchol prenait Jade doucement, respectueusement dans ses bras, et leurs lèvres se rejoignaient.

Un soir que le temps était particulièrement beau et la lune scintillante, Jade s'écarta de lui après cette étreinte.

— Tu ne voudrais pas entrer ? lui demanda-t-elle.

Il y pensait depuis longtemps, elle le savait, mais n'avait jamais eu le courage de faire le premier pas. Elle le prit par la main et le conduisit vers la maison, ravie de lui montrer l'endroit où elle habitait.

C'était sa première fois, elle le savait aussi. Il serait sans doute très angoissé. Pourtant, bien qu'il n'ait aucune expérience et soit plus jeune qu'elle, il la prit comme s'il savait d'instinct comment faire. Ses étreintes étaient pressantes mais délicates et, lorsqu'ils se furent déshabillés tous deux, il la couvrit de baisers du sommet du crâne au bout des doigts, puis longea ses jambes jusqu'aux orteils. Sa bouche voyageait sur le corps de Jade en cartographe, dressant la mappemonde de ses sensations. Les lèvres de la jeune femme laissaient échapper des soupirs, non pas, comme avec les autres hommes, pour rassurer, mais parce qu'elle ne pouvait s'en empêcher. Elle leva les yeux, fascinée par ce corps mince et musculeux, par la patience et les caresses qu'il lui offrait, tout en retardant le moment de sa propre jouissance.

— Je ne peux plus attendre, dit-elle en tendant les mains vers lui, mais il ne cessait de l'embrasser partout sur le corps.

— Je pourrais passer ma vie à te dévorer de baisers, murmura-t-il.

Lorsque enfin il entra en elle, ils échangèrent un regard admiratif, affolé. Quel douloureux ravissement que cette proximité ! Ils restèrent ainsi enlacés, immobiles, avant de se dissoudre l'un dans l'autre. Ce fut lui qui jouit le premier. Au lieu de se détacher d'elle et de s'endormir, comme les autres, il demeura en elle et durcit de nouveau tandis qu'elle atteignait l'orgasme.

Il haletait encore, las, la tête posée sur la poitrine de Jade, qui caressait ses cheveux trempés. Il lui prit la main et la porta à ses lèvres ; elle le regarda à la dérobée. Il avait le sourire involontaire de qui croit à peine à sa bonne fortune.

— Ta peau...

Et il fondit en une avalanche de baisers sur ses seins. Elle comprit exactement ce qu'il avait voulu dire : le contact de leurs peaux nues était si réconfortant et si intense qu'elle en conçut une immense faim. Sans un mot, ils changèrent de position afin de mêler leurs corps le plus complètement possible, un jeu idiot qui les fit rire.

— Je sens battre ton cœur, marmonna Hanchol.

Elle aussi sentait celui du jeune homme palpiter sur son ventre. Personne ne lui avait jamais dit cela, personne n'avait jamais remarqué ce détail pourtant extraordinaire, la sensation de ce cœur vivant sous la peau ; toute sa vie elle chérirait ce souvenir.

— Tu m'aimes ? demanda-t-elle.

— Oui, répondit simplement Hanchol. Je t'aime.

— Pourquoi ? Depuis quand ?

— Depuis que je t'ai vue à la sortie du théâtre. Pourquoi ? Parce que tu étais toi, debout là-bas, et que j'étais là aussi... Ce n'est ni plus compliqué ni plus simple que ça. Mais ça n'aurait pas pu se passer autrement.

Avec un soupir, il tourna la tête et posa sa joue contre la poitrine de Jade.

Dès lors, rien n'importa plus à Jade qu'aimer Hanchol et être aimée de lui. Le souvenir de sa brouille avec Lotus s'atténua, de même que le souci de son succès sur les planches. Elle possédait la plus pure, la plus rare, la plus importante des richesses. Quand elle était arrivée chez Silver, des années plus tôt, elle s'était imaginé un avenir de domestique. Ensuite, elle s'était demandé si son sort ne consisterait pas à coucher éternellement avec des hommes pour lesquels elle ne ressentait que dégoût, jusqu'à qu'ils l'abandonnent pour des femmes plus jeunes et de nouvelles distractions. Mais elle vivait désormais un miracle qui dépassait toutes ses espérances, et cela la transforma. Une métamorphose intérieure qui comme toute révolution intime modifia également son enveloppe matérielle. Parfois, devant son miroir, elle s'étonnait de ce que ses yeux ou son nez ne soient plus exactement ce qu'ils avaient été six mois plus tôt. Elle se sentait à tel point adorée que son âme en était changée, et ses traits commençaient à le refléter. Malgré ses imperfections, Jade avait toujours eu du charme. Son front étroit et lisse et ses yeux symétriques bordés de cils guère fournis n'avaient rien de remarquable. Mais ces défauts avaient pour ainsi dire disparu depuis qu'elle aimait Hanchol. Bien sûr, elle attirait les regards depuis longtemps, mais à présent ils la suivaient avec beaucoup plus d'insistance, dans la rue comme sur scène. Pour elle, quelle importance ? Elle n'avait qu'une seule préoccupation : paraître belle aux yeux de Hanchol.

Les femmes ont tendance à se focaliser sur leurs relations amoureuses : elles veulent tout donner ou tout recevoir. Et entre celles qui conçoivent l'amour comme un sentiment altruiste et celles qui n'envisagent d'affection que profitable le gouffre est insondable. Jade était du côté du don : bénéficier du moindre gain par le biais de Hanchol aurait souillé la pureté de leur amour. Jamais l'argent ou les cadeaux reçus de ses admirateurs n'avaient comblé Jade. Penser en revanche à la manière dont elle pouvait aider son amant, là résidait le bonheur. Elle avait assez d'argent pour subvenir aux besoins du jeune homme jusqu'à la fin de ses études. Depuis qu'il ne transportait plus Jade, sa meilleure cliente, il avait du mal à gagner sa vie. Mais comment lui faire accepter une aide de sa part ? Lorsqu'elle lui en parla, il s'emporta. Elle le vit en colère pour la première fois.

— Jamais je n'accepterai ton argent, s'indigna-t-il. Je suis un homme, je peux gagner ma vie, mais certainement pas par le biais d'une femme.

— Mais ce n'est pas de cette façon qu'il faut voir les choses ! insista-t-elle. Je suis plus âgée que toi et je t'assure qu'il faut parfois accepter l'aide de ses aînés lorsque leur position le leur permet. Quand tu réussiras, tu pourras à ton tour aider ceux qui en ont besoin. Hanchol, tu ne peux pas continuer ainsi à courir par les rues ! C'est un cercle vicieux qu'il faut briser. Je ne te propose aujourd'hui qu'un moyen d'en sortir.

Elle le contemplait d'un regard si aimant et pur ! Quelle proposition altruiste et sincère !

— Je ne te mérite pas, lui dit-il en lui baisant les mains.

Depuis quelque temps, il songeait à ne plus suivre les cours du soir. À quoi bon lutter encore six ou sept ans juste pour essayer d'intégrer l'université ? Il était résigné à tirer des rickshaws quelques années encore, et quand il n'y en aurait plus à Séoul il se ferait portefaix et transporterait des briques sur son dos sept jours sur sept jusqu'à sa mort.

Non seulement Jade lui paya ses cours, mais elle lui versa de quoi assurer le toit et le couvert à sa famille. Incapable d'avouer à sa mère qu'il devait cette manne à une courtisane, Hanchol prétendit avoir obtenu une bourse.

— Enfin ta valeur commence à être reconnue ! se félicita sa mère. Mais ne t'abandonne pas à la vanité et à la paresse. Travaille, travaille jusqu'à réussir l'examen. Le sort de notre famille en dépend.

Hanchol passait désormais neuf heures par jour à l'école et plus encore chez lui à réviser. Il se couchait souvent après que les oiseaux de nuit s'étaient tus. Parfois, même, le soleil levant le surprenait encore penché sur ses livres. Mais, après avoir trotté par la ville des années durant, quelle joie de rester assis devant des cahiers ! En un an, il rattrapa plusieurs années d'études et put enfin passer son examen d'entrée.

Les résultats furent publiés dans les journaux, et lorsqu'il vit son nom parmi les tout premiers de la liste nationale, il en fut heureux aux larmes. Deux choses l'émouvaient particulièrement : sa vie, qui avait longtemps oscillé entre gouffre et sommets, venait de faire un bond décisif et irrévocable vers les hauteurs. Et c'est en puisant dans ses seules ressources qu'il avait accompli cela.

17

Le café Seaborn
1933

Lorsque Younggu eut enfin le courage de demander au propriétaire du restaurant la main de sa fille, Jungho lui proposa de lui servir d'intermédiaire.

— Ah, non ! s'écria le jeune homme. Je n'hésiterais pas à te sacrifier ma vie, tu le sais, mais je ne veux pas que tu laisses tes poings parler avant les mots. C'est hors de question avec mon futur beau-père.

Younggu déclina également la proposition de l'enlèvement amoureux, même si la pratique était toujours répandue chez les hommes inaptes à payer une dot. Il préféra se rendre chez le père, se prosterner à ses pieds et implorer sa bénédiction, sans oublier de lui demander pardon pour avoir participé à l'extorsion de ses fonds, une dette qu'il s'engageait à rembourser.

— Toi et ta bande de voyous, vociféra le père, vous me rendez la vie impossible depuis des années, et en plus il faut que tu me voles ma fille ? Si c'est une plaisanterie, elle est de très mauvais goût, crois-moi. Mais bon, si comme tu le prétends tu es vraiment incapable de vivre sans elle, va t'agenouiller dans la cour. Si tu te lèves avant que je t'en aie donné l'autorisation, tu peux lui dire adieu, et ne t'inquiète pas : je saurai si tu as bougé, ne serait-ce qu'une seconde.

Younggu obtempéra. Il alla s'agenouiller au beau milieu de la cour, au vu et au su des employés du restaurant, des voisins hilares qui le regardaient par-dessus le mur, et la jeune fille s'enferma dans sa chambre, en larmes. Le chien, lui, attaché à son arbre et toujours aussi loyal, se mit à gémir de tout son cœur comme si quelque chose de grave était arrivé à son maître. Quel événement ! Mais Younggu resta là toute la nuit, les genoux dans la poussière, la tête baissée en signe de pénitence. Le lendemain matin, alors qu'une domestique s'efforçait de le convaincre de renoncer à ce supplice, il s'effondra.

Le père sortit enfin de chez lui et le secoua par l'épaule.

— Si tu jures de rompre pour toujours tes relations avec ton gang, et particulièrement avec cet infâme rouge de Jungho, si tu t'engages à travailler honnêtement…

Il ne put aller plus loin, l'idée de donner sa fille adorée à ce misérable le révulsant encore. Puis il se rappela cet adage : nul parent ne peut aller contre la volonté de son enfant.

— Père, je vous remercie, chuchota le garçon d'une voix faible. Je prendrai soin d'elle.

Et, à compter de ce jour, Younggu mit fin à toute relation avec le gang. N'assistant plus à aucune réunion et n'effectuant plus aucune corvée pour Jungho, il commença à travailler au restaurant de son beau-père et en devint bientôt le directeur ; le vieil homme s'était adouci avec le temps et la naissance de sa petite-fille adorée.

Jungho aurait pu à juste titre reprocher cette trahison à Younggu, mais il n'en fit rien. Loche avait quitté lui aussi la bande : il ne pouvait plus honorer son serment, trop exigeant. Et Jungho faisait pour sa part le même constat. S'il pouvait renoncer à ses possessions matérielles puisqu'il était extrêmement pauvre, l'idée de sacrifier sa vie à l'indépendance de la Corée était une autre affaire. Myungbo, lui, avait fait don aux pauvres et à la cause de la moitié de ses biens, ce qui aux yeux de Jungho reflétait une véritable grandeur d'âme. Mais le garçon avait l'intuition qu'il y avait deux sortes de militants, et par expérience il savait que certains mourraient jeunes en agissant pour la cause, quand d'autres survivraient et gouverneraient un jour, négociant, écrivant des manifestes et s'adonnant à diverses autres activités d'envergure. Bien sûr, Myungbo appartenait à la seconde catégorie. Il occupait une position trop importante pour aller faire le coup de feu dans les rues ; sa force à lui résidait dans sa plume et en son talent pour écrire lettres et déclarations. Quant à Jungho, il était clair pour lui comme pour son mentor qu'il ne parviendrait jamais à lire et à écrire correctement, ce qui remettait en question sa progression dans l'organisation. Lorsque Jungho laissait ces pensées déferler dans son esprit, elles rugissaient, s'entrechoquaient ou s'apaisaient tour à tour, et alors l'histoire qu'elles racontaient prenait du sens. Le moment venu, se disait-il, Myungbo me confiera une mission que je serai le seul à pouvoir accomplir.

Un soir, après la défection de ses deux amis et le radoucissement du beau-père à leur égard à tous, Jungho dîna avec eux au restaurant chinois. Ils étaient tous les trois joyeux, éméchés et emplis de cette humeur nostalgique que provoquent les réunions dans les lieux chargés de souvenirs. Cela procure la même sensation que s'asseoir sur l'herbe par une belle soirée d'été. Au ravissement du début de la soirée succéda pourtant une vague tristesse. S'ils étaient tous trois encore jeunes, Jungho avait la nette sensation qu'une partie de leur vie était désormais derrière eux. Younggu était père d'une petite fille et sa femme était enceinte d'un second enfant. Loche avait mis assez d'argent de côté pour ouvrir une épicerie non loin du restaurant de Younggu, et Jungho n'avait jamais vraiment eu ce genre d'aspirations. Mais, s'il avait pu commencer à bâtir quelque chose de concret auprès de Jade, ç'aurait été le plus beau des accomplissements. Il se rendit compte avec surprise qu'il ne l'avait pas vue depuis trois mois. Et, lors de leur dernière entrevue, il avait cru sentir qu'elle avait un nouvel amant et était parti le cœur en berne. Mieux valait ne pas la revoir. Ç'aurait été s'infliger une torture dont il ne voulait plus.

Après avoir salué ses amis, il marcha seul jusqu'au pont de pierre pour fumer une cigarette et réfléchir. Les coudes sur la rambarde, il sortit l'étui à cigarettes de sa poche intérieure. L'argent en était terni, et les caractères qui y étaient gravés de plus en plus difficiles à déchiffrer. Il en effleura du bout des doigts les fines lignes : elles étaient encore là. Si le temps atténuait les réalités, il ne les effaçait jamais tout à fait.

De temps à autre, Jungho se rendait dans certains restaurants des quartiers déshérités où, dans l'arrière-boutique, des femmes se chargeaient de satisfaire ses besoins. Pas des courtisanes mais de simples prostituées qui couchaient avec n'importe qui pourvu qu'on les paie. Pourtant il les aimait bien et avait faim de leurs caresses. Avec l'une d'entre elles qui ne devait pas avoir plus de 18 ans, il avait tissé peu à peu un lien où le désir physique se doublait d'une affection fraternelle. Ce n'était pas être infidèle à Jade que la fréquenter, c'était peut-être même une forme de loyauté puisqu'il continuait à garder le meilleur de son être pour son amour d'enfance. Ce soir-là, il se demanda s'il n'irait pas voir cette fille : se coucher dans les bras de quelqu'un pendant un moment lui ferait du bien.

— Ah, et puis non en fin de compte, dit-il en secouant la tête.

Une pensée venait de lui traverser l'esprit : jamais il n'avait fait part à Jade de ses sentiments. Peut-être les avait-elle devinés et refusait-elle de les reconnaître. Mais peut-être aussi n'avait-elle jamais envisagé leur relation de ce point de vue et comprendrait-elle enfin, s'il parlait, ce qu'elle avait toujours eu sous les yeux. Lorsqu'il arriva devant le portail de sa maison, la femme de chambre lui annonça que Jade était sortie. Voulait-il attendre à l'intérieur ? Il préféra rester dehors, au grand air.

Il portait son unique complet d'hiver, l'une de ses deux chemises et un vieux manteau, mais tout était propre, soigneusement repassé et amidonné par la femme de ménage de Myungbo. On ne pouvait plus dire qu'il ressemblait à un gosse des rues ou à un marginal. Des passantes le considérèrent avec une curiosité amicale qui lui redonna confiance. Il était prêt.

Ce matin-là, Jade était partie en tournage ; les décors de son nouveau film se trouvaient près du fleuve Han. Il y avait sur les berges un vent froid et elle ne se sentait pas bien. Entre deux prises, la vedette masculine s'inquiéta de sa santé.

— Je suis un peu fatiguée mais ça ira, le rassura-t-elle.

— Qu'est-ce qu'il fait froid aujourd'hui ! fit-il remarquer avec un sourire de compassion assez démonstratif. C'est terrible que tu doives jouer avec ce seul chemisier sur le dos !

L'acteur avait un petit faible pour elle et, si elle n'avait jamais eu l'intention de lui rendre la pareille, cette fidèle marque d'affection lui remonta le moral.

Car elle était rongée par l'inquiétude : Hanchol venait de décrocher son diplôme mais, contrairement à ce qu'ils avaient espéré, cela ne leur avait pas permis d'entamer une vie à deux. Il n'avait pas pu trouver un travail immédiatement et cela les avait sidérés. De nombreuses sociétés avaient licencié leurs employés après le krach boursier ; les embauches n'avaient pas encore repris. Pour un poste, il se présentait parfois des centaines de candidats et préférence était donnée aux Japonais et aux élites pro-japonaises : les diplômes ne valaient rien sans relations familiales ni fortune. Or Hanchol était trop fier pour écrire à la branche aînée du clan à Andong qui avait rejeté son grand-père ; il ne voulait pas non plus frayer par intérêt avec les bourgeois de la faculté, moins d'ailleurs pour préserver son honnêteté que parce qu'il suspectait que ces jeunes gens ne l'accepteraient pas. Plus Jade tentait de le réconforter, plus il se montrait froid et hautain : lui qui aurait dû déployer ses ailes en compagnie d'autres hommes était prisonnier de l'amour d'une femme. Jade comprenait cette colère et, quoique cela la mette au supplice, elle le sollicitait le moins possible.

Hanchol devait trouver un premier travail, et sans doute prendre un peu de distance, se disait-elle. Lorsqu'il avait enfin décroché un emploi de mécanicien dans un magasin de cycles, elle en avait été contente. Aucun diplôme n'était requis, mais puisqu'il montrait le sien depuis des mois sans succès à toutes les entreprises et banques de Séoul il n'avait pas manifesté la moindre déception quant à la médiocrité de son poste. Pendant des années il avait réparé lui-même son rickshaw, ce qui lui avait permis de devenir rapidement un réparateur de bicyclettes hors pair. La veille au soir, quand ils s'étaient retrouvés, Hanchol lui avait raconté comment il avait réparé le vélo de son propre patron.

— Bon, évidemment ce n'était pas le genre de boulot que j'avais à l'esprit, mais il y a du travail. Et le salaire est plutôt généreux. Le patron m'a dit être très impressionné par la manière dont j'avais réparé ses freins. Ensuite on a parlé un moment de mes études à l'université.

Ils étaient couchés et il avait enlacé Jade ; la tête de la jeune femme, auréolée de sa chevelure ondulée, reposait confortablement au creux de son épaule.

— Tu vois ? Il comprend que tu es doué. Avant longtemps il te confiera des tâches plus importantes et te donnera une promotion. Tu te sentiras enfin stable !

Elle lui avait souri tendrement. Si elle n'osait pas même y penser, elle nourrissait des espérances de plus en plus concrètes quant à leur avenir. Dès qu'il aurait une bonne situation, Hanchol aborderait sans doute la question. Lorsqu'il était étudiant, il le lui avait dit et répété : il ne la laisserait jamais tomber, il la rendrait heureuse. Il avait même à plusieurs reprises exprimé le désir de rester avec elle pour toujours. Entendre ces paroles blottie dans ses bras avait plongé Jade dans une pure lumière ; elle s'était sentie telle une luciole qui le jour emmagasine la lumière du soleil pour continuer à briller la nuit, humble insecte miraculeux porté par la seule sensation d'avoir goûté à la vie, d'avoir été embrassé par la vie. Pourtant, puisqu'il dépendait de Hanchol, le bonheur de Jade était chose fragile.

Son amant ne lui disait plus ces bonnes paroles à présent. Elle n'aurait su dire depuis quand.

En guise de réponse, il lui avait serré machinalement l'épaule.

— Oui, je vais sûrement progresser. Je lui montrerai ce que je vaux. Comme c'est un homme distrait, la boutique est mal gérée par l'un de ses associés.

Ce n'était pas la réponse qu'elle attendait. Elle voulait qu'il lui dise qu'une fois rassuré sur son avenir il parlerait d'elle à sa mère et entreprendrait les démarches nécessaires. Dans leurs conversations, elle le sentait bien, il était plus souvent question de lui que d'elle ou de leur couple. Alors elle s'était serrée contre lui avec une passion redoublée.

— Embrasse-moi, avait-elle chuchoté en le prenant par la taille puis en se pressant contre ses hanches.

Et, tandis qu'il baisait ses seins et la pénétrait avec un désir et une avidité inchangés, elle avait cédé à la jouissance habituelle. Son visage s'était illuminé à la pensée qu'il la désirait comme au premier jour. Le regard de l'homme est le miroir de son âme pendant l'acte d'amour. Pourtant, quand Hanchol avait eu fini, il ne l'avait pas embrassée et aucun sourire distrait n'avait flotté sur son visage.

Pendant tout l'après-midi, Jade se démena machinalement devant les caméras, ne pensant qu'à son amant.

— Tu n'as pas envie de quelque chose de chaud ? lui proposa son partenaire en début de soirée, après le tournage. On pourrait aller manger des *udon* ?

Il y avait dans son regard enjôleur une lueur merveilleuse et inquiète. Son beau costume de tweed était impeccablement coupé, impeccablement pressé, comme d'habitude. Elle s'était imaginé un jour que ce complet pouvait tenir debout sans corps humain à l'intérieur, et cela avait déclenché son hilarité. Cela dit, l'acteur était un homme charmant.

— Oh, c'est gentil, mais pas aujourd'hui, répondit Jade en rougissant. J'ai déjà quelque chose de prévu. Un autre soir, peut-être ?

Elle enfila son manteau bleu clair orné d'un col en lapin et la déception de l'acteur ne lui échappa pas, ce qui suscita en elle de la pitié mêlée de satisfaction. Elle s'inclina poliment et héla un taxi qui la conduisit chez Lotus, qui l'attendait au portail et lui posa la main sur le dos.

— Ça fait si longtemps ! Tu as l'air frigorifiée ! Entre vite !

Elles se voyaient moins souvent. La dernière visite de Lotus chez Dani remontait à plusieurs mois. Mais quelques jours plus tôt Lotus avait appelé Jade pour l'inviter dans sa villa, et Jade avait accepté. À présent, elles ne se sentaient plus tout à fait à l'aise l'une avec l'autre mais tentaient sincèrement, comme il convient à des amies d'enfance, de masquer ce manque de naturel.

— Où est Sunmi ? Où est ma petite chérie ? s'enquit Jade en cherchant la fillette du regard.

La petite, qui venait d'avoir 3 ans, était partie se promener avec sa nourrice, et sa mère arborait ce sourire soulagé des parents qui ont réussi à se débarrasser de leur bambin.

— Tu as vraiment de la chance de ne pas avoir d'enfants, Jade, dit Lotus une fois qu'elles se furent installées dans sa chambre. Ce n'est pas que je ne l'aime pas, je ferais tout pour elle ! Mais… ma vie d'avant me manque. La scène, les spectacles…

— Tu les retrouveras, j'en suis sûre. Ils passent tes disques dans tous les cafés.

Avant la naissance de Sunmi, Lotus avait enregistré plusieurs titres qui avaient fait d'elle une célébrité nationale. Elle en avait retiré une petite fortune, et le président Ma un bénéfice plus important encore.

— Ah oui ? Comment pourrais-je le savoir ? Je ne suis pas sortie depuis des siècles…, soupira Lotus. Parfois, je regrette vraiment le passé, Jade ! Pas toi ? Quand les accomplissements les plus merveilleux paraissaient à portée de main. Aujourd'hui, rien n'est plus certain. Tout ce que je peux…

Sa voix se fêla.

— … Tout ce que je peux encore faire, c'est garder la tête haute.

— Moi aussi, je regrette le passé, Lotus. Nous étions toutes tellement innocentes !

Jade ravala les larmes qui lui montaient aux yeux à la pensée de Lotus, Hanchol et tous ceux qu'elle avait aimés avec certitude et sans arrière-pensée, sans crainte d'être blessée. Même le fidèle Jungho avait quitté son poste sans crier gare. Elle regretta soudain de ne pas avoir fait plus attention à lui. Lotus lui tapota le bras et elle éclata de rire. Parfois la brûlure des larmes soulage.

— J'ai une idée, dit Jade en reniflant. Pourquoi on ne sortirait pas toutes les deux ce soir ? Pour ne rien te cacher, j'ai bien besoin d'un petit remontant.

Il n'en fallut guère plus pour convaincre Lotus, très excitée par cette perspective. Elle s'installa en fredonnant devant sa coiffeuse couverte d'une armée de poudriers et de rouges à lèvres. Si Lotus n'avait jamais été belle, elle avait gardé un aspect juvénile et opté pour une nouvelle coiffure, similaire à celle de Jade, qui convenait fort bien à ses traits : cheveux mi-longs ondulés au fer à friser.

Sunmi et sa nourrice revinrent au moment où Lotus choisissait sa tenue pour la soirée. La petite n'était pas jolie, elle non plus, et Jade se sentit coupable de le penser, aussi donna-t-elle dans la surenchère pour feindre son admiration. La nourrice invita Sunmi à saluer l'invitée, mais l'enfant se contenta de poser son petit index sur ses lèvres pour examiner la chambre avec une placidité que Jade ne trouva guère séduisante.

— Elle est tellement tranquille et polie, s'exclama Lotus, désemparée, qu'elle ne pleure jamais devant moi. Un jour, la nourrice n'était pas là et elle est tombée. Tu aurais vu la grimace qu'elle a faite pour ne pas fondre en larmes !

À ces mots, Jade décida de se montrer plus chaleureuse avec la fillette et lui déposa un baiser sur le sommet de la tête tandis que Lotus passait les doigts dans ses cheveux fins comme de la soie d'araignée.

— Maintenant, Sunmi, il est l'heure d'aller au lit, conclut sa mère pour congédier sans plus tarder enfant et nourrice.

Le ciel était nuageux et le vent soufflait. Lotus choisit une robe en soie bordeaux, un chapeau cloche et un manteau vert sombre, couleurs d'automne qui contrasteraient avec la grisaille qui les attendait au-dehors. Accorder avec soin sa mise à un certain type de temps semblait la revigorer et lui procurer un voluptueux plaisir. Jade se rechaussait lorsque Lotus se pencha sur sa coiffeuse pour se rouler une cigarette. Elle en avait fumé la moitié lorsqu'elle prit conscience que son amie donnait des signes d'impatience.

— C'est du tabac et un peu d'opium, dit-elle. Pour les nerfs. Tu veux essayer ?

— Non, merci. À ce rythme nous serons encore là à minuit.

Lotus éteignit la cigarette avec soin et la laissa dans le cendrier.

Lorsqu'elles finirent par sortir de la maison, un vent sifflant faisait tomber du puits les seaux vides, et les servantes se hâtaient de ramasser les draps étendus sur les cordes à linge.

Il y avait une myriade de cafés à Séoul, et chacun avait sa clientèle. Les hommes d'affaires et les riches pro-Japonais allaient au Vienna, les nationalistes au Terrace, les communistes au Yellow Horse, les étudiants et les artistes au Gitane et les Japonais dans des cafés tenus par leurs compatriotes. Mais les gens vraiment influents allaient au café Seahorn, qui appartenait à un jeune poète d'extraction bourgeoise. Certes, son père était un propriétaire terrien pro-Japonais, et lui avait fréquenté les meilleures universités, mais il était également gauchiste et adepte de l'amour libre. D'une certaine manière, cette combinaison lui permettait d'attirer dans son établissement une clientèle diverse et toujours captivante. Jade le connaissait bien et c'est au Seahorn qu'elle avait décidé d'emmener son amie.

— C'est charmant, ici, non ? Et de cette table on peut voir tout le monde, dit-elle à Lotus tandis qu'elles prenaient place sur une banquette de cuir cramoisi.

Jade se tourna vers la jolie serveuse et commanda deux mokas.

— C'est tellement meilleur que le café ordinaire ! Je me demande toujours pourquoi, chuchota Lotus.

— Parce qu'il y a du chocolat dedans. Incroyable, non ? gloussa Jade. On commence avec ça, et on passera à l'alcool plus tard. Pour le moment, ça discute. Mais tu verras, bientôt tout le monde se mettra à danser. Tiens, ils passent « La Paloma » !

L'esprit de Jade ne tenait pas en place. Elle montra à Lotus une célèbre femme peintre qui avait jadis épousé un diplomate et parcourait le monde en sa compagnie ; mais, à l'étranger, elle avait eu une liaison avec le meilleur ami de son mari et ils avaient divorcé dès leur retour. À présent, elle cherchait à gagner sa vie en vendant ses toiles et des illustrations pour la presse. Il y avait également un romancier assis seul à sa table, plongé dans un magazine américain auquel le café était abonné ; il attendait en fait la fin du service de l'une des employées, devenue sa maîtresse.

— Pour les hommes, ces serveuses de café, c'est la folie du moment. Plus modernes que les courtisanes, si j'ai bien compris, expliqua Jade en examinant la leur, dont le tablier soulignait une taille extrêmement fine.

Elle ne devait pas avoir plus de 20 ans.

— Et pas aussi exigeantes que les Modern Girls de bonne famille.

— Parfois, intervint Lotus, lorsque je repense à la manière dont on nous enseignait la poésie classique et les chants traditionnels dans ce pavillon, près du saule pleureur, je trouve cela drôle. Et ma mère avec ses tuniques en soie et ses bijoux, et l'amour qu'elle vouait encore à l'homme qui lui avait donné cette bague en argent ! J'ai l'impression que ça date d'un siècle !

— Elle ne te manque pas ? Pourquoi ne pas aller lui rendre visite à Pyongyang avec Sunmi ?

— Le président Ma ne voudra jamais, murmura Lotus, le nez dans sa tasse de moka.

La musique changea. Un jeune homme se dirigeait vers la table des deux amies, qui sourirent à son arrivée.

— Mademoiselle Jade, quel plaisir ! Cela fait si longtemps ! Pourquoi une si longue absence ? Vous nous avez manqué.

C'était le poète propriétaire du café. De taille et de corpulence moyennes, il devait avoir entre 25 et 30 ans. Ses lunettes à monture de corne, sa courte tunique portée sans veston et son affabilité venaient confirmer son statut d'artiste bohème. Il s'empara de la main gauche de Jade et la baisa avec passion, comme pour lui signifier qu'il ne plaisantait pas tout à fait. Lorsque cette dernière lui présenta Lotus, il fut tout aussi ravi de faire la connaissance de la célèbre chanteuse et commanda une tournée de whisky américain. Il savait prodiguer une attention égale aux deux femmes, tout en flirtant sans jamais se compromettre.

— Dites-moi, demanda Lotus, la gorge brûlée par la première gorgée de whisky. Seahorn, le nom de votre café, que signifie-t-il ?

— Je l'ai inventé. Vous savez, il y a toujours des choses que nous aimons sans rime ni raison. Et tant mieux, car où triomphe la raison l'amour périt. Or la chose que j'aime le plus au monde... c'est le langage des navires, affirma le poète en léchant le whisky sur ses lèvres. Quand j'étais étudiant, je suis parti à Busan, tout seul. J'ai habité une pension de famille près du port pendant un mois, à lire et à écrire du matin au soir. À la nuit tombée, j'allumais une bougie pour continuer, et j'avais l'impression d'être seul au monde avec mes livres. La chambre avait des airs de cabine de navire au cœur de l'océan. En outre, tous les après-midi entre 15 et 16 heures, j'entendais les sirènes des navires à quai. Les grands hurlaient et les petits leur répondaient plus doucement... Ces sirènes m'ont procuré les plus vifs bonheurs de mon existence. Si j'avais pu mettre en bouteille leurs sons, je m'en servirais de temps en temps lorsque je suis triste et les boirais comme du whisky. Vous êtes déjà allée au bord de la mer, mademoiselle Lotus ? ajouta-t-il avec un sourire.

Ni Jade ni Lotus n'avaient jamais vu la mer, pas même à Incheon, pourtant si proche.

— C'est vrai, vous êtes toutes les deux du Nord... d'où votre beauté, qui ne renie en rien la réputation des courtisanes de Pyongyang ! Oh, mais la chanson est terminée... Veuillez m'excuser, je vais changer de disque.

— Il est vraiment adorable, dit Lotus dès qu'il fut assez loin pour ne pas entendre.

— Oui, mais il reste toujours très distant avec les gens, non ? fit remarquer Jade en avalant une gorgée de whisky. Son histoire, par exemple. Elle ne nous était pas tout à fait destinée, il la raconte à qui veut l'entendre. Et que nous l'écoutions ou pas, il s'en fiche. Pourquoi souris-tu, Lotus ? Tu me trouves cynique ?

— Je souris parce que je t'adore. Ah, mon amie d'enfance ! s'exclama Lotus en enlaçant Jade.

— Mais tu n'es pas d'accord avec moi ? insista cette dernière. Je n'ai pas raison ?

Elle pensait à l'histoire du hibou, que Hanchol n'avait jamais racontée qu'à elle. C'est en tout cas l'impression qu'elle avait eue. Il avait voulu lui ouvrir son âme. Il lui manquait terriblement !

— Si, tu as raison. Mais tu as toujours été très difficile en matière d'hommes. Oh, Jade, écoute !

Elles se turent pour entendre la voix qui s'échappait du gramophone : celle de Lotus. Le poète leur adressa un signe de l'autre côté de la salle. Des couples s'étaient levés et commençaient à danser comme si la musique les avait tirés du sommeil, amants ensorcelés de conte de fées. La lumière des lustres ruisselait sur les corps, projetant leurs ombres sur les murs.

— Merci de m'avoir invitée ici, dit Lotus en posant la tête sur l'épaule de son amie. Tu sais, le président Ma ne m'aime plus. Depuis longtemps. Et il ne fait même pas semblant d'avoir de l'affection pour Sunmi. Lui qui voulait absolument un fils, une quatrième fille, bâtarde qui plus est... Je suis sûre qu'il couche avec la traînée qui lui sert de secrétaire.

En réalité, Lotus n'avait jamais formulé cette pensée. Mais à présent qu'elle lui avait échappé elle la trouvait plus que vraisemblable.

— J'ai peur qu'il ne me quitte. Ou de le quitter moi. Deux options pour un même résultat. Lui s'en remettra sans problème et moi je serai anéantie. Dans les deux cas, j'ai peur. Et je suis tellement malheureuse ! Que faire, Jade ?

— Tu n'es pas condamnée à rester avec lui.

— Mais qui voudra de moi ? Je ne serai plus qu'une vieille femme abandonnée, une maîtresse au rebut !

— Regarde cette femme, la peintre dont je te parlais tout à l'heure, dit Jade en lui indiquant des yeux la robe de velours cramoisi qui dansait à présent avec le poète cafetier. Elle avait 30 ans et quatre enfants quand elle fréquentait ces hommes à Paris et Berlin. Tu as neuf ans de moins et un seul enfant.

La peintre souffla quelque chose à l'oreille du tenancier et ils rirent tous deux à gorge déployée. Elle se fichait sans aucun doute de son ex-mari autant que de son ex-amant et meilleur ami de ce dernier, qui l'avait également plaquée.

— Oui, mais sa famille ne veut plus la voir et la bonne société se moque d'elle. Et ce n'est pas ce que je cherche, soupira Lotus. La plus chanceuse de nous trois, c'est Luna, non ?

— Oui.

À 30 ans, Luna était plus belle que jamais. Elle avait obtenu son effacement du registre de la guilde des courtisanes moyennant une compensation financière, et travaillait comme secrétaire-interprète au consulat des États-Unis. Le salaire, très convenable, lui assurait son indépendance.

Le vice-consul était amoureux d'elle, ce qu'elle feignait de ne pas remarquer, car contrairement à ses cadettes Luna semblait apprécier sa solitude, qui lui seyait comme un somptueux manteau.

La jolie serveuse revint avec deux verres d'une liqueur brun doré.

— Deux cognacs, mesdames. Offerts par le monsieur qui est assis là-bas. Non, pas l'officier. Celui qui porte un nœud papillon.

Lorsqu'elle reconnut l'homme, Jade se raidit. Il était en civil, mais son sourire arrogant n'avait pas changé. Il murmura quelque chose à son ami, prit son verre et se dirigea vers la table de Jade et Lotus d'un pas décidé.

18

Nuit pluvieuse 1933

— Pourquoi ne pas m'accompagner ? Quel rabat-joie ! avait dit le comte Ito au colonel Yamada en écrasant sa cigarette dans le cendrier en cristal.

— De quoi s'agit-il, encore ? J'ai du mal à te suivre…

— Enfin, tu as des yeux pour voir, non ? Regarde ces deux femmes, là-bas. L'une d'entre elles est très belle, peut-être même sublime. Je la connais, je l'ai rencontrée il y a des années.

— Je ne comprends pas ta fascination pour ces filles qui traînent dans les cafés et autres prostituées, avait insisté le colonel avec un froid sourire.

Combattant sur le front de Mandchourie, il avait obtenu une permission et n'avait pas vu son beau-frère depuis trois ans. Après la sauvagerie d'une guerre opposant les Japonais aux ennemis Chinois et Coréens, l'insouciance d'Ito et de Séoul irritaient Yamada. L'insouciance, et l'ignorance.

— Ce n'est pas une fille qui traîne dans les cafés, c'est une actrice de cinéma, avait objecté Ito en quittant la banquette.

Ito était de ces hommes qui peuvent être obsédés par une femme puis l'oublier avec une égale intensité. Depuis huit ans qu'il avait quitté la loge de Jade, il n'avait jamais repensé à elle. La rencontre ayant assouvi son désir, il s'était trouvé d'autres aspirations. Dont certaines pour des femmes, même s'il ne s'intéressait pas vraiment à elles. Ni aux gens en général. Lorsqu'il côtoyait quelqu'un de trop près, il lui semblait toujours se rabaisser, c'est pourquoi il goûtait particulièrement la compagnie de Yamada, qui ne suscitait guère ce sentiment. Aux êtres humains, Ito préférait les beaux objets, les idées et les espaces vides entre ces deux sortes de choses. Ce néant blanc, il aurait été fort aise de s'insinuer dedans pour en respirer à jamais le bon air frais.

De temps à autre pourtant, malgré lui, il s'intéressait à autrui. Jade avait changé du tout au tout depuis leur dernière rencontre. Non seulement elle était vêtue à l'occidentale et avait les cheveux ondulés, mais les traits de son visage lui semblaient différents, plus envoûtants encore. Cela dit, il l'aurait reconnue en toute circonstance de par son essence même, cette aura que dégageait sa personne. Il avait envie de la voir de près.

— Voilà bien longtemps que nous ne nous sommes pas vus, lui dit-il en s'installant à côté d'elle sur la banquette.

Elle le fusilla d'un regard encore plus scintillant qu'autrefois. Son amie, très élégante mais indiscutablement quelconque, semblait tout aussi choquée par l'entrée en matière d'Ito. Il ne lui accorda pas plus d'attention qu'à une copie de vase ancien.

— Comment allez-vous ? J'ai entendu parler de vos films, poursuivit Ito sans quitter Jade des yeux.

— Colonel, répondit-elle dans un japonais lent et soigneux, dans cette salle, nombre de femmes seraient sans doute ravies de parler avec vous. Ce n'est pas mon cas.

— Hélas elles ne m'intéressent pas. Dites-moi, savez-vous à quel point il est ennuyeux de tout avoir ?

— Aucunement, répondit Jade avec ironie.

Ito sentit toutefois qu'il l'avait intriguée.

— Je suis riche, jeune, intelligent, puissant, entouré de dames... Je ne manque de rien et ne me suis jamais fatigué pour quoi que ce soit. Et cela devient d'un ennui... jusque dans la compagnie des jolies femmes. Sincèrement, il n'est pas fréquent que je croise un objet qui suscite en moi autant d'intérêt que vous.

— Pour quelle raison ?

Ito posa le menton sur son poing et plongea son regard dans les beaux yeux noirs de Jade. Sa peau, de ses joues à sa gorge marmoréenne, que laissait entrevoir son décolleté en *V*, était lumineuse, semblable à du velours. Elle n'avait même pas conscience d'être au sommet de son éclat, ce qui faillit serrer le cœur d'Ito.

— Je vous le dirai si vous m'accordez cette danse, finit-il par répondre. Ne refusez pas. Vous êtes une danseuse née et cette valse est magnifique.

Il se leva et lui tendit la main. Les autres clients les observaient à la dérobée : le beau millionnaire japonais, comte et industriel de fraîche date (il avait racheté à un Français des mines d'or et de fer), et la célèbre vedette de si nombreux films. Jade prit la main d'Ito.

Tout le monde les regarda valser. Les serveuses, ordinairement si disciplinées, cessèrent de répondre aux appels des clients et se regroupèrent dans un coin de la salle pour commenter la scène à voix basse. Ils formaient un couple superbe.

Yamada observa avec une fascination tranquille la métamorphose de son ami. Ito dansait avec assurance et aisance, attirant à lui le bassin de sa partenaire d'un bras passé autour de sa taille. Le colonel s'imagina une seconde à la place d'Ito. Ce dernier avait raison : cette femme était exceptionnelle. Si son visage et son corps n'étaient pas exempts d'imperfections, sa présence et ses gestes avaient un caractère sublime et magnétique.

Le couple se sépara à la fin de la chanson et Ito revint à sa table.

— Elle veut partir et je lui ai promis de la raccompagner. Ça ne t'ennuie pas de prendre un taxi ?

— Bien sûr que non.

— À bientôt. Transmets mon bonjour à Mineko.

Lotus et Jade sortirent, et Ito les rejoignit après avoir enfilé son manteau. Il leur ouvrit la portière puis s'installa auprès d'elles sur la banquette arrière. Le temps que la voiture arrive devant la maison de Lotus, le crachin avait tourné à l'averse. Jade serra son amie dans ses bras et sentit qu'une muraille plus haute que jamais s'était dressée entre elles ; elle en eut mal au cœur. Affligée, elle se tourna résolument vers la vitre pour la fin du trajet. Pas un bruit dans l'habitacle, rien que le martèlement métallique de la pluie sur le toit et le vrombissement des roues qui patinaient dans la boue telles les aubes d'un vapeur.

— Arrêtez-moi ici, dit-elle lorsque la voiture fut parvenue à destination, et le chauffeur se gara le long du trottoir. Merci de m'avoir ramenée.

— Pas si vite, intervint Ito en lui prenant la main. Puis-je entrer ?

Elle secoua la tête.

— Allons ! Nous nous sommes bien amusés, ce soir. Vous ne m'en voulez tout de même pas de ce qui s'est passé il y a des siècles ?

— Vous semblez assagi et vous n'êtes plus militaire. Pourtant, dans le fond, vous n'avez pas changé. Je ne vous apprécierai jamais.

Ce disant, elle revit l'officier au moment où il était entré dans sa loge, rappel nécessaire de sa véritable personnalité : une brutalité nonchalante faite homme.

— Mais cela n'a aucune importance, voyons ! Ma femme et moi ne nous apprécions guère, et notre mariage est cependant des plus heureux, répliqua Ito avec un sourire dédaigneux. L'amour tel qu'on le voit au cinéma, tel qu'on le lit dans les romans, c'est de la plaisanterie. Entre un homme et une femme, seul compte le besoin. D'ailleurs, à mon avis, la passion n'est pas incompatible avec une petite pincée de haine.

Il la prit par le poignet et se pencha pour lui baiser la nuque.

— Je n'ai besoin de rien qui vienne de vous, répondit-elle en le repoussant.

— La résistance, ça va un moment. Ne jouez pas les mijaurées, c'est un défaut que j'ai en horreur, gronda-t-il tandis qu'elle échappait à son étreinte et se précipitait dans la rue.

Jade parvint en courant au portail avant qu'Ito ait pu la rattraper. Dans le brouhaha de la pluie, il lui sembla entendre une portière s'ouvrir.

Il y avait, sous l'auvent, un homme vêtu d'un manteau bien coupé et coiffé d'une casquette ; il attendait sans doute que l'averse passe. Elle reconnut Jungho et se jeta dans ses bras.

— Oh ! Je suis si contente de te voir !

Et pour la première fois de sa vie elle l'embrassa.

— Jade ! murmura-t-il, avant de tendre le cou et de lancer un regard assassin à la voiture noire. Que se passe-t-il ? À qui est cette auto ?

Elle frémit : son ami aurait défié la mort pour la protéger ou défendre son honneur.

— À personne, Jungho.

— Jade, si quelqu'un te veut du mal, tu n'as qu'un mot à dire. Tu le sais, hein ?

Le jeune homme serra les mâchoires, les yeux rivés sur la voiture. Puis il implora Jade du regard, désireux, sans doute, de l'assurer de sa fidélité. Et si Ito se décidait à sortir ? Et si les deux hommes en venaient à s'affronter ? Mais la femme de chambre finit par entendre la sonnette et par venir ouvrir le portail.

— Entre, Jungho. Prenons un thé, proposa Jade avec soulagement.

Elle le conduisit dans sa chambre et non pas dans le salon, ce qu'il interpréta comme un encouragement. Elle l'avait embrassé avec une telle intensité qu'il avait du mal à garder son calme. Lorsque la servante leur eut apporté du thé, ils restèrent seuls, penchés sur les tasses brûlantes.

— Qu'est-ce qui t'amène chez moi si tard, Jungho ? Ah, excuse-moi. Ce n'est pas une bonne entrée en matière. J'ai pensé à toi aujourd'hui ; je me suis dit que nous n'avions pas causé depuis longtemps. Tu m'as manqué.

— Toi aussi, Jade, tu m'as manqué. Tu me manques toujours.

Elle éclata de rire.

— Eh bien, viens me voir plus souvent ! Tu sais où me trouver.

— Oui, mais j'aimerais que de temps en temps tu saches toi aussi où me trouver, bafouilla Jungho. J'ai l'impression de ne pas compter beaucoup pour toi.

— Tu plaisantes ! Tu es l'un de mes deux amis d'enfance. Tu as même sauvé la vie de Luna.

Ce rappel enhardit Jungho. De toute façon, il ne supportait plus la dissimulation.

— Jade, tu ne comprends pas. Je t'aime. Et je me demande si tu m'aimes toi aussi.

Jade baissa aussitôt les yeux. Le bout de ses doigts était encore rougi par le froid.

— Bien sûr, Jungho, moi aussi je t'aime, et je t'admire depuis notre enfance. Tu sais, tu n'as jamais eu peur de rien et j'ai toujours trouvé ton courage remarquable. Même quand tu n'avais rien. Lorsque nous étions petites, Lotus se moquait de moi parce qu'elle me trouvait lâche. Tu m'as aidée à devenir un peu plus courageuse. Comme toi.

Elle eut un rire léger.

— Mais je suis amoureuse d'un autre homme. Je suis désolée, Jungho.

Même s'il s'y attendait plus ou moins, Jungho se sentit défaillir.

— Qui est-ce ? demanda-t-il machinalement. Un play-boy millionnaire ?

— Non, il s'appelle Kim Hanchol et il est mécanicien dans une boutique de cycles, répondit Jade avec un mince sourire.

Quoi ? Il avait passé des années à tenter de s'élever pour elle, et elle était tombée amoureuse d'un réparateur de vélos ! Quelle ironie ! Il éclata de rire, ce que Jade interpréta comme un retour à la normale. Toute tension avait disparu entre eux : ils pouvaient redevenir amis.

— Je préfère sans doute les hommes pauvres, plaisanta-t-elle. Je n'ai même pas à t'expliquer pour Hanchol. J'espère que tu ne cesseras pas de me voir à cause de ça ; j'en mourrais, tu sais. Avec le temps, je me rends compte que rien ne peut remplacer les vieux amis. Attends, j'ai quelque chose à te montrer.

Elle se leva, se dirigea vers son buffet et en rapporta un petit objet qu'elle déposa sur la paume de Jungho.

— Regarde, c'est le caillou que tu avais lancé par-dessus le mur. Je l'ai gardé.

Jungho regarda longuement le galet lisse, d'un vert pâle. Il concentrait toutes les manières qu'ont les gens de se souvenir les uns des autres : les mots, les images, les gestes, les objets absurdes devenus symboles avant de perdre tout sens. Le caillou était léger comme une plume, et d'une lourdeur colossale. Il le rendit à Jade.

— Ne t'inquiète pas, murmura-t-il. Je ne disparaîtrai pas.

19

Gelée blanche
1934

Dans ce monde, les êtres de sexe masculin peuvent être classés suivant deux catégories. La première, et de loin celle qui rassemble le plus grand nombre d'individus, est constituée de gens qui à un certain stade se rendent compte qu'ils ne pourront plus progresser. Il leur faut alors rationaliser cette stagnation et apprendre à s'en contenter. Au plus bas de l'échelle, cette étape est franchie rapidement, souvent avant l'âge de 20 ans. Ceux qui ont bénéficié d'une certaine éducation éprouvent ce sentiment plus tard, entre 30 et 40 ans. D'autres encore, de par leur naissance, leur ambition ou leur talent, n'y arrivent qu'à la cinquantaine, âge auquel s'opère un ralentissement qui rend le verdict un peu moins difficile à supporter.

L'autre catégorie, beaucoup plus rare, est peuplée d'hommes qui continuent à s'élever jusqu'à leur dernier jour. Kim Sungsoo était de ceux-là, non seulement par sa naissance, de bonnes fées lui ayant octroyé des champs fertiles dans les quatre comtés de la province familiale, mais aussi par son mariage avec la fille unique d'un ministre. Au lieu d'adopter un parent de sexe masculin et de lui léguer ses biens, le ministre avait tout laissé à sa fille. Le cousin germain de Sungsoo, fils unique de son oncle, avait de surcroît péri l'année précédente dans d'absurdes circonstances (crise cardiaque dans les bras de sa jeune et jolie maîtresse). Si l'oncle était encore de ce monde, Sungsoo hériterait tôt ou tard de ses biens, réalisant au passage une élégante fusion de la fortune des deux branches familiales.

Sungsoo n'était ni assez grossier ni assez bête pour ignorer quelle part incroyable la chance prenait dans sa vie. De temps en temps, il méditait sur cette injuste distribution du sort. À 51 ans, il était au sommet de sa maturité, il allait souvent au bureau et publiait des livres sans s'adonner à la paresse ni aux mauvaises habitudes, contrairement à nombre de ses contemporains. Avec la récession et la faillite, d'autres avaient été incapables de se trouver une occupation convenable et étaient partis à la dérive, ou avaient perdu le goût de vivre. Trois ans plus tôt, son ami l'auteur dramatique avait sauté de l'un des ponts du fleuve Han et Sungsoo en avait éprouvé une certaine tristesse. Avec le temps, toutefois, ses chagrins devenaient moins intenses. Les malheurs des autres le confortaient dans la certitude de sa propre exception. Il était connu et respecté dans tout Séoul, excepté par les clandestins du parti communiste, qui ne tarderaient pas à être écrasés par le gouvernement.

Il n'avait qu'un motif d'inquiétude : sa fortune avait beau être astronomique, elle montrait des signes d'épuisement. Il avait toujours aimé dépenser et ne comptait nullement réduire son train de vie en matière de restaurants, de vêtements et de femmes. Mais jamais il n'aurait imaginé que son fils puisse souffrir du même défaut, en pire. Le garçon ajoutait aux faiblesses de son père ses propres vices : le jeu et l'opium. Si Sungsoo avait déjà dû vendre quelques riches villages et les terres qui en dépendaient pour régler les dettes de son fils, sa patience avait atteint ses limites.

À cela s'ajoutait l'augmentation de la taxe foncière, qui visait à étouffer les propriétaires terriens coréens afin de les amener à vendre leurs terres aux Japonais, jamais loin. Le matin même, Sungsoo avait reçu une lettre de son père portant précisément sur ce sujet. La police locale avait fait visiter par quelques aristocrates nippons les propriétés familiales dans le but à peine caché de le pousser à la vente.

Ces soucis le poursuivirent ce jour-là dans sa promenade tels des moucherons. Il les chassa d'un geste en entrant dans son magasin de cycles. En dépit de la température glaciale de cet après-midi de fin d'automne, la porte était ouverte. Le gérant et le plus âgé des deux employés discutaient autour d'un thé et de brioches, tandis que l'apprenti était accroupi près d'un vélo. Sungsoo fronça les sourcils et toussota ; le gérant sursauta.

— On ne vous attendait pas, bafouilla-t-il avec un sourire nerveux.

Quelle idée avait eue Sungsoo de venir faire sa visite de contrôle ce jour-là ? Sacrée déveine !

— Voulez-vous du thé ? Hanchol, vite, apporte du thé à M. Kim ! aboya-t-il à l'intention du jeune mécanicien.

Le garçon se redressa de toute sa jeune et vigoureuse carcasse et se dirigea vers l'arrière-boutique.

— Inutile, dit Sungsoo en fusillant le gérant du regard. Je suis venu examiner les comptes avec vous, si vous n'êtes pas trop occupé. De plus, ma fille vous avait confié son vélo à réparer. Elle va passer le reprendre.

Sungsoo s'enferma pendant une heure avec le gérant dans l'arrière-boutique. Pour la première fois depuis la création du magasin, les comptes étaient corrects, sans recettes manquantes ou inexpliquées.

— Parfait, marmonna Sungsoo.

Le gérant sourit et s'inclina à plusieurs reprises, plein d'un modeste triomphe.

— Je ne fais que mon devoir, monsieur.

— Et pourtant les bénéfices sont minces. Pourquoi ?

— Eh bien, monsieur, les temps sont difficiles…

Sungsoo l'interrompit d'un geste de la main.

— Très bien. Vous pouvez me laisser. En sortant, dites à l'apprenti de venir me voir.

— Vous voulez dire Kim Hanchol, monsieur ?

— Il n'y a qu'un apprenti ici que je sache, non ? grinça Sungsoo tandis que le gérant sortait sur une dernière courbette.

Lorsque Hanchol fit son entrée, Sungsoo tendit le bras vers la chaise.

— Cela fait donc un an que vous êtes chez nous ? s'enquit Sungsoo une fois que le jeune homme se fut assis. Vous vous êtes occupé des comptes, je m'en suis aperçu. Le gérant s'en est attribué la paternité, mais bien sûr je sais que c'est vous.

— Oui, monsieur, j'ai donné un coup de main, reconnut le garçon.

Un beau jeune homme, se dit Sungsoo, impressionné par son regard attentif et pénétrant.

— Et pour la mécanique ? Ce n'est pas trop difficile, en plus de la comptabilité ?

— Pas du tout, monsieur. Je suis prêt à faire tout ce qu'on me demande.

— Mais vous avez un diplôme universitaire. Comment pouvez-vous vous épanouir avec ces crétins qui vous donnent des ordres ? Le gérant n'a même pas fini le lycée. Ses registres de comptes étaient de véritables torchons avant votre arrivée. Qu'attendez-vous vraiment de l'existence, Hanchol ? Aimeriez-vous prendre la direction de ce magasin ?

L'homme d'affaires sourit. Il aimait bien ce garçon, et de toute façon il avait l'intention de licencier le gérant depuis un moment.

— Non, monsieur, dit Hanchol après avoir inspiré profondément.

— Quoi ? Vous voulez donc rester simple mécanicien jusqu'à la fin de vos jours ?

Sungsoo était déçu : il avait cru voir de l'envergure chez ce pauvre gosse. À quoi servait l'éducation si la pauvreté se logeait dans le sang ?

— Monsieur, je n'ai pas envie de réparer des vélos toute ma vie, non... Je pense me diversifier dans l'automobile.

— Vous préféreriez réparer des voitures ?

— Non, fabriquer des voitures.

— Fabriquer des voitures ? Mon garçon, mais qu'y connaissez-vous ?

Surprenant jeune homme qui, après lui avoir paru vif, puis sans ambition, versait maintenant dans la mégalomanie.

— Il y a 200 autos à Séoul, et elles sont toutes importées, reprit Sungsoo. Aucun Coréen ne sait en fabriquer.

Mais Hanchol ne broncha pas, le regard plongé dans celui de son patron.

— Sans doute, mais ce ne sera pas toujours le cas. Avant d'arriver ici, je n'avais aucune idée de la manière dont on fabrique un vélo. Après une année chez vous, j'en monte un sans peine avec les bonnes pièces. Si je travaille dans un garage, il se passera la même chose avec les voitures.

— Écoutez, Kim, dit Sungsoo en fronçant les sourcils. Vous êtes fort intelligent. Je m'en suis rendu compte immédiatement, même si je ne viens pas souvent. Mais contrairement à moi vous ne savez pas comment fonctionne ce monde… D'où venez-vous, exactement ?

— Je suis né à Séoul mais ma famille est originaire d'Andong.

— Vous voulez dire… Vous êtes un Kim d'Andong ? bredouilla Sungsoo.

Hanchol hocha discrètement la tête. Eh bien, Sungsoo ne s'était peut-être pas trompé, après tout. Le garçon pouvait vraiment être surdoué. Il devait venir d'une branche cadette tombée dans la pauvreté. Les Kim d'Andong étaient l'une des grandes familles de Corée. Depuis des siècles, les rois eux-mêmes s'inclinaient devant eux.

— Si vous avez vraiment envie de savoir comment fonctionne une voiture, dit Sungsoo en se raclant la gorge, pourquoi ne pas donner un coup de main à mon chauffeur de temps en temps ? Je lui demanderai de garder un œil sur vous.

Hanchol inclina respectueusement la tête.

— J'aimerais également que vous preniez en charge ma comptabilité. Celle du magasin, mais aussi celle de la maison d'édition. Elle est encore plus mal tenue qu'ici. Mon directeur commercial est incapable de compter jusqu'à 3, et nous perdons de l'argent.

— Et où voulez-vous que…

— On vous donnera un bureau près du mien, dans les locaux de la maison d'édition. Vous m'aurez pour seul supérieur. Et vous commencez demain.

Sungsoo repassa dans la boutique. Une jeune fille en uniforme de lycéenne discutait avec le gérant.

— Père ! s'exclama-t-elle à la vue de Sungsoo.

— Comment ça s'est passé aujourd'hui à l'école ? s'enquit Sungsoo, affable.

Seohee était sa favorite. Plus petite, il la trouvait terne et sans intérêt, comme tous les enfants. Mais elle était devenue une charmante adolescente et il prenait plaisir désormais à passer du temps avec elle et à la couvrir de cadeaux.

— Très bien, père ! J'ai bien réussi mon devoir d'algèbre, répondit-elle d'une voix au débit de mitraillette.

Sa coiffure à la garçonne avec une raie au milieu allait parfaitement avec son uniforme – chemisier blanc, veste et jupe à mi-mollet bleu marine.

— Bien, bien. Bon, qu'est-ce qui ne va pas avec ce vélo ?

Seohee se lança dans une explication volubile : quand elle roulait sur du plat, aucun problème. En pente, le vélo partait sur la gauche. Tout en parlant elle remarqua

Hanchol, sorti de l'arrière-boutique, et commença à tortiller une mèche noire et lustrée.

— Hanchol, si vous pouviez jeter un coup d'œil au vélo ? Il faut que je retourne au bureau, j'ai une réunion, dit Sungsoo. Et toi, Seohee ? Que fais-tu ? Tu rentres tout de suite à la maison pour réviser ?

— Père, j'ai déjà travaillé dur pour mon devoir de mathématiques. Aujourd'hui, je voudrais passer à la librairie, dit-elle avec un sourire enjôleur.

Elle avait hérité du charme et de la beauté de son père, mais pas de son égoïsme forcené, ce qui la rendait d'autant plus adorable.

— Tu veux dire, au disquaire et à la boulangerie ? la taquina Sungsoo, qui avait cependant déjà sorti son portefeuille. Ne dis rien à ta mère, hein ?

Il accompagna la transaction d'un clin d'œil complice.

— Merci, père ! s'écria-t-elle en le saluant d'un petit geste.

Hanchol s'était déjà agenouillé près du vélo avec sa boîte à outils, et Seohee se dirigea vers lui.

— Combien de temps vous faudra-t-il pour le réparer ? s'enquit-elle d'une voix timide.

Elle avait envie qu'il se tourne vers elle, tout en le redoutant.

— Pas plus d'une heure, mademoiselle, répondit-il sans lever les yeux.

Le charme de Seohee ne lui avait pas échappé, ni ses regards furtifs, qui le mettaient mal à l'aise.

— Je pourrais revenir, mais il fera nuit et ma mère s'inquiétera. Puis-je plutôt revenir demain ?

— Oui, dit Hanchol en se redressant.

Cette fois, leurs regards se croisèrent. Continuer à l'éviter aurait été grossier.

— Revenez demain, je vous en prie.

Cette année-là, l'hiver fut précoce. Les oies et les canards de Sibérie s'étaient installés sur les plaques de glace scintillantes qui recouvraient les flots du Han. Le jour du mariage de Luna, l'air sentait la neige et le charbon de bois.

Après avoir repoussé pendant des années les avances du vice-consul, elle avait finalement accepté de l'épouser. Au fil du temps, elle avait appris à aimer le bon regard bleu clair et la pilosité outrageusement rousse qui hérissait le crâne, le haut du dos et même les phalanges de Curtice. Certes, il avait l'apparence d'un homme des bois, mais son cœur était des plus tendres. Il se levait à son arrivée et la laissait toujours passer devant lui. Chacune de ses requêtes professionnelles s'accompagnait d'un « s'il vous plaît » puis d'un « merci ». Mais, surtout, il lui avait promis qu'ils s'installeraient aux États-Unis et que Hesook y recevrait la meilleure éducation possible. Cela acheva de convaincre Luna.

Les noces devaient avoir lieu l'après-midi, dans la cathédrale catholique de Séoul, dont les vitraux et la flèche dominaient les immeubles de la ville. Toute la maisonnée se prépara dès l'aube. Dani en personne s'occupa du bain de Luna et de ses cheveux. Jade prépara les vêtements pour la cérémonie et la réception qui suivrait. Les domestiques se chargèrent du petit déjeuner et du banquet.

À 9 heures, Lotus arriva avec sa mère, qu'elle était allée chercher à la gare.

Dani fut la première à prendre Silver dans ses bras, devant le portail. Leur étreinte dura de longues minutes, la parole leur faisant soudain défaut. Toutes deux étaient surprises de se trouver l'une et l'autre si légères, si aériennes : c'est ce que fait le temps au corps des femmes. Il se vide de sa sève, comme décoloré par le soleil. Si Silver avait toujours été mince, à présent elle était décharnée. Elle refusait de se teindre les cheveux comme les élégantes, et ses mèches d'argent rassemblées en un sévère chignon avec la raie au milieu lui donnaient dix ans de plus que Dani.

Cette dernière, un peu plus jeune, avait continué à suivre les modes ; les soins qu'elle se prodiguait régulièrement lui donnaient une grâce et une rigueur rares chez les femmes de son âge. À 49 ans, cependant, elle avait cessé d'aimanter les regards des hommes, pourtant si admiratifs et si avides dans sa jeunesse. Ces derniers temps, elle avait commencé à souffrir de suées nocturnes et se réveillait en nage, en proie à des bouffées de chaleur. Elle avait beau se nourrir copieusement, elle ne cessait de perdre du poids. Chacune fut stupéfaite de l'apparence de l'autre, et chercha poliment à dissimuler sa surprise tout en songeant avec tristesse qu'elle-même avait dû changer tout autant. Chacune avait compté parmi les plus belles femmes de son époque.

— Où est ma fille ? demanda enfin Silver.

Luna terminait de se préparer lorsqu'elle entendit les pas de sa mère dans le vestibule. Elle descendit en courant et se jeta dans ses bras. Silver lui avait rendu visite trop rarement durant ces seize années, déplorant chaque fois la froideur de Séoul quand Pyongyang était tellement plus agréable. Ces moments n'étaient jamais assez longs et Luna était si jeune lorsqu'elle était partie dans le Sud… L'âge qu'avait désormais Hesook. Silver lui tapota l'épaule, la consola.

— Allons, ne pleure pas !

Mais Luna ne pouvait retenir ses larmes. Dans les bras de sa mère, elle était de nouveau la fille de 15 ans, la jeune panthère à l'épaisse tresse jamais coupée.

Au petit déjeuner, l'humeur fut cependant excellente. La conversation passait du coq à l'âne tandis que les plats circulaient, comme dans toutes les familles. Seule Lotus semblait exténuée. Les yeux cernés, le sourire forcé, le regard égaré et inquiet, elle paraissait cependant déterminée à faire contre mauvaise fortune bon cœur aux noces de sa sœur.

En fin de compte, on mangea peu tant l'excitation était grande. Et, une fois la table débarrassée, toutes les femmes, y compris les domestiques, se regroupèrent dans la chambre de Luna pour l'aider à enfiler sa robe de soie blanche. Seul Stoney, qui avait accompagné sa maîtresse, resta dans le couloir, plus placide et attentif que jamais. Silver attacha la tiare incrustée de joyaux sur les cheveux de Luna et fixa à ses reins la longue traîne. Dani alla cueillir des fleurs pour elle dans le jardin et les rapporta poudrées de neige.

— Regarde, des cosmos. Ils meurent avec la première gelée, dit-on. Mais cette année ils sont restés en fleur pour toi. J'ai toujours pensé que c'étaient les fleurs qui t'allaient le mieux. Douces, mais plus solides qu'il n'y paraît. Ne t'ai-je pas dit autrefois qu'un bouquet de cosmos est plus beau que n'importe quelle fleur ?

Elle en noua les tiges avec de la ficelle et un ruban et les déposa dans les mains délicates de Luna.

— Quelle perfection ! Sublime beauté, marmonna Dani.

Et, dans la chambre, les femmes reniflèrent et s'essuyèrent les yeux.

Les cent marches menant à la cathédrale étaient couvertes d'une fine couche de neige. Jungho garda prudemment les yeux sur ses pieds. En temps normal, cette ascension l'aurait empli de joie, mais ce jour-là elle lui rappela que la vie est un parcours semé d'embûches. La veille, pour la première fois depuis qu'ils avaient fait connaissance, il avait été réprimandé par son mentor.

Ces derniers temps, la surveillance s'était resserrée autour de Myungbo, qui n'était plus libre de ses mouvements et surtout de ses rencontres. Il était tout simplement trop connu dans Séoul. Outre les informateurs et les espions, il pouvait être repéré par des gens qui auraient alimenté la rumeur. Il avait donc confié à Jungho des missions d'ordinaire réservées à des membres respectés et fiables de l'organisation.

— Camarade Jungho, je veux que tu rencontres le président Ma et que tu le gagnes à notre cause. Il est directeur de théâtre et producteur de cinéma, mais il est aussi l'un des trois seuls Coréens à posséder une usine chimique. Tu le sais, nous peinons à nous procurer des armes. Il pourrait nous être d'une aide précieuse. Mais je ne sais rien de ses sympathies politiques. Je l'ai rencontré autrefois et me souviens d'un homme très réservé, hautain même. Il faudra faire attention lors de l'entretien.

Jungho avait opiné du chef et rassuré son mentor. Depuis des années, il bénéficiait de l'éducation que lui prodiguait Myungbo. Celui-ci lui avait appris à lire et écrire, à s'exprimer et à se conduire avec plus d'aisance. Il lui avait également enseigné les bases du marxisme-léninisme, de la lutte contre l'impérialisme, les droits de l'homme, et même quelques rudiments de japonais. Se sentant prêt à accomplir sa mission, Jungho s'était rendu chez le président Ma.

Il avait sonné, attendu, puis un domestique avait entrouvert le portail et lancé un regard dans la rue.

— Dégage ! Pas de pouilleux dans ton genre chez nous.

Sur ces mots, le portail s'était refermé. Jungho n'avait pas eu le temps de placer un mot du discours qu'il avait soigneusement répété au cours de son trajet. La surprise laissant place à la colère, il s'était remis à sonner de toutes ses forces. De nouveau, il avait attendu avant que les gonds du portail ne grincent une fois de plus.

— Encore là, voyou ? C'est pas la soupe populaire, ici, avait grondé le domestique en ouvrant un peu plus le battant.

— Je ne suis pas un mendiant, avait dit Jungho, les joues brûlantes. Je viens ici à la demande de l'honorable Lee Myungbo *seonsaengnim*.

Scander ce nom lui avait toujours rendu la sérénité.

— Lee Myungbo quoi ? On ne connaît personne de ce nom ici.

Le domestique avait ricané et ses lèvres minces s'étaient retroussées sur une rangée de chicots grisâtres. À l'idée qu'une créature aussi répugnante puisse manquer de respect à son chef, Jungho avait explosé, oubliant les recommandations de Myungbo. Aveuglé par la colère, il avait saisi le blasphémateur par le col et l'avait envoyé rouler à terre comme une poupée de chiffon. Tandis que l'homme se tordait de douleur dans la cour, Jungho s'était ensuite rué dans le bureau du président Ma sans que personne s'interpose. L'homme d'affaires, que cette entrée en force avait outré, avait écouté avec un mépris croissant la tirade maladroite de Jungho. Ma voulait-il contribuer à la « lutte héroïque de libération du peuple coréen » ? Jungho lui-même se rendait compte que ces belles paroles sonnaient creux. Le galimatias qui lui sortait de la bouche n'avait rien de l'éloquence chaleureuse de Myungbo ; il avait quand même fallu aller jusqu'au bout. Pas le choix.

— Vous avez fini ? avait demandé le président Ma lorsque Jungho s'était tu.

Impossible de lire le moindre sentiment sur ce visage impassible : était-il ému, effrayé, irrité ? Jungho avait hésité à reprendre la parole. Mais, sans attendre, le président Ma avait décroché son téléphone.

— Opératrice ? Passez-moi le commissariat de Jongno, s'il vous plaît.

Affolé, Jungho s'était jeté sur l'appareil et Ma, quoique beaucoup plus âgé, avait résisté à son assaut avec une surprenante vigueur.

— Tu crois pouvoir lever la main sur moi en toute impunité, chien puant ? Essaie donc ! La police sera là avant même que tu puisses essuyer le sang sur tes mains.

Il ne restait qu'une seule solution : prendre ses jambes à son cou. Son cœur battait à sortir de sa poitrine. La police ne lui faisait pas peur, mais l'humiliation le rendait malade, la honte d'avoir gâché la première grande mission qui lui était confiée.

Après ce regrettable incident, Myungbo avait dû redoubler de précautions. La police n'était pas encore venue l'arrêter, peut-être pour constituer un dossier plus solide. La seule chose qui rassurait Jungho, c'est que Ma n'avait pas prononcé le nom de Lee Myungbo au téléphone. Quant au domestique, il était sûrement trop bête pour s'en souvenir.

Il était parvenu en haut de l'escalier et se trouvait au sommet de la colline, près de la grande cathédrale de brique dressée vers le ciel argenté. Il lança un bref regard vers les montagnes enneigées au loin puis, au bas des marches, aux maisons et potagers que la distance transformait en village de poupées. Si près du ciel, le monde devient pacifique, se dit-il, le cœur plus léger. L'assistance se regroupait déjà en deux groupes agités et bavards près des entrées latérales de la cathédrale. Sans qu'on ait eu besoin de le leur dire, les gens avaient réservé la grande porte à la mariée. Jungho prit une dernière bouffée d'air frais et rejoignit la foule.

À l'intérieur, de chaque côté de la nef, les cintres supportaient avec une aisance aérienne la voûte de pierre de l'édifice. Les gens faisaient les cent pas, se congratulaient à voix basse tandis que l'organiste se faisait la main sur quelques gammes. Le marié étant un Occidental et sa future épouse une ancienne courtisane naguère très réputée à Séoul, le mariage faisait jaser depuis des semaines et la plupart des gens installés sur les bancs n'étaient ni des invités ni même des paroissiens, mais des badauds animés par la curiosité. Après avoir en vain cherché Jade du regard, Jungho s'assit sur le siège vacant le plus proche et, les mains sur les genoux, il regarda la lumière tamisée par les vitraux et les centaines de petites bougies qui soupiraient dans leurs alcôves.

Jungho n'avait jamais réfléchi à cet être éternel que les catholiques appelaient Dieu, *Haneunim*, mot à mot « honoré ciel ». Mais en un pareil moment il comprenait pourquoi ils avaient tant de foi en lui. Des catholiques avaient sacrifié leur vie à leur croyance. La cathédrale était d'ailleurs construite, d'après ce que lui avait dit l'un de ses camarades, à l'endroit où avait vécu le premier martyr de Corée. Certaines choses, certaines personnes méritent qu'on se sacrifie pour elles, songea Jungho, et les visages de Myungbo et de Jade s'illuminèrent devant ses paupières.

— Ce n'est pas seulement ta vie et la mienne que tu as mises en danger, mais la cause entière, lui avait dit Myungbo d'une voix tranchante. Et tout cela parce que tu ne sais toujours pas te contrôler. Tu m'as déçu, camarade Jungho.

Ce seul souvenir suffisait à le faire défaillir de douleur. Myungbo savait-il à quel point Jungho le vénérait et l'aimait ? L'erreur d'un instant effacerait-elle des années de service et de dévouement absolu ? Jungho en vint à se demander s'il ne s'était pas surestimé en aspirant à dépasser sa condition. Après tout, peut-être n'était-il bon qu'à végéter dans les rues.

— Jungho !

Il se retourna et vit le sourire radieux de Jade.

— Je te cherchais ! Viens t'asseoir avec nous.

Il la suivit jusqu'au premier rang. Elle s'installa à droite de Dani, qui le gratifia d'un petit hochement de tête dédaigneux, et tapota le banc à sa gauche, se faisant encore plus mince qu'elle ne l'était. À 5 ou 6 mètres de Jungho, le marié se tenait devant l'autel, les mains jointes, décochant des sourires nerveux à la foule et se demandant sans doute qui étaient tous ces gens.

— C'est gentil à toi d'être venu, chuchota Jade.

— Vous êtes comme des sœurs, dit Jungho. Je ne pouvais pas ne pas venir.

Il avait remarqué l'absence de l'amant inconnu et fut tenté de demander à Jade où était passé le mécanicien. Mais, lorsqu'il vit avec quelle bravoure elle dissimulait une profonde tristesse sous de charmants sourires, il se ravisa. Oh, ces regards qu'elle lançait discrètement vers l'arrière, pour voir si Hanchol ne faisait pas partie des retardataires. Quelle douleur ! Il en vint presque à souhaiter que son concurrent paraisse si cela pouvait la rendre heureuse. Que n'aurait-il supporté pour elle ? Elle était le seul témoin de sa jeune vie, la seule qui le connaisse et l'apprécie vraiment.

Quand l'organiste se mit à jouer, Jungho recouvra son calme et le sentiment de sa propre valeur. Après les noces, décida-t-il, il irait demander pardon à Myungbo. Avec le temps, il regagnerait sa confiance, et peut-être son affection.

La foule se tut soudain et tous les regards se dirigèrent vers l'entrée, qui sembla plus lumineuse. Même sous son voile, la mariée était si belle qu'elle semblait irradier d'un éclat intérieur. Lorsqu'elle remonta la nef sombre éclairée par les seules bougies, les invités eurent le cœur percé d'une douleur aiguë et sortirent leurs mouchoirs. Ils ne s'étaient pas imaginé que la beauté d'une femme les élèverait à ce point.

— Elle est comme la lune… Elle est comme son nom, murmura Jade d'une voix tremblante.

Jungho était le seul à ne pas avoir les yeux rivés sur la mariée. Il tentait de graver dans son esprit la courbe du front de Jade et ses yeux noirs, deux puits scintillants remplis à part égale de chagrin et de joie. Ses omoplates délicates saillaient sous son gilet, et sous l'étoffe il imagina sa peau. S'il avait pu tendre le bras et enlacer ce dos magnifique, son cœur se serait peut-être arrêté.

Au lieu de cela, il plongea la main dans la poche intérieure de son veston et effleura la bourse qui renfermait ses trésors. Pour la bague, il était encore trop tôt. Elle l'aimait, mais pas comme lui. Un jour, cela viendrait. La certitude de sa propre patience consolida ses sentiments et lui donna une bouffée de joie.

Les noces incitent inévitablement ceux qui y assistent à comparer leurs relations sentimentales à celles, idylliques, des jeunes mariés. Ceux-là sont amoureux, mais dans l'assistance combien se disputent, désespèrent et s'insultent dans le sillage d'une cérémonie ?

La semaine qui suivit le mariage de Luna, Jade souffrit, sans trop savoir pourquoi. Quelque chose devait changer dans sa vie, elle le sentait de manière lancinante. Elle pria Hanchol de la retrouver au restaurant Le Grill à 19 heures le samedi suivant, arriva en avance et resta seule à sa table. Une demi-heure plus tard, Hanchol franchit le seuil et elle recouvra sa bonne humeur.

— Tu es en retard, ne put-elle s'empêcher de lui faire remarquer lorsqu'il se glissa auprès d'elle.

— J'étais au bureau, répondit-il.

Elle admira son élégante lassitude, son costume bien taillé que la journée de travail avait avachi, et la cravate qu'il avait desserrée. Elle eut envie de lui dire qu'il était vraiment beau mais se ravisa. Une serveuse vint prendre la commande : pour elle, champagne et soupe à la crème ; pour lui, bière et riz au curry.

— Tu as raté le mariage de ma sœur, dit-elle d'une voix lente, la moins acrimonieuse possible.

— J'avais du travail.

Il ne précisa pas que son patron lui avait demandé de donner des cours à sa fille en plus de tout le reste. Il venait d'ailleurs de lui en donner un à la villa.

— Je suis désolé de n'avoir pas pu venir. Ça s'est bien passé ?

— Oh, je n'ai jamais vu de plus belle mariée. Quand elle est entrée dans la cathédrale, les gens se sont exclamés. Bien sûr, ils se sont aussi manifestés quand ils ont vu le mari, un grand Yankee aux cheveux roux, pouffa Jade.

— Il prendra soin d'elle. C'est ce qui pouvait lui arriver de mieux, dit Hanchol en s'avachissant contre la banquette, cloué par l'épuisement.

— Oui… Elle l'a repoussé pendant des années et a fini par se rendre compte que c'était un homme bon. Ce qui importe plus que sa nationalité. C'est aussi ce que dit sa mère, pourtant très vieille école.

Jade but une gorgée de champagne.

— Elle va s'installer en Amérique. Ils habiteront une de ces maisons qui ressemblent à des églises.

— C'est formidable. Luna est une femme charmante, je suis ravi pour elle.

La serveuse revint avec leurs plats et ils s'absorbèrent un instant dans la dégustation. Puis la musique changea. C'était l'un des succès de Lotus qu'ils n'avaient pas entendu depuis des années.

— Oh, mon amour, dit Jade en tendant l'oreille. J'adore cette chanson. Si on dansait ?

Il hésita. Les clients dansaient rarement au Grill. Quatre ou cinq autres tables étaient occupées et les gens mangeaient tranquillement. Puis il vit l'excitation illuminer le visage de sa compagne, se leva et lui tendit la main. En se redressant, elle la porta à ses lèvres et y déposa un baiser avec une affection naturelle et spontanée. Par ces gestes, et par des centaines d'autres détails, elle différait tellement des autres femmes ! Et de même par la manière dont elle dansait. La musique permit à Hanchol de la serrer fort contre lui. Il voulait sentir son cœur battre.

— J'aimerais être aussi heureuse qu'elle.

— Mais tu l'es, je pense. Tu as tout pour l'être.

— Non. Je n'ai pas ton amour.

Il s'écarta d'elle pour la dévisager, intrigué.

— Pourquoi dis-tu cela ? Je t'aime, enfin !

— Si tu m'aimais, tu m'aurais demandée en mariage depuis des années, dit-elle d'une voix tremblante.

— Ne dis pas ça. Pas ici, la supplia-t-il en lançant des regards aux autres convives.

— Si Luna peut se marier, pourquoi pas moi ? bredouilla-t-elle.

Elle ne tremblait pas de colère, mais de confusion.

— Tu as honte de moi ? Je ne suis qu'un jouet avant que tu puisses trouver une femme plus digne de toi ?

Le visage de Hanchol se ferma. Impossible d'y lire la moindre émotion.

— Allons en parler dehors. Je vais récupérer ton manteau, dit-il d'une voix neutre en évitant son regard.

Puis il alla payer l'addition.

La soirée était froide et claire, et la vue des étoiles rendit à Jade un peu de sérénité, la laissant croire que ce n'était peut-être pas la fin. Une simple discussion leur permettrait de régler le problème, et dans une heure ou deux ils se retrouveraient enlacés dans la chaleur du lit. Après qu'il l'eut aidée à enfiler son manteau, elle lui prit la main.

— Raccompagne-moi à la maison, dit-elle.

C'était le chemin qu'ils avaient pris tant de fois après ses représentations, à l'époque où ils n'étaient encore que des gamins et où aimer était aussi simple que respirer.

Ils marchèrent en silence un moment ; le givre crissait sous leurs pas.

— Pourquoi ne veux-tu pas m'épouser ? finit par demander Jade.

— Ce n'est pas que je ne le veuille pas, soupira-t-il. Ma famille ne me permettra jamais d'épouser quelqu'un… quelqu'un qui…

— Une actrice ? Une ancienne courtisane ? Quelqu'un qui n'est pas la fille encore vierge d'une bonne famille ?

Elle lâcha sa main.

— Tu sais, de nombreux fils de grandes familles se marient par amour. De nos jours, ce sont des choses qui arrivent.

Hanchol émit un son qui ressemblait à un ricanement à l'idée de la tête que ferait sa mère s'il amenait à la maison une femme qui, autrefois, avait fait commerce de son corps. La question de Jade était parfaitement absurde.

— Je suis le seul fils, le seul espoir de ma mère. Je ne peux pas aller contre sa volonté, dit-il, tendu.

— Si j'en valais la peine à tes yeux, tu le ferais sans hésiter, dit-elle en séchant ses larmes. Tu en aimes une autre ?

— Non, bien sûr que non.

Il s'arrêta, lui prit le bras. Il ressentait de la pitié pour elle.

— Je veux que tu saches… Jamais je n'aimerai aucune femme comme je t'aime, Jade. Tu es unique. Tu m'as transformé. Mes pensées, mes sensations, tout mon être… Tu as fait de moi celui que je suis aujourd'hui.

— Toi aussi, mon amour, tu m'as transformée, répondit-elle en essayant de retenir ses pleurs. Sois assez bon pour m'aider à comprendre, Hanchol. Je m'enfuirais sans problème avec toi. Nous pourrions tout abandonner, partir, rien que nous deux. Pourquoi pas… ?

— Parce que je ne suis pas prêt, Jade. J'ai encore des choses à faire… Et je ne suis pas prêt, répéta-t-il, comme s'il pouvait la convaincre, se convaincre.

Le mariage n'était pas une décision à prendre à la légère. Au point où il en était, il ne pouvait envisager qu'une union profitable qui lui ferait gravir plusieurs échelons à la fois. Si on veut redorer son blason par une alliance, on n'a le droit qu'à une chance. Il n'était pas encore assez haut dans la société pour la gâcher. Mais ces choses-là n'étaient pas avouables. Ne pouvait-elle les comprendre d'elle-même, pour leur bien à tous les deux ?

Jade ne vit qu'une chose : le moment était venu de rendre sa liberté à Hanchol. Pour retarder cet instant, elle le dévisagea longuement sans rien dire. Quelle torture atroce de penser qu'elle le voyait pour la dernière fois !

— C'est le chemin que nous prenions quand nous rentrions du théâtre. Nous l'avons fait des centaines de fois. Tu te souviens de ce printemps ? Il y a six ans, maintenant. Nous avons passé tellement de temps ensemble.

Elle sourit, et une larme se détacha de ses cils.

— Je sais. Je ne pourrai jamais oublier nos promenades du soir. Mon premier souvenir heureux. Il n'y a pas une minute avec toi où je n'ai pas été heureux.

— Moi non plus.

Il prit ses mains froides dans les siennes et les porta à ses lèvres.

— Tu deviendras l'homme le plus accompli de Séoul, j'en suis certaine. Et quand je penserai à tes succès je serai au comble du bonheur. Lorsque tu y seras arrivé, souviens-toi seulement que j'ai cru en toi avant tout le monde. Je ferai seule le reste du chemin. Adieu, Hanchol.

— Laisse-moi te raccompagner jusque chez toi. S'il t'arrivait quoi que ce soit…

— Non. Nous avons discuté, à présent il faut que tout cela prenne fin. Adieu, répéta-t-elle en s'élançant d'un pas ferme vers l'horizon, où le ciel noir se mariait à la terre blanche.

20

Les rêveurs
1937

Nous rêvons tous, mais cela ne fait pas de nous tous des rêveurs. Les non-rêveurs, plus nombreux, voient le monde tel qu'il est. Les rêveurs le voient tels qu'ils sont eux-mêmes. La lune, le fleuve, la gare, le bruit de la pluie et même cette chose si ordinaire qu'est un bol de porridge devient tout autre, un univers aux multiples strates. Leur monde est une peinture plutôt qu'une photographie ; les rêveurs voient toujours des couleurs cachées où les autres ne voient que la teinte dominante. Les non-rêveurs utilisent des lunettes, les rêveurs des prismes.

Ce ne sont ni l'intelligence ni l'aptitude à la passion, deux qualités souvent associées au rêve, qui déterminent si l'on est un rêveur. Dani, la personne la plus intelligente et la plus passionnée que Jade ait connue, voyait les choses d'une façon claire et nette, aussi limpide et tranchante que l'étaient ses principes et ses particularités. Dani n'était pas intéressée par l'insondable ; lorsqu'il s'agissait de redresser des torts, elle le faisait avec élégance et détermination.

Le jour où Jade dut mettre fin à sa carrière, il lui sembla que sa vie perdait toutes ses couleurs pour la projeter dans le monde des non-rêveurs, un lieu étrange, étouffant, où elle se sentait plus seule que jamais. Dani, elle, semblait ne lui suggérer qu'une chose : accepte ton sort et va de l'avant.

— C'est à cause de la dépression économique, lui dit cette dernière un matin en lisant le journal armée de sa loupe. Les gens n'ont plus de quoi s'offrir une soirée au cinéma et les restaurants ferment les uns après les autres. Il ne faut pas te croire responsable de tout.

— Mais, Dani, tu sais pourtant que *Hong Gildong*, qui vient juste de sortir, a eu un énorme succès ! Et l'automne dernier, même chose pour le remake de *Jour de chance*. L'original n'a que six ans, tu te rends compte ? Ils auraient pu attendre un peu, tout de même, dit Jade en triturant le contenu de son bol de porridge aux pignons. Ils l'ont projeté à guichets fermés pendant six mois !

— Parce que c'est un film parlant. Les gens raffolent de tout ce qui est nouveau. Les responsables de ton studio auraient dû comprendre ça. Tu ne peux pas en discuter avec eux ?

Dani replia le journal et lança à Jade un regard qui signifiait clairement : c'est aussi simple que ça. Malgré le traumatisme causé par son arrestation, malgré ses peines de cœur, elle ne savait pas ce que c'était de perdre. L'échec, à ses yeux, était une paire de bas troués : il pouvait arriver à tout le monde d'en porter, mais si les autres le remarquaient c'était votre faute. Il fallait atténuer l'impact de ses défaites, les évacuer : une question d'étiquette autant que de principes moraux. Le flegme aristocratique de Dani en toute chose faisait d'elle un exemple à suivre plutôt qu'une amie. De ce fait, Jade ne lui avait jamais parlé ni de la faillite de son studio ni de l'inquiétante diminution de ses économies alors qu'elle avait dépassé la trentaine, âge auquel une femme est censée être riche et indépendante, sa valeur biologique étant réduite à néant.

La seule personne qui aurait pu comprendre sa détresse était Lotus. Bien qu'elles ne se soient pas vues depuis des mois, Jade était certaine que son amie lui aurait remonté le moral. Elles se seraient souvenues dans la joie des jours anciens, de leurs rêves de gamines, devenir de célèbres courtisanes, et des nombreux et splendides amants qu'elles avaient prévu d'avoir à leur âge. Peut-être même, songeait-elle, auraient-elles pu tirer profit de ce moment de fragilité pour raviver leur amitié et entreprendre un avenir commun, quel qu'il soit. Malgré ses défauts, Lotus avait toujours eu un formidable appétit de vivre. Là où d'autres voyaient le monde comme une mer dangereuse, un champ de bataille, Lotus se le figurait comme un jeu ou une corbeille pleine de fruits. Il fallait jouer, goûter. C'était sa plus belle qualité et elle avait le don de la transmettre à ceux qui la côtoyaient. Ayant mis de l'ordre dans ses pensées, Jade prit son chapeau et partit à pied chez elle.

La journée était des plus plaisantes. Il faisait chaud au soleil, frais à l'ombre, et Jade cheminait sur un trottoir moucheté par les reflets des boutiques. La foule était tranquille ; les lycéens sortaient de cours et faisaient la queue devant les confiseries tandis que des livreurs passaient à bicyclette. Le soleil jouait sur les vitrines du grand magasin et il y avait sur les façades des affiches pour les nouveaux films parlants, les nouveaux artistes. Deux ou trois tables étaient disposées devant la librairie ; elle s'arrêta pour regarder quelques ouvrages, romans et magazines. Dans une revue littéraire, elle reconnut les noms de certains clients du café Seahorn. En la feuilletant au hasard, elle trouva une illustration signée par la femme peintre à la robe cramoisie. Ce n'était pas le type de sujet pour lequel elle était réputée – les droits de la femme, l'amour libre –, mais l'image d'une petite fille portant dans les cheveux un bandeau jaune et intitulée *Ma fille*. Jade reposa la revue et poursuivit sa route.

Lorsqu'elle sonna au portail, une domestique qu'elle ne connaissait pas lui ouvrit.

— Mlle Lotus est-elle chez elle ?

— Elle est absente depuis trois jours, grommela la vieille femme avec réticence, comme si Jade venait de poser une question scandaleuse.

— Que voulez-vous dire ?

Et, les sourcils froncés, Jade entra sans que la femme l'en ait priée.

— Lotus ? Lotus !

Elle ouvrit la porte de la chambre de son amie et l'odeur ténue qu'elle avait sentie dans le vestibule la frappa de plein fouet. La chambre était vide, mais cette fragrance florale, musquée, comme celle que dégagent les vêtements encore tièdes que vient d'ôter une jeune fille, lui rappela sa précédente visite par une chaude journée de printemps : pendant toute la conversation, Lotus était restée emmitouflée dans son épaisse couverture d'hiver.

« J'aimerais bien sortir m'amuser un peu comme on faisait autrefois, avait-elle dit. Mais pas aujourd'hui. Je me sens trop fatiguée.

— D'accord, on sortira dès que tu te sentiras mieux, je te le promets », avait acquiescé Jade.

Lotus lui avait pris la main avec un sourire de travers qui lui avait fendu le cœur. Enfant, le sourire de Lotus était franc et éclatant, même quand sa mère et sa sœur se moquaient d'elle. Il y avait eu beaucoup de beauté dans son innocence. Avec le recul, la Jade adulte s'en rendait compte.

La femme de charge l'attendait dans le couloir, maussade. Jade surmonta sa colère et, avec tout le calme dont elle était capable, demanda si Lotus avait laissé la moindre indication.

— Rien, mademoiselle, dit la vieille femme en haussant les épaules. Ça fait un moment qu'elle ne tourne pas rond, vous le savez.

Jade s'empourpra, ravalant une fureur qui n'était pas destinée à la femme de charge mais à elle-même. Comment avait-elle pu ne pas voir à quel point Lotus était devenue dépendante ? L'addiction à l'opium était presque aussi répandue à Séoul que celle au tabac ou à l'alcool. Les hommes et femmes des sphères les plus réputées du moment, les artistes les plus admirés s'étaient fait un rite de ces visites bihebdomadaires au pays des rêves. Mais la plupart d'entre eux ne passaient pas la journée couchés dans leur lit à perdre force et énergie et à vieillir précocement. Obnubilée par ses propres soucis, Jade avait continué à trouver des excuses à son amie, évitant toute conversation désagréable.

Elle retourna dans la chambre en espérant y trouver un indice. Des meubles avaient disparu, mais il restait un téléphone près du buffet. Elle décrocha, hésita quelques secondes, puis se lança.

— Opératrice ? Puis-je avoir le Grand Oriental ? Je voudrais parler au président Ma, en direct.

Le silence se fit pendant que l'opératrice établissait la connexion et le cœur de Jade se mit à battre plus vite. Elle n'avait jamais échangé la moindre parole avec cet homme, que Lotus avait décrit au début avec tant d'engouement, puis de jalousie, pour finir par le mépris. La ligne grésilla et une voix masculine se fit entendre.

— Allô ?

— Allô, président Ma ? Je suis Jade Anh, l'amie de Lotus.

Nouveau silence de quelques secondes, qui sembla plus long et plus froid que le précédent.

— Oui, naturellement. Que puis-je faire pour vous ?

— Je suis chez Lotus, mais elle n'est pas là... Sa femme de charge me dit qu'elle est partie depuis trois jours.

— Oui, c'est ce qu'on m'a dit, répondit l'homme en toussotant.

Son indifférence eut raison du flegme de Jade.

— Et cela ne vous inquiète pas ? Vous ne cherchez pas à savoir où elle est ? Et Sunmi ?

Sunmi était absente elle aussi de cette maison trop silencieuse.

— Sunmi est ici. Elle doit partir au Japon dans quelques semaines pour poursuivre ses études.

Aucune colère dans sa voix, mais un mépris écrasant.

— Si vous êtes aussi proche de Lotus que vous le dites, vous devez savoir que c'est une très mauvaise mère. Même dans ses meilleurs moments elle n'a jamais été capable de s'occuper dignement de ma fille. Et maintenant elle est à moitié folle.

Une idée révoltante traversa l'esprit de Jade.

— C'est vous qui l'avez expulsée ?

— Ce qui est certain, c'est qu'elle ne peut pas revenir.

Jade raccrocha avec un frisson. La femme de charge se tenait sur le seuil de la chambre, sans chercher à dissimuler son indiscrétion. Son visage arborait le sourire mauvais des domestiques lorsqu'ils découvrent les turpitudes secrètes de leurs employeurs.

— Il m'a donné hier l'ordre de préparer la maison pour sa nouvelle maîtresse. Et il lui a commandé des meubles neufs. Elle est jeune et il pense qu'elle lui donnera un fils. Quelle honte ! conclut la vieille femme en claquant la langue.

— Je me fiche de cette nouvelle maîtresse. Ça ne me regarde pas, rétorqua Jade.

La vieille lui lança un regard noir avant de secouer la tête, faisant ballotter ses joues flasques.

— Que l'on vous quitte, c'est tout ce que vous méritez, vous autres courtisanes. Ça vous apprendra à voler les maris des autres, ricana-t-elle, menaçante, tandis que Jade franchissait le portail.

Jade se rendit d'abord à la gare, qui leur avait permis autrefois d'entrer à Séoul. Puis elle passa par tous les lieux de leur vie commune, du Myungwol au théâtre Joseon. Chaque fois elle discuta avec le personnel, mais nul n'avait vu Lotus ces derniers temps. Devant le théâtre, gênée, elle regarda les spectateurs entrer par groupes de trois ou quatre pour la séance de l'après-midi et se souvint que, la dernière fois qu'elles s'étaient vues, Lotus avait parlé de sortir, de s'amuser. Jade courut sans tarder au café Seahorn.

Il était déjà plus de 18 h 30 lorsqu'elle arriva. L'inquiétude ne l'empêcha pas de ressentir la chaleur que dégageait l'atmosphère décadente du lieu, intime et familière. Au café Seahorn, tout le monde se connaissait, mais l'endroit avait changé depuis que le Japon avait resserré son étreinte sur la péninsule, enhardi par sa conquête de la vaste Mandchourie. Les convives parlaient à voix basse, et même la musique semblait plus douce qu'autrefois. Jade se rappela sa première visite au café. Elle s'était alors étonnée de voir sur toutes les tables des cendriers en cristal.

« Ce n'est pas trop chic pour qu'on les laisse à la disposition de tous ? avait-elle demandé au poète cafetier.

— Allons, mademoiselle Jade, avait-il joyeusement répliqué en faisant tomber la cendre de sa cigarette dans l'un d'eux, c'est cela, le vrai luxe. Utiliser les belles choses sans cérémonie. »

Ils n'étaient plus là, ces cendriers en cristal. Mais, plus encore que le café, c'est Jade qui avait changé, avec sa peau tirée et sa mise vieillotte.

Seules quelques femmes étaient attablées au Seahorn, et Jade vit rapidement que Lotus n'était pas parmi elles. Elle sentit ses genoux se dérober. Elle parcourait Séoul à pied depuis sept bonnes heures. Elle se laissa tomber sur la banquette la plus proche et posa la tête sur ses bras croisés. Des larmes brûlantes lui piquaient les cils, la fatigue et l'angoisse de ne pas retrouver son amie se mêlant. Mais je ne vais pas m'effondrer, pas ici, songea-t-elle en inspirant profondément. En se redressant, elle aperçut le poète cafetier de l'autre côté de la salle ; il évoluait à la lueur sourde de bougies vacillantes. Elle lui fit signe mais il ne la vit pas et s'installa à une table. Curieux, quand même, se dit-elle. Il discutait et dansait même parfois avec ses clients, mais jamais il ne les rejoignait à table. Il lui faisait face et son interlocuteur, un homme, tournait le dos à la jeune femme. Le poète était affalé contre le dossier, les mains sur les cuisses, quand elle remarqua qu'il tendait sous la table un objet à l'autre homme. La discussion dura encore quelques minutes puis l'inconnu se leva. Alors qu'il se retournait pour prendre la direction de la sortie, son regard croisa celui de Jade et la stupéfaction l'ébranla. C'était Jungho.

— Quelle surprise de te rencontrer ici !

Il s'assit près d'elle et elle lui prit les mains.

— Je connais bien le propriétaire, c'est un ami. Ça va, Jade ?

Il n'avait aucune envie de parler du poète cafetier.

— En fait, pas du tout, dit-elle en laissant enfin libre cours à sa panique. Lotus a disparu depuis trois jours. J'ai fait le tour de Séoul…

— Calme-toi, Jade. Ça va s'arranger, dit Jungho en se levant. Sortons, si tu veux bien. On peut discuter en continuant à la chercher.

Jade lui raconta tout : la méchanceté de la femme de charge, le président Ma qui faisait déjà décorer la maison pour sa nouvelle maîtresse (Jungho rougit en entendant ce nom mais ne fit aucun commentaire). Le plus effrayant, c'était l'idée que Lotus puisse errer dans Séoul sans argent, probablement sans toute sa tête, et sans avoir prévenu ses amis.

— Elle s'est vraiment engagée sur une mauvaise pente, commenta Jungho après un moment de marche silencieuse.

— Je le savais depuis un certain temps, répondit Jade, mais elle est loin d'être la seule.

La présence de Jungho la rassérénait. Le soleil lançait ses derniers rayons entre les hauts immeubles et elle eut soudain l'impression que tout en ce monde était l'ombre d'une réalité lumineuse qui ne transparaissait que par des fissures.

— Sans alcool, sans opium, comment pourraient-ils tenir ? poursuivit-elle. Il y aurait encore plus de suicides qu'il n'y en a déjà.

En effet, les morts étaient devenues aussi fréquentes que le froid.

— Parfois, continua-t-elle, les gens se lèvent, ils prennent leur petit déjeuner puis vont se pendre.

Jungho s'arrêta net.

— Hé, dis pas ça, gronda-t-il. Moi aussi, j'ai été plusieurs fois à deux doigts de la mort, dit-il en se remettant à marcher. Tu sais ce qui se passe à ce moment-là ? Tu le ressens physiquement. Parfois c'est comme une grosse couverture qui t'étouffe, quand tu meurs de faim par exemple, quand tu n'as plus un gramme d'énergie. Parfois c'est comme un chien qui rôde dans un coin, prêt à te sauter dessus.

Les derniers rayons du soleil lui faisaient plisser les yeux.

— Chaque fois, je savais que si je me laissais aller, ça serait plus facile, moins douloureux que la vie. Personne n'était là pour me souhaiter la longévité et le bonheur, tu vois ce que je veux dire ? Et, chaque fois, tu sais ce qui s'est passé ?

Elle secoua la tête, le regard plein d'effroi.

— T'as une chance, une seule : tu peux céder ou dire non. C'est clair et net. Moi, j'ai toujours dit non. Je ne sais pas pourquoi, mais plus il y a de raisons que je meure, moins j'en ai envie. Même quand le ciel me tombe sur la tête, même quand je ne manque à personne, je préfère être vivant que mort.

Jade s'immobilisa à son tour pour le dévisager.

— Arrête de dire que tu ne manqueras à personne. Je ne suis pas personne.

— Si je sais que je te manquerai à toi, ça compensera largement l'indifférence de tous les autres. Dans ce cas, il se peut bien que je ne meure jamais !

Il s'esclaffa et elle éclata de rire, par contagion. Pour la première fois depuis des mois, elle avait le cœur léger.

— Au fait, j'allais oublier, murmura-t-elle en lui donnant un petit coup de coude. Qu'est-ce que tu faisais au Seahorn ?

— Qu'est-ce que tu veux dire ? J'aime bien prendre des cafés de temps en temps…

— Jungho, ricana-t-elle, n'essaie même pas ! Tu crois vraiment que tu peux me raconter ce genre de balivernes ? Allez, pas à moi.

Elle lui redonna un coup de coude puis redevint sérieuse. L'expression de Jungho avait changé. Il tourna la tête en tous sens et, dès qu'il fut certain que personne ne les voyait, il entrouvrit son veston pour montrer à Jade le canon d'un revolver. Elle sursauta, les joues empourprées. Ces coups de coude, elle les avait donnés au revolver !

— C'était donc ça qu'il t'a fait passer sous la table ? murmura-t-elle alors qu'ils se remettaient en route.

— Oui. Un soir, un officier japonais qui avait cent fois trop bu l'a oublié. C'est de plus en plus dur de se procurer des armes dans ce pays. Le moindre pistolet compte, dit Jungho à voix basse.

Jade n'avait jamais bien compris quelles étaient ses activités ; il ne lui disait rien, préférant les protéger tous les deux en cas de danger. Mais, dans la pénombre toute neuve du crépuscule, elle sentit qu'il avait hâte de parler et de partager ses secrets avant qu'il ne soit trop tard.

— La répression est de plus en plus dure, et nous ne savons pas combien de temps nous pourrons encore résister, en tout cas sur la péninsule. C'est frustrant… je voudrais faire mieux que messager… mais pour ça il faudrait que je sache mieux lire et écrire, et que je parle un peu chinois. J'ai beau faire tout ce que je peux, mon mentor pense que je ne suis pas encore prêt.

Il se mordit les lèvres avec un rictus amer. Jade ignorait comment le réconforter ; elle lui tapota le bras, ce qui sembla faire son effet, comme d'habitude.

— J'ai toujours pensé que le poète cafetier était un dandy, dit-elle après un long silence. Avec ses mains fines et sa belle chevelure.

— Chacun a sa manière d'être courageux.

La journée avait été douce, et si ensoleillée que la soirée resta tiède longtemps après la tombée de la nuit. Les jeunes couples déambulaient en nombre sur le boulevard et les boutiques faisaient marcher leurs gramophones sur le trottoir afin que les passants puissent danser. Rires, bruits de voitures ou aboiements de chiens résonnaient comme autant de sons tendres, brumeux et nocturnes venus troubler la surface placide du silence, telles des voix étouffées derrière un rideau de scène. Jade inspira longuement le brouhaha et le parfum des lilas. Partout autour d'eux, d'autres vies se poursuivaient ; comme la leur, elles se déroulaient à l'insu du monde. Mais toutes les existences s'effleuraient, légères comme l'air, laissant les unes sur les autres des empreintes invisibles.

— Il fait trop sombre à présent, dit-elle à voix basse.

— Je vais te raccompagner, Jade. Mais nous retrouverons Lotus, je te le promets. Je vais partout dans cette ville et je connais beaucoup de monde. Je ferai ce qu'il faut.

Ils prirent la direction de la villa. Quelque part dans la rue, un disque tournait sur un gramophone ; la musique se fit plus audible à mesure qu'ils en approchaient. Quelques dizaines de passants s'étaient regroupés et chantaient en chœur. Le son avait un velouté qui flattait l'air et les cordes de la contrebasse vibraient comme l'averse sur un étang.

— C'est le « Tango mandchou », dit Jade. Mais ils ont changé le titre, sans quoi il aurait été censuré. Du coup, ils l'appellent le « Tango mandou ». Mais tout le monde sait ce que ça raconte : partir en Mandchourie, avoir le mal du pays. Il paraît que les militants du Nord en ont fait leur hymne.

D'ailleurs, la petite foule qui reprenait le refrain chantait « mandchou » au lieu de « mandou ». De jeunes couples se balançaient tendrement, les mains jointes.

— Tu veux danser ? demanda Jungho en se tournant vers Jade, les bras tendus.

Une étincelle était passée dans son regard. Le pli impeccable de son pantalon, le soin avec lequel il s'était coiffé, tous les efforts qu'il faisait pour elle... Elle aurait tant voulu l'aimer de cette manière.

— Non, ce n'est pas possible. On va avoir des ennuis, répondit-elle avec un sourire d'excuse.

La danse de salon était officiellement interdite. Bien sûr, les gens continuaient à danser dans les cafés et les dancings clandestins. Mais dans la rue, c'était hors de question.

— Il est tard ! Personne ne nous verra, insista Jungho, resté dans la même position.

En dépit de sa détermination, il tremblait à l'idée de se rendre ridicule, elle le savait. Et l'obscurité ne parvenait pas à cacher le rouge qui lui était monté aux joues. Elle lui prit les mains puis, devant le gramophone, ils se mirent à se déhancher doucement.

Elle ferma les yeux. Les mains de Jungho étaient moites et chaudes. Elle s'imagina tenir Hanchol, mais leurs mains se ressemblaient si peu. Celles de Hanchol étaient bien faites, avec de longs doigts ; elle avait même aimé la manière dont ses veines saillaient sous la peau. Mais, plus que leur apparence, c'était leur toucher qui en révélait toutes les différences. Les courtisanes des générations précédentes plaisantaient toujours sur le fait que, lorsqu'on éteint la lumière, tous les hommes se ressemblent. En fait, lorsqu'on ne les dévisage plus, lorsqu'on ne les écoute plus parler, lorsqu'on se concentre sur l'effet que procure leur contact, on perçoit plus finement leurs différences. Si l'amour était la forme la plus profonde de l'amitié, si profonde qu'elle semblait d'une autre couleur quoique sur le même spectre de fidélité, alors Jade aimait Jungho. Sinon, elle ne l'aimait pas.

L'étoffe de la nuit fut déchirée par un vacarme évoquant le tonnerre d'un orage à l'approche. Mais la lune resta claire dans le ciel bleu-noir. C'était le vrombissement de moteurs qui submergeait la musique. Les gens cessèrent de chanter et se tournèrent vers la chaussée. Des camions passaient, drapeau japonais au vent, tirant des remorques chargées de soldats.

— Ça y est, les Japonais attaquent la Chine, entendait-on.

— La Chine a laissé filer la Mandchourie, mais elle va se soulever pour défendre le reste du pays.

— Ils ont réveillé le géant qui dormait.

— Chut, les murs ont des oreilles ! Fais attention à ce que tu dis.

— C'était déjà la catastrophe… une guerre à grande échelle, on va tous y rester.

— Que se passe-t-il ?

Jade fut extraite de son monde rêvé par le vacarme environnant. Jungho lui parlait, mais sa voix était noyée dans le hurlement des sirènes. Les phares jaunes des camions l'aveuglèrent soudain et elle referma les yeux. La seule chose encore sûre en cet instant, c'était la main de Jungho qui tenait fermement son poignet.

PARTIE III

1941-1948

21

Ombres violettes
1941

Lorsque Jungho arriva devant l'arrière-cour du vieux restaurant chinois, le portail était surveillé par une sentinelle qu'il ne connaissait pas.

— Mot de passe ? lui demanda l'homme à la tête rasée en croisant les bras sur son torse imposant.

Jungho s'immobilisa. Il n'avait pas été informé de ce changement de règles.

— Nam Jungho, finit-il par dire.

— Ah, *oyabun*[1] !

L'abruti (c'est ainsi que Jungho l'avait baptisé dans son for intérieur) se mit au garde-à-vous avant de s'incliner avec respect.

— Veuillez excuser ma sottise !

Il ouvrit le portail autant que les gonds le permettaient et laissa passer Jungho, qu'il dominait d'une tête.

Les lieux avaient changé depuis sa jeunesse. Le châtaignier avait été abattu ; le chien de Younggu, qu'on y avait si souvent attaché, était mort lui aussi depuis des années. Sans ses hurlements et ses gémissements, il flottait

1. Chef de clan yakuza.

un étrange vide, imprimé dans l'air telle la trace que laisse sur le mur un tableau qu'on a décroché.

Le cœur de Jungho se serra à cette pensée, bien plus que pour la mort de nombre d'humains, qu'ils soient inconnus ou qu'il les ait aidés à rejoindre plus rapidement leur créateur. Il était incapable de devenir un tueur professionnel. Ça, non. Mais il pensait depuis longtemps qu'à de très rares exceptions près il n'y avait pas en ce bas monde d'êtres vraiment bons et respectables. Les gens mentaient, trichaient, trahissaient leurs amis, leurs proches, leur pays, puis tournaient comme des girouettes, un tour, deux pour sauver leur peau. Lorsque le gouvernement colonial avait décrété que tous les Coréens devraient porter des noms japonais, la moitié du pays avait jeté aux orties ce que leurs parents et leurs ancêtres leur avaient transmis. Abandonner si facilement son propre nom, se disait Jungho, signifie donc que ces gens ne croient en rien. Avec le temps, sa misanthropie s'accentuait ; elle le poussait même à accorder moins de valeur à sa propre existence. Il dut inspirer profondément pour chasser cette pensée. Il avait encore une part d'innocence à laquelle il tenait.

La cour était pleine de gens venus vendre métaux précieux et bijoux de famille. Et au bout de la file d'attente trônait une guérite dans laquelle, assis entre deux gardes, Younggu recevait les clients un par un. À la déclaration de guerre, après avoir fermé le restaurant, il s'était mis à acheter dans les provinces des marchandises qu'il revendait à prix d'or à Séoul. L'armée avait confisqué depuis longtemps tous les objets de valeur ; pourtant des vieux héritages continuaient à surgir des couvertures matelassées de soie et des bocaux cachés sous les planchers. Et, lorsque cette source tarissait, les gens apportaient leurs titres de propriété pour les gager à des taux d'intérêt vertigineux. Cela, Jungho l'avait compris sans qu'on ait jamais eu à le lui expliquer.

La main sur le cœur, Younggu avait expliqué à son vieil ami qu'il ne faisait pas ça pour l'argent. Ces transactions nécessaires, il fallait bien que quelqu'un s'en charge, non ? Et mieux valait que ce soit un véritable représentant du peuple, comme lui. Cet altruisme ne l'avait pas empêché de se lancer avec jubilation dans le marché noir. Certains individus jouissent des temps de crise et se trouvent même ragaillardis par ces interstices ambigus entre vie normale et mort. Ils réagissent au chaos avec une sorte d'enthousiasme absurde, contrairement aux intellectuels aux mains molles, qui perdent le goût de vivre. Y avait-il une alternative à ces deux attitudes ? Question sans réponse pour Jungho. Younggu semblait plus heureux que les premières années de son mariage, quand ses enfants étaient petits et que le restaurant faisait salle comble.

En apercevant Jungho, il écarta ses gardes du corps, se leva et se dirigea les bras grands ouverts vers son vieil ami. Depuis le début de la guerre, il avait perdu un peu de bedaine, retrouvant ainsi une apparence plus saine, plus juvénile. Il portait un pantalon et une chemise en coton, ainsi qu'un gilet de velours côtelé marron qui lui donnait des airs de pharmacien prospère recevant des patients éplorés.

— Dis-moi, pourquoi l'abruti du portail m'a-t-il appelé *oyabun* ? s'enquit Jungho les sourcils froncés après leur traditionnel échange de salutations. On n'est pas chez les yakuzas ici.

— Désolé, patron. Il est vraiment trop bête, répondit Younggu en entraînant son ami dans le local où il entreposait ses marchandises les plus précieuses, pour les amis. Mais tu seras content quand tu verras ce que je t'ai mis de côté. Un sac d'orge, un sac de pommes de terre, deux choux entiers et un sachet d'anchois séchés. Quand bien même tu nagerais dans les pièces d'or, tu pourrais pas te payer tout ça... Ah non, range tes sous ! ajouta-t-il en secouant la tête, la main sur celle de Jungho.

Ce dernier plissa le front, mais pas de colère.

— Younggu, je peux pas accepter tout ça sans contrepartie, même si nous sommes de vieux copains. Quand je suis allé voir Loche pour le riz, il a quand même fini par accepter quelque chose.

Lorsque Jungho avait proposé l'argent de Myungbo à Loche, il était certain que ce dernier refuserait, mais ça n'avait pas été le cas. Loche avait empoché les pièces, noté la transaction dans son registre et s'était mis à parler sans la moindre gêne d'un tout autre sujet. Ils le savaient tous les deux, Loche n'était pas vraiment dans la misère avec tout ce qu'il engrangeait, comme Younggu, de bijoux et de titres de propriété. Jungho avait fait comme si de rien n'était ; en partant il avait serré chaleureusement la main de son ami, mais avait décidé en lui-même de ne jamais le revoir.

— Ah, ricana Younggu, bien sûr qu'il a pris ton argent, ce salaud. Il ne pense qu'à ses fesses. Il a sans doute oublié combien de fois tu nous as donné ta part quand on n'avait rien à bouffer ! Combien de fois tu m'as donné sur ta part de quoi nourrir le chien ? Tu te souviens ?

Le visage de Younggu s'était fendu d'un grand sourire, mais ses yeux étaient embrumés.

— Je ne l'oublierai jamais !

Cette générosité bien réelle soulagea Jungho. Il prit son vieux copain par l'épaule et le serra contre lui, le cœur réjoui.

— Ah, merci. Je me souviens, oui. Bien sûr.

Et il regretta d'avoir pensé que les gens ne valent même pas la corde avec laquelle les pendre. Cette froide amertume n'était pas dans sa nature, même en temps de guerre.

— Je vais te raccompagner, patron, dit Younggu tandis qu'ils traversaient la cour envahie par la foule. Il fait déjà tellement chaud, et dire que l'été vient à peine de commencer… Qu'est-ce qui se passe ?

Jungho s'était arrêté net. Il avait identifié dans la file d'attente un homme qu'il se serait bien passé de connaître. Avec son costume d'ouvrier et sa silhouette un peu plus corpulente que naguère, Hanchol n'avait plus rien du diplômé sans le sou. En pleine guerre, il conservait l'aspect vigoureux d'un homme en parfait équilibre entre jeunesse et maturité, réussites passées et ambitions à venir. Il avait, paraît-il, ouvert un garage de réparation automobile et, si le reste du pays survivait tant bien que mal, bateau de papier en plein ouragan, lui ne cessait de se développer. Pourtant ce succès ne semblait pas l'empêcher de venir mendier sa nourriture auprès de Younggu. Jungho ressentit une satisfaction mauvaise : le moment était venu de se venger, une occasion que le sort vous réserve une fois seulement dans votre vie. Il était 15 heures, période indécise s'il en est ; des feuilles mortes bruissaient sur le sable à l'endroit où, jadis, le chien de Younggu s'était prélassé au soleil. Jungho enregistra ces détails pour pouvoir se souvenir, plus tard, de la joie qu'il aurait eue à humilier celui qui l'avait si cruellement rabaissé autrefois. Ses tympans vibraient et les veines de tout son corps chantaient, du bout des doigts aux orteils. C'était l'une des sensations les plus jouissives qu'il ait jamais éprouvées.

— Tu connais ce type ? demanda Younggu.

— C'est une longue histoire, mais oui, et alors quel…

Jungho ne trouva pas immédiatement le mot.

— … quel lâche ! Oui, c'est ça. Un vrai lâche.

Myungbo lui-même n'aurait pas pu le taxer de partialité.

— Je vais le faire décamper immédiatement. Ou tu préfères qu'il soit battu à mort ?

À ces mots, cinq ou six nervis de Younggu apparurent à leurs côtés et firent craquer leurs phalanges et les vertèbres de leur cou.

— Non, je vais m'en occuper moi-même, dit Jungho en se dirigeant vers la file d'attente les poings serrés.

D'instinct, la foule se tut et concentra son attention sur les deux hommes. Hanchol n'avait pas reconnu Jungho ; vaguement méfiant, il plissa les yeux, ce regard idiot qui séduisait tant les femmes.

— Vous êtes monsieur Kim Hanchol ? tonna Jungho sans s'incliner ni lui tendre la main. Je suis Nam Jungho. Vous ne me connaissez peut-être pas, mais nous avons une relation en commun, Jade Anh.

Le visage de Hanchol se transforma à ce nom, un charme qui changea l'arrogance en chagrin.

— J'ai entendu parler de vous, répondit-il en baissant les yeux. Jade m'a souvent dit que vous étiez l'un de ses meilleurs amis.

— Vraiment ? marmonna Jungho pour lui-même.

Une rougeur lui monta au visage. Qu'avaient-ils pu dire à son sujet ? Il chassa cette question.

— Elle aussi m'a parlé de vous, monsieur Kim Hanchol. Vous n'avez pas été un ami très fidèle.

Jungho se réjouit de voir son adversaire pâlir et perdre sa fière contenance. Ah, c'était donc cela, sa faiblesse : il avait besoin qu'on le considère comme un homme bon. Hanchol était de ceux qui parviennent toujours à se convaincre qu'ils ont agi du mieux qu'ils pouvaient. Cette expression contrite, Jungho le savait, était sa manière de protéger son orgueil. La plus belle vengeance à prendre sur cet homme consistait à le dépouiller de sa fierté, et ce n'était pas en jouant des poings qu'il y parviendrait.

— Les individus de votre espèce ne méritent pas de respirer le même air qu'elle. Ne vous montrez jamais plus devant elle, vous m'entendez ? gronda Jungho en s'approchant d'un pas, résistant à grand-peine à la tentation de cracher aux pieds du garagiste.

Ce dernier n'avait pas bronché, comme le lézard sent la présence de l'aigle et décide de faire le mort jusqu'à ce que le danger soit passé. Ah ! Il ne portait plus si beau à présent. Une vraie poule mouillée, comme l'avait présumé Jungho. Si Jade avait pu voir ça !

— Les gars, donnez à M. Kim Hanchol ce qu'il est venu quémander, conclut Jungho en tournant les talons.

Younggu se mit au garde-à-vous et envoya ses sbires chercher ce qu'il fallait.

— Et, s'il veut payer, refusez.

Il savait sans avoir besoin de se retourner qu'avec sa stupide étiquette aristocratique Hanchol se sentirait humilié par la générosité d'une personne qui le méprisait si ostensiblement. Et peu importait le passé : c'était lui, Jungho, qui allait voir Jade le soir même. C'était de lui qu'elle avait besoin. Le plaisir de la vengeance était si intense qu'il se sentait comme une étoile furieuse parfaitement alignée dans sa constellation.

En rentrant vers la maison de la jeune femme, il se débrouilla pour échanger trois des pommes de terre de Younggu contre un melon jaune. À peine avait-il sonné qu'elle lui ouvrit le portail. Elle lui prit des mains le sac de toile qu'il lui offrait, l'ouvrit et laissa échapper un petit cri.

— De l'orge, des pommes de terre, des anchois… Mais… Et qu'est-ce que c'est ? Oh ! Un melon *chamoe* ! J'ai l'impression de voir un mirage, Jungho. Que ferais-je sans toi ? Viens, entre !

— J'aimerais tellement en faire plus pour toi ! dit le jeune homme une fois dans le vestibule. Comment va tante Dani ?

— Elle n'arrive pas à se débarrasser de cette fièvre, dit Jade tandis que Jungho ôtait son feutre. Elle a été très choquée par les perquisitions… Et ce temps humide ne nous aide pas beaucoup. Elle n'a pas assez mangé ces derniers mois, elle est vraiment trop maigre.

Jade s'empourpra. Elle-même était décharnée ; il y avait sous ses pommettes des zones d'ombre qu'il n'avait jamais vues.

— Ils vous ont tout pris ?

La police s'introduisait chez les particuliers pour réquisitionner les bijoux et le riz, mais aussi la vaisselle en métal, les casseroles, les fers à repasser, les tisonniers. Refondu, tout cela servait à fabriquer des armes, des navires de guerre, des avions.

— Presque tout. J'ai pu creuser un trou sous le cerisier pour y enterrer nos bijoux les plus précieux. Mais à quoi bon garder des colliers en diamant et des peignes en or quand le riz est constitué pour moitié de sable, et qu'on n'a plus rien à manger ?

— Jade, ne parle pas de ta cachette secrète ! Et méfie-toi de tes voisins et de tes amis. Toi seule et Dani devez être au courant.

Alors que Jungho la réprimandait, elle lui décocha un doux et chaleureux sourire.

— Mais tu m'es aussi proche que tante Dani, Jungho. Depuis des mois tu nous apportes du bon riz et je te fais entièrement confiance.

Le sourire avait fait venir sous ses yeux de minuscules rides. Elle faisait désormais ses 33 ans. Il la connaissait depuis qu'elle en avait 11. Et il la trouva magnifique en son déclin, plus belle peut-être que la jeune et glorieuse courtisane qu'elle avait été. Même les ombres de son visage l'attiraient.

— Il faut tenir le coup, ça ne pourra pas durer éternellement. Le Japon a sous-estimé la taille de la Chine et depuis Nankin et toutes ses horreurs, les viols, les incendies, les femmes enceintes massacrées, le monde lui tourne le dos. Notre armée indépendantiste et les troupes chinoises se sont enfin alliées en Mandchourie et mon mentor affirme que le Japon ne peut pas gagner la guerre.

Jade hocha la tête comme si son assentiment pouvait peser dans la balance.

— D'ailleurs, c'est de ça que je suis venu te parler.

Il prit son chapeau et se mit à le tripoter. Dans la pièce l'atmosphère était lourde, comme après un verre de trop. L'aiguille des minutes de la grande horloge battait au rythme de son cœur, emportant le temps.

— J'ai été désigné pour aller en mission à Shanghai, dit-il comme s'il s'agissait d'une formalité.

Mais il était difficile, beaucoup plus difficile qu'il ne l'avait imaginé, de feindre la désinvolture. Il y avait des choses qu'il était toujours incapable d'accomplir, et lâcher prise en faisait partie. Il opta pour sa méthode habituelle : agir d'abord, réfléchir ensuite. Pour se donner du courage, il se pressa les paupières.

— Je vais être absent pendant de longs mois, dit-il.

Tous deux comprirent ce que cela signifiait : peut-être ne reviendrait-il jamais. Et cela les submergea. Le tic-tac de l'horloge sembla ralentir puis s'éteindre tout à fait. Ce silence dans le chagrin partagé, songea-t-il, valait bien toutes les années passées à soupirer après Jade. L'air était tropical ; la mort errait dans les recoins de la chambre comme les ombres d'une longue soirée d'été.

— Ça fait des années que j'espère remplir pour mon mentor une vraie mission, murmura-t-il avec un vague sourire. Mais maintenant que j'ai ce que je veux… je me sens un peu triste.

— Oh, mon cher Jungho, je tremble pour toi, souffla Jade en s'essuyant discrètement les yeux.

Elle avait décidé de faire bonne figure, et Jungho feignit d'ignorer ses larmes.

— Depuis toutes ces années que Luna est en Amérique et que Lotus a disparu, je n'ai plus que toi… Je ne sais pas comment je survivrai à ton absence.

Elle soupira puis tendit la main vers la cuisine.

— Reste au moins pour dîner ? Je vais préparer quelque chose.

Il s'installa dans le salon pendant qu'elle cuisinait l'orge qu'il avait apportée. Dani dormait encore ; Jade posa un bol de porridge près de son matelas avant de mettre la table pour elle et son invité. Les Japonais avaient pris les bols de bronze, les cuillers et les baguettes. Jade se débrouillait avec ce qui restait, bols en bois ou ustensiles dont avant la guerre ses servantes n'auraient pas voulu. En la regardant s'affairer, Jungho s'imagina un instant qu'ils étaient mariés, que ce dîner était un repas ordinaire dans leur vie de tous les jours. C'était une si charmante illusion qu'il ne put s'empêcher d'en parler.

— Jade, c'est comme si tu étais ma femme et que tu me préparais à manger.

Au moment où il prononçait ces mots, il eut peur d'avoir suscité son dégoût. À sa grande surprise, Jade sourit.

— Ce n'est pas facile d'être célibataire. Un homme a besoin d'une femme auprès de lui.

Elle plissa les yeux et poussa vers lui un bol de kimchi au radis.

— Mange.

Ils firent durer chaque bouchée de leur collation, évoquèrent la guerre et Dani.

— Un de nos camarades est médecin. Avant de partir, je passerai le voir et lui demanderai de rendre visite à tante Dani.

— Je ne suis bonne qu'à te causer des problèmes. Je te demande toujours ton aide sans jamais rien faire pour toi en retour.

— Mais tu n'as jamais eu besoin de faire quoi que ce soit pour moi, dit Jungho avec un sourire timide.

C'était la vérité. Quelques années plus tôt, il n'aurait su dire quand exactement, Jungho avait renoncé à l'espoir qu'elle puisse l'aimer un jour comme lui l'aimait. Ce changement s'était produit sans qu'il s'en aperçoive, ce qui était sans doute préférable. Il avait tout décidé de sa vie en fonction d'un désir qui n'était plus, mais il était trop tard pour rebrousser chemin. D'ailleurs, à quoi bon renier le passé ? Il avait la vague intuition qu'il n'était pas le seul dans ce cas, et cela l'avait aidé à supporter son sort. Mais, lorsque Jade reprit la parole, ce fut comme si un orage d'été s'apprêtait à détruire sa sérénité retrouvée.

— Veux-tu rester ici cette nuit ? lui demanda-t-elle.

Elle se réveilla dans les bras de Jungho. Même endormi, il la serrait fort contre lui comme s'il ne voulait pas la laisser partir. Il y avait une ombre de sourire sur ses lèvres.

S'il avait été Hanchol, elle lui aurait caressé les cheveux et l'aurait embrassé sans le réveiller. Face à Jungho ne lui venait qu'une profonde envie d'être à nouveau seule. Pourtant, elle ne regrettait pas de lui avoir demandé de rester. Elle était heureuse de lui avoir donné ce moment, si essentiel pour lui et si anodin pour elle. Mais elle se sentait si peu à l'aise dans ses bras qu'en dépit de ses efforts elle ne parvint pas à rester immobile.

— Tu ne dors déjà plus, marmonna Jungho les yeux mi-clos.

— Reste encore un peu au lit, je vais préparer le petit déjeuner.

Elle voulut se lever ; il la retint.

— J'aimerais que tu restes encore un peu dans mes bras. Et puis il faut que je te parle.

L'embarras de Jade redoubla. Le soleil entrait dans la chambre et éclairait son corps nu, mais elle obtempéra.

— Jade, tu connais mes sentiments pour toi, reprit-il les yeux grands ouverts. Je t'aime depuis tellement longtemps. Plus longtemps que tu ne l'imagines. Tu te souviens de cette parade où tu avais défilé en costume ? C'est la première fois que je t'ai vue. J'avais beau n'être qu'un gamin j'ai eu l'impression que ma vie en avait été bouleversée.

Jade se souvenait de la parade, mais naturellement elle ne se rappelait pas avoir vu parmi les spectateurs le jeune Jungho.

— Quand Dani m'a éloigné de toi et que nous avons perdu contact, je me suis mis à te chercher partout où j'allais. Quand tu allais au cinéma avec Lotus je te retrouvais toujours dans la foule, comme si le soleil n'avait brillé que sur toi.

Le visage de Jungho s'était nimbé de cette lumière imaginaire.

— Vraiment ? Avec tout le monde qu'il y a à Séoul ?

— Je sais, dit-il, rayonnant. Mon regard se posait sur la plus belle fille, et une seconde plus tard je comprenais que c'était toujours la même.

Il posa la main sur sa joue d'un geste tendre et elle fit de son mieux pour prendre plaisir à cette caresse.

— Tu sais que ma couleur préférée est le bleu ? dit-il les yeux dans le vague comme s'il essayait de se remémorer un souvenir ancien. Depuis que je suis tout petit, j'aime regarder le ciel. Tout ce qui est bleu attire mon regard.

Une cravate, une robe de femme. Si je te retrouve toujours dans la foule, si je t'aime c'est parce que tu es mon bleu.

Il l'enveloppa d'un regard timide, à la fois fier et soulagé d'avoir partagé cette pensée avec elle.

Elle fut touchée, mais aussi troublée par cette vérité inexprimable : il n'était pas son bleu à elle. Le seul homme qui ait cette signification pour elle ne l'aimait plus, et ne voulait même plus la fréquenter. Par pitié, que Jungho se taise à présent !

— Jade, tout ce que j'ai fait dans ma vie, je l'ai fait pour toi, dit-il en se tournant sur le côté. Je vais dire à mon mentor que je ne partirai pas en mission. Jusqu'ici je n'avais aucune raison de ne pas y aller... Mais maintenant je veux rester à Séoul. Je veux vivre avec toi.

Il glissa ses doigts entre les siens et lui serra doucement la main.

Le cœur de Jade s'emballa et ses joues s'enflammèrent sous l'effet de mille épingles.

— Mais tu as donné ta parole ! Comment peux-tu la reprendre ? dit-elle en s'écartant de lui.

— Le camarade Lee est l'être le plus compréhensif, le plus humain que je connaisse, répondit Jungho d'une voix qui se voulait rassurante. Jamais il n'a essayé de retenir un membre contre son gré, pour aucune raison que ce soit. Jamais il ne s'est conduit comme si j'étais son esclave.

Elle respirait avec lenteur, tentant d'atténuer la cruauté de ses pensées. Mais, lorsqu'elle baissa la garde, elles se ruèrent hors de ses lèvres comme des chiens de chasse.

— Ta mission est plus importante que nous deux.

Elle n'avait pas eu le temps de réfléchir à la façon de dire les choses, si bien qu'elle eut d'abord l'impression d'avoir émis des bruits privés de sens. Puis elle vit le visage affectueux de Jungho se pétrifier et comprit l'épouvantable signification de ses propos. Il n'était pas seulement pétrifié et glacé ; les paroles qui avaient échappé à Jade avaient anéanti en lui tout ce qu'elle avait toujours trouvé si charmant, si singulier, si essentiellement Jungho.

— Après tout ce que j'ai fait pour toi, dit-il d'une voix pâteuse.

Jade vit défiler devant ses yeux leur vie commune : Jungho lui criant de sauter de l'arbre pour qu'il puisse la rattraper, se ruant dans la rue pour aller chercher une sage-femme pour Luna, lui tenant la main le soir où la guerre avait été déclarée, apparaissant au portail avec des sacs de provisions quand tout espoir paraissait perdu, à tel point qu'il lui semblait avoir seulement à regarder la porte pour qu'il surgisse. Lui aussi revoyait ces moments, comprit-elle, et plus ils se déroulaient devant ses yeux plus son désespoir augmentait.

— Et j'aurais fait bien plus encore, j'aurais tout sacrifié pour toi. Pour que tu sois à l'abri de tout.

Ses yeux brûlaient d'une flamme si noire qu'elle eut du mal à ne pas défaillir.

— Ce n'est pas ce que je voulais dire. Bien sûr que je préfère que tu restes, bredouilla-t-elle d'une voix si tremblante qu'elle-même ne croyait pas à ce qu'elle disait.

Il ne répondit pas. Il semblait avoir enfin compris qu'il avait consacré sa vie à aimer quelqu'un qui ne le méritait pas. Il se leva et se rhabilla en silence, le visage déformé par la haine. Puis, juste avant d'arriver à la porte d'entrée, il se retourna.

Ce qui se produisit alors révéla pour la première fois à Jade quel type d'homme était réellement Jungho, ce que ses mystérieuses occupations avaient pu suggérer parfois. Il se précipita vers elle. Trop horrifiée pour crier, elle se couvrit le visage de ses mains, recroquevillée contre le mur. Il se contenta de la frôler et s'affala sur la couche, qu'il se mit à dévaster. Lorsqu'elle fut en lambeaux, il s'empara de l'objet le plus proche – un petit miroir – et le projeta contre le mur, où il se brisa en mille morceaux. Sans prendre garde aux éclats scintillants qui jonchaient le sol, il s'agenouilla, enfouit la tête dans la couverture et se mit à hurler, une lamentation aiguë, ininterrompue, bestiale. Puis, épuisé, haletant, il courba le dos ; ses épaules se soulevant et s'affaissant au rythme de sa respiration.

Jade sentit son propre corps secoué de sanglots. Ce Jungho-là lui semblait si familier et si totalement étranger. Comme si le lien invisible qui avait fait d'eux depuis l'enfance deux étoiles d'une même constellation venait d'être tranché, et que le jeune homme était à présent hors d'atteinte quoiqu'elle n'ait qu'à tendre le bras pour le toucher. Elle aurait aimé pouvoir l'apaiser, lui faire comprendre quelle importance il avait pour elle. Mais, avant qu'elle ait pu ouvrir la bouche, il se redressa et, la tête baissée, expira profondément. Son visage n'exprimait plus la moindre fureur ; les seuls vestiges de son accès de rage étaient les quelques éclats de verre parsemés dans ses cheveux et sur ses vêtements. Quelques minutes s'écoulèrent sans qu'aucun d'eux ne parle. Lorsqu'il releva enfin la tête, son expression était froide et déterminée. Seul son regard brillait d'une manière peu coutumière, tel un torrent de neige fondue.

Il se leva, remit son chapeau comme il l'aurait fait après les obsèques d'un parent éloigné, le visage sec, grave et résolu.

— Je t'ai dit un jour que je ne manquerais à personne quand je mourrais. Tu te souviens de ta réaction ?

Sans attendre sa réponse, il enfonça son couvre-chef sur ses yeux et franchit la porte de la villa pour la dernière fois.

En juillet, le général de division Yamada rentra en permission du front de Chine. Son épouse Mineko l'accueillit avec froideur. Aux premiers jours de son mariage, naïve, elle avait été pleine de bonne volonté. Avaient suivi la désillusion, puis la lassitude, puis la colère tant il était absent. Elle n'avait pas même été émue par les ravages que le conflit avait exercés sur son physique. Son front hier encore lisse et altier était creusé de rides ; il avait perdu deux doigts à la main droite, qu'il gardait gantée en permanence, même dans la touffeur de l'été. Elle aurait pu compatir avec n'importe quel blessé de guerre, mais pas avec son mari, qui avait consacré sa vie aux champs de bataille et à la conquête.

Le lendemain de son retour, au petit déjeuner, elle lui demanda le divorce. Elle lui expliqua être enceinte de trois mois. S'il avait l'honnêteté de lui rendre sa liberté, elle épouserait son amant et rentrerait au Japon.

Il ne répondit rien. Ni furieux ni choqué, il avait simplement perdu l'envie de parler. Il la dévisagea : elle portait une robe rose qui ressemblait à celle de leur rencontre. Seize ans de mariage, songea-t-il, et toujours aussi étrangers l'un à l'autre ! Ils n'avaient jamais rien eu à se dire.

— Il faudra que j'en parle à ton frère, répondit-il pour mettre fin à la discussion.

Une heure plus tard, il se trouvait dans le grand salon de la maison d'Ito Atsuo. Ce n'était plus la villa où des années plus tôt il avait contemplé les porcelaines anciennes et la dépouille du tigre. Ito s'en était fait construire une autre, magnifique, de style Beaux-Arts, au pied de la Montagne du sud ; l'une des plus belles demeures de Corée, disait-on. C'était un salon à la française, avec des fauteuils Louis XVI et des tentures dorées. S'il y avait encore quelques céladons sur le manteau de la cheminée, la peau de tigre, elle, avait disparu.

— Genzo, mais cela fait des siècles, non ? Quand es-tu arrivé ? Combien de temps restes-tu ?

Ito était entré d'un pas vif dans la pièce. Le temps semblait avoir coulé sur lui.

— Presque huit ans, effectivement. Tu n'as pas changé, dit Yamada en lui serrant la main.

— Ah bon ? Pourtant j'ai eu des moments difficiles. Mais prends un siège, prends un siège… Et parlons de toi. J'ai su que tu avais été blessé. Un vrai héros !

Yamada prit place dans un profond fauteuil et passa les mains sur les jambes de son pantalon d'uniforme, un sourire gêné sur les lèvres.

— Pas vraiment. D'autres, bien plus nombreux, y ont laissé la vie. Des fils d'agriculteurs, de bouchers, des héritiers de grandes familles. Certains n'avaient vraiment peur de rien et d'autres se souciaient seulement de survivre. Mais en fin de compte ils sont tous morts dans la douleur. La mort nous ravale tous au même niveau.

— Mais tu as dû être dans le feu de l'action ! Tu n'as pas passé ton temps à jouer aux cartes et à boire à la caserne, j'imagine !

— Ce n'est pas par bravoure que j'ai perdu deux doigts, mais par hasard.

— Tu as peut-être raison. Cela dit, cela reste un sacrifice. Comme chacun devrait en faire. Même moi j'ai dû donner au gouvernement tout ce que j'ai fait extraire de mes mines au cours des six derniers mois. Une perte colossale, comme tu peux l'imaginer. Mais, étant un sujet très respectueux de Sa Majesté l'Empereur, je suis heureux d'avoir fait mon devoir. Et, bien sûr, je serai récompensé de ma fidélité à la fin de la guerre. L'Indochine est beaucoup plus riche en minéraux que la Corée, et le sous-sol birman est truffé de rubis. Quant à l'Inde, un an nous suffira pour l'arracher aux Anglais. Et alors je serai plus riche qu'un rajah !

Le sourire triomphant d'Ito laissa son beau-frère silencieux. Le majordome, fin stratège, profita de cet interlude pour se faufiler entre les fauteuils et poser sur la table basse le café et les gâteaux secs.

— De nos jours, le café est devenu plus rare que l'or. Bois, cher ami, dit Ito.

— Ce ne sera pas si simple, marmonna Yamada sans regarder sa tasse et son breuvage brûlant. La guerre, nous ne la gagnerons pas.

— Qu'est-ce que tu me chantes ? Tu t'es battu en Chine et nous l'avons conquise, cette énorme créature, ce grand dragon pourrissant et édenté. Nous avons pris l'Indochine à la France et nous…

— Cette version, c'est celle que les journaux ont le droit d'imprimer. Tu n'as pas vu comment ça se passe au front, moi si. Nous n'avons pas assez de matières premières pour continuer à nous battre. Pas assez de pétrole, de caoutchouc, de vivres. Nos véritables ennemis, ce sont la France et l'Angleterre. Et si les Américains s'y mettent… Ils ont cent fois plus d'avions, cent fois plus de navires que nous. Leur armée est mille fois plus nombreuse. Tu vois ce que je veux dire ?

— L'Allemagne et l'Italie s'allieront à nous contre les États-Unis.

— L'Allemagne est coincée en Russie et l'Italie n'est rien sans elle. Mais si tu ne veux pas me croire, tant pis.

— Heureusement que tu es mon beau-frère, Genzo, susurra Ito. Sans quoi je penserais que tu as des idées fort peu orthodoxes et fort peu dignes d'un général de l'armée impériale.

— Si tu le dis. Tu peux me dénoncer car je ne suis même plus ton beau-frère.

Yamada secoua la tête avec un sourire ambigu, plus méprisant que mélancolique.

— Mineko demande le divorce, ajouta-t-il. Elle attend un enfant et veut épouser le père puis rentrer au Japon.

Ito secoua la tête à son tour, posa sa tasse et se carra dans son fauteuil comme un médecin qui s'apprête à annoncer une nouvelle désagréable mais importante.

— Impossible. Tu me vois navré de cette solution boiteuse, mais il faut penser à nos familles respectives. Si tu veux, nous pouvons très bien faire adopter l'enfant par un cousin éloigné.

— Atsuo, je crains que tu n'aies plus ton mot à dire. J'ai décidé de divorcer avant de retourner au front, et je m'y tiendrai.

Yamada se sentit si soulagé par cette déclaration qu'il fut presque tenté de la réitérer.

— Tu sais, Atsuo, je n'ai jamais vraiment eu la sensation d'être libre. Dans ma jeunesse, je pensais que cette privation de liberté était bénéfique. Le monde était à mes yeux un système inventé par des gens de valeur, des gens intelligents. Je pensais un jour être des leurs. Quelle naïveté ! Ce système n'est en fait qu'une machine à détruire.

Ito n'avait jamais entendu Yamada tenir ce genre de propos. Ne risquait-il pas de céder à la violence ? Le général se leva presque aussitôt et tira sur le bas de sa tunique avant de tendre la main à Ito.

— Adieu, Atsuo. Je doute que nous nous revoyions.

— Allons, Genzo, bien sûr que si ! Ce n'est pas parce que Mineko…

Malgré lui, Ito se sentit envahi par la tristesse.

— Franchement, avec n'importe qui d'autre, cela me serait égal. Mais je ne veux pas que nous nous séparions sur cette mauvaise impression.

Yamada esquissa un sourire insouciant et sincère qu'Ito ne lui avait jamais vu.

— Très bien, Atsuo. Je repars sur le front en Chine. Aucune idée de la date de ma prochaine permission… Mais, en attendant de nous revoir, prends soin de toi.

22

Animaux en cage
1941

En dépit des efforts de Jade pour revigorer Dani, la santé de sa tante s'aggrava au cours de l'été. Sans rien lui dire, Jade avait déjà déterré et vendu la plupart des bijoux enfouis au pied du cerisier pour se procurer médicaments et nourriture. Les médecins avaient défilé sans rien trouver qui puisse atténuer la fièvre et l'épuisement. Jade avait décidé de garder le collier de diamants le plus longtemps possible. Parmi les babioles qui restaient, le peigne en or suffit à faire venir un médecin qui avait étudié en Europe.

— Elle a des abcès dans le dos, murmura Jade en aidant le docteur à retourner Dani.

— Oui, c'est typique du dernier stade de la syphilis, déclara-t-il en rajustant ses lunettes. Elle a dû avoir une période de latence très longue. Sans doute a-t-elle contracté la maladie lorsqu'elle était encore courtisane... La syphilis est également une cause de stérilité. Elle n'est jamais tombée enceinte, j'imagine ?

Effarée, Jade regarda le visage de Dani, baigné de sueur. Elle avait les yeux clos et l'esprit en proie à des rêves fiévreux.

— Vous êtes le premier à formuler ce diagnostic...

— C'est une pathologie qui a des symptômes communs avec beaucoup d'autres. Mais à la toute fin il y a ces abcès qui ne trompent pas. N'y touchez surtout pas, ils sont très contagieux. Je ne saurais vous dire combien de temps il lui reste. Je vous enverrai demain ma femme de charge, elle vous apportera de l'arsenic. Cela peut calmer les symptômes.

Après le départ du médecin, Jade se rendit dans la cuisine pour voir ce qu'elle pouvait préparer à dîner. Il n'y avait plus dans le garde-manger qu'un peu d'orge et quelques morceaux d'algues séchées qu'elle pouvait agrémenter d'un demi-dé à coudre d'huile et de vinaigre. Elle sortit par réflexe le couteau et la planche avant de se rendre compte qu'il n'y avait rien à découper. Ses doigts maigres se refermèrent sur le manche et elle ravala ses larmes. Un soir d'été lointain, elle s'était éraflé le poignet. Que le couteau tranche ses veines à quelques centimètres de la cicatrice, et ses soucis s'envoleraient. Elle le lâcha et prépara le gruau à l'orge.

Lorsqu'elle revint dans la chambre de Dani, sa tante avait l'esprit clair, apaisé, un état de plus en plus rare.

— Comment t'es-tu débrouillée pour nous faire à manger ? lui demanda-t-elle tandis que Jade posait le plateau près de sa couche.

— J'ai encore un peu d'orge que m'a apportée Jungho la dernière fois, mentit Jade.

Ces réserves étaient épuisées depuis longtemps. Ce qu'il leur restait venait du marché noir.

— Et puis ne t'inquiète pas de la façon dont je me procure la nourriture. L'important est que tu ailles mieux.

— Je suis un tel fardeau pour toi ! murmura Dani.

Elle essayait d'avaler sans baver la nourriture que Jade lui plaçait dans la bouche, mais il lui était si difficile désormais de contrôler les muscles de son visage qu'un filet scintillant lui coula sur le menton.

— Je suis comme une vieille, complètement sénile, dit-elle avec un douloureux sourire.

— Jamais, Dani ! Tu ne seras jamais vieille ni sénile. Tu resteras toujours la plus belle. Aucune de nous, pas même Luna, ne peut t'égaler.

— Tu es trop bonne, même plus que bonne...

Dani cligna des yeux et une larme coula de son œil encore charmant.

— Tu te souviens, à Pyongyang, quand ma cousine a insisté pour que je te prenne toi aussi et que j'ai commencé par refuser ? Cette gamine n'a aucune personnalité ; elle est mi-chèvre, mi-chou, et ennuyeuse. Voilà ce que je lui ai dit. Elle m'a répondu que tu étais quelqu'un de bien. Elle avait raison et j'avais tort.

— Je me contentais d'aller où Lotus le voulait. Elle était dynamique et moi timide.

— Pourtant, rétrospectivement, c'est toi la plus solide... Lorsque je serai morte et que la guerre sera finie, tu auras survécu. J'espère que tu trouveras quelqu'un de bien, et que tu pourras te marier.

— Tu ne vas pas mourir ! Pourquoi raconter ces sornettes ?

Mais les larmes de Jade coulaient à flots.

— J'ai entendu ce que disait le médecin, je ne dormais pas, murmura Dani d'une voix éteinte en s'efforçant de détourner la tête.

— Chut, Dani ! Il faut te reposer, maintenant. Ne te fatigue pas à parler de ces choses-là. Ça ne sert à rien.

— Ne me mens pas, Jade. Tu sais, je n'ai plus beaucoup de temps devant moi. Alors écoute-moi bien… Deux choses…

Elle ferma les yeux.

— D'abord, je te lègue mon collier de diamants. Quoi qu'il advienne, garde-le et ne le vends que si tu n'as vraiment plus le choix. Bien sûr, la maison et tout ce qu'elle contient te reviennent. Mais ce seul collier vaut plus que tout le reste. Ne l'oublie pas. Deuxièmement, il y a deux personnes que j'aimerais revoir avant de mourir. Ce sont les deux seuls hommes que j'aie vraiment aimés. Peux-tu essayer de les faire venir ici ? Je crois que je ne suis même plus capable de leur écrire.

Le lendemain, Jade écrivit deux lettres qu'elle posta le jour même, l'une à l'adresse personnelle de Lee Myungbo, l'autre à celle de la maison d'édition de Kim Sungsoo.

Myungbo rentra tard cette semaine-là, après s'être concerté avec les camarades de la Coalition. Elle rassemblait sous la seule bannière de l'indépendance des organisations de tout le spectre politique coréen : les anarchistes, les communistes, les nationalistes, les chrétiens, les bouddhistes et les cheondoïstes. Il était l'un des chefs de la faction communiste, mais parmi les militants certains avaient une autre vision de la lutte. Ce n'était pas le Japon contre la Corée, comme il l'avait toujours cru, mais la bourgeoisie contre le prolétariat, les riches contre les pauvres. Pour les anarchistes, tout ordre social était porteur de destruction et d'oppression. Les nationalistes, eux, étaient les plus conservateurs du lot, et certains avaient plus foi en l'Amérique qu'en leur propre pays. Ils détestaient presque autant les communistes que les Japonais. Certains chrétiens étaient pacifistes, quoique quelques-uns d'entre eux n'aient pas hésité à assassiner des généraux et des gouverneurs japonais avant de retourner l'arme contre eux-mêmes. Tous pensaient que le Japon préférerait envoyer dans les mines tous les Coréens et dans les bordels de l'armée toutes les Coréennes plutôt que d'admettre la défaite. Les divergences d'opinion portaient sur la méthode à employer pour faire exploser de l'intérieur le Japon avant qu'il ne parvienne à ces extrémités.

Un soir, Myungbo trouva sur son bureau une lettre de Dani. Sa femme l'avait reçue des mains du facteur et posée là sans l'ouvrir. Il s'empourpra jusqu'à la racine des cheveux à l'idée que son épouse, fort intelligente, ait pu comprendre que la jolie écriture qui figurait sur l'enveloppe était féminine. Mme Lee était une aristocrate de la vieille école ; elle pensait la jalousie d'une épouse plus criminelle que les errements d'un mari. S'il avait amené sous leur toit une seconde épouse, comme bien des hommes de sa condition, elle l'aurait acceptée sans protester. Mais Myungbo ne l'avait jamais trompée. Et il fut irrité d'avoir été fidèle à sa femme toutes ces années pour se voir rattraper par une intrigue malsaine, indigne de lui. Pourtant, il n'avait pas oublié la passion que Dani lui avait brièvement inspirée. Il lut rapidement la lettre, que la courtisane avait dictée à Jade et qui ne mentionnait aucune maladie grave. Il lui fallut quelques secondes pour décider qu'il n'y répondrait pas.

Contrairement à Myungbo, Sungsoo lut la lettre de son ancienne maîtresse avec quelque émotion. Si lisse qu'il puisse paraître, la vie n'avait pas tant durci sa peau qu'elle ne l'avait imperméabilisée, produisant une surface scintillante et sans faille qui n'empêchait pas Sungsoo de songer parfois à sa jeunesse et à son innocence perdue. La lettre de Dani raviva des souvenirs aux parfums printaniers et charmants. Impossible de ne pas reconnaître qu'elle avait été présente aux étapes les plus formatrices de sa vie. De fait, il y avait dans tout ce qu'il écrivait, nouvelles et romans, comme une empreinte de cette femme. Elle était l'encre de ses pensées. Extraordinaire en tout point.

Pourtant, l'idée de la revoir ne le tentait pas vraiment. Elle avait 56 ans. Il fréquentait à présent des courtisanes plus jeunes que sa propre fille. S'il la revoyait, sans doute n'aurait-il aucune envie de renouer. Son ravissant visage était probablement altéré, son charme brisé. Il lui répondit donc qu'il avait d'elle les souvenirs les plus chers et lui souhaitait beaucoup de bonheur, mais que leurs chemins s'étaient séparés depuis fort longtemps. Bien sûr, si elle avait le moindre problème d'argent, il pourrait essayer de l'aider. Le tout était exprimé avec la plus grande élégance, la plus grande courtoisie, et il se relut plus tard avec la satisfaction qui caractérise nombre d'auteurs épris de tout ce qui sort de leur plume, y compris leurs lettres.

Le garage était immense, rempli d'autos, de camions militaires, de tas de pneus et de pièces variées, mais aussi d'une armée d'employés en combinaison qui se déplaçaient en rythme entre ces stocks. Dans un coin, deux officiers japonais discutaient avec un mécanicien de leur véhicule blindé, garé à proximité. À l'autre bout, quelques cloisons délimitaient un bureau, et devant la porte quelques chaises en bois tenaient lieu de salle d'attente.

— Si vous voulez bien attendre ici, dit à Jade un jeune employé en lui désignant un siège.

Elle s'installa et regarda, fascinée, avec quelle rapidité travaillaient les ouvriers de Hanchol. Il y en avait bien une trentaine, la plupart assez jeunes, malgré quelques têtes poivre et sel.

La porte s'ouvrit au bout de dix minutes ; Jade se leva d'un bond. Une femme sortit du bureau, suivie de Hanchol en personne. Jade aurait voulu crier son nom mais se retint, ne souhaitant plus que disparaître. Pourtant le regard de Hanchol s'illumina soudain. Il l'avait reconnue.

— Jade ! dit-il de sa voix grave tandis que la jeune femme qui l'accompagnait lançait un regard intrigué à la visiteuse.

— Comment vas-tu ? demanda-t-elle.

La jeune femme toussota.

— Mademoiselle Jade, je vous présente Mlle Seohee, la fille de Sungsoo *seonsaengnim*. Mademoiselle Seohee, Mlle Jade… une très vieille amie.

Mlle Seohee, un peu plus petite que Jade, n'était pas dénuée de charme ; ses mollets étaient minces et graciles comme de jeunes troncs sous sa jupe bordeaux. Son nez n'était pas sans défaut, mais ses grands yeux bien ouverts lui donnaient beauté et candeur.

— Ah, je savais bien que je vous avais vue quelque part, dit Seohee. C'est vous qui jouez dans *Jour de chance* ! Je l'ai vu au cinéma quand j'étais encore au lycée.

Jade s'inclina légèrement pour la remercier. Elle ne jouait plus depuis 1936, mais beaucoup de gens se souvenaient d'elle. Désormais ne sortaient plus que des films de propagande. Cette époque des décors de cinéma et des cafés était si lointaine qu'elle avait parfois le sentiment de l'avoir rêvée.

— Ravie de faire votre connaissance, dit Jade, et la jeune femme lui décocha un grand sourire.

— Votre voix n'a rien à voir avec ce que j'imaginais ! Je n'ai vu que vos films muets… Mais comment vous connaissez-vous, tous les deux ?

— Quand j'étais étudiant, intervint Hanchol, je gagnais ma vie en conduisant un rickshaw. Mlle Jade était l'une de mes plus fidèles clientes. Nous avons bien des choses à nous raconter !

— Bien sûr ! Je vais vous laisser. Moi aussi j'ai eu plaisir à vous rencontrer, dit Seohee en posant sur Jade un regard assuré aux grands iris noirs, de profonds étangs, avant de s'éclipser.

Hanchol inspira profondément et ouvrit la porte de son bureau, où ils entrèrent tous deux. Une ampoule nue, fixée au plafond, jetait une lumière orange sur une grande table en bois où s'empilaient des registres et des manuels. Il s'installa derrière et tendit les mains au-dessus de toute cette paperasse.

— Comment vas-tu ? finit-il par demander. Ça fait si longtemps…

— Sept ans.

Elle aurait pu lui dire combien d'heures s'étaient écoulées depuis leur dernière rencontre.

— J'ai entendu parler de tes entreprises… On ne parle que de ça à Séoul. Je suis contente de savoir que tu t'en tires si bien. Je te l'avais prédit, non ?

— Ce n'est qu'un début, répondit-il en souriant.

— Tu ne savais même pas comment fonctionnait une voiture, et aujourd'hui… le garage, tous ces gens qui travaillent sous tes ordres. Moi, je ne serais pas capable de comprendre quelque chose de si complexe.

— Pourtant, la mécanique auto, ce n'est pas difficile si on prend le temps d'étudier toutes les pièces. C'est ce que j'aime : la simplicité. Les mathématiques, la comptabilité, c'est simple. Ce qui est difficile, ce sont les relations avec les gens.

Son sourire soudain las rappela à Jade les jours de sa jeunesse, lorsqu'il manquait de tout.

— Tu n'as vraiment pas changé, dit-elle. Tu as toujours la même tête.

Ce n'était pas tout à fait vrai. Des rides subtiles sillonnaient à présent son front ; les volumes de son visage s'étaient accentués, donnant plus de relief à ses traits réguliers. L'âge lui avait apporté plus de distinction, comme cela arrive aux hommes qui ont dépassé leur première jeunesse sans être encore parvenus à l'âge mûr. Il n'avait pas de cravate et le col de sa chemise laissait entrevoir sa puissante musculature.

— Toi non plus, tu n'as pas changé, Jade. Mais que me vaut le plaisir de ta visite ? Si tu as besoin de quoi que ce soit, nourriture, argent, je ferai tout ce que je peux pour…

— Non, ce n'est pas pour cela, objecta-t-elle.

Elle serait morte de faim plutôt que de quémander de la nourriture à Hanchol, et le seul fait qu'il puisse évoquer cette éventualité la consterna.

— Je suis venue parce que ma tante Dani est très malade. Elle va mourir.

— Oh, je suis navré de l'apprendre, souffla-t-il. Je sais qu'elle t'a élevée.

— Mais, avant qu'il soit trop tard, elle voudrait voir quelqu'un qui a beaucoup compté pour elle autrefois. Kim Sungsoo *seonsaengnim*…

Ayant eu connaissance de la réussite de Hanchol, elle savait que Kim Sungsoo était son premier employeur, et son bienfaiteur. Après avoir sauvé la maison d'édition de la faillite, Hanchol avait ouvert son garage avec le soutien financier de son patron. Et, lorsque Dani lui avait parlé de ce dernier, Jade avait compris que Sungsoo et le bienfaiteur de Hanchol ne faisaient qu'un.

— Je lui ai envoyé une lettre que m'a dictée tante Dani. Il m'a répondu que si elle avait besoin d'argent il l'aiderait. Mais qu'il ne voulait pas la voir.

— Quel dommage ! Ce n'est pas un méchant homme, tu sais…

— J'entends bien. Il ne sait certainement pas à quel point Dani en serait apaisée. C'est très important pour elle, et elle va mourir… C'est pour cette raison que je suis venue te voir. Tu es proche de Kim Sungsoo *seonsaengnim*… Tu pourrais lui en parler ?

Hanchol fut tenté de répondre par la négative, mais le chagrin dans le regard de Jade l'amena à se raviser. Son visage s'était creusé ; sa peau couleur d'ivoire, scintillante de transpiration, lui collait aux os. Son apparence était hâve et lorsqu'elle relevait fièrement le menton de fines lignes striaient sa gorge frémissante. Si on lui avait demandé de décrire cette nouvelle Jade, il aurait dit : elle est comme une chanson que votre mère vous aurait chantée autrefois. Ou comme une lettre que vous aurait envoyée l'être aimé et que vous retrouveriez au fond d'un tiroir sans l'avoir jamais ouverte. Ou bien comme ce vieil arbre qui renaîtrait soudain au printemps, les branches noires brûlant de mille fleurs comme pour affirmer sa présence : « Moi ! Moi ! Moi ! » Mais ce n'étaient pas seulement les vestiges du passé qui émouvaient Hanchol. Que distinguait-il désormais dans ce visage qu'il n'y avait jamais vu ? Une essence mystérieuse, plus proche de ce que Jade était vraiment. Il la trouvait encore séduisante, il fallait l'avouer. Et même enivrante. Ses lèvres nues avaient la couleur des ongles des jeunes filles, teintés aux pétales de balsamine.

— Je ne te promets rien. Il fait les choses à sa manière, et je ne suis pas en position de lui donner des ordres. Mais je ferai de mon mieux, Jade.

— Merci. Merci de tout cœur, soupira-t-elle, apaisée. Eh bien, je ne vais pas t'ennuyer plus longtemps. Tu as du travail.

— Je te raccompagne.

En silence, ils traversèrent le garage et se dirigèrent vers le portail. Hanchol avait eu l'intention de ne faire qu'un petit bout de chemin avec elle, mais le crépuscule était si flamboyant qu'il s'attarda. Sous ce ciel rouge sang qui projetait des ombres violettes, il était difficile de quitter qui que ce soit.

— Comment vas-tu rentrer ? Tu ne vis pas tout près.

— Oh, ça ira… Et il fait meilleur, moins chaud et moins humide.

— Non, je ne veux pas qu'il t'arrive quoi que ce soit.

Et, d'un geste protecteur, il lui posa la main sur les épaules pendant quelques minutes. Une sensation familière qui la soulagea étrangement se faufila dans l'atmosphère du soir. L'aimait-il encore ? Elle n'aurait su le dire. Et elle, aimait-elle encore Hanchol ? La réponse était oui. Elle n'avait jamais cessé de l'aimer.

Ils se dirigèrent vers le sud et longèrent le palais Changgyeong ; les branches vert et noir des zelkovas passaient au-dessus des murs.

— Ça me rappelle quand j'étais enfant. Mon ami Jungho m'emmenait toujours voir Giant, l'éléphant. Un jour, on était montés sur un arbre pour le regarder sans payer ; un policier nous a couru après. Tu es déjà allé au zoo ?

Hanchol secoua la tête.

— Il y a plein d'animaux. Des lions, un hippopotame et son petit dans une piscine. Des chameaux, des zèbres, des éléphants. Et des animaux coréens, bien sûr. Des ours à collier et des tigres.

— Je ne les ai vus qu'en photo. Même les coréens. Dans la nature, ils sont très rares maintenant.

— Oui, je sais. Et j'ai entendu dire qu'avec la guerre il était devenu difficile de nourrir les animaux du zoo. Les pauvres… Ils ne savent pas ce qui se passe, ils attendent dans leur cage à se demander si quelqu'un va venir s'occuper d'eux…

Elle se tourna vers Hanchol.

— Pourquoi personne ne les aide ?

— Ne t'inquiète pas. Il y a sûrement des gens qui s'en occupent. Les employés du zoo… Ils trouveront de quoi les nourrir. Toi, il faut que tu te concentres sur toi et ta tante.

Il l'effleura et sentit la courbe familière de ses seins sous le chemisier de mousseline. Dès qu'ils se tournèrent l'un vers l'autre, il fallut bien cesser de feindre l'indifférence. Il la prit dans ses bras et la serra, si frêle et si osseuse, contre lui. Une joie leur pénétra le corps ; le monde semblait soudain moins terrifiant.

— Si je meurs, Hanchol, me garderas-tu dans ta mémoire ? murmura Jade, la joue contre le torse puissant de son ancien amant.

— Mais tu ne vas pas mourir. J'y veillerai. Allez, rentrons à la maison.

Oh, ces mots ! Que peut-on entendre de plus doux de l'être aimé ? Aucune lumière n'était allumée dans la villa lorsqu'ils arrivèrent, main dans la main. Sans même passer voir sa tante, Jade conduisit Hanchol dans sa chambre. Leur hâte la surprenait. Ils avaient tant de sensations à rattraper après ces années d'absence. Mais, lorsqu'ils furent nus tous les deux, Hanchol s'écarta un instant pour la contempler tout entière. Elle n'avait pas honte : il ne verrait que sa beauté, même si ses côtes et son pelvis saillants avaient capturé dans leurs creux des ombres lunaires. Il effleura avec douceur ses clavicules avant d'entremêler ses doigts aux siens et de l'embrasser.

Quand ils eurent terminé, ils s'étendirent au plus profond de la nuit dans les bras l'un de l'autre.

— Tu m'as tellement manqué, lui dit-elle alors.

— Toi aussi.

Il l'embrassa de nouveau.

— Et maintenant ? Qu'allons-nous faire, maintenant ?

— Où veux-tu en venir ?

Il fronça les sourcils.

— Je te rends heureux. Tu me donnes du bonheur. Et la vie est si courte : pourquoi continuer à perdre notre temps de cette manière ?

— Ah, Jade.

Il poussa un soupir et elle sentit son étreinte se relâcher légèrement.

— Je me marie dans deux semaines.

Le cœur de Jade se mit à bondir contre ses côtes, erratique.

— Tu vas te marier ? Qu'est-ce que ça veut dire ? Avec qui ?

— Mlle Seohee.

— Mais c'est encore presque une enfant ! Et tu me dis cela maintenant que nous sommes tous les deux couchés et nus dans mon lit ?

— Elle a 23 ans, ce qui est nettement plus que l'âge auquel les jeunes filles comme elle se marient. Et je suis navré de te mettre dans cet état, mais…

Jade s'écarta de lui, se redressa.

— … mais je n'avais prévu ni ta venue au garage ni ceci, tu comprends ? C'est toi qui es venue me voir sans prévenir. Et je ne peux pas le nier, tu m'attires et j'ai agi en conséquence. Est-ce mal de ma part ? Sans doute, oui, par rapport à Seohee, mais si on prend un peu de recul ça n'a pas d'importance. Je ne t'ai pas menti. Si tu m'en avais parlé plus tôt, je t'aurais dit ce qu'il en était, nous n'aurions pas couché ensemble ; fin de l'histoire.

— Fin de l'histoire ?

Elle était à genoux, et ses cheveux noirs balayaient ses épaules maigres mais droites. La désinvolture de Hanchol lui déchirait les entrailles.

— As-tu le moindre sentiment pour cette gamine ? Tu apprécies son joli minois, sa jeunesse ? Ou est-ce parce qu'elle a de l'argent ? Tu la préfères à moi parce que son père est riche ?

Elle serra le poing sur la couverture avec tant de force que ses veines saillirent sous sa peau décharnée.

— Je t'en prie, pas ça, murmura Hanchol.

— Pendant toutes ces années je t'ai aimé ; il n'y a pas un seul jour où je n'ai pas eu mal de t'aimer. Tu le sais, tu sais que c'est vrai parce que où que tu ailles, cette chaleur et cette lumière t'accompagnent, et tu les sens. Mais désormais je ferai de mon mieux pour cesser de t'aimer. Un jour, tu te rendras compte que le soleil ne brille plus en toi ; tu sauras ce jour-là que je ne pense plus à toi.

Elle se leva, enfila ses vêtements usés jusqu'à la trame, et lui tourna le dos pour boutonner son chemisier.

— Quand je reviendrai, tu auras quitté cette maison. À chaque minute d'amour que tu m'as donnée s'est superposée une minute de souffrance. Si bien qu'il ne me reste vraiment plus rien, dans tous les sens du terme. Tu sais où est la sortie.

Elle se réfugia dans le jardin et s'assit un moment devant les buissons, les mauvaises herbes. Quand elle revint, le lit était vide mais le matelas avait gardé en creux la forme de Hanchol. Elle se coucha tout habillée et s'endormit rapidement, comme si son corps avait su que c'était là le seul remède.

Une heure plus tard, juste avant le lever du soleil, elle se réveilla et se rendit dans la chambre de sa tante. Dani ne réagit pas lorsqu'elle prononça son nom et s'agenouilla près de sa couche.

— Réveille-toi au moins un moment pour boire un peu d'eau. La chaleur a fini par revenir, la matinée est si belle…

Il y avait dans la manière dont les mots flottaient dans l'air sans être entendus quelque chose qui rappela à Jade les graines blanches des platanes. En été, lorsque le soleil brille d'une certaine façon, les graines duveteuses étincellent dans l'atmosphère comme des étoiles, suivant chacune sa propre trajectoire même si le vent ne souffle que dans un sens. Un jour, Jade les avait longuement observées pour savoir si elles finissaient par se poser. Ce qui semblait ne jamais arriver : elles restaient suspendues entre ciel et terre. Et, parce que comme ces graines ses paroles restaient en suspension, elle comprit que Dani n'était plus.

23

Le début de la fin
1944

Après la réunion du matin dans les locaux du gouvernement provisoire de Corée, à Shanghai, Jungho redescendit dans la cour. Tandis qu'il clignait des yeux dans la lumière blanche, l'un de ses camarades le rattrapa.

— Frère Jungho, tu viens jouer au tennis avec nous ?

Le camarade était le rejeton d'une famille d'universitaires, dernier avatar d'une longue lignée d'érudits et de ministres à la barbe blanche. Contrairement à ses ancêtres, il était plutôt sportif et avait remporté de nombreuses coupes au lycée. À 23 ans, il était toujours en quête d'activité, ce qui répondait aux directives de l'organisation : exercez-vous le plus possible ! La nécessité de dormir lui pesait même parfois. Du haut de ses 38 ans, Jungho éprouvait pour cette énergie de jeune chiot un attachement envieux.

— Pas aujourd'hui. Il faut que je fasse ressemeler mes chaussures, répondit-il avec le sourire.

— Une prochaine fois, alors ?

Le jeune athlète s'inclina avant de partir au trot.

Jungho suivit son chemin, un peu plus lentement. Le gouvernement provisoire était logé dans un immeuble de deux étages, au bout d'une ruelle obscure. Lorsqu'il fut revenu dans la rue principale, les éclats de voix et de lumière de la concession française envahirent Jungho. Ici, les briques semblaient plus rouges, les feuilles des platanes des boulevards plus vertes. Les femmes aux longues jambes et aux hanches étroites déambulaient dans leurs *cheongsam*[1] moulants, discutant dans la langue rauque et incompréhensible de Shanghai. Il y avait comme de la musique dans leur démarche et dans l'air qui embaumait l'huile de friture et le thé. Malgré les drapeaux japonais menaçants qui flottaient aux façades des immeubles, les gens semblaient moins malheureux ici. Myungbo lui avait expliqué que les Chinois étaient beaucoup plus habitués aux guerres et aux bouleversements dynastiques que les Coréens. Peu leur importait la nationalité du maître qu'ils servaient. Et, dans les limites de la concession française, la férule de l'occupation japonaise était moins visible que dans le reste de la ville.

Le cordonnier, un Chinois, tenait boutique à quelques pâtés de maisons à l'est, dans une ruelle encore plus sombre, encore plus crasseuse que la leur. L'homme le salua en coréen et lui prit ses souliers tandis que Jungho s'installait sur une chaise, en chaussettes. Il n'avait apporté qu'une paire de chaussures à Shanghai ; il les portait donc tout le temps, y compris pour jouer au tennis.

Le cordonnier ne tarda pas à les lui rapporter, ressemelées de neuf et cirées.

— Elles ont recouvré une seconde jeunesse, s'exclama Jungho en les laçant.

---

1. Robes traditionnelles chinoises à col montant, originaires de Mandchourie.

— *Ya ya.* À la prochaine.

Le cordonnier lui sourit en s'inclinant avec respect, et Jungho s'inclina en retour, avant de laisser ses pas le guider vers les docks. « À la prochaine. » Cette expression le laissait pensif : peut-être n'aurait-il jamais à rapporter ses chaussures chez le cordonnier. Sa chemise, son pantalon, son chapeau ; ce qu'il avait sur le dos était tout ce dont il avait besoin. Mais quelle tendresse résonnait soudain dans ces mots, « à la prochaine », quand on savait qu'il n'y aurait pas de prochaine fois ! Était-ce cela même qui lui permettait de dévisager les autres avec plus de compassion, plus de mansuétude ? La rage qui l'avait consumé à Séoul avait laissé place à une sensation de libération.

Il longea les voitures garées le long des docks et se promena seul sur les quais, regardant les mouettes voler dans le ciel en pilotes experts. Tous les jours il arpentait cet endroit, et tous les jours il trouvait dans la couleur du ciel quelque chose de nouveau, les cris des oiseaux, la lumière qui scintillait sur les flots du Pacifique. Le monde renaissait chaque jour avec une beauté blessante ; il regrettait amèrement de ne pas s'en être aperçu plus tôt.

Jungho était parti à Shanghai avec trois camarades. L'un d'eux avait abattu un général japonais dans une gare et succombé à la torture dans la prison où il avait été incarcéré. Le deuxième était entré dans un commissariat pour y déposer une bombe dissimulée dans une boîte à sandwichs ; elle n'avait pas explosé et il avait été tué sur place par les agents. En janvier, le troisième, le jeune athlète, s'était introduit déguisé en cuisinier dans un banquet militaire, avait ouvert le feu sur la piste de danse avant de se réfugier sur le toit, où il avait hurlé « Vive l'indépendance de la Corée ! *Manse !* » avant de périr, le corps criblé de balles par tout le régiment. Jungho n'avait assisté à aucun de ces attentats, les missions étant strictement compartimentées. Il en avait simplement entendu parler par ceux qui lisaient les journaux chinois. Il avait essayé de se représenter la mort du joueur de tennis, mais n'était parvenu qu'à se souvenir de lui hilare et pantelant après avoir remporté une balle de match.

Son tour était venu.

Il avait pour mission de se rendre à Harbin, à 1 500 kilomètres au nord de Shanghai, pour assassiner le gouverneur général adjoint lorsque ce dernier y ferait halte. Le gouverneur était en visite officielle au Mandchoukouo, un État fantoche officiellement gouverné par le dernier empereur de Chine, en réalité une colonie japonaise. C'était un énorme morceau assez difficile à absorber. Les Chinois han et les Mandchous avaient monté une armée de volontaires à Harbin, et les Coréens avaient continué à combattre les Japonais, comme depuis des dizaines d'années.

En conséquence, la sécurité était maximale. Dans les semaines qui avaient précédé l'arrivée du gouverneur, des régiments japonais s'étaient installés dans tous les postes clefs : places, banques, bureaux de poste, et jusque dans les grandes boutiques et restaurants à la mode. Jungho devait abattre le gouverneur pendant le discours qu'il adresserait aux officiers, devant des milliers de spectateurs. La question n'était pas de savoir s'il s'en sortirait, mais s'il parviendrait à exécuter sa mission avant d'être tué lui-même.

S'il ratait sa cible, un tireur de rechange avait également été recruté. C'était un jeune homme de 26 ans qui venait de rejoindre le groupe. Il était en proie à un bégaiement sévère et n'avait pas atteint une seule cible au cours des séances d'entraînement.

La veille de la mission, Jungho alla se promener dans les rues de Harbin avec son acolyte.

— Mais il fait un fr-fr-froid de canard, chuchota le garçon.

— Camarade Cho, ça nous éclaircira les idées. Mieux vaut marcher que rester dans ce cagibi étouffant, dit Jungho en lui donnant une bourrade encourageante.

Ils traversèrent le centre-ville et se dirigèrent le long du fleuve Songhua vers une petite prairie particulièrement appréciée des couples désireux d'éviter les regards indiscrets. Ce soir-là, pourtant, pas d'amoureux en vue. Cho claquait des dents et remontait les épaules pour se réchauffer le cou ; on aurait dit une tortue qui rentre dans sa carapace. Jungho était pris de frissons lui aussi, mais les températures glaciales de Harbin lui rappelaient son enfance dans le Pyeongan, ce qui lui redonnait vigueur et apaisait ses nerfs éprouvés par un trop long séjour dans la chambre surchauffée. Il aimait toujours autant le grand air.

— Je peux enfin respirer ! Je commençais à me faire du souci pour demain, avoua-t-il.

Cho ne répondit pas. Immobile dans la pénombre, il exhalait de petits nuages blancs.

— Camarade Cho, souviens-toi : si les choses se passent comme prévu, t'as rien à faire. Si ça marche et qu'ils m'arrêtent, t'essaies surtout pas de m'aider, compris ?

Ce discours fut accompagné d'un regard impérieux. Cho opina.

— T'es pas très bavard, marmonna Jungho.

Il regrettait la familiarité chaleureuse et physique qui l'avait lié à tous les jeunes sbires qui lui donnaient du « Patron ». Aucun de ses partenaires de Shanghai ou de Harbin ne lui avait fait la même impression. Rien à voir avec ses frères de sang Younggu et Loche.

— T'as de la famille en Corée ? demanda-t-il à Cho.

— N-n-non.

— Une petite amie, peut-être ? Quelqu'un qui t'attend chez nous ?

Le garçon secoua la tête. Il semblait trop simplet, trop taiseux pour pouvoir charmer qui que ce soit. Jungho soupira.

Lorsqu'il était enfant, avant la mort de son père, il y avait eu d'étranges noces au village. Elles s'étaient déroulées comme un mariage ordinaire mais la nuit, à la lueur de torches. Tous les habitants avaient été invités, comme c'était la coutume ; Jungho avait suivi le cheval du marié jusque chez sa future épouse, avec les enfants du village. Mais, sur la selle, nul promis en tunique bleue et chapeau de crin. Le jeune homme, célibataire, était mort cinq ans plus tôt de la variole. Pour apaiser son âme, ses parents avaient proposé à ceux d'une vierge décédée quelques mois auparavant un mariage arrangé. La famille et les voisins de la jeune défunte s'étaient rassemblés dans la maison autour d'une table chargée de mets et de vin. On avait feint de voir les spectres des mariés, loué la beauté de la jeune fille, la physionomie sérieuse de son époux. En entendant ces conversations, Jungho avait eu l'impression d'avoir sous les yeux le visage rougissant de la jeune femme et le jeune homme riant sous cape aux plaisanteries de ses amis. Une fois la cérémonie terminée, le couple avait été conduit vers la couche nuptiale. Les villageois affirmaient que, lorsque la porte de la chambre avait été refermée, devant la maison toutes les torches s'étaient éteintes, ce qui signifiait que les deux fantômes s'aimaient et avaient enfin trouvé le repos, une âme non mariée ne pouvant accéder au monde des morts.

Mais personne n'organiserait de mariage posthume pour l'âme célibataire de Jungho. L'image de Jade lui vint, et il la chassa aussitôt. Il s'était passé tant de choses en Chine qu'il n'avait pas eu l'occasion de se morfondre, ce qui lui avait fait le plus grand bien. Il se répéta qu'il la détestait, sans équivoque, et espérait ne jamais la revoir, ni dans ce monde ni dans l'au-delà. Le vent siffla à ses oreilles en guise de confirmation.

— Allez, camarade Cho. On rentre, dit-il.

Mais le jeune homme semblait avoir pris racine ; il secoua la tête avec obstination.

— T-t-toute m-m-ma famille a p-p-péri dans un incendie ap-p-près la grande m-m-manifestation. C'est p-p-pour ça que je s-s-suis ici, explosa-t-il en un discours patiemment assemblé.

Jungho l'enveloppa du regard, fort embarrassé de l'avoir jugé simplet. Ou peut-être l'était-il vraiment, quoiqu'il ne soit guère élégant de le considérer comme tel. C'est certainement ce que Myungbo lui aurait dit.

— Demain, tu seras vengé. Et tu pourras rentrer, épouser une jolie fille et avoir plein d'enfants. Maintenant, on va se payer le meilleur festin de notre vie, dit Jungho en accompagnant cette invitation d'une tape dans le dos.

Le beffroi de Harbin sonna alors 10 coups dans le lointain, et Jungho tendit l'oreille pour percevoir le halo brumeux et métallique de chaque coup.

Le soleil se leva mollement. Dans le nord, il ne faisait jamais que passer et se hâtait de rejoindre sa véritable demeure, au sud. Sous le ciel gris, des centaines de drapeaux blancs marqués d'un cercle rouge s'enchevêtraient au-dessus des rues. Comme des milliers d'autres, arbres figés par le gel dans une forêt de bouleaux, Jungho se tenait dans la foule le long de la rue principale. Près de l'estrade, une fanfare jouait des airs militaires en attendant le discours du gouverneur. Jungho vit le visage blême de Cho à une trentaine de mètres et le salua d'un imperceptible signe de la tête.

La musique se tut et tous les regards, électrisés, se dirigèrent vers la droite de l'estrade. Les cheveux de Jungho se hérissèrent sous son feutre ; son cœur battait si fort qu'il lui semblait entendre cliqueter le revolver dissimulé dans sa poche poitrine. Mais les héros qui l'avaient précédé lui montraient le chemin à suivre. Lui aussi se suiciderait avant d'être arrêté. Il n'avait qu'une peur : manquer sa cible et mourir pour rien.

Alors que les images de sa mort imminente défilaient dans son esprit, un grand oiseau, sans doute un héron, apparut dans son champ de vision au-dessus des toits. Une ombre obscure, passagère, comme les présages de mort qu'il avait déjà perçus et parfois ignorés par le passé. Pourtant il comprit d'instinct que l'oiseau était au contraire signe de vie, ce qui lui rappela son père, ce tireur apte à tuer une caille à 100 mètres. Et le père de son père, qui jadis avait tué un tigre armé de son seul carquois. Aussi vrai que son nom était Nam Jungho, le sang de ces chasseurs coulait dans ses veines. L'étui à cigarettes, lui, reposait au niveau de son cœur, juste à côté du revolver.

Un vieillard buriné à la poitrine couverte de médailles monta sur l'estrade, encadré par sa suite. Impossible de s'y tromper : c'était le gouverneur, identifiable à la tache de naissance qui marquait sa joue gauche. Jungho avait étudié nombre de ses portraits, les Japonais ayant parfois recours à des doublures pour des événements officiels. Comme il était cerné par un rempart d'officiers, pour parvenir à le viser il fallait se poster face à l'estrade. Et donc se frayer un chemin dans la foule dense au risque d'attirer l'attention. Les soldats surveillaient les spectateurs, prêts à tirer au moindre mouvement suspect. Jungho décida donc de ne pas bouger.

Lorsque le gouverneur eut terminé son discours, la foule applaudit. Jungho avait escompté que, au moment où le vieil homme descendrait de l'estrade, l'étreinte de l'escorte se desserrerait. Il n'en fut rien. Il ne restait guère de temps avant que l'officiel ne reparte indemne.

Jungho sortit son arme, visa et tira.

Un officier vacilla en hurlant de douleur et la muraille s'entrouvrit. Sur l'estrade, d'autres s'étaient couchés afin d'éviter les balles ; un soldat se jeta sur le gouverneur pour le protéger de son corps. Jungho visa de nouveau et pressa la détente ; la balle transperça le crâne du soldat, qui s'effondra tel un arbre qu'on abat. Autour de Jungho ce n'étaient que hurlements et bousculades, mais la foule était si dense que personne ne parvenait à voir d'où étaient partis les coups.

Une nouvelle détonation retentit, mais Jungho n'y était pour rien. Cette fois, personne ne fut touché. Jungho se tourna vers la droite et vit Cho les deux mains sur la crosse de son revolver, tremblant comme une feuille. Un garde avait pris le gouverneur par le bras et tentait de l'évacuer. Jungho tira une troisième fois et le vieil homme s'agenouilla, les mains crispées sur la poitrine.

— Cho, fiche le camp, vite ! hurla Jungho.

Autour de lui, les spectateurs s'étaient couchés par terre ; il était exposé à tous les regards. Il prit ses jambes à son cou sans se retourner une seule fois. Des cris, des hurlements retentissaient... « Vive la C-C-Corée », entendit-il, puis une détonation. Il s'immobilisa, tourna la tête en direction du bruit, et l'entendit au creux de son oreille, ce murmure sans voix qui lui ordonnait de fuir. Il obtempéra, se mit à courir vers sa droite, bientôt protégé par la foule.

Lorsqu'il parvint à s'en extraire, un espace inoccupé se présentait devant l'entrée d'un grand magasin. Alors qu'il ralentissait le pas, hésitant, il sentit une main lui saisir le coude. Il braqua immédiatement son arme sur le nouveau venu, lequel répliqua par quelques mots dans une langue bourdonnante et, plongeant son regard vert dans celui de Jungho, lui tendit sa toque en fourrure. Un Russe ! Jungho se baissa, ôta son feutre, rangea son arme et enfila la chapka. Résistant à l'envie de se remettre à courir, il traversa le trottoir d'un pas tranquille. À une cinquantaine de mètres, un petit groupe de soldats traversait la foule en hurlant des ordres. Jungho poussa la porte tournante du grand magasin. Il était sauvé. Il traversa les rayons pour sortir par une porte latérale, puis se recroquevilla sur les marches de pierre, froides comme la glace.

— Oh, Cho ! Pardon, pardon !

Des sanglots rauques et secs l'étouffèrent comme si, gelés, ils ne pouvaient sortir de sa gorge.

Il rentra à Séoul par une tiède soirée du début de l'été. Plus maigre que jamais, il flottait dans son vieux costume. La Grande Porte du Sud était encore en place. Tout le reste avait changé. Les drapeaux japonais étaient de plus en plus nombreux, claquant sur les façades des immeubles et les mâts. Mais les chaussées étaient désertes ; il n'y avait plus ni voitures ni camions. Impossible de trouver la moindre goutte d'essence. Le Japon consacrait toutes ses ressources à la guerre contre les Américains ; l'armée impériale faisait même bouillir les pommes et les racines de pin pour en tirer du carburant. En quelques heures ce liquide gluant poissait les moteurs comme du sirop. Afin d'économiser le kérosène, les pilotes d'avions de chasse piquaient sur les navires de guerre américains au lieu de retourner à leur base. Et, dans les jungles, sur les îles périlleuses du Pacifique, les troupes japonaises se battaient jusqu'à la mort, armées de lances en bambou. La nuit, les bêtes fauves se nourrissaient de la chair des soldats morts.

De la gare à la villa de Myungbo, il y avait une heure et demie de marche. Il était plus de 20 h 30 et le soleil bandait encore d'une gaze de crépuscule gris l'ouest du ciel. Jungho n'avait rien mangé de la journée. Malgré sa capacité à supporter les conditions matérielles les plus effroyables, il sentait ses dernières forces lui échapper.

Mieux valait se reposer un moment ; il s'adossa donc à un ginkgo. Le temps était calme, sans vent, et l'air pourtant frais revigorant. La lune, quasiment pleine, se levait dans un ciel d'opale. Sur cette ville sans lumières, elle était particulièrement brillante, magnifique. Par habitude, Jungho plongea la main dans sa poche intérieure pour effleurer l'étui à cigarettes. Comme toujours, il en retira du réconfort. C'est alors qu'une voix s'éleva dans son dos.

— Toi, là-bas ! Tu lèves doucement les bras et tu t'écartes de l'arbre.

Jungho émergea de l'ombre du ginkgo.

— Pas de mouvements brusques et pas la peine de faire le malin, poursuivit la voix en se rapprochant de lui.

Jungho n'était pas armé. Si tel avait été le cas, il serait retourné derrière le tronc et aurait abattu l'intrus avant de fuir dans le dédale des ruelles, à l'ombre du clair de lune. Mais il n'avait qu'un couteau glissé dans sa ceinture, ce qui n'était pas d'une grande utilité contre un assaillant sans doute muni d'un fusil et qui le prenait à revers. Il entendit des pas : ils étaient deux. Le premier finit par le rejoindre, lui ramener les bras dans le dos et le menotter. L'autre, un officier à la fine moustache tombante, se montra seulement lorsque Jungho fut immobilisé.

— Pourquoi m'arrêter ? demanda ce dernier tout en regrettant cette marque de faiblesse ; mieux aurait valu leur opposer un silence de marbre.

— Quelqu'un qui s'enfuit en pleine nuit, peut-être qu'il ne veut pas faire son service, hein ? dit l'officier en japonais quoique sa physionomie paraisse coréenne.

L'autre, celui qui l'avait menotté, ne devait pas avoir plus de 16 ans et semblait craindre Jungho, lequel s'abstint cette fois de tout commentaire.

Les trois hommes marchèrent dans la pénombre jusqu'au commissariat de Jongno, où ils se présentèrent à 23 heures. Jungho fut débarrassé de ses menottes et jeté dans une cellule déjà bondée. Les autres prisonniers, couchés sur le côté, n'ouvrirent la bouche que pour lui reprocher de prendre de l'espace. Il trouva à se loger tout près du pot de chambre, aussi plein que la cellule. Il avait si peu de place qu'il dut rester assis les épaules droites et les genoux repliés contre le torse. C'est dans cette position qu'il passa la nuit et une bonne partie de la matinée.

À midi, des prisonniers ayant quitté la cellule les uns après les autres, Jungho put enfin étendre les jambes. Ses tempes palpitaient et sa gorge était en feu comme s'il avait avalé une poignée de sable. Quand donc avait-il passé pour la dernière fois autant de temps sans manger, sans boire et sans pouvoir se coucher ? Cela lui était déjà arrivé, bien sûr, mais il était plus jeune alors. Et armé de la conviction qu'il lui fallait survivre et persister parce qu'il avait encore des choses à faire. Or il avait désormais l'impression que tel n'était plus le cas, quelles qu'aient pu être les choses en question. Pourquoi ne pas mettre fin à ses souffrances ? C'était peut-être un bon choix.

Alors qu'il pensait au couteau dissimulé dans sa ceinture, un officier vint le chercher pour son interrogatoire. Au lieu d'une petite pièce sans témoin, Jungho fut conduit à sa grande surprise dans une cour où trois officiers attendaient assis devant une longue table. Les prisonniers patientaient en file le long de la cour, qu'ils traversaient quand leur tour était venu. Lorsque ce fut le sien, Jungho marcha jusqu'à la table, où un général médaillé assis entre deux acolytes le considéra avec une expression qui confinait à l'ennui.

— Nom et date de naissance, dit-il en tendant vers lui une feuille vierge d'une main à laquelle manquaient l'annulaire et le petit doigt.

Jungho écrivit ce qu'on lui demandait, pressa son pouce sur un tampon d'encre rouge puis sur la feuille et rejoignit le reste des prisonniers.

Le soleil poursuivit sa route dans le ciel. Les prisonniers cuisaient sous ses rayons tranchants comme des lances sans oser suivre l'ombre. Jungho avait dans la bouche un goût de cendre. Il ferma les yeux et se débarrassa de toute pensée, en particulier celles qui avaient trait à l'eau. Le temps que le ciel passe au rouge sang, il y avait déjà des centaines d'hommes qui attendaient en silence dans la cour.

Les trois officiers japonais se levèrent et se dirigèrent vers la foule, devant laquelle le général tint ce discours – une corvée dont il fallait bien s'acquitter, à en croire son expression lugubre – dans un japonais saccadé et tranchant :

— Il vous est accordé la bénédiction de défendre notre empire contre les attaques de l'impérialisme occidental. Certains combattront dans le Pacifique, contre l'arrogante Amérique ; d'autres en Mandchourie contre l'odieuse Russie. Là-bas ou ailleurs, mourir pour Sa Majesté l'Empereur est la gloire la plus sublime à laquelle puissent aspirer ses humbles sujets, un honneur dont vous devez tous être reconnaissants.

Le général recula d'un pas ; ses subordonnés prirent la suite.

— Tous en sous-vêtements, aboyèrent-ils.

Autour de Jungho, les hommes se déshabillèrent en hâte, amassant à leurs pieds pantalons, chemises et vestes. La plupart d'entre eux ne parlaient pas un mot de japonais et, abasourdis et perplexes, se contentaient de faire comme leurs voisins. Tous n'avaient pas saisi qu'ils allaient être envoyés par centaines dans les jungles et les steppes pour se battre avec des lances en bambou ; dans leurs yeux la peur le disputait à l'espoir. Jungho, lui, avait gardé sa veste et son pantalon imprégnés de sueur. Il se sentait le cœur assez léger : bientôt, cette comédie serait terminée. Il serait même peut-être capable de tuer quelques hauts gradés avant de se trancher la gorge.

— Eh, toi là-bas, le salopard ! Avance ! hurla un officier qui avait remarqué que Jungho n'avait pas obéi.

Jungho ne broncha pas, mais ceux qui l'entouraient s'écartèrent. Il était à présent au centre d'un espace vide. L'officier sortit son revolver et le braqua sur la tête du rebelle.

— Déshabille-toi immédiatement ou je te fais sauter la cervelle comme une pastèque.

Jungho décida d'ôter sa veste pour attirer l'officier à lui. Mais, tandis qu'il sortait le bras de sa manche, un petit objet brillant tomba sur le sol. Son étui à cigarettes en argent ! Il se pencha sans réfléchir pour le récupérer. L'officier s'avança vers lui, le visant toujours à la tête.

— Espèce d'abruti ! Laisse ça là, siffla-t-il, fou de rage.

Jungho fit celui qui n'avait pas compris. Au moment où sa main se refermait sur l'étui, l'officier la lui écrasa du talon.

— Sale fils de pute ! hurla-t-il.

Les veines saillirent sur le poing de Jungho, qui n'avait rien lâché ; il ne tint toutefois pas longtemps. Avec un sourire de mépris, l'officier souleva sa botte pour donner un coup de pied dans l'étui. De satisfaction, il avait baissé son revolver. Sa voix était elle aussi rendue rauque par la soif, et d'épaisses gouttes de sueur roulaient sous sa visière pour venir éclabousser la poussière. Après s'être épongé le front, il donna négligemment un coup de pied dans le ventre de Jungho, comme l'aurait fait un tigre jouant avec sa proie avant de l'égorger. Jungho s'accroupit, tête baissée, et tâta sa ceinture ; le couteau était là.

— Arrêtez, fit une voix à quelques mètres d'eux. Laissez-le.

C'était le général. Il avança vers eux, tenant dans sa main un objet qui scintillait dans les derniers rayons du soleil : l'étui à cigarettes.

— Où as-tu trouvé ça ? demanda-t-il en levant l'étui à hauteur de son visage.

Il était si près que Jungho n'aurait eu aucun mal à le tuer.

— Mon père me l'a donné, s'entendit répondre Jungho.

— Ton père ? répéta le général, pensif. De quelle région viens-tu ? Comment s'appelle ton père ?

— Je suis du Pyeongan et mon père s'appelait Nam Kyungsoo.

Le général retourna l'étui dans sa main privée de deux doigts. Il n'avait aucun moyen de se défendre. Mais, alors que le pouce de Jungho effleurait le manche du couteau, l'officier leva la tête et le regarda droit dans les yeux.

— C'est moi qui ai donné cet étui à ton père. Nous nous sommes rencontrés par hasard dans la montagne il y a presque trente ans ; il m'a sauvé la vie. Je lui ai dit que s'il avait le moindre problème il pouvait s'en servir auprès de n'importe qui. J'étais loin de me douter que ce pourrait être auprès de moi. Je ne pensais pas le revoir un jour…

Jungho ne comprenait rien, à ceci près : cet homme avait connu son père, lui avait donné un objet, un fétiche dont lui-même avait hérité et qu'il avait chéri depuis. Il ne pouvait plus être question de tuer le général.

— J'ai d'abord cru que tu l'avais volé. Mais tu ne mens pas.

— Comment le savez-vous ? demanda Jungho.

— Tu ressembles comme deux gouttes d'eau à ton père, affirma le général en caressant les lettres gravées sur le métal. Regarde. Mon nom est inscrit ici : Yamada Genzo.

Le général se tourna vers son subordonné, lequel était à présent doux comme un agneau.

— Je m'occuperai de celui-là. Emmenez les autres à la caserne et essayez de ne pas tous les tuer avant l'arrivée sur le front. Il nous faut de la chair à canon.

Les officiers opinèrent et se mirent à regrouper les hommes. Yamada fit signe à Jungho de le suivre.

Il lui fit traverser la cour et prendre un long couloir qui conduisait dans un bureau minuscule dont la fenêtre donnait sur la rue. Yamada fit s'asseoir Jungho et versa de l'eau dans une tasse qu'il lui tendit.

— Bois, dit-il en prenant place derrière une petite table.

Jungho avala le contenu de la tasse d'une seule gorgée tout en se laissant tomber sur la chaise. Puis il se resservit tandis que Yamada écrivait quelque chose.

— Comment avez-vous rencontré mon père ? demanda Jungho après sa troisième tasse.

— Nous étions partis chasser et nous étions perdus. J'ai trouvé ton père dans la forêt, trop faible pour redescendre seul au village. Je lui ai donné ma ration et il a repris des forces. Plus tard, alors que nous redescendions, un tigre s'est attaqué à nous mais ton père, j'ignore comment, a réussi à le faire fuir. Sans rien, sans armes, à mains nues. Oui, je ne comprends toujours pas comment il a pu faire.

Yamada se redressa et secoua la tête.

— Il n'était pas bien grand. Un peu comme toi.

— Il nous a raconté cette histoire deux ou trois fois, mais sans mentionner les soldats…

Était-ce, se demanda Jungho, parce que son père avait honte d'avoir aidé des Japonais, même par pure coïncidence ?

— Et c'est pour ça que vous lui avez donné l'étui ?

— Oui, on peut le dire ainsi, soupira Yamada. Maintenant, Nam, écoute bien. Je t'ai rédigé une lettre expliquant que son porteur était en mission spéciale pour le général Yamada Genzo, commandant de la 5e armée. Prends-la et mets-toi en lieu sûr. Si toutefois tu te trouvais confronté à des soldats, montre-leur cette lettre et ils te laisseront tranquille. Il est capital que tu ne retombes pas entre leurs mains, tu comprends ? Si tu pars pour le front, tu n'en reviendras pas. Les Allemands ont capitulé depuis des semaines ; dans le Sud, nous combattons les Américains, et les Russes vont nous prendre en tenaille par le nord. La guerre sera bientôt finie, mais pas avant que nous n'ayons perdu jusqu'au dernier de nos hommes. C'est ce qui a été décidé.

Yamada signa la lettre de son sceau rouge, la glissa dans une enveloppe et la tendit à Jungho, avec l'étui à cigarettes.

— Vous devriez le reprendre, dit Jungho.

— Non, il est à toi, rétorqua Yamada avec une ombre de sourire.

Un instant, le général parut plus serein, comme s'il s'était souvenu d'une amusante scène d'enfance. Puis cette lueur disparut de son visage, qui reprit sa sévérité.

— File, maintenant. Bonne chance.

Yamada ouvrit la porte et s'écarta. Jungho se leva, les genoux tremblants, et sortit du bureau. Il n'avait aucune idée de la disposition des lieux mais courba l'échine comme un chien qui flaire le chemin de la liberté.

Assise dans le brouillard de ses pensées face au jardin, Jade se demandait comment les arbres pouvaient continuer à vivre, indifférents à tout. Elle avait fini par vendre toutes ses possessions. Bijoux, vêtements, meubles, draps et couvertures ; il n'y avait plus rien qui ait la moindre valeur, excepté le collier de diamants, toujours enterré sous le cerisier *aengdu*, lequel avait été sa seule source d'alimentation fiable au début de l'été. Avec la faim, il venait un moment où même respirer était fatigant. Partout dans la ville, des gens jusqu'alors en parfaite santé mouraient de faim en silence ; ils avaient trop honte pour attirer l'attention sur leur tragédie. Jade avait pensé à cette solution : se coucher pour ne jamais se relever. Mais un ultime sursaut l'avait tirée de sa torpeur. Une voix qui lui disait : il faut vivre. Ces hallucinations auditives ne l'étonnaient plus ; elle avait dépassé ce stade. La voix lui rappelait simplement ce que Jungho lui avait dit du choix à faire parfois entre vie et renoncement. Lui avait toujours choisi la vie.

Elle revint dans sa chambre, enfila une jupe et un chemisier élimés. Ses mains tremblaient et l'effort la fit vaciller à plusieurs reprises ; elle dut se retenir au mur. Mais elle parvint à relever en chignon ses cheveux, qu'elle portait de nouveau longs, à se coiffer d'un chapeau bleu et à sortir de la maison.

Elle remonta le boulevard de Jongno, scrutant les vitrines à la recherche de propositions d'embauche qu'elle ne vit pas ; il aurait fallu entrer, demander, et elle n'en avait pas le courage. Après une heure de déambulation infructueuse, elle se promit d'entrer dans la prochaine boutique qui se présenterait, un tailleur pour dames haut de gamme. Une clochette retentit lorsqu'elle poussa la porte et la propriétaire, une jolie femme, l'accueillit avec un sourire suave.

— Bienvenue ! Que puis-je faire pour vous ?

Jade tenta de lui répondre, mais comprit vite qu'elle en était incapable. La boutique étant petite, la commerçante n'avait certainement besoin de personne. D'ailleurs elle semblait déjà irritée par la présence de cette cliente désargentée.

— Rien, merci, marmonna Jade en se dirigeant vers la sortie.

En quittant la boutique du tailleur elle courait presque, elle manqua bousculer un passant. Elle baissa la tête en signe de contrition mais, au lieu de poursuivre son chemin, l'homme lui prit le poignet et la regarda avec un sourire.

Ito Atsuo !

— Je ne pensais pas vous revoir un jour, dit-il.

Il n'avait guère changé en dépit de ses tempes grisonnantes ; avec son costume de lin blanc, il était toujours aussi beau, aussi agile, aussi sèchement élégant. Jade semblait avoir perdu sa langue, et parler lui aurait sans doute fait verser toutes les larmes de son corps. Il lui fallut rassembler ses forces pour vriller sur Ito un regard glacial.

— Il ne faudrait tout de même pas que la joie de me revoir vous donne envie de pleurer, poursuivit Ito sur un ton badin, tout en remarquant son extrême maigreur.

Des mèches lasses s'échappaient de son chignon et balayaient son cou fluet. Elle n'était plus que l'ombre d'elle-même.

— Vous vous promeniez ? Ou vous avez un but précis ?

Elle secoua la tête.

— Parfait. Venez avec moi, j'allais dîner en ville.

C'était une soirée humide de la mi-juillet. Le crépuscule nuageux plongeait le monde dans une brume douce et grise. Ito l'emmena dans un restaurant japonais tout proche dont les fenêtres étaient blanches de buée. Sous le regard de Jade, interdite, il commanda assez pour quatre personnes. Comment pouvait-il y avoir encore à manger dans ce restaurant ? De toute évidence, Ito lui-même n'avait aucun problème pour continuer à s'alimenter. Attablée face à lui, elle dévora son aubergine grillée sans feindre la délicatesse ni ressentir le moindre embarras. Elle aurait pu continuer toute la nuit. Puis elle fut prise de nausée et, à regret, dut manger moins vite. Elle avait tellement peur de vomir cette précieuse nourriture !

— À y réfléchir, cela fait vingt ans que nous nous connaissons. Vous aviez 17 ans, dit Ito en dégustant son poisson frit par petites bouchées.

Il mangeait en levant le coude, tirant sur l'épaule de son costume ajusté comme pour manifester sa condescendance, son aristocratique indifférence aux mets qu'il savourait pourtant avec plaisir.

— J'étais une enfant. Je ne connaissais pas la vie, répondit-elle en posant ses baguettes.

— C'est vrai. Une enfant têtue, insolente. Qui se croyait plus intelligente qu'elle ne l'était vraiment. Comme la plupart des jolies filles.

Il eut un sourire satisfait et elle rougit.

— Mais vous étiez une guerrière. Ce qui vous différenciait des autres. Vous m'avez même mordu, un jour. Enfin j'imagine que depuis la vie vous a un peu déniaisée.

— J'ai perdu tous ceux que j'aimais, tout ceux auxquels je tenais, dit Jade d'une voix tremblante. Je n'ai plus aucune raison de me battre.

— Ah. Ce n'est pas grave. Vous vous battrez jusqu'à la mort. C'est la vie.

Il avala quelques gorgées de saké.

— La guerre tourne à la catastrophe. Honnêtement, j'en suis le premier surpris, mais le fait est que nous allons perdre. Les Américains nous ont pratiquement rayés du Pacifique. Cela dit, nos soldats se battront jusqu'au dernier.

— Et vous ? Ça ne vous fait pas peur ?

— Peur, moi ? Pourquoi ? Il faut bien mourir un jour. J'ai tué assez d'hommes en mon temps pour savoir que mon tour viendra. Mais pas de manière trop prématurée : ça, je le laisse aux petites gens. Non, j'ai un plan, Jade.

Il se pencha vers elle et poursuivit à voix basse :

— Quand le Japon perdra, la Corée recouvrera son indépendance. Ce qui se traduira pour les Japonais qui vivent ici par des choses tout à fait épouvantables. Je vais donc rentrer avant qu'il ne m'arrive malheur.

Il se resservit du saké.

— Vous rentrez à Tokyo ? Et vos mines ?

— À Nagasaki, de fait, le berceau familial. Nous avons une belle demeure au pied de la montagne, avec vue sur la mer. Je n'y suis pas retourné depuis la mort de mon père ; il est temps que je revienne. Le gouvernement a nationalisé mes mines depuis longtemps, pour l'effort de guerre. Dieu merci, à cette époque j'avais déjà investi mes liquidités dans des œuvres d'art et des céladons Goryeo. J'en ai plus d'une centaine qui valent au moins 10 000 wons, et pour certaines beaucoup, beaucoup plus. Bien plus que les mines, qui de toute façon ne valaient plus grand-chose. Je vais donc repartir avec tout ça sous le bras.

Il se cala contre la banquette et enveloppa Jade d'un regard satisfait ; mais c'était son impeccable collection et son plan non moins sublime qu'il avait à l'esprit. Puis, comme si la chose lui revenait soudain, il regarda sa montre en or.

— 21 h 15. J'ai un autre rendez-vous.

Il héla le serveur et lui demanda d'emballer les plats qui n'avaient pas été consommés.

— Je vais au zoo du palais Changgyeong, Jade. C'est près de chez vous. Je vous raccompagne ?

— Le zoo ? Mais pourquoi ? Il est si tard !

Jade serrait contre elle le précieux colis de nourriture.

— Je vous le dirai dans la voiture, promit Ito.

Le chauffeur aux gants immaculés les attendait. Ito en personne ouvrit la portière à Jade avant de monter de l'autre côté.

— Comment faites-vous pour trouver de l'essence ? s'étonna-t-elle. Même l'armée en manque.

— Ah, pour certaines choses, s'esclaffa Ito en lui tapotant le bras, vous êtes encore d'une naïveté… Je sais que vous ne m'aimez pas et que vous ne me faites pas confiance, mais, au nom de toutes ces années, ces vingt ans depuis notre première rencontre, écoutez-moi une minute. D'accord ?

— Oui.

— Ne vous fiez à personne, ne souffrez jamais si ce n'est pas nécessaire, cherchez la vérité cachée dans les propos d'autrui et demandez-vous toujours comment survivre. C'est le conseil que je vous donne.

— Survivre, pourquoi ? J'ai l'impression que ça n'a plus de sens. Le monde s'effondre ; chaque jour il devient plus tragique, plus cruel et je n'ai plus personne.

Elle tendit la main vers la vitre et les rues ténébreuses, sans lumières ni clair de lune, sans musique ; le seul bruit était celui des feuilles mortes dans le vent.

— Vous attachez trop d'importance aux gens, répondit Ito.

Il s'ensuivit un long silence. Aucun des deux ne voulait céder à l'autre.

— Alors qu'allez-vous faire au zoo ? finit-elle par demander.

Nombre d'animaux y étaient morts de faim ces dernières années. Les plus ordinaires, les lapins, chiens et chevaux de Jeju, avaient été donnés en pâture aux lions et aux tigres, puis les grilles de leurs enclos avaient été fondues par l'armée pour en faire des munitions. Jade était venue à plusieurs reprises apporter une patate douce, une pomme, un demi-chou à l'éléphant solitaire ou aux ours à collier, un frère et une sœur. À bonne distance, elle avait lancé ses offrandes blettes et regardé les bêtes les manger. Elles lui avaient rendu ses regards d'une manière qu'elle avait trouvée terriblement humaine. Elles savaient. Elles priaient. Elles espéraient.

— Oui, je n'ai pas voulu vous en parler au restaurant. Si quelqu'un nous avait entendus..., dit Ito avec cette suavité et ce flegme si caractéristiques de sa personnalité. Tokyo redoute que les Américains ne bombardent Séoul dans les jours qui viennent. Ordre a donc été donné aux employés du zoo d'éliminer cette nuit les animaux dangereux, pour parer à tout vagabondage.

— Mais ces pauvres bêtes n'ont rien fait de mal ! Vous allez les voir se faire tuer ?

Jade s'abandonna avec d'autant plus de facilité à la colère que son corps venait d'être nourri et réconforté.

— Oui, mais je vais surtout récupérer ce qui a de la valeur. Notamment une peau de tigre, deux peaux d'ours et une paire de défenses. Je tiens particulièrement à la peau de tigre. Si le Japon est beaucoup plus grand que la Corée, nous n'avons pas de bêtes aussi féroces. Comment ces monstres ont pu prospérer dans un pays aussi petit que le vôtre, c'est un véritable mystère ! J'aurais adoré pouvoir chasser le tigre sauvage, mais il semble avoir disparu de Corée.

Un souvenir ancien revint à Jade : au village, la nuit, les cris des animaux affamés résonnaient au-delà des murs. Parfois, l'hiver, elle découvrait dans la neige les empreintes de bêtes qui s'étaient approchées de la maison. Jamais elle n'avait eu peur de ces fauves ; la sauvagerie des humains, en revanche, la terrifiait.

— Qu'est-ce qui vous plaît tant dans le spectacle de la mort, dans l'acte de tuer ?

Elle plissa les yeux. Si elle n'avait pas été anesthésiée par l'épuisement physique et nerveux, elle aurait éclaté en sanglots.

— Je n'ai aucun plaisir à voir empoisonner de si belles créatures dans leurs cages. C'est… injuste. Inélégant. Alors, si elles doivent mourir, au moins que ce ne soit pas en vain. Je récupère les peaux. Le zoo m'a promis d'employer mon argent à nourrir les animaux qui restent.

La voiture d'Ito s'arrêta devant la maison de Jade. Elle avait beau haïr cet homme et trouver horrible son commerce avec le zoo, elle se força à le remercier pour le repas.

— Mais de rien, dit-il en haussant les épaules. Mieux vaut vous souvenir de mon conseil. Je pars vendredi : nous ne nous reverrons certainement pas… Merde à la guerre, Jade. Et merde à la solitude. Ne mourez pas.

Elle s'attendait à ce qu'il la serre contre lui mais il se contenta de la regarder avec un sourire désinvolte. Elle comprit qu'il n'avait pas plus envie d'elle qu'il n'avait envie d'empoisonner le tigre dans sa cage. Une question d'esthétique plus que de morale. Elle baissa la tête pour dissimuler le rouge qui lui était monté aux joues.

Le lendemain, le chauffeur d'Ito lui apporta un petit paquet. Il contenait une enveloppe – 1 000 wons en billets neufs – et un petit vase en céladon à peine plus grand que sa paume, incrusté de grues dansant sur un fond de jade.

24

Buisson d'airelles
1945

Le 6 août, le monde allait changer puisque l'homme pouvait désormais déchaîner sur Terre le feu du soleil. Mais Yamada Genzo l'ignorait lorsque, en juillet, il retourna en Mandchourie pour se préparer à l'inévitable. Les troupes étaient dans un état lamentable : uniformes en lambeaux, semelles trouées, ventres vides. Les munitions de leur paquetage ne leur assuraient plus qu'un jour de guerre. Et pourtant, disséminés dans les champs en ce jour d'été, les soldats trouvaient encore l'énergie de plaisanter, d'échanger des cigarettes, de faire des lessives, de se baigner dans les eaux froides du lac et de s'éclabousser comme des gamins. Ici, dans la paisible forêt boréale, ils ne cédaient pas à la bestialité comme Yamada l'avait vu sur d'autres fronts. Non que ces troupes soient meilleures, ou que les autres soldats aient été des monstres. Ceux-là aussi auraient gravé le nom de leur bien-aimée sur le tronc d'un bouleau s'ils avaient été ici. Et, dans d'autres circonstances, ceux-ci auraient coupé sans hésiter la gorge des femmes qu'ils pénétraient. À Nankin, un lieutenant avait fait cela sous les yeux mêmes de Yamada, avant de continuer à baiser le corps encore tiède de sa victime. Après s'être retiré, il avait dit presque avec gêne : « Comme ça, c'est meilleur. » Yamada avait été tenté de lui faire sauter la cervelle sur-le-champ ; mais ç'aurait été de la trahison pure et simple. Le viol et le massacre des ennemis de l'empire faisait partie de la guerre.

Ces troupes joviales, se demanda le général, sont-elles vraiment loin de se douter que la fin est proche ou le savent-elles sans s'en soucier ?

Le 6 août à 8 heures du matin, Yamada petit-déjeuna devant sa tente. Il faisait jour de 5 heures à minuit environ, mais le soleil était plus clément dans ces régions nordiques. La lumière, plus douce, faisait miroiter l'herbe verte, et dans le lointain s'élevaient les pics bleus des Khingan. Comment imaginer qu'au même moment un terrible événement se produisait, qu'une ville entière était anéantie en une seconde par une unique bombe ? Ils reçurent en fin d'après-midi seulement le message radio concernant Hiroshima ; Yamada ne savait qu'en penser. Comment était-il possible d'avoir sous les yeux ces fleurs violettes qui se balançaient dans le vent, ces tortues qui nageaient paresseusement dans le lac, ces arbres qui étendaient leurs branches pour croître le plus possible au gré d'un été sans chaleur, et, simultanément, la lumière blanche, aveuglante de l'explosion, les chairs carbonisées, fondues, et les survivants sans visage dans une ville en cendres ? Se comporter comme si cela avait eu du sens aurait été le plus grand des crimes. Pourtant, les commandants se réunirent et décidèrent de se préparer comme si de rien n'était à l'attaque russe qui, pensaient-ils, ne tarderait pas.

— Du sens, marmonna le général Yamada, assis entre ses pairs.

Les autres le regardèrent avec méfiance, ou inquiétude. Il baissa la tête et son regard se posa sur une petite tache noire sur la table. Une fourmi, absorbée par son éternelle mission de chercher de la nourriture et de la mettre à l'abri. Jusqu'à la fin de la réunion il ne la quitta pas des yeux.

Dans les jours qui suivirent, les soldats passèrent leur temps à réparer leur paquetage, à écrire des lettres qu'ils enverraient au prochain bourg traversé. Les Russes, se disaient-ils, attendraient peut-être l'automne pour reconstituer leurs troupes, épuisées par la guerre en Europe. Mais, le 9 août, deux messages parvinrent au campement de Yamada. Le premier parlait d'une seconde et terrible bombe qui avait rasé Nagasaki. L'autre provenait du front ouest : l'URSS avait déclaré la guerre au Japon à la 23e heure du 8 août et les tanks de l'Armée rouge s'étaient ébranlés une heure plus tard, trois mois exactement après la capitulation de l'Allemagne.

Les sections de Yamada devaient partir vers le nord-ouest pour rejoindre la 4e armée. Les soldats perdirent leur bonne humeur naïve et leurs visages se firent plus graves en cet après-midi à la douceur de miel. Un étrange silence s'était abattu sur eux, dont surgissaient les étés de leur enfance, le chant des oiseaux, leurs mères encore jeunes et belles, et les feuilles qui frémissent dans le vent. Au cœur de cette somnolence, la terre noire fut saisie d'un infime tremblement que ressentit Yamada. Les soldats, eux, échangèrent des regards tandis que le bruit enflait, mais ils continuèrent à marcher.

Yamada leur ordonna de faire halte. Ils avançaient vers le nord-ouest, longeant sur leur droite les Khingan aux contreforts sombres et lisses et dont les douces pentes s'élançaient vers les nuages. Sur la gauche, la vibration continua d'enfler et devint bientôt grondement. À l'horizon, dans les vertes prairies, avaient surgi les tanks et l'artillerie de l'Armée rouge.

Les hommes de Yamada étaient pris en tenaille entre les Russes et les montagnes. Une seule solution : l'attaque. Les commandants et officiers se hâtèrent de mettre leurs bataillons en formation de combat. Yamada observa ses hommes munis de leurs fusils hors d'âge, et vit leurs efforts pour cacher leur peur. Nombre d'entre eux devaient penser aux lettres qu'ils avaient glissées dans leurs poches et qui ne parviendraient jamais à leurs familles. À lui de leur redonner courage avec les moyens du bord.

— Fils indomptables de l'empire, il est temps de montrer de quel bois vous êtes faits ! Pour l'honneur ! Pour la patrie ! Pour l'empereur !

À ces mots assemblés à la hâte et qui convenaient vaguement à la situation, les soldats répondirent par un hurlement assourdissant, le poing brandi vers le ciel. Mais peu importaient les paroles : ce qui comptait, c'était l'encouragement. Les hommes le savaient et approuvaient l'intention.

Les Russes répondirent par leur propre cri de bataille. D'abord un murmure, qui se rapprocha ensuite : une déferlante sonore ! Puis vint le moment où les deux armées se trouvèrent à portée de canon, ce dont elles semblèrent prendre conscience simultanément. Le sol se souleva tout près de Yamada sous l'impact des premiers tirs d'artillerie. Submergés par les fumées, les Russes continuèrent d'avancer.

— Tenez bon ! Ne reculez pas ! hurla Yamada, ordre dont les commandants de régiment et les officiers se firent l'écho.

Des hommes déjà tombaient, touchés, y compris des gradés. Ceux qui les entouraient résistèrent au désir de leur venir en aide, préférant tenir les positions. Les échanges de tirs et de lancers de grenade se multiplièrent. Ce n'étaient plus qu'explosions et soldats bondissant dans les flammes.

La vague russe l'emporta beaucoup plus vite que Yamada, combattant pourtant aguerri, ne l'avait prévu. Les Soviétiques étaient mieux armés, et de loin ; Yamada, lui, n'avait ni tanks ni même mitrailleuses. Dans le chaos du champ de bataille, il comprit bientôt que ses hommes périssaient par centaines. L'herbe si tendre, si légère était couverte de cadavres et de fumée. Les morts et les agonisants gisaient, monceaux de chair ensanglantée. Puis les détonations s'espacèrent et il vit à quelques dizaines de mètres certains de ses soldats et de ses officiers à genoux, les mains levées. Lui avançait seul dans un nuage ; les Russes ne tarderaient pas à le faire prisonnier ou à le tuer. Dans ce cas de figure, un général de l'armée impériale japonaise se doit de mettre fin à ses jours. À sa grande surprise, Yamada préféra tourner les talons et courir à toutes jambes vers les montagnes. Une minute plus tard, une bourrasque dissipait la fumée qui avait recouvert le champ de bataille. Sans se retourner, Yamada entendit les Russes hurler. Il courut, courut jusqu'à sentir ses poumons sur le point d'éclater. Puis les détonations remplacèrent les cris.

Bang ! Bang ! Les sons filaient par-dessus la prairie ; il lui semblait déjà que les balles lui perçaient le dos. Ils l'avaient manqué parce qu'il poursuivait sa course folle. Le bosquet au pied de la colline n'était plus qu'à 50, 40, 30 mètres…

Bang ! Bang ! Bang ! Il entendit les trois dernières détonations, plus fortes que les précédentes. Il était certain d'avoir été touché avant d'atteindre les sous-bois. Ah, c'est donc ça, mourir ? se dit-il.

Le ciel blanc et lourd et l'humidité du vent ne laissaient guère de doute : il allait neiger.

Yamada était accroupi dans son refuge, une anfractuosité triangulaire formée par une roche plate sous deux autres dalles imbriquées. Elle était assez haute pour qu'il puisse s'y asseoir bien droit, et assez longue pour qu'il puisse y coucher de tout son long. Il regardait les branches nues des arbres et le sol couvert de feuilles jaune et brun. Bientôt, cette couche presque confortable disparaîtrait sous la neige. Il y avait déjà eu quelques flocons les semaines précédentes, mais la neige avait fondu presque aussitôt. Lorsqu'elle commencerait à tenir, Yamada ne trouverait plus ni baies ni champignons.

Il était si maigre à présent qu'il pouvait faire le tour de son coude avec le pouce et l'index, et l'uniforme lui pendait sur les os. Jusqu'ici, il avait suffi à le protéger du froid, mais les températures ne cessaient de baisser, de jour comme de nuit. Si l'altitude était assez faible, les hivers commençaient tôt ici, dans le Nord. Les oiseaux avaient disparu depuis longtemps ; il ne voyait plus ni rongeurs ni lièvres.

Il sortit à quatre pattes de son trou et se redressa, vacillant, sur le sol spongieux. Il aurait préféré rester à l'abri pour économiser ses forces, mais la faim en avait décidé autrement. Il y avait non loin du torrent une clairière pleine de buissons d'airelles et bordée de bouleaux. Il boitilla jusqu'au ruisseau, saisi par des grelottements incessants. La neige commença à tomber à ce moment précis, comme si une main avait retourné dans les cieux une titanesque salière. Oui, c'était cette sorte de neige, fine et poudreuse.

Au bord du ruisseau, Yamada s'agenouilla prudemment sur un rocher et but au creux de ses mains jointes. Il y avait des empreintes animales dans la terre brune et les berges. Les bêtes de la forêt venaient aussi s'abreuver là. Hébété, il se remémora les temps lointains où il aurait sauté sur l'occasion de chasser ces créatures sauvages. Si à présent cela paraissait difficile à imaginer, il avait naguère été assez fort pour courir, traquer et tuer. Et il avait aimé la chasse. Non par sensualité, contrairement à Hayashi ou Ito, mais parce que cela faisait partie de la panoplie des grands de ce monde. Ô ironie du sort ! Il n'était plus rien désormais, perdu dans l'une des régions les plus reculées du monde et oublié des hommes. Il ne manquait à personne ; certainement pas à Mineko, et sans doute pas même à Ito Atsuo. Il se l'imagina entouré d'un aréopage d'hommes aussi riches que lui, levant son verre de cognac et clamant : « Mon plus vieil ami, le général Yamada Genzo, est mort au front. Un véritable héros digne de son empereur ! Buvons à sa mémoire ! » Et, la minute suivante, bavardant de ce qui lui tenait vraiment à cœur en cet instant : une femme, une œuvre d'art, une mine d'or. D'ailleurs, jamais il ne reparlerait de Yamada, qui ne se faisait aucune illusion sur la sincérité d'Ito.

Il en était cruellement conscient : sa vie n'avait plus la moindre importance.

Les fins flocons devinrent plus épais, plus violents. Il se leva en tremblant et se dirigea vers la clairière. L'idée des airelles le faisait saliver tout en lui tordant les entrailles, mais il ne pouvait aller plus vite tant il était faible. Ses articulations le faisaient souffrir comme si ses membres avaient été assemblés par la force à son torse. La neige, plus dense, lui rentrait dans les yeux ; il lui fallait s'arrêter tous les 10 pas pour les essuyer.

Il parvint à la clairière vers midi mais constata avec dépit que la plupart des baies et même certaines feuilles avaient disparu depuis la dernière fois. Les buissons avaient dû recevoir la visite des chevreuils ou des élans. Yamada alla de buisson en buisson, examinant le moindre rameau. Parfois des baies presque sèches étaient cachées sous la neige. Il les avalait goulûment et leur goût aigre-doux se répandait de sa langue à son corps, lui apportant tout de même un peu de chaleur.

Il put manger deux poignées d'airelles en une heure avant de tourner les talons pour rentrer au refuge. Mais il constata bientôt à quel point le paysage changeait sous sa nouvelle couche de neige. Les repères qu'il avait coutume de suivre avaient disparu. Il avança de 20 pas, recula de 10, continua à tourner en rond alors que la neige redoublait. Il grelottait sans pouvoir s'arrêter. Jamais de sa vie il n'avait eu froid si longtemps.

Il s'accroupit, incapable d'aller plus loin. Une fois dans cette posture, il lui fut impossible de résister à la tentation de se coucher. Il s'allongea, le sol de la forêt pour matelas, la neige pour couverture. Chose étrange, il se sentit soudain au chaud et à son aise. C'est alors qu'il repensa à l'homme qu'il avait trouvé ainsi dans les montagnes, à des centaines de kilomètres de là. Le cadavre vivant en haillons, d'une invraisemblable maigreur. Yamada n'avait pas compris alors que cette rencontre allait changer sa vie, mais le caractère inéluctable de ce qui s'était produit par la suite le submergea par vagues, d'une netteté cristalline. Ces événements avaient été guidés et par la raison et par son contraire. Défiant toute logique, ils l'avaient amené à destination malgré tout. La question la plus difficile, le pourquoi de tout cela, semblait elle aussi se dissoudre dans le ciel.

— Finalement, tout cela a du sens, murmura-t-il.

Ou peut-être s'était-il contenté de le penser. Il n'était pas certain que les mots puissent encore franchir ses lèvres ; ils restaient peut-être à errer dans son esprit. De toute façon, il n'y avait personne pour l'écouter. Peu importait, du reste : Yamada enfin avait trouvé la paix.

25

La République
1945

La lumière bigarrée qui filtrait par les vitraux du plafond réveilla Jungho. Il se cachait depuis son retour dans une chapelle désaffectée que le désintérêt des autorités avait sauvée de la destruction. Comme les lieux étaient supposés être déserts, il prenait soin d'être aussi discret que possible et ne sortait jamais. Il survécut grâce aux colis de nourriture que le majordome de Myungbo déposait une fois par semaine.

Il se posta devant la fenêtre ; percée par une balle, elle était parcourue de fissures concentriques. Au-dehors, le ciel était d'un bleu vigoureux de grande chaleur estivale. Il passa le doigt dans l'orifice et, s'étant coupé la peau, versa quelques gouttes de sang avant d'inspirer profondément. Il y avait dans l'air quelque chose de nouveau. Sa gorge se serra de nostalgie et il enfila ses vêtements, comme sous hypnose, avant de sortir de sa cachette.

Les rues, blanches sous le soleil au zénith, étaient étrangement vides. Il traversa deux ou trois carrefours sans rencontrer personne, finit par croiser deux ouvriers qui ne creusaient pas et ne maniaient pas non plus leurs habituels sacs de sable. Non, assis en tailleur sur le trottoir, ils discutaient.

— Excusez-moi, quel jour sommes-nous ?

La voix de Jungho chevrotait tant il avait du mal à déplier sa langue engourdie par des semaines de silence.

— Le 15 août, répondit l'un des ouvriers.

Jungho hocha la tête. Il était enfermé depuis si longtemps qu'au début de l'été il avait cessé de compter les jours.

— Il se passe quelque chose, non ? Où sont les gens ? demanda-t-il, la main en visière pour se protéger du soleil.

— Mais oui, mon gars, on se posait la même question. Notre officier ne s'est pas montré ce matin et les autres sont rentrés chez eux.

L'ouvrier considéra le doigt ensanglanté de Jungho et se rétracta avec méfiance. Jungho le remercia d'un signe de tête et poursuivit son chemin. Pour la première fois de sa vie, il voyait les rues de Séoul sans officiers, sans gendarmes et sans policiers.

Un jeune homme surgit d'une ruelle perpendiculaire juste devant lui, poussant un cri retentissant qui rompit le silence entêtant.

— Le Japon a capitulé ! La Corée est indépendante !

— L'empereur du Japon a capitulé ! fit une voix en écho.

Il fallut à Jungho une bonne seconde pour comprendre que c'était sans doute la vérité.

Et, tel un barrage qui cède après la dernière goutte de pluie, la foule se précipita alors dans la rue avec une foudroyante soudaineté. Jungho fut bientôt entouré de centaines, puis de milliers, puis de dizaines de milliers de gens qui chantaient, s'embrassaient, pleuraient et hurlaient « *Manse !* ». Les inconnus ne l'étaient plus, ayant entrevu une âme dans le regard de leur voisin. Un sentiment d'amour si aigu qu'il en frisait la douleur envahit Jungho. Quel en était l'objet ? Il l'ignorait : sans doute est-ce la nature même de toutes les grandes passions. Incapable de réprimer cette ardeur, il éclata en sanglots et comprit, dans l'extase de son gai chagrin, qu'avant ce jour il n'avait jamais connu le vrai bonheur. La gorge noyée de sel et les yeux embués de larmes, il s'abandonna entièrement et de son plein gré à cette joie effrénée, à cette folle liberté.

Le soleil blanc s'adoucit sur le soir en un orange de crépuscule, et les étoiles se levèrent telle la brume issue de la chaleur de la terre. La fête dura toute la nuit tandis que les prisonniers politiques recouvraient leur liberté les uns après les autres. Lorsque la foule se dispersa enfin, Jungho se rendit chez Myungbo. Son vieux mentor le serra dans ses bras comme s'il avait été son propre fils, puis des militants de toutes les conditions se succédèrent à la villa jusqu'à l'aube.

Au lever du soleil, la nouvelle de la reddition de l'empereur du Japon avait atteint les recoins les plus éloignés du pays. La Corée pouvait enfin se sentir indépendante sans craindre de se tromper. Dans les rues, les manifestations de joie étaient assourdissantes ; impossible de ne pas s'y joindre. Pour la première fois depuis vingt ans, Jungho sortit de chez son mentor sans la moindre peur. Il n'était plus ni un mendiant ni un criminel recherché, mais un homme comme les autres. La société tout entière, extrémistes de tous bords, nobles, manants, étudiants, prostituées et bouchers, se réjouissait dans la liberté et l'égalité les plus totales.

Au milieu de cette foule d'individus sur leur trente et un brandissant des drapeaux *taegeukgi*[1], le regard de Jungho se posa sur une passante. Et la perplexité fit bientôt place à la stupéfaction : elle était hâve, avait les traits épaissis, prématurément vieillis et paraissait beaucoup plus âgée que Jungho. Mais il y avait dans ce visage quelque chose qui lui rappela l'apprentie courtisane de 10 ans qu'il avait connue jadis. Cette femme, c'était Lotus.

— Jungho ! Tu es revenu ! hurla Jade en ouvrant grand le portail. Oh, seigneur ! J'en crois à peine mes yeux ! Je pensais t'avoir perdu à jamais.

Elle tendait encore les bras vers lui quand elle prit conscience de la froideur de son regard. Ses traits se figèrent et la détresse se substitua à l'allégresse. Elle avait cru un instant qu'il était venu lui pardonner, et fêter avec elle l'indépendance. Ils n'avaient plus aucune raison de rester brouillés : Jungho n'avait plus besoin de risquer sa vie, et elle n'avait plus à juger de l'importance de ses missions. Mais le silence de son ami lui fit comprendre que le lien était brisé à jamais. Elle s'empourpra, prenant conscience en outre du spectacle qu'elle offrait désormais. Sa chevelure avait perdu son lustre et s'était généreusement striée de gris ; les veines saillaient sur ses mains décharnées. Si elle n'avait pas été si usée par la vie, peut-être aurait-elle pu le reconquérir ?

— Viens, on va voir Lotus, finit-il par répondre. C'est uniquement pour ça que je suis revenu. Prends ta veste.

---

1. Drapeau national de la République de Corée.

Il l'emmena dans un quartier sordide de Yongsan où de misérables bordels s'étaient ouverts comme des abcès à flanc de colline. Ils trouvèrent Lotus parmi des femmes à moitié nues qui lavaient leurs sous-vêtements en échangeant des insultes. Elle était assise immobile, ses longs cheveux pendant sur les épaules, à fredonner une rengaine des années 1920. Lorsque Jade arriva, les deux femmes éclatèrent en sanglots et s'étreignirent longuement.

Jade voulut la ramener sans tarder à la maison, mais l'obèse mère maquerelle bardée de bagues s'interposa.

— Hors de question ! Elle me doit cinq ans de pension complète, plus les vêtements. Et bien sûr elle a toutes les peines du monde à payer sa dette. Il suffit de la regarder pour comprendre : elle est tellement laide que seul un chien voudrait coucher avec elle.

Elle accompagna ce discours d'un horrible regard à l'intention de Lotus, blottie contre son amie.

— Tu ouvres encore ta vilaine gueule et je te tranche la gorge, dit Jungho sur un ton qui n'était pas même menaçant ; il renouait simplement avec les réflexes professionnels de sa vie d'antan. À moins que tu tiennes à mourir ici et maintenant, ferme-la et laisse-nous passer.

— Non, non, Jungho, murmura Jade en lui prenant le bras. Ce n'est pas utile. Combien doit Lotus ?

— Eh bien, vous comprenez, je l'ai accueillie au moment où la situation empirait, je la nourris et je la loge depuis le début de la guerre, affirma la maquerelle sur un ton suave tout à coup. Et elle mange, je peux vous le dire. Sans moi, elle serait morte de faim…

— Je vous ai demandé combien vous devait Lotus, répéta Jade, glaciale.

— Cinq cents wons, répondit la maquerelle avec le sourire avide et plein d'espoir d'un bateleur sur le point d'escroquer une proie facile.

À la campagne, les vierges de 15 ans coûtaient 100 wons.

— Ça peut paraître élevé, mais avec les frais la pension coûte cher ; et avec les intérêts de sa dette… Vous pouvez peut-être payer la moitié maintenant, et le reste plus tard, toujours avec intérêts…

— Voici 500 wons, la coupa Jade en lui tendant des billets neufs.

C'était la moitié de ce que lui avait donné Ito. La maquerelle en resta bouche bée avant d'esquisser un rictus mauvais. Quelle idiote ! Elle aurait dû demander le double ! Avec sa jupe et son chemisier miteux, Jade ne respirait pas la prospérité.

— Viens, Lotus. On rentre.

Jade prit son amie par les épaules et Jungho ferma la marche, protecteur. Avant de partir, il décocha à la vieille maquerelle un ultime regard de mépris.

Lorsque Jungho eut pris congé des deux femmes à la porte de la villa, Jade se rendit compte qu'elle ne savait que dire à son amie qui, de son côté, ne semblait pas non plus disposée à la conversation. Jade lui prépara un bain.

— L'eau est assez chaude ? Ou veux-tu que j'en fasse bouillir un peu plus ? se contenta-t-elle de demander.

Lotus brisa ce silence dès qu'elle eut enfilé des vêtements propres.

— Et tante Dani ? Où est-elle ?

Jade inspira profondément. Que l'on puisse penser que Dani était encore de ce monde lui redonnait étrangement vie. Peut-être ne meurt-on vraiment que lorsque tout le monde vous croit mort. En ne répondant pas à Lotus, peut-être pouvait-elle garder un peu plus longtemps Dani du côté des vivants.

— Elle a été très malade pendant des mois. Et puis elle est décédée il y a bientôt quatre ans, murmura-t-elle, les paupières brûlantes et le nez empli d'une odeur âcre.

Elle alla chercher l'urne, qu'elle gardait dans son armoire. Lotus se mit à pleurer, en silence d'abord puis comme une enfant, à gros sanglots.

— Je la croyais invincible ! Comment est-ce possible ? Hein, comment ? gémit-elle en caressant d'une main l'urne en bois et s'essuyant les yeux de l'autre.

Ses larmes coulaient sans discontinuer, et Jade savait que Lotus ne pleurait pas seulement pour Dani, mais pour tout ce qu'elles avaient vécu. Elle pleurait avec un abandon total et une détermination sans faille. Elle pleurait comme une femme qui doit se désintégrer pour renaître de ses cendres.

Pourtant, malgré ce chagrin, Jade se sentait le cœur presque léger pour la première fois depuis des années. Le soir, elles couchèrent dans la même chambre, comme dans leur enfance. Lotus lui raconta tout. La guerre n'avait eu qu'une vertu : le trafic de l'opium ayant cessé, elle avait dû arrêter de se droguer. Elle avait manqué en mourir mais ne fumait plus.

Dans les jours qui suivirent, Jade put constater à quel point Lotus était épuisée. Les épaules voûtées, elle avait le pas traînant. Mais peu à peu elle retrouva sa nature d'autrefois. Et elle chantait : non pas les mélodies de sa brève et lumineuse carrière, mais les airs qu'elle avait appris par cœur chez sa mère pour passer l'examen de fin de première année à l'école de courtisanes.

— J'aime les débuts, Jade. Tu te souviens de nos premières années ensemble ?

Jade lui caressa l'épaule.

— C'était merveilleux, mais nous n'avions alors qu'une envie, grandir le plus vite possible.

Peu après le retour de Lotus, une lettre de Luna leur mit également du baume au cœur. Pendant la guerre, la correspondance entre l'Amérique et la Corée avait dû cesser et Jade n'avait eu aucune nouvelle d'elle après son départ.

Luna avait vécu à Washington et à New York les premières années de son mariage. Puis elle avait eu un deuxième enfant et la famille s'était installée à San Francisco. Le garçon s'appelait John Junior et avait déjà 8 ans. La famille américaine était ravie : il ressemblait autant à sa mère, dont il avait le teint de lait et les grands yeux noirs, qu'à son père, dont il avait la carrure et le nez aquilin. Hesook, elle, était infirmière. Elle avait épousé un de ses patients de l'hôpital militaire, un officier de la marine.

La photo de famille jointe à la lettre fit glousser les deux femmes. Hesook était si belle à présent ! La copie conforme de Luna au même âge, en moins triste et en plus volontaire.

Luna poursuivait ainsi sa lettre :

Ma chère Jade, pendant toutes ces années de guerre, j'ai passé des nuits sans sommeil à penser à toi, à ma mère, à tante Dani et à Lotus. Savoir que ma famille souffrait en Corée pendant que je vivais ici en sécurité a été mon pire chagrin. Et mon mari a beaucoup compati. Heureusement, il est très bien placé pour faciliter les démarches. Pour l'instant, nous avons le droit de faire venir de Corée une personne par famille. Je sais que maman ne voudra pas venir. Quitter Pyongyang, partir à l'étranger au moment où son pays recouvre enfin l'indépendance dont elle a toujours rêvé est impensable. Mais tante Dani a souvent parlé de son envie de vivre à l'étranger. Et elle est comme une seconde mère pour moi.

Jade suspendit sa lecture et échangea avec Lotus des regards attristés.

— Quelle ironie du sort ! Si elle avait vécu un peu plus longtemps, notre tante aurait pu partir aux États-Unis, murmura Jade.

— Eh bien, rétorqua Lotus. Elle n'est plus là mais moi je suis bien vivante. Et je referais volontiers ma vie là-bas. Ce fichu pays me donne des boutons !

Jade avait remarqué cette propension de Lotus à rejeter la faute sur la Corée et ce qui s'y passait. Depuis son retour à la villa, elle s'intéressait avec une surprenante avidité aux malheurs des autres, non par perversité mais parce que ces anecdotes la confortaient dans son impuissance à gouverner sa propre destinée. En apprenant le suicide, dans les derniers jours de la guerre, de la belle femme peintre du café Seahorn, elle avait même fait montre d'un immense soulagement. La lettre de Luna lui offrait à présent la possibilité de fuir le pays qui avait provoqué sa déchéance pour recommencer sa vie à l'autre bout du monde.

Jade se demandait comment Lotus pouvait garder autant d'espoir après tout ce qu'elle avait enduré. Elle-même n'aurait jamais le courage de tout abandonner, ni même d'imaginer que l'avenir pouvait encore lui réserver des joies. Cette force, c'était tout Lotus. Elle qui n'en avait pas se satisfaisait de ne rien espérer de nouveau. Son cœur avait été brisé trop souvent.

Neuf mois plus tard, Lotus quitta Incheon à bord d'un paquebot. Ses biens tenaient dans une malle en bois pleine à craquer et si lourde qu'elle ne pouvait la porter seule. Elle contenait des articles de première nécessité, de la nourriture, des vêtements offerts par Jade, des souvenirs sentimentaux et une tonne d'espoir. Bien sûr, à destination elle se rendrait compte qu'elle avait oublié l'essentiel, produits de toilette ou autres. La plupart de ses tenues neuves, manteaux, robes et chapeaux, confectionnées sur mesure après de longues réflexions, ne conviendraient pas à son nouveau monde : trop chaudes, trop légères ou tout simplement passées de mode. Elles finiraient au grenier, jamais portées. Et, lorsqu'elles y seraient retrouvées des années plus tard, elles serreraient les cœurs. Mais, le jour où Lotus partit, nul ne pouvait s'en douter. En regardant sur le pont la toute petite silhouette de son amie qui levait la main, hilare, Jade eut envie de croire que Lotus avait devant elle de bonnes et belles choses, et une sérénité conforme à celle de l'océan qu'elle s'apprêtait à traverser. Dans le bruit des vagues et des cris des mouettes, Jade entendait encore le rire de Lotus. En dépit de tout ce qui s'était passé entre elles, elle savait qu'elle pourrait reconnaître partout dans le monde ces courbes si particulières, aptes à faire éclore en toute circonstance un seul et immense mot : amie. Tandis que la mer s'ouvrait entre elles, elles passèrent des signes de la main aux grands gestes des bras, *Je te vois, je ne te perds pas de vue.* Quand on aime quelqu'un, songea Jade, on peut dire adieu sans jamais quitter la personne. Elles continuèrent à se saluer jusqu'à ce que l'horizon les sépare.

— Alors, qui peut me dire quelles sont les quatre émotions ?

Jade embrassa du regard les petites danseuses de sa classe. Plusieurs mains se levèrent.

— Mija, annonça Jade en désignant une petite fille au dernier rang.

— La joie, la colère, la tristesse et le plaisir, dit cette dernière les yeux pétillants.

Jade, tout sourires, alla au tableau noir ajouter un point à l'équipe de Mija. Les jeunes danseuses riaient sous cape.

— Oui, ce sont en effet les quatre émotions classiques que peut exprimer l'art, y compris la danse traditionnelle.

— Mais, madame, objecta Mija. Et l'amour ?

— L'amour ?

Jade s'accorda un moment de réflexion. À ses yeux, l'amour était le cœur de la danse. Mais ce qu'elle pouvait en dire était trop douloureux pour être partagé avec des enfants de 10 ans.

— Quand vous aimez, préféra-t-elle répondre, ne sentez-vous pas parfois de la colère ou de la tristesse ? De la joie ou du plaisir ?

Les enfants se récrièrent avec excitation. Elles adoraient leur professeur de danse. Les élèves étaient ce que son poste d'enseignante à l'école Koryo des arts féminins lui apportait de plus beau. C'est pour cette raison qu'elle restait à Séoul quand nombre de ses concitoyens semblaient partir pour le Nord.

Lorsque le Japon s'était rendu, les Américains, qui remontaient du Sud, et les Soviétiques, qui descendaient de Mandchourie, s'étaient rencontrés au milieu de la petite péninsule et avaient tracé à la hâte une ligne de démarcation au 38e parallèle. Les Coréens auraient voulu de toutes leurs forces que leur pays reste uni comme au cours des treize siècles de son histoire. Mais les grandes puissances ne les avaient pas écoutés. Désormais, il y avait une Corée du Nord et une Corée du Sud.

Jade ne s'était jamais vraiment intéressée à la politique. Elle avait laissé cela à des gens comme Dani ou Jungho, tous deux avides de débats et épris de justice. Semblables, en quelque sorte, sans qu'ils s'en soient jamais aperçus. Pourtant, même Jade avait conscience que la séparation n'apporterait qu'un terrible chaos. Séoul accueillait depuis longtemps des nationalistes, des communistes, des anarchistes, des chrétiens de toutes les chapelles, des bouddhistes et des cheondoïstes, et tous avaient accepté d'oublier leurs divergences le temps d'œuvrer pour l'indépendance. Celle-ci étant acquise, certaines de ces factions s'étaient rendu compte qu'elles étaient du mauvais côté de la ligne de démarcation. Des artistes que Jade avait fréquentés pendant les Années folles étaient partis pour Pyongyang. Au début, ces migrations avaient été faciles ; c'était comme aller de Séoul à Incheon. Puis la frontière avait été fermée et des postes de contrôle avaient surgi ; les gens s'étaient mis à disparaître sans prévenir leurs proches pour traverser les champs brumeux par les nuits sans lune.

Jade n'avait plus vraiment d'amis à Séoul. Elle n'avait pas revu Jungho depuis qu'il l'avait conduite jusqu'à Lotus. Des mois plus tard, la rumeur lui avait appris qu'il avait épousé une gamine de 17 ans, la fille d'un riche restaurateur nommé Chou Younggu, un ami d'enfance. Elle en avait eu la nausée : tout la dégoûtait dans cette histoire.

Elle a vingt-cinq ans de moins que lui, se disait-elle. Ah, mais ce n'est pas mon affaire ! Tant mieux s'il a trouvé chaussure à son pied.

La seule parente qui lui restait était Silver, qui vivait encore à Pyongyang avec son fidèle serviteur, Stoney. Silver devait avoir plus de 60 ans, et Stoney était largement septuagénaire. Quand il mourrait, Jade serait la seule à pouvoir s'occuper de Silver, puisque ses filles étaient parties. Pourtant, le berceau de Jade était bien Séoul, où elle avait tous ses souvenirs. Elle avait son poste à l'école Koryo, financée par le gouvernement ; elle aimait son travail. Bien sûr, il y avait ces douanes, ces barrières et ces sentinelles, mais pas encore de clôture de barbelés entre la mer de l'Est et la mer de l'Ouest. Si Silver tombait malade, Jade pourrait toujours monter vers le Nord pour la voir. D'ici là, elle resterait à Séoul.

Hanchol avait appris dès son enfance, en lisant Confucius et Mencius, que la vie est une route. En marchant droit, en avançant du pas du noble, on peut espérer un très long voyage, disaient ces sages. Il savait à présent que la vie ressemblait plutôt à une roue. Si vous saviez la manier, elle vous emmenait au bon endroit. Mais l'imprudence ou la malchance pouvaient causer de terribles accidents. Entre ces deux extrêmes, la plupart des gens la poussaient au prix d'efforts considérables. Ce qu'ils concevaient comme un repos ou un plaisir – manger, dormir, s'accoupler ou avoir des enfants –, c'était encore pousser la roue, mais sans s'en rendre compte. Et cela ne s'arrêtait qu'à la mort.

Hanchol avait rêvé un jour de son vieux rickshaw. Ses roues immenses roulaient de plus en plus vite et lui, le cœur battant, courait pour qu'elles continuent de tourner et ne l'écrasent pas, puisqu'elles le suivaient de près. Il entrait dans une grotte, au pied des montagnes, et le rickshaw disparaissait. Un oiseau se posait près de lui : un guide qui lui voulait du bien, il le savait. Il le suivait dans le souterrain ténébreux, sous la montagne, et, lorsqu'il arrivait de l'autre côté, s'offrait à son regard une vallée baignée d'une lumière paradisiaque. Il s'était réveillé dans la lueur dorée du songe, nimbé d'un pouvoir inconnu.

Parfois, à l'occasion d'événements exceptionnels, la roue se décalait et tournait pour sceller le sort des uns et des autres. À la fin de la guerre, elle avait ralenti et fini par s'arrêter. Il y avait eu des perdants et des gagnants.

Assis sur un banc dans le tribunal bondé qui attendait l'arrivée de son beau-père, Hanchol réfléchissait aux succès et aux échecs de sa propre existence. Juste avant la guerre, il avait été le propriétaire du plus grand garage automobile de Corée. Au début du conflit, il avait bénéficié de l'afflux de camions militaires à réparer. Un an plus tard, hélas, les Japonais avaient réquisitionné son garage et saisi tout le métal qu'il contenait. Dans les derniers jours de la guerre, il avait survécu aux crochets de son beau-père, dont la fortune et les privilèges paraissaient intouchables. Ce n'était pas une glorieuse existence, mais Seohee le réconfortait en lui rappelant que rien ne rendait Sungsoo plus heureux que de voir ses enfants en sécurité. Plus qu'un gendre, Hanchol était tout simplement un fils.

À la fin de la guerre, la Corée enfin libérée, Hanchol avait immédiatement remonté son affaire, déterminé cette fois à ne pas demander l'assistance de Sungsoo. Il n'en eut pas besoin puisque, à sa grande surprise, la branche aînée des Kim d'Andong le contacta pour lui apprendre que le cousin germain de son père était mort sans héritiers directs. Hanchol était son parent mâle le plus proche. Le cousin avait été propriétaire de terres prospères, qui donnaient presque 10 000 *seok*[1] de riz par an. Il lui suffisait pour en hériter d'être adopté officiellement par la veuve du cousin. Ce qu'avait accepté Hanchol, avec la bénédiction de sa propre mère. L'étudiant nécessiteux était ainsi devenu le fils d'une femme qu'il n'avait jamais rencontrée, et avait utilisé sa nouvelle fortune pour reconstruire son garage. Mieux encore : il ne voulait plus se contenter de réparer, il voulait aussi produire. Il avait survécu à la guerre, qui l'avait rendu plus fort, et était plus que jamais convaincu de son talent. S'il s'efforçait par son comportement de demeurer aussi modeste, aussi méticuleux qu'autrefois, il y avait dans ses sourcils énergiquement froncés et dans ses yeux noirs et brillants une confiance toujours plus grande.

Kim Sungsoo apparut dans l'allée centrale de la salle du tribunal flanqué de deux policiers. Son beau-père avait eu des lendemains de guerre un peu plus difficiles, songea

1. Unité de mesure correspondant à 144 kilos.

Hanchol. Il portait ce jour-là l'un de ses beaux costumes en tweed plutôt que le costume traditionnel blanc qu'affectionnaient les autres accusés. Avec sa belle chevelure neigeuse, il respirait la distinction et la fierté, et les spectateurs pouvaient toujours murmurer sur son passage et claquer la langue avec réprobation, il n'en avait cure.

— Que le public se lève pour l'honorable juge…, annonça une voix derrière l'océan de têtes brunes et grises.

Le juge était un vieux monsieur à la physionomie quelconque, vêtu d'une robe noire, ce qui laissait perplexes les paysans de l'assemblée : de qui portait-il donc le deuil ? Hanchol se leva et se rassit comme tout le monde, surpris par son propre calme. Y avait-il vraiment lieu de s'inquiéter pour Sungsoo ? Une pensée qui le contraignit, un bref instant, à se sentir coupable.

Le juge appela le procureur, un jeune homme vêtu d'un costume à fines rayures. Les chefs d'accusation étaient nombreux et graves : Kim Sungsoo avait été un collaborateur de longue date de l'occupant japonais, et son oncle avait été fait comte par l'abominable gouverneur général de Corée, Ito Hirobumi en personne. Le père de Kim Sungsoo avait réussi à éviter la confiscation de ses terres en se compromettant lui aussi avec les Japonais. En ami du commandant du commissariat de Jongno et d'innombrables militaires japonais, Sungsoo ne valait pas mieux qu'eux. Il avait subventionné l'armée impériale pratiquement jusqu'au dernier jour du conflit, et pour cette raison il avait survécu à la guerre sans y laisser trop de plumes. Le procureur discourait avec feu, brandissant le poing vers l'accusé, droit comme un i ; les spectateurs, eux, claquaient la langue de plus en plus fort.

— Tous ces salauds, proféra dans l'assemblée une grosse voix à l'accent du terroir, faut les écarteler jusqu'à ce que mort s'ensuive !

De nombreux murmures d'assentiment s'élevèrent.

Le tribunal n'était guère en faveur de Kim Sungsoo, mais Hanchol n'avait toujours pas perdu confiance en la bonne étoile de son beau-père, également grand-père de ses trois enfants (Seohee, sur le point d'accoucher du quatrième, était restée à la maison), l'homme qui l'avait sauvé de la misère noire.

Le juge appela à la barre l'avocat de Kim Sungsoo, un homme replet au teint pâle qui portait d'épaisses lunettes rondes et un nœud papillon violet. Avant de commencer sa plaidoirie, il balaya la salle d'un regard méprisant.

— Monsieur le juge, à présent que nous sommes libérés de nos chaînes, nous pourrions être tentés de nous livrer aux pires instincts de l'humanité. Mais ce ne serait pas juste. Nous avons entendu M. le procureur nous décrire les crimes des parents de Kim Sungsoo. Alors oui, son oncle était un traître, c'est exact. Mais il est mort depuis longtemps, et pourquoi son neveu devrait-il payer pour lui ? Alors oui, Kim Sungsoo a fréquenté des policiers et des gendarmes, mais rien ne prouve qu'il se soit pour autant rendu coupable de quelque trahison que ce soit. C'est pour se préserver que mon client a dû entretenir des relations correctes avec ces individus. Ah, si nous condamnions à mort tous ceux qui ont frayé avec l'occupant, il n'y aurait plus personne en Corée ! Non, contrairement aux accusations du ministère public, Kim Sungsoo est un patriote qui a constamment œuvré à la lutte pour l'indépendance. Ses amitiés japonaises étaient une simple façade qui lui permettait de détourner les soupçons.

Murmures furieux dans l'auditoire.

— Quel fils de chien ! cria un spectateur sans que personne sache s'il parlait de l'avocat ou de l'accusé.

— Monsieur le juge, objection ! clama le procureur.

Mais le juge laissa l'avocat poursuivre.

— J'ai ici la preuve de l'activité patriotique de mon client, affirma ce dernier en brandissant un objet rectangulaire de couleur sombre qui, de loin, ressemblait à un coffret à bijoux.

— Voici la planche en bois avec laquelle Kim Sungsoo a fait imprimer 10 000 drapeaux coréens pour la manifestation du 1er mars. Il l'a cachée pendant trente ans dans une alcôve secrète de la cave de sa maison d'édition.

L'avocat tendit la planche à bout de bras pour la montrer d'abord au juge, puis aux jurés, et pour finir au public. Les deux spirales centrales étaient encore teintées l'une de rouge sombre et l'autre de bleu nuit. Le silence se fit dans le tribunal.

— Si elle avait été découverte chez lui, il aurait encouru la prison et peut-être la mort ! Qui parmi vous peut prétendre avoir servi son pays avec autant de courage ? conclut l'avocat avec fougue, sachant qu'il avait gagné la partie.

Il en était d'ailleurs si certain qu'il commençait déjà à penser à son dîner. Le vent avait tourné.

Moins d'une heure plus tard, Kim Sungsoo fut jugé innocent de tous les chefs d'accusation qui pesaient sur lui, et son gendre put enfin retrouver les joies de la routine.

Myungbo croyait en l'*inyeon*, le lien entre les êtres. Il pensait également que les relations et rencontres sont prédestinées. Le lien le plus important était celui qui unissait les époux, les parents et les enfants. Ces liens ne se brisaient jamais, pas même dans la mort : cela, il le savait depuis très longtemps. Ce qu'en revanche il commençait tout juste à comprendre, c'est que certains de ces liens pouvaient être nourris par la haine et étaient tout aussi solides. Il avait toujours eu le plus grand mépris pour les pro-Américains de droite, qui témoignaient d'une adoration servile pour les Yankees en prenant des noms anglais et en discourant avec une nostalgie aux relents de tabac de leurs années d'études à Princeton ou à Georgetown. Avant la guerre, certains d'entre eux avaient même proposé aux États-Unis de gouverner la Corée, devenue protectorat – une faute impardonnable aux yeux de Myungbo.

Lorsque le rêve de l'indépendance était devenu réalité, il avait pris conscience avec une vague inquiétude que la nouvelle République avait recruté nombre de ses rivaux en politique. Il ne se sentait pas menacé pour autant, mais il avait beau être d'une grande intelligence, il ne parviendrait jamais à comprendre qu'une sorte particulière d'individus puisse n'être mue que par l'appétit du pouvoir.

Aussi, lorsqu'une nuit il fut réveillé par des coups terribles contre son portail, coups de poing tellement incongrus dans le calme soyeux de la lune argentée, il ne put se résoudre à croire qu'après tout ce qu'il avait subi il pouvait périr de la main de ses propres concitoyens. Il rassura donc sa femme en pleurs.

— Je n'ai rien fait de mal, tu le sais ?

Il était si doux et si sûr de lui que les policiers hésitèrent à lui passer les menottes et attendirent, tête baissée, qu'il prenne le temps de s'habiller et de saluer les siens.

— C'est une erreur, j'en suis certain. Je serai rentré d'ici un jour ou deux. Mon garçon, prends soin de ta mère pendant que je ne suis pas là.

Il sourit à son fils et boitilla jusqu'au portail ; il ne voulait pas que la famille et les domestiques le suivent jusque dans la rue. Ils restèrent donc dans la cour et virent sa silhouette disparaître dans les ténèbres de la nuit. Lorsqu'il fut certain qu'ils ne le voyaient plus, il souleva ses mains dans son dos pour sentir le métal froid frotter ses poignets. Il respira l'air nocturne et, à sa grande surprise, éprouva un bref et douloureux moment d'exaltation à être debout à cette heure qui sépare la nuit profonde du petit matin. Il se rappela ses 16 ans et les nuits blanches passées à lire, plus alerte et plus vif qu'en pleine journée. À cette époque, il était conscient d'avoir la vie devant lui ; l'air frais de 4 heures du matin, avec son soupçon de fumée, l'emplissait d'une joie absurde. À présent il était un vieil homme infirme aux cheveux blancs, et sa vie avait passé en un clin d'œil. Le grand âge, c'est lorsqu'on éprouve le bonheur dans la contemplation du passé et non de l'avenir. Mais il avait joué son rôle : il avait vécu pour quelque chose de plus grand que lui.

Le soleil se leva sur la nouvelle République alors qu'il était enfermé dans sa cellule, au deuxième étage de la prison. La fenêtre n'était pas si haute ; il apercevait les toits de tuiles, les arbres aux branches nues qui scintillaient dans la lumière orangée, les oiseaux qui chantaient et volaient dans les airs. Et ce calme éternel du matin le submergea d'une joie et d'un chagrin insupportables. Les larmes roulèrent sur ses joues creusées par les années. Mourir pour avoir bien vécu, ce n'était pas si cher payé.

PARTIE IV

1964

26

Le sablier
1964

Sous le toit de Kim Hanchol, toutes les journées commençaient sans faute par un petit déjeuner en famille, à 6 heures précises. Hanchol prenait place au bout de la table tandis que sa femme répartissait pour chacun les bols de riz et les accompagnements : soupe, épinards aux graines de sésame, jeunes crosses de fougère, radis au gingembre, maquereau cuit à la sauce soja, omelette, kimchi… Les deux filles, elles, aidaient leur mère à disposer les cuillers et les baguettes en argent, les tasses de thé d'orge. Les trois fils restaient assis en silence près de lui et attendaient pour commencer que leur mère et leurs sœurs s'installent. Mais le véritable signal, c'était lui qui le donnait, avec fermeté et bienveillance.

— *Ja, meokja !* Eh bien, mangeons.

Après le repas, la femme de charge débarrassait la table pendant que Mme Kim apportait à son mari son manteau et son cartable. Il ne l'appelait plus que *yeobo*, chérie. Quand il parlait d'elle aux autres, c'était « ma femme », « la mère de mes enfants », presque jamais plus Seohee, son prénom. Ils étaient mariés depuis vingt-trois ans et l'adolescente à la chevelure luisante qu'elle était au premier jour avait entièrement disparu. Sous l'impeccable tablier, ses seins tombaient déjà et son ventre pressait la ceinture de sa jupe. Mais Seohee avait gardé les chevilles de biche et les mollets fins de sa jeunesse ; elle en était fière et ne portait que des jupes mi-courtes, même au plus froid de l'hiver.

— *Yeobo*, ne rentre pas tard, lui dit-elle tandis qu'il enfilait ses souliers à l'aide d'un chausse-pied.

C'était la formule dont elle le gratifiait chaque matin, sans que cela signifie pour autant qu'il devait rentrer tôt.

— Je sais, *yeobo*, répondit-il comme à son habitude, avant de l'enlacer pour une courte étreinte.

L'allée de gravier qui conduisait au portail était couverte d'une fine couche de givre. Lorsqu'il entendit le crissement de ses pas sur le sol, Hanchol fut traversé par une brève réminiscence qui lui échappa aussitôt. Il faisait encore noir à 6 h 30 ; il s'approcha de sa voiture à pas prudents. Le givre n'avait pas épargné le pare-brise. Hanchol le chassa de sa main gantée avant de s'installer au volant.

Il était naturellement assez riche pour s'offrir les services d'un chauffeur. À la fin de la guerre de Corée[1], il avait remporté de multiples marchés pour contribuer à la reconstruction de Séoul, en grande partie détruite par les bombardements. Ces contrats en avaient appelé d'autres dans diverses villes du pays ; toute la Corée du Sud devait renaître de ses cendres. Puis son beau-père était mort, lui léguant sa fortune. Dix ans après la guerre, Hanchol était l'un des hommes les plus riches du Sud. Mais il aimait

1. La guerre de Corée (1950-1953) fut un des prolongements de la guerre froide entre l'URSS et les États-Unis.

conduire sa propre voiture et ne voulait pas devenir l'un de ces puissants oisifs qu'il avait tant détestés quand il tirait son rickshaw.

Ce matin-là, sa voiture était la seule sur la route d'Incheon, ligne d'un gris sombre entre des océans grisâtres de champs d'orge en jachère. La lune se dessinait encore sur l'ouest de l'horizon lorsqu'il arriva à l'usine, où le chef du personnel l'accueillit à l'entrée, vêtu d'un épais blouson d'aviateur et d'un pantalon de serge qui lui donnaient l'air d'un épouvantail. Ils se penchèrent brièvement sur l'emploi du temps de la journée : à 14 heures, interview pour un magazine ; en soirée, dîner avec un général de brigade proche du président Park[1].

— Vous avez réservé ? demanda Hanchol en ôtant ses gants, qu'il fourra dans sa poche.

Dans l'immense usine, des dizaines d'ouvriers s'affairaient déjà autour des chaînes de montage.

— Oui, pour 21 heures au Myungwol, répondit le chef du personnel avec une courtoisie pleine de réserve.

Cette absence d'obséquiosité était chez ce jeune homme une qualité appréciable. Hanchol aimait voir chez ses subordonnés un peu de dignité.

— Très bien, opina-t-il.

Myungwol avait été reconstruit à l'européenne à la fin de la guerre. On ne s'asseyait plus en tailleur sur le sol de pierre chauffée recouvert de papier huilé doré. Sous des lustres en cristal, les convives se prélassaient désormais

1. Le général Park Chung-hee, arrivé au pouvoir par coup d'État, dirigea la Corée d'une main de fer de 1961 jusqu'à son assassinat en 1978.

dans des fauteuils italiens en bois sculpté. Disparues également, les courtisanes au chignon tressé et aux énormes jupes de soie. Elles avaient été remplacées par des hôtesses en robes moulantes et au décolleté généreux, aux cheveux permanentés et laqués en dégradés improbables au-dessus du front.

— Et nos vilebrequins ? Qu'est-ce qui leur est arrivé ? On aurait dû les recevoir lundi, marmonna Hanchol en traversant l'usine, le chef du personnel dans son sillage.

— Ils ont été livrés hier soir, répondit le jeune homme.

Ils se dirigèrent en silence vers le poste de travail où les ingénieurs lui donneraient des nouvelles de leur dernier prototype.

Hanchol se contenta d'un froncement de sourcils. Inutile de se montrer plus irrité ; les fournisseurs étaient tous coutumiers des retards. Autrefois, il se serait emporté, aurait décidé de réduire les commandes pour punir les sous-traitants fautifs. L'âge venant, il était devenu plus patient et avait appris que ce qui devait arriver finissait toujours par arriver. L'inverse était aussi terriblement vrai. Pour cette raison, il se montrait généreux avec ceux qui en dépit de leurs efforts n'étaient pas parvenus à la même invraisemblable réussite que lui. Des gens comme ses sous-traitants, ses salariés, ou son efficace chef du personnel. À peu près tout le monde, en fait, excepté ses amis des milieux militaire et politique.

Les ingénieurs lui montrèrent les dernières améliorations apportées au moteur. En voyant ses pistons et ses cylindres d'acier rutilants, leurs formes si élégantes et leurs mouvements si harmonieux reposant pour une fois dans le silence, Hanchol eut la nette impression de contempler son propre cœur.

Jade n'avait dormi que quelques heures en cette froide nuit de décembre. Lorsque l'aube pointa, elle enfila un pull-over chaud et sortit sous le porche pour attendre le lever du soleil.

La veille, ses collègues de l'école Koryo avaient discuté dans la salle des professeurs des dernières arrestations en série. En général, elle ne se mêlait pas à ces conversations. Ces femmes issues de bonnes familles avaient étudié le piano et la danse en Angleterre, en France, en Amérique. Parfois, elles glissaient dans leurs discussions des termes étrangers afin que Jade ne comprenne pas tout ce qu'elles disaient.

— Cinq conseillers locaux accusés de communisme et d'espionnage… L'un est même soupçonné d'avoir été envoyé par Kim Il Sung en personne pour assassiner le président.

La professeur de piano haussa les sourcils et replia le journal. Depuis qu'un espion nord-coréen avait franchi clandestinement la frontière pour se rendre à la Maison bleue, la résidence officielle du président Park à Séoul, des politiciens, dont certains jouissaient pourtant d'une honorable reconnaissance, étaient dénoncés comme imposteurs ou agents à la solde du Nord.

— Mais ça ne peut pas être vrai ! Combien d'arrestations auront encore lieu avant que cette folie cesse ? marmonna Jade comme pour elle-même.

— Tu ne devrais pas parler comme ça, dit la professeur de ballet en lui lançant un regard inquiet par-dessus son épaule. En tout cas, il y en a au moins un qui était vraiment adhérent au parti communiste de l'époque coloniale – regarde, ce Nam Jungho.

— Pardon ? s'exclama Jade assise seule dans un coin.

La professeur de piano lui tendit le journal.

— C'est quelqu'un que tu connais ? demanda la professeur de ballet sur un ton faussement compatissant, les mains croisées sur la poitrine.

— Non, pas vraiment, répondit Jade en se contentant de jeter un bref regard au journal.

Mais le choc l'avait fortement ébranlée, et il lui fallut faire usage de toute sa volonté pour ne pas s'effondrer avant la fin de la journée.

Elle se déshabilla sitôt rentrée et se glissa sous ses couvertures. Elle avait perdu contact avec Jungho depuis qu'ils avaient récupéré Lotus au bordel. Elle l'avait remercié avec profusion ce jour-là et l'avait même invité à dîner ; il avait décliné, poliment mais froidement. Et il n'était jamais revenu prendre de ses nouvelles. De toute évidence, il ne voulait plus avoir aucune relation avec elle. Lui qui avait pourtant été un ami fidèle pendant de nombreuses années…

Il n'y avait qu'un moyen de lui rendre la pareille : demander l'aide de la personne la plus haut placée qu'elle connaisse à Séoul. Oui, il fallait qu'elle lui parle. Tandis que le soleil commençait à réchauffer la cour blanchie par le givre, elle se souvint de ce qu'elle lui avait dit des années plus tôt. *Lorsque tu deviendras l'homme le plus accompli de Séoul, souviens-toi que j'ai cru en toi dès le début.* Elle avait été si naïve, si bien intentionnée ! Elle s'en voulait à présent. La vie, chose détestable, lui avait donné raison.

Vers midi, Hanchol revint dans ses bureaux, à Séoul, où il déjeuna sur le pouce. Le chef du personnel lui dressa la liste de ses voyages d'affaires à venir : Hong Kong, Bangkok et Londres. Puis Hanchol passa en revue quelques documents envoyés par la banque. Pendant qu'il vérifiait les sommes sur les registres de comptabilité, son collaborateur passa la tête par l'embrasure de la porte.

— La presse est là, annonça-t-il.

Hanchol leva les yeux. Il fut assez surpris de voir que la « presse » était une jeune femme. Cheveux courts et bouffants, lèvres fines maquillées d'un beige très pâle, pull-over à col roulé chamois et pantalon rouge à pattes d'éléphant.

— Asseyez-vous, je vous en prie, lança Hanchol en lui indiquant le canapé.

Il se laissa tomber dans son confortable fauteuil club, de l'autre côté de la table basse en métal et en verre. La journaliste croisa les jambes et posa son bloc-notes sur ses cuisses.

— Président Kim, quel honneur de pouvoir vous rencontrer en personne ! dit-elle, et les ailes de son nez pointu rosirent. J'ai étudié vos entreprises en cours d'économie à la faculté.

— Ça ne me rajeunit pas, répliqua Hanchol avec un sourire.

— Oh, ce n'est pas ce que je voulais dire, bredouilla la journaliste en ouvrant de grands yeux. J'ai hâte d'apprendre de votre bouche comment vous êtes parvenu à construire un tel empire en si peu de temps. Survivre aux destructions de la guerre de Corée et renaître de vos cendres, plus fort encore qu'auparavant, et être à l'origine de la première usine automobile de Corée… Avez-vous toujours su que vous prendriez cette voie ?

— Oui, j'aurais tendance à le penser, dit Hanchol en penchant la tête, songeur. Quand j'étais étudiant, je conduisais des rickshaws pour payer mes études. Après quoi j'ai pu travailler dans un atelier de réparation de vélos. À cette époque je m'intéressais déjà aux moteurs, à la mécanique et à la construction automobile. Mais, naturellement, personne n'aurait pu me prédire un tel destin. Sauf que la vie a cette capacité à vous entendre, à vous répondre pour peu que vous croyiez en vous.

— Merveilleux ! s'extasia la journaliste. C'est donc une question de vision, de confiance en soi.

Il hocha la tête en rejetant en arrière une mèche de ses cheveux encore épais où le blanc avait largement pris le pas sur le noir.

— Ma question suivante porte justement sur cette qualité. Il me semble que certaines personnes naissent tout simplement avec une estime de soi plus marquée que d'autres. Vous-même, avez-vous toujours été convaincu de votre potentiel ?

— Non, je ne dirais pas qu'on naît ainsi, répondit-il lentement, tout en mettant de l'ordre dans ses idées. On ne peut pas être confiant de façon innée, à moins d'être idiot. Non, il y a deux choses en ce monde qui peuvent vous donner cette confiance. La première, c'est de surmonter par vous-même les difficultés. La seconde, c'est d'être aimé sincèrement et profondément. Si vous avez la chance d'expérimenter les deux, vous vous forgez une assurance qui ne vous quittera plus.

Hanchol n'avait rien d'un sentimental. Mais il ne put s'empêcher d'éprouver une bouffée de nostalgie. Une bise froide et sèche soufflait sur les immeubles neufs de Séoul, ces tours et cubes de béton et d'acier. Les arbres aux troncs fins et bruns dansaient ; les passants enfonçaient leur chapeau sur leurs yeux et remontaient le col de leur manteau tout en marchant voûtés pour affronter le vent.

La journaliste continua de le questionner sur ses débuts, le garage qu'il avait ouvert pendant la période coloniale, son mariage et sa vie familiale, son premier contrat avec l'armée américaine à la fin de la Seconde Guerre mondiale, l'incendie pendant la guerre de Corée de ses usines, qu'il avait entièrement reconstruites, et les projets qu'ils caressait à présent qu'il avait réalisé tous ses rêves de jeunesse.

— Les projets que je caresse ? Rien de particulier si ce n'est de vous inviter à dîner demain soir, répondit-il. Retrouvons-nous à 19 heures à l'hôtel Silla.

La journaliste s'empourpra mais lui donna son numéro de téléphone avant de quitter le bureau, son pantalon taille haute moulant ses fesses fermes en forme de cœur. Lorsque la porte se referma, Hanchol fut tenté de se masturber, mais s'en abstint avec un soupir, pour s'absorber dans la relecture d'un projet de prêt pour la construction d'une nouvelle usine à Songdo.

On frappa à la porte : c'était le chef du personnel.

— Veuillez m'excuser, monsieur. Une dame d'un certain âge demande si vous pouvez lui consacrer un moment. Elle n'a pas pris rendez-vous. J'ai essayé de la renvoyer chez elle, mais elle me dit que vous êtes de vieilles connaissances.

Hanchol leva les yeux. Il n'avait pas vraiment de temps à consacrer aux parents éloignés et aux parasites. Mais, s'il s'agissait d'une tante au troisième degré, il lui suffirait de la renvoyer aussitôt avec un petit pécule.

— Faites-la entrer, dit-il avec résignation.

La porte se rouvrit quelques secondes plus tard et le cœur de Hanchol s'emballa lorsqu'il reconnut une silhouette familière. Ses cheveux, rassemblés en un chignon sévère, étaient gris ardoise et des rides profondes striaient son front. Ses lèvres, jadis si pleines, si voluptueuses, étaient minces désormais, décharnées. Mais son regard étincelant n'avait pas changé, et son corps à la posture droite était toujours aussi gracieux. Il en perdit le souffle.

— Jade, murmura-t-il.

Ne sachant trop que faire, il se leva et lui prit les mains. De son côté, Jade l'avait soumis à un examen similaire. Les bras, les épaules et le torse de Hanchol avaient minci, tandis que son ventre s'était arrondi. Sa chevelure avait reculé de deux ou trois centimètres au niveau du front et sa peau avait cette couleur de bronze sale que l'on voit aux vieux messieurs. Mais ce qu'elle avait toujours tant aimé en lui – son sourire – était resté le même.

— Je suis désolée de débarquer de cette manière, sans prévenir, dit-elle d'une voix tremblante.

— Mais comment m'as-tu retrouvé ?

— Grâce à l'annuaire, tout simplement.

Elle retira ses mains et baissa la tête.

— Oh, Jade, je suis ravi que tu sois venue ! Je t'en prie, assieds-toi.

Il demanda au chef du personnel de leur apporter du café. Ils parlèrent du temps et de la froideur de cet hiver 1964 jusqu'à ce que le jeune homme réapparaisse avec la boisson brûlante et quelques tranches de gâteau roulé à la crème.

— Jade, qu'as-tu fait tout ce temps ?

— Je me suis pas mal débrouillée, à ma façon. Je donne des cours de danse à l'école Koryo. C'est un travail agréable, même si, au fil du temps, la danse traditionnelle séduit de moins en moins d'élèves. Mais je suis contente d'avoir obtenu ce poste.

— Es-tu mariée ?

Elle secoua la tête, gênée. Elle n'avait pas prévu cette question humiliante.

— Ce n'est pas le mariage qui me manque, Hanchol, répondit-elle avec la plus grande honnêteté. Je regrette de ne pas avoir eu d'enfants.

Il en eut le cœur serré ; que répondre sans la blesser ?

— Je comprends, finit-il par souffler.

— Et toi ? Je ne cesse de voir des articles à ton sujet dans les journaux, les magazines. Je t'ai même vu à la télévision ! Apparemment, tout s'est merveilleusement bien passé.

— J'ai eu des hauts et des bas, comme tout le monde, mais le résultat n'est pas si mauvais.

— Tu as des enfants ?

— Trois fils et deux filles. Le plus âgé est en troisième année à l'université et la plus jeune vient d'avoir 12 ans.

— Comment ne pas t'envier une vie si pleine, dit-elle avec un grand sourire. J'ai toujours dit que tu deviendrais l'homme le plus fortuné de Séoul. Tu as fait mieux encore.

— Jade, intervint Hanchol en avalant une petite gorgée de café. Tu sais, je te dois beaucoup.

Jade se pencha à son tour sur sa tasse, pour cacher les larmes qui lui étaient montées aux yeux.

— Oui, je sais, murmura-t-elle d'une voix enrouée.

Il effleura tendrement son bras. Elle reposa sa tasse dans la soucoupe et s'essuya le coin des yeux du bout de l'index, en prenant soin de ne pas toucher son mascara.

— Si tu savais combien je regrette le mal que je t'ai fait…

— La nuit où tu es venu chez nous, reprit-elle d'une voix tremblante, tante Dani est morte. J'ai failli la suivre dans la tombe tant la culpabilité me rongeait, mais, comme c'était la guerre, peut-être étais-je tout simplement en train de mourir de faim. En fin de compte je ne sais pas comment j'ai survécu.

Il ôta sa main et regarda fixement sa tasse.

— Je suis désolé, tellement désolé… Si je pouvais réparer quoi que ce soit pour me faire pardonner…

Sans lever les yeux, il comprit à sa respiration hachée qu'elle laissait libre cours à ses larmes.

— Oui, dit-elle, tu peux faire quelque chose, parvint-elle à articuler entre deux hoquets.

— Tout ce que tu voudras.

— Tu te souviens de M. Nam Jungho ? Quand nous étions jeunes, il m'a été d'un grand secours. Quand j'avais besoin de quelque chose, il était toujours là.

Hanchol se souvenait en effet du Nam Jungho en question. Un petit homme sec et nerveux, un peu sauvage, mal dégrossi. Il y avait eu pendant la guerre cet épisode où Jungho lui avait offert de la nourriture devant toute sa bande uniquement pour lui montrer qui était le maître. Mais Hanchol ne lui en avait pas gardé rancune : à vrai dire, cet individu n'avait guère de place dans ses pensées.

— Avant la mort de tante Dani, Jungho nous apportait toujours des sacs de riz quand personne n'avait plus rien à manger. Et il m'a aidée à retrouver Lotus. J'ai appris récemment qu'il avait été arrêté.

— Pour quelle raison ? demanda Hanchol, qui se doutait de la réponse.

— Espionnage et militantisme communiste. Il a été membre du parti communiste à l'époque coloniale, mais je ne pense pas qu'il travaille pour le Nord. Et, tu le sais, en définitive ce que les gens pensent ou font n'a aucune importance ; le gouvernement veut seulement se débarrasser des opposants politiques. Jungho est innocent, j'en ai la certitude. Je ne connais personne dont le cœur soit meilleur. Tu as des relations au gouvernement. Si tu pouvais tirer quelques ficelles…

— Ce que tu me demandes n'est pas simple. Même si j'arrive à glisser quelques mots en sa faveur, il n'est pas certain que cela donne des résultats. Le président Park a une manière bien à lui de faire les choses. Tu comprends que rien n'est acquis, n'est-ce pas ?

— Je sais que ce ne sera pas facile. Je te demande simplement d'essayer.

— D'accord. Je te promets de faire ce que je peux.

Lorsqu'elle se leva, il l'imita. « Ne pars pas, reste avec moi », eut-il envie de lui dire, mais les mots restèrent coincés dans sa gorge.

— J'espère te revoir, parvint-il à articuler. Un jour, je t'ai dit que je ne pourrais jamais aimer personne comme je t'ai aimée… Et maintenant je sais que c'est vrai.

— Ah, Hanchol, je peux en dire autant.

Elle lui prit la main et la serra une dernière fois. Une larme brûlante se détacha de ses cils pour s'écraser sur le poignet de son ancien amant.

— Je pourrai le dire et le répéter jusqu'à la fin des temps.

Jungho avait des rêves particulièrement réalistes en prison. Dans l'un d'eux, il marchait en montagne lorsqu'un tigre s'approchait de lui et s'agenouillait. Jungho montait sur son dos et le tigre s'en allait d'un bond au-dessus des montagnes bleues ; c'était comme s'il volait, enveloppé dans les nuages. Dans un autre rêve, Jungho traversait un magnifique désert, plutôt frais. Le sable était fin comme de la farine, et d'un rose de coucher de soleil ; le ciel, lui, était d'un bleu turquoise. Il cherchait quelque chose – un puits. Et, comme souvent dans les rêves, ce puits se transformait tranquillement en Jade. Et une pluie de sable s'abattait sans prévenir, une pluie qui ne piquait pas, qui ne lui coulait pas dans le nez ou dans les yeux ; pourtant, s'il ne se mettait pas à marcher plus vite, elle l'ensevelirait bientôt. Il courait d'un pas léger dans la tempête de sable quand il se réveilla, en nage.

Le matin qui suivit ce rêve du sable, il se leva et mangea le bol de gruau guère appétissant qu'on lui passait sous la porte. Il n'avait pas droit à grand-chose dans cette prison, mais on lui avait quand même laissé du papier et un crayon. Ce matin-là, il se mit à écrire. S'il était parvenu à faire campagne et même à se faire élire dans son district, il ne savait toujours pas bien écrire. Myungbo lui avait parlé autrefois de la lettre qu'il avait écrite à son fils, depuis sa cellule. Jungho, lui, avait deux fils. Peut-être aurait-il pu leur dire quelque chose ? Jusqu'alors, il n'avait réussi qu'à remplir toute une page de son propre nom, en gros caractères. Il entendit soudain des pas dans le couloir et le judas qui coulissait.

— Tu as de la visite, annonça le surveillant.

— *Yeobo* ? demanda Jungho.

Sa femme n'était pas encore venue ; ce ne devait pas être simple avec les enfants.

— Dos à la porte, les mains dans le dos.

Jungho obtempéra. Les poignets croisés au-dessus des reins, il sentit les menottes se refermer sur sa peau. Puis le surveillant le conduisit dans une pièce vide et les lui ôta. Il y avait une table en bois et deux chaises. Jungho s'assit, les bras sur la table et le front posé dessus. Il était épuisé et trop âgé à présent pour garder la tête haute par simple fierté.

— Jungho, dit une voix.

Il leva les yeux, incrédule. Sa vision se fit plus nette : devant lui se tenait Jade, reconnaissable entre toutes et parfaitement autre.

— Jade, parvint-il à prononcer bien que la tête lui tourne encore. C'est bien toi ?

Elle acquiesça, prit place de l'autre côté de la table et lui prit la main.

— Comment te sens-tu ?

— Tu m'as manqué, dit-il d'une voix tremblante. Oh, comme je suis content de te voir !

Il avait des milliers de choses à lui raconter, mais rien ne venait et il fut tout juste capable de serrer sa main dans la sienne.

— Je suis tellement contente de te voir moi aussi ! dit Jade en le regardant droit dans les yeux. Je n'ai jamais cessé de regretter ce que je t'avais dit avant ton départ pour Shanghai. Je te demande pardon.

Elle n'a pas changé, pensa-t-il avec un sursaut d'affection : toujours aussi directe, aussi bonne.

— Non, c'était ma faute. Je n'aurais pas dû faire pression sur toi.

Inutile de louvoyer avec elle, se dit-il. De toute façon ils n'avaient plus le temps.

— Tu sais, Jungho, tu as été mon meilleur ami, et la plus belle âme que j'aie jamais rencontrée, dit-elle sur un ton qu'elle voulait réconfortant. Je suis allée voir Hanchol pour qu'il intervienne en ta faveur. Il a d'excellentes relations avec l'armée et le gouvernement. Il fera tout ce qu'il peut.

— Merci, Jade. Savoir que tu veux m'aider me touche beaucoup... Seulement je ne sais pas si ça servira à grand-chose...

Il se tut. Puis, comme Jade allait protester, il secoua la tête et poursuivit.

— La nuit dernière, j'ai rêvé que je traversais un désert. C'était magnifique : le sable était très fin, très doux, rose ; le ciel, bleu et sans nuages. Puis il y avait une averse, une averse de sable. D'abord, j'en avais jusqu'aux chevilles, puis jusqu'aux genoux...

Jade le contemplait de ses yeux sombres encore si charmants.

— J'essayais de m'en sortir quand je me suis réveillé. Et puis ce matin j'ai compris que ce désert était un sablier.

Jungho sourit et des plis apparurent en nombre sur ses joues distendues par l'âge, hérissées de poils gris.

— Jungho..., murmura-t-elle.

Il posa son index sur ses lèvres.

— Tu sais, vu les risques que j'ai pris, je devrais être mort depuis des années. Je n'ai pas peur de ce qui va arriver. Mon seul regret, c'est de ne pas avoir toujours fait les choses comme j'aurais voulu. C'est maintenant, alors que j'approche de la fin, que je commence à m'en rendre compte.

— Que veux-tu dire ?

— Je ne t'ai jamais parlé de mon père et du tigre, je crois ?

Jade secoua la tête.

— C'est une histoire incroyable qu'il m'a racontée avant de mourir. Enfant, je ne savais pas trop quoi en penser, mais j'ai rencontré quelqu'un des années plus tard qui me l'a confirmé : mon père ne m'avait pas menti. Voilà l'histoire : il y a cinquante ans, dans la province de Pyeongan, mon père était allé chasser dans les montagnes avec son arc et ses flèches. C'était en plein hiver et nous n'avions plus rien à manger. Mon père, qui espérait tuer des lapins ou un chevreuil, a trouvé ce qui ressemblait à des traces de léopard et les a suivies. Il est allé au cœur des montagnes, jusqu'à une falaise. Et c'est là qu'il est tombé nez à nez avec la bête : ce n'était pas un léopard, mais un jeune tigre. S'il avait pu le tuer, nous aurions eu à manger au moins pour un an. Mais mon père lui a tourné le dos et a pris le chemin du retour. Il s'est mis à neiger et il était déjà affaibli par la faim. Il a fini par s'effondrer sans pouvoir se relever. Il était en train de mourir de froid quand un officier japonais l'a découvert et ranimé. C'est cet officier qui m'a confirmé toute l'histoire ; je l'ai rencontré par hasard il y a quelques années. Il a très bien décrit mon père et m'a dit que je lui ressemblais beaucoup.

Alors que mon père et cet officier descendaient vers la vallée, ils se sont rendu compte qu'un tigre les traquait. Un tigre énorme à en juger par ses empreintes. Puis il a surgi de nulle part, prêt à bondir sur eux. Mais mon père l'a chassé, simplement en lui criant dessus. Lorsque le tigre l'a vu, il a fait demi-tour et il est parti au galop dans la forêt. S'il avait voulu, en un bond il l'aurait tué.

— Mais pourquoi l'a-t-il épargné ?

— Mon père a toujours pensé que le tigre était la réincarnation de ma mère.

Jungho plongea son regard dans celui de Jade, seul élément de son visage qui soit resté inchangé. Même au cœur du sablier, il y avait donc des choses que le temps ne pouvait pas altérer.

— Je ne sais pas si c'est vrai. Lui, en tout cas, en avait la certitude. Elle l'avait tellement aimé qu'elle voulait le protéger dans sa vie sans elle. Parce que tout dans l'existence est question d'*inyeon*, Jade. Je ne mens pas, tu sais : même quand tu époussettes le manteau de quelqu'un dans la rue, c'est l'*inyeon*. Mais le lien le plus solide c'est celui qui existe entre les époux. Et si j'ai un regret, c'est ça. Ne pas t'avoir épousée.

Il eut un sourire triste. Avec tout ce qu'ils savaient, tout ce qu'ils avaient vécu ensemble et séparément, il ne craignait plus de la heurter avec ces quelques mots, les plus sincères qu'il ait jamais prononcés.

— Je suis désolée… Moi aussi je le regrette, dit Jade en s'essuyant le nez.

— Si je pouvais revenir dans une autre vie, je te retrouverais et je t'épouserais. Et si je ne reviens pas, si je reste coincé quelque part dans le crépuscule éternel… ou le paradis, ou l'enfer… je te chercherai encore et toujours de là-haut.

Il rit tout bas.

— Jungho, si tu me le redemandes, je te dirai oui, je te le jure.

Les larmes ruisselaient à présent sur les joues de Jade.

— Attends, murmura Jungho en lui lâchant les mains pour aller fouiller dans les poches de son pantalon. J'ai quelque chose pour toi.

Il y avait un petit objet au creux de sa paume, une bague aux allures de *garakji*.

— Comment as-tu fait pour parvenir à la garder ici ? souffla Jade.

— Elle était cousue dans la ceinture de mon pantalon.

— Elle ressemble comme deux gouttes d'eau à celle que ma mère adoptive portait quand je vivais encore à Pyongyang. Depuis, je n'en ai jamais revu de cette sorte. Où l'as-tu eue ?

— Mon père me l'a donnée avant de mourir. Elle a sans doute appartenu à ma mère… Il l'aimait tellement, ma mère ! Tiens, donne-moi ta main.

Il passa la bague au doigt de Jade, jadis si fluet et à présent sec et noueux.

— Elle est magnifique, Jungho, sanglota-t-elle. Merci ! Tu sais, c'est la seule bague qu'on m'ait jamais offerte. Et j'en ai toujours voulu une comme celle-ci.

— Je regrette de ne pas te l'avoir donnée beaucoup plus tôt. Si je pouvais revenir en arrière, je t'offrirais tous les bijoux de la Terre..., conclut-il en regardant au-delà de l'épaule de Jade pour ne pas pleurer, ne pas l'accabler du poids de ses larmes.

27

Dernière marche
1964

Le lendemain matin, Jungho fut réveillé par le surveillant, qui lui remit ses menottes et lui fit franchir une porte flanquée de deux soldats. Elle ouvrait sur une salle humide, aux murs en béton. Une estrade avait été installée, et un homme en uniforme y prenait des notes dans un cahier. C'était l'un de ces individus au visage neutre dont l'addition d'un couvre-chef, dans son cas une casquette à imprimé camouflage, améliore substantiellement l'apparence. À sa droite, un secrétaire armé d'une machine à écrire ; à sa gauche, une chaise vide. Au centre de la pièce trônait un tabouret exposé à la lumière d'ampoules nues pendant du plafond et projetant sur le sol de multiples ombres falotes. Jungho prit place dessus et dévisagea son interlocuteur sans trembler.

— Nam Jungho, vous allez être jugé pour trahison, espionnage, collusion avec l'ennemi et hostilité à la patrie coréenne. Plaidez-vous coupable ou non coupable ? demanda l'homme en tenue de camouflage.

— Non coupable, répondit Jungho d'une voix enrouée.

— Écoutez bien, Nam Jungho. Je lis dans le rapport que vous êtes né dans la province de Pyeongan. Comme moi, ce que vous avez peut-être reconnu à mon accent. Je lis également que vous avez deux fils, de 14 et 10 ans. Quel bel âge ! Moi aussi, j'ai des enfants… Réfléchissez donc bien avant de me répondre, je ne voudrais pas être responsable de la destruction d'une famille avec de jeunes enfants. Mais j'ai un devoir à remplir envers notre patrie, et le dossier vous est très défavorable. Si vous plaidez coupable, vous serez condamné à vingt-cinq ans de prison. Toutefois, si vous vous conduisez bien, si vous renoncez à vos discours antipatriotiques, si vous vous réformez avec sincérité, vous pourrez bénéficier d'une libération conditionnelle. Et il est probable que vous recouvrerez votre liberté d'ici… allez, dix ans maximum. Si le président Park le décide, cela pourrait même être ramené à cinq ans. Votre fils cadet n'aurait alors que 15 ans. Vous pourriez continuer de l'élever !

L'homme en tenue de camouflage articulait avec lenteur et patience, comme s'il s'adressait à un enfant. Jungho lui lança un regard noir.

— Si vous plaidez non coupable, je ne puis vous garantir une telle mansuétude. Peut-être ne reverrez-vous jamais les vôtres. Pourquoi cette imprudence ?

— Je n'ai jamais eu de contact avec qui que ce soit en Corée du Nord.

— Nam Jungho, depuis toujours, et c'est amplement documenté, vous avez une activité communiste et antipatriotique. Vous étiez un fidèle de Lee Myungbo, qui fut un temps le chef du parti communiste de Koryo. Voulez-vous connaître le même sort que lui ?

— J'ai renoncé à toute relation avec lui lorsqu'il a été jugé, en 1948. J'ai été blanchi.

Jungho avait fermé les yeux en entendant le nom de Myungbo. Le bon visage de son mentor lui apparut tel le faisceau d'un phare puis disparut aussitôt, l'abandonnant aux ténèbres de la honte.

— Ce n'est pas si simple, Nam Jungho. Vous n'étiez pas un fidèle ordinaire, mais une sorte de fils adoptif pour lui. Il vous a appris lui-même à lire et à écrire, et vous avez vécu des années dans l'enceinte de sa villa.

Jungho baissa les yeux. Comment cet homme pouvait-il connaître son lointain passé de manière si détaillée ? Personne, pas même sa femme, ne savait à quel point il avait été lié à Myungbo.

— Faites entrer le témoin, dit l'homme en camouflage à son secrétaire, qui abandonna sa machine à écrire pour ouvrir une petite porte.

Une lumière violente se rua dans l'embrasure et chassa un instant les ombres délicates sur le sol. Une silhouette sombre apparut sur le seuil derrière le juge militaire, puis la porte se referma et la silhouette se fondit dans la pénombre.

Un vieil homme fluet s'était introduit dans la salle et avait pris place sur la chaise vide à la gauche du juge. Jungho distingua d'abord des épaules minces, des yeux en forme de virgules. Puis il comprit avec effroi, halluciné, qu'il avait devant lui son vieil ami Loche.

— Hwang Insoo, également connu sous le nom de Loche, depuis combien de temps connaissez-vous l'accusé ? demanda le juge.

— J'avais 12 ans, donc depuis 1918, répondit Loche sans regarder Jungho.

— L'accusé vivait dans la rue, mendiait, volait, jusqu'au jour où il a été assez âgé pour pousser sa bande à vivre de l'extorsion de fonds, c'est bien cela ?

— Tout à fait.

— Et que s'est-il passé ensuite ?

Loche eut une petite toux sèche.

— Il a rencontré Lee Myungbo et est devenu un bon copain des Rouges.

— C'est toi qui m'as conduit chez lui, intervint Jungho, sidéré.

Mais Loche refusait de croiser son regard.

— Est-ce exact, Hwang Insoo ? demanda le juge. Vous n'avez pas mentionné ce détail dans votre premier témoignage.

— Mais non, c'est Jungho qui m'a emmené chez lui, répondit Loche sans se démonter. Je l'ai suivi, j'avoue, mais comment j'aurais pu prendre les devants alors que c'était lui le chef ? C'est comme ça qu'on l'appelait, d'ailleurs. Chef.

— Et ensuite ?

— Jungho est vite devenu le favori de Myungbo, et même son bras droit. Ils allaient à toutes sortes de réunions ensemble. Moi j'y croyais pas vraiment, alors je suis pas resté. Jungho, lui, il était absolument convaincu par les communistes. Il faisait tout ce que Myungbo lui demandait. Il a même passé quelques années à Shanghai, et on s'est perdus de vue à ce moment-là.

— Quand était-ce, Shanghai ?

— Il est parti vers 1941, et je ne sais pas quand il est revenu. Il n'a pas repris contact.

— Il a donc possiblement eu des liens avec le parti communiste chinois à ce moment-là ? Le parti communiste chinois qui a envahi la Corée du Sud avec Kim Il Sung à peine dix ans plus tard ?

Avec son élocution rapide et surexcitée, le juge évoquait un présentateur de jeu télévisé.

— Oui, répondit Loche.

— Loche, mais pourquoi tu dis ça ? s'écria Jungho.

En entendant son surnom, Loche consentit enfin à regarder Jungho à la dérobée.

— Je dis ce que j'ai à dire, souffla-t-il si bas et si vite que Jungho eut du mal à le comprendre.

Le juge, lui, feignit de ne pas avoir entendu.

— Nam Jungho, nous avons perquisitionné votre domicile. Nous y avons découvert la preuve que vous meniez encore des activités antipatriotiques lorsque vous êtes rentré de Shanghai en 1945.

Le juge ouvrit un porte-documents dont il sortit une feuille de papier jaunie qu'il déplia avec soin pour en lire le texte japonais.

« Le porteur de ce document, Nam Jungho, exécute une mission spéciale pour le compte du général Yamada Genzo, commandant de la 5e armée. Facilitez sa mission, laissez-le circuler librement. Longue vie à l'empereur. Signé Yamada Genzo, juin 1945. »

La prononciation de l'homme en tenue de camouflage était excellente, ce qui laissait supposer un passage par une école militaire au Japon. Il semblait même éprouver du plaisir à lire cette langue.

— Nous avons également trouvé cet objet, un souvenir de cette mission, apparemment.

Il montra à l'accusé un petit objet rectangulaire oxydé par les années. Mais on ne pouvait s'y tromper : il s'agissait de l'étui à cigarettes du général Yamada.

C'étaient les vacances d'hiver et Jade rentrait chez elle après son dernier jour de cours, soulagée et revigorée par la perspective de ces six semaines de congé. Elle s'autorisa à repenser à ses retrouvailles avec Hanchol comme l'auteur trempe sa plume dans l'encrier avec le plaisir de l'habitude.

Sur le moment, elle n'avait pas eu la possibilité de s'abîmer dans ses émotions. Comme cela se produit souvent avec les événements importants de la vie, ses sentiments se développèrent avec plus d'ampleur et revêtirent des couleurs et odeurs nouvelles lorsqu'elle revint dessus en pensée. Elle n'avait ressenti aucune colère en présence de Hanchol, pas même lorsqu'elle avait évoqué la mort de Dani. Elle fut plus surprise encore de s'apercevoir qu'elle avait envie de le revoir et de parler avec lui des chemins si différents qu'ils avaient pris. Il paraissait difficile de croire aujourd'hui qu'ils avaient pu emprunter un temps la même route, assez pour qu'elle ait pu envisager de l'épouser.

Elle fit un détour dans Jongno pour prendre un café au Seahorn, ce qui lui arrivait de temps à autre. L'établissement était devenu paisible ; on n'y jouait que de la musique d'avant la guerre. Les banquettes de cuir rouge étaient craquelées et écaillées ; le porte-parapluies regorgeait de cannes. Les clients, d'anciennes personnalités glorieuses, débattaient à voix basse sur des formes artistiques passées de mode depuis trente ans. Ils se disputaient pour des quiproquos, des moqueries imaginaires, avant d'oublier aussitôt leurs différends, ou du moins de le laisser croire. Après deux guerres et d'innombrables malheurs, ils étaient si peu nombreux qu'ils peinaient à mettre fin à leurs relations, même inamicales.

Le poète cafetier était encore là et, malgré ses cheveux désormais gris, il était la relique la mieux conservée de leur jeunesse. Il avait toujours les mêmes lunettes rondes et une chemise blanche soigneusement repassée, ne se permettait jamais de remarques sur le vieillissement de sa clientèle ni sur le ternissement de son aura. Il ne s'était jamais marié, n'avait pas d'enfants, et les gens s'étaient lassés de répandre des rumeurs sur la question. Il n'était jamais devenu un ami et cela convenait parfaitement à Jade. Lorsqu'elle passait, il venait discuter une minute avec elle, jamais plus, avant de s'éclipser.

Jade fut tirée de ses réminiscences par la foule qui s'était amassée de chaque côté du boulevard. Elle qui aurait voulu marcher tranquillement jusqu'au café ! Tandis qu'elle se faufilait entre les passants pour s'enfoncer dans une petite rue, les gens se mirent à crier et hurler des insultes.

— Salauds ! Raclures !

Elle se retourna. Au centre du boulevard avançaient une dizaine d'hommes aux poignets ligotés, reliés par une corde tels des poissons séchés. Chacun portait autour du cou une grande pancarte. JE SUIS UN VOLEUR, JE MÉRITE CHÂTIMENT, disait l'une d'entre elles. J'AI COUCHÉ AVEC LA FEMME DE MON PÈRE, disait une autre. Non content de les accabler verbalement, on se mit dans la foule à leur jeter des pierres.

Lorsqu'elle reconnut Jungho au milieu de cette chaîne humaine, Jade faillit hurler. Sa pancarte portait ces quelques mots dans une écriture enfantine et tremblante : JE SUIS UN BANDIT ET UN COMMUNISTE, JE MÉRITE LA MORT.

— Non, non ! gémit-elle en fendant cette vague d'inconnus pleins d'une joie mauvaise.

On la siffla sur son passage, mais elle parvint à se poster au premier rang pour suivre les condamnés.

— Jungho !

Malgré le vacarme de la foule il l'entendit, elle ignora comment, et croisa son regard. Il avait déjà une joue violette, déformée ; les pierres ne cessaient de pleuvoir. L'une l'atteignit dans le dos, et non loin de Jade de jeunes gens poussèrent des cris de joie.

— Taisez-vous, misérables ! dit-elle en bousculant le plus démonstratif des garçons.

— Qu'est-ce qu'elle a, cette vieille salope ? marmonna-t-il, à voix basse pourtant, avant de disparaître dans la foule avec ses amis.

Jade croisa de nouveau le regard de Jungho, qui lui adressa un infime signe de tête. *Inutile de tenter quoi que ce soit.* Puis il lui sourit, pour lui faire comprendre que tout allait bien.

À cet instant précis, il revit la parade des courtisanes, des dizaines d'années en arrière, quasiment au même endroit, lorsqu'il était tombé amoureux de la belle jeune fille qui lui avait lancé une fleur au visage : sa première rencontre avec Jade. Il lui sembla, mais sans doute hallucinait-il, avoir marché toute sa vie sur cette même route, sur laquelle Jade était toujours venue à sa rencontre. Il eut envie de la regarder de nouveau, puis songea que mieux valait ne pas l'inciter à tenter un sauvetage aussi héroïque que dangereux. Il dut détourner les yeux, même s'il lui en coûtait de ne pas pouvoir lui dire je t'aime. On tira sur la corde ; une pierre l'atteignit à l'oreille et les moqueries de la foule se firent de moins en moins sonores. Il se remit à marcher, un pied devant l'autre, vers la fin de la route.

Épilogue

La plongeuse
1965

L'idée de rester à Séoul après l'exécution m'était insupportable. J'ai démissionné de mon poste à l'école et je suis rentrée à la maison pour préparer mon déménagement. J'ai donné pratiquement tout ce que j'avais à mes voisins et quelques-unes de mes élèves. Puis je suis allée dans le jardin déterrer le collier de diamants et le vase en céladon. Je les avais emballés dans de la soie et enterrés des années plus tôt dans de petites boîtes en bois. Ils n'avaient pas changé. Moi, en revanche…

J'ai pris le train pour Busan et regardé par la fenêtre le paysage qui se transformait. Quand je suis descendue sur le quai, le soleil se couchait dans le port et une nuée de mouettes s'est abattue bruyamment à mes pieds. Puis j'ai entendu les sirènes des navires exactement comme le poète cafetier me les avait décrites. Pour la première fois de la journée, je me suis dit que j'allais enfin pouvoir respirer. Mais je n'étais pas encore assez loin de Séoul. Le lendemain matin, j'ai pris le ferry pour Jeju.

Jeju n'a rien à voir avec la péninsule, à commencer par la mer. Près des plages de sable elle est d'un turquoise clair, et quand on s'éloigne du rivage elle devient vert émeraude, puis bleu saphir. À certains endroits où les roches volcaniques d'un noir profond surgissent des flots, les vagues indigo semblent refléter la voûte nocturne alors même que le soleil brille.

Au cœur de cet hiver-là, les camélias aux feuilles d'un vert lustré étaient éclos et, quand le vent soufflait, de grosses fleurs rouges pleuvaient des falaises pour plonger dans l'océan. L'air sentait le sel et les mandarines mûres.

Hesoon nous disait toujours que Jeju était le plus bel endroit du monde. J'ai si peu vu le monde que je ne saurais en juger, mais je crois qu'elle n'avait pas tort.

J'ai trouvé une cabane près de la mer. Dans les années 1940 et 1950, à cause des émeutes et du choléra, de nombreux insulaires ont fui en abandonnant leurs maisons. Si les gens du village n'ont pas semblé ravis de me voir, personne ne m'a chassée. Les habitants se méfient de ceux qui viennent du continent. Ici, personne ne parle le coréen standard de Séoul ; quand ils chuchotaient et gloussaient sur mon passage, je ne comprenais rien.

Avant toute chose, j'ai rendu les cendres à la mer. Si j'avais eu le moindre indice, j'aurais essayé de retrouver la famille de Hesoon ; mais je ne connaissais même pas son nom de famille. Je suis montée avec les urnes sur la falaise, près de chez moi, et le vent a emporté les cendres vers la mer.

— Tu aimes le paysage, tante Dani ? C'est beau, hein ? Et toi, Hesoon, ça te fait plaisir d'être rentrée chez toi ?

Le vent seul m'a répondu.

La falaise donnait sur une anse où les plongeuses pouvaient se changer et se reposer entre deux pêches. J'ai tergiversé quelques jours et puis j'ai fini par aller les voir. Le chemin était si abrupt que la tête me tournait. Je suis arrivée en bas les genoux tremblants.

— Je voudrais apprendre à plonger, ai-je dit aux femmes.

Je n'étais pas sûre qu'elles me comprendraient mais elles ont discuté entre elles, dans leur dialecte, avec des rires. Puis elles sont revenues près du feu de camp pour se sécher, et l'une d'entre elles a donné le sein à un bébé tandis qu'une autre partageait des mandarines avec ses camarades. Elles croyaient sans doute que je finirais par repartir. J'ai regardé la falaise le cœur serré, en pensant au terrible sentier.

— Que vient faire chez nous une fille du continent comme vous ?

Je me suis retournée. La femme portait un pantalon de plongée en lin noir et une tunique qui ne dissimulait en rien son ventre très rond. Elle avait parlé dans le dialecte chantant et dense du Jeolla.

— Je suis venue apprendre à plonger, ai-je répondu.

Elle a ri de bon cœur.

— Quelle idée ! Mais enfin, ma tante, ce n'est pas quelque chose qu'on apprend à votre âge ! On se noie trop facilement ici. Faites attention à vous, ma tante.

La vente de la maison de Séoul m'avait rapporté plus d'argent qu'il ne m'en fallait. Ici, je pouvais faire ce que je voulais, à savoir marcher à longueur de journée. Un matin, je suis partie au hasard vers le mont Halla tout enneigé. De chez moi, on le voit très bien. Je le pensais assez proche, mais après plusieurs heures de marche il était toujours aussi loin… Je me suis rendue à l'évidence : j'étais perdue. Quelle idiote, aussi, de partir comme cela à l'aventure ! J'ai tout de même fini par retrouver le chemin du village, grâce à quelques arbres que j'avais identifiés. C'est alors que j'ai entendu des gémissements et des cris venant d'une chaumière toute proche.

J'y suis entrée immédiatement. Une femme était en train d'accoucher. C'était celle qui m'avait parlé sur la plage. Il n'y avait personne au village. Les hommes étaient en mer sur leurs bateaux de pêche ; les femmes plongeaient.

La sage-femme, qu'avait-elle fait avec Luna ? S'il y avait eu le moindre problème, je suis certaine que ma présence n'aurait servi à rien ! Mais cette jeune pêcheuse était en pleine santé, comme le bébé. Je n'ai eu qu'à couper le cordon, le nouer, baigner le petit et le déposer dans les bras de sa mère.

Le spectacle de l'océan incite à la méditation. J'ai passé des journées entières sur la plage, à me souvenir. Au début, j'ai aussi pleuré, plusieurs fois, en pensant au dernier sourire de Jungho alors même que la foule lui lançait des pierres. Mais plus je regardais les vagues bleues s'étendre à l'infini, plus je dérivais vers des réminiscences joyeuses. Il m'est difficile de me rappeler en détail toutes les tragédies que j'ai vécues ; il n'en reste que de rares images.

Je me suis souvenue que, lorsque j'avais rompu avec Hanchol, je n'avais pas pleuré avant de m'endormir. Mais, dans mes rêves, j'ai versé des larmes si amères qu'en me réveillant en sursaut j'ai senti mes yeux me piquer.

Pourtant, je ne me rappelle plus les mots que nous avons échangés, ni de quelle manière il a pu me briser le cœur. Ne me reviennent clairement que les beaux moments. Les valses dans le salon de tante Dani avec Luna et Lotus. Ma première apparition au théâtre Joseon. Hanchol m'embrassant au clair de lune. Hanchol me regardant. Hanchol me caressant. Je dois reconnaître, avec quelque honte malgré mon âge avancé, que c'est de lui que j'ai le plus de souvenirs.

Alors je pense à Jungho avec tristesse et culpabilité.

— Ma tante, pourquoi restez-vous sur la plage toute la journée à regarder la mer ? Vous n'avez personne à qui parler ?

C'était Jindo *daek* – Mme Jindo –, la jeune maman, en tenue de plongée. Elle venait de Jindo, une île au large de la péninsule, d'où ce sobriquet. On l'appelait aussi Mère de Cholsoo, du nom de son enfant.

— Où est Cholsoo, d'ailleurs ? ai-je demandé.

— Je l'ai laissé sur une pierre dans la crique, a-t-elle dit en tournant la tête vers la mer.

— Quoi ? Un bébé d'un mois tout seul près de l'eau ? me suis-je indignée en me levant d'un bond.

— Ma tante, toutes les plongeuses font ça ! a-t-elle répliqué. Si je ne l'ai pas à portée de main, comment voulez-vous que je lui donne sa tétée quand il a faim ?

— Jindo *daek*, je viens tous les jours sur la plage. Je pourrais le surveiller.

— Eh ! C'est justement pour ça que je suis venue vous chercher.

Elle m'a accompagnée à la crique en souriant. Couché sur une grosse pierre noire en forme de marmite, à 1 mètre de la plage, Cholsoo couinait comme un chaton, et Jindo *daek* a déboutonné sa chemise pour lui donner le sein. Elle avait un énorme bleu sur l'épaule.

— D'où ça vient ?

— Oh, c'est rien. Le courant est tellement fort !

Les journées se sont allongées. Cholsoo a viré du rouge vif au beige clair. C'était un bébé placide et gentil. Je passais des journées entières seule avec lui dans la crique, à l'abri des embruns, du vent et du soleil. Les autres plongeuses venaient vider régulièrement leur filets emplis d'ormeaux et manger un peu avant de replonger. La hiérarchie était stricte et chacune avait son secteur. La mère de Cholsoo n'avait droit qu'aux eaux peu profondes : son sac était beaucoup moins plein que celui de ses camarades.

Une nuit, je n'ai pas pu m'endormir. Le bruit du ressac était trop fort. Je suis allée me promener dès l'aube. Le soleil allait franchir l'horizon et le monde baignait dans l'orange et le rose.

Mes pas m'ont conduite au bord de la falaise et, dans l'herbe tendre et frémissante, j'ai vu deux chevaux sauvages à la robe alezan. Ils m'ont longuement regardée de leurs grands yeux calmes.

— Bon, si vous tenez vraiment à plonger, je vais vous montrer, m'a dit Jindo *daek* en me tendant un pantalon noir et une tunique blanche.

— Et Cholsoo ?

— Ça ira. Je lui donnerai la tétée avant. On n'en aura pas pour longtemps.

Je me suis tout de suite changée ; je n'ai pas oublié les lunettes de plongée. En revanche, ni sac, ni couteau, ni bouée : pas question de plonger profond ni de ramasser des ormeaux avant des mois.

L'eau était tiède. Ce que j'ai appris ce jour-là : faire la planche sans couler. J'ai flotté pendant des heures dans l'eau turquoise non loin de la crique, bercée par les vagues comme je berce Cholsoo pour l'endormir.

Les gens ont commencé à me respecter quand j'ai acheté une télévision noir et blanc au maire du bourg voisin. C'était la première télé du village, et presque tous les soirs ils venaient à deux ou trois regarder les nouvelles, même s'ils comprenaient à peine ce que racontaient les présentateurs. L'image disparaissait régulièrement ; il fallait que j'aille taper sur le poste pour la faire revenir, ce qui les plongeait dans le ravissement. Les femmes se sont mises à m'appeler *Seoul halmang*, la grand-mère de Séoul.

Après des mois de planche et de brasse, j'ai enfin eu le droit de retenir ma respiration pour descendre jusqu'au fond de la mer. À guère plus de 2 mètres, mais j'ai quand même paniqué, et je suis remontée à la surface en crachant mes poumons. Jindo *daek* m'a prise par la main pour que je reprenne mon souffle. Son bras était couvert de bleus. Elle en avait de plus en plus.

— C'est pas grave, m'a-t-elle dit avant que j'aie pu ouvrir la bouche.

— Tu devrais le quitter et t'installer chez moi.

— Ma tante, il viendra tout casser chez toi et me ramènera à la maison en me traînant par les cheveux.

Avec un peu d'entraînement, j'ai commencé à pêcher les oursins et les huîtres près du rivage. Ensuite, au lieu de me reposer dans la crique, je restais au large à faire la planche. Dans l'eau, le poids de celle que j'avais été m'abandonnait. Je n'étais plus cette femme dont le cœur brisé n'accueillait que des regrets.

Un soir, le présentateur au visage sévère a annoncé que le dernier tigre sauvage de Corée était mort au zoo du palais Changgyeong. Il avait été capturé bébé, juste après la guerre ; sans doute avait-il perdu sa mère. Les naturalistes estimaient donc que le tigre de Sibérie avait officiellement disparu de la péninsule de Corée. Un chercheur interviewé à cette occasion expliquait néanmoins que certains rôdaient peut-être encore dans la zone démilitarisée, ou au cœur des vallées lointaines du nord-est de la Corée du Nord.

Un vagissement m'a réveillée en pleine nuit : j'ai trouvé Cholsoo dans un panier sur le pas de ma porte. Aucune trace de sa mère, ni au village, ni à la crique, ni dans la mer. Le lendemain, la rumeur a enflé : Jindo *daek* s'était enfuie sur le continent en me laissant le bébé. Son mari, un marin-pêcheur au visage rougeaud, s'est introduit chez moi dans l'après-midi. Il puait l'alcool.

— Elle est où, cette pute ? Cette fois je vais la tuer ! Et mon fils ? Il est où ?

— Jindo *daek* n'est pas chez moi et je ne sais pas où elle est allée, ai-je répondu avec tout le flegme dont j'étais capable. Mais apparemment elle préfère que ce soit moi qui me charge de Cholsoo.

— Rends-moi mon fils, vieille folle !

Il a montré les dents.

— Fais attention à ce que tu dis ! Je pourrais être ta mère. Tu vas pouvoir t'en occuper ? Tu en es sûr ? Très bien, alors reprends-le si tu tiens à voir la chair de ta chair crever de faim. Tu es si bête et si têtu que tu es capable de le faire mourir, ce pauvre innocent. À l'image de ce que tu fais subir à sa mère.

Je suis allée chercher le petit dans ses langes.

— Tiens, le voilà. Si tu sais comment le nourrir et le changer, bon courage.

Dès que son père s'est penché sur lui, Cholsoo s'est mis à pleurer. L'ivrogne a sursauté et je me suis dit qu'il s'était peut-être mis à battre sa femme parce qu'elle ne savait pas faire taire le petit assez vite.

— Il me casse les oreilles ! a-t-il marmonné en plissant les yeux.

— Fiche le camp. Dépêche-toi. Si tu veux le bien de ton enfant, va-t'en, et sans colère au cœur.

Il a tourné les talons et je ne l'ai pas revu.

Cholsoo était un gentil bébé. Au village, quatre femmes allaitaient leur propre enfant ; elles se sont relayées pour le nourrir chacune au moins une fois par jour. Je les payais sans mégoter. Le reste du temps, je lui donnais une bouillie à base de semoule de riz. Quand je le prenais dans mes bras, il était toujours tout sourires et le sommet de son crâne sentait le lait et le pain. Et quand je l'entendais respirer la nuit, tout doucement, je ne me sentais plus seule et n'avais plus besoin de me promener avant le lever du soleil.

C'était au début de l'été ; les collines et les falaises étaient roses, couvertes de rhododendrons en fleur. J'ai découvert à cette occasion qu'à Jeju les cosmos éclosent également au printemps et en été. Voir la mer et ces plantes sauvages me serrait le cœur. C'est pourquoi je préférais le large.

Je suis descendue à la crique avec Cholsoo et je l'ai installé dans la pierre en forme de marmite. Les autres plongeuses étaient déjà loin du rivage. Puis j'ai erré seule dans les bas-fonds avec mes outils de pêcheuse.

L'eau était si limpide que je voyais nager entre mes pieds de petits poissons bariolés. L'un d'eux, de la taille de mon petit doigt et avec des rayures blanc et orange, m'a grignoté l'orteil avant de s'écarter, vif comme l'éclair.

J'ai enfilé mes lunettes de plongée, empli mes poumons d'air puis je me suis laissée couler. Elles semblaient prometteuses, ces roches avec leur tapis de corail, d'anémones et d'étoiles de mer. Mais à court d'oxygène il a fallu que je remonte. J'ai plongé à plusieurs reprises avant de ramasser un seul et unique oursin. Une heure s'est écoulée. J'étais essoufflée et je commençais à me faire du souci pour Cholsoo.

— Dernier essai, me suis-je dit avant de retourner vers la crique.

C'est alors que j'ai vu l'ormeau accroché à une pierre, à quelques mètres de moi. J'ai résisté à l'envie de remonter pour respirer et je suis descendue vers le fond d'une vigoureuse poussée des cuisses. J'ai glissé le couteau sous la coquille et réussi à la détacher.

Lorsque ma tête a jailli des vagues, j'avais la bouche grande ouverte pour mieux respirer. Ô soleil magnifique embrasant la falaise, quelle folle beauté ! Le temps que je revienne à la crique, les autres plongeuses étaient parties avec leur pêche de la matinée. Les plus habiles ramassent une vingtaine d'ormeaux par jour. Et moi je rapportais seulement ma première prise… Cholsoo s'est mis à gémir dans son berceau de roche. Je l'ai serré dans mes bras et bercé tendrement.

Après lui avoir donné sa bouillie, je me suis assise sur une pierre pour inspecter mon ormeau, dont la coquille était couverte d'algues vertes peu appétissantes. Pourtant, j'ai souvent vu les plongeuses les manger crus. Je l'ai retourné, sorti de sa coquille, et mon couteau a trouvé dans sa chair visqueuse une petite grosseur. Ronde, chatoyante. Une perle ! Gris-rose comme la lune du matin au creux de ma paume.

Je l'ai contemplée longtemps, comprenant soudain que Jungho veillait sur moi. Oui, même de là où il se trouvait. Il en sera de même pour moi, lâchant prise et me rattrapant à la vie, puis lâchant prise de nouveau jusqu'à ce qu'il ne reste plus de moi que ce qui appartient à la mer.

La vie n'est supportable que parce que le temps fait tout oublier. La vie vaut la peine d'être vécue parce que l'amour réveille tous les souvenirs.

J'ai rangé la perle dans le sac où j'avais enfoui mes vêtements et marché vers la mer où j'ai flotté, légère, dans les vagues fraîches et bleues en regardant le ciel également bleu. Pour la première fois de ma vie, je n'avais plus aucun désir, plus aucune aspiration. La mer et moi ne faisions qu'une.

Remerciements

Ce livre n'existerait pas sans Jody Kahn, de Brandt & Hochman, dont l'intégrité, l'intelligence et la direction littéraire me guident depuis le tout début. Agent hors pair et hors catégorie, Jody est l'un des grands *inyeon* de ma vie.

Après avoir rencontré la meilleure agent du monde, j'ai eu une chance similaire avec Sara Birmingham, mon éditrice. Ce qu'elle a fait avec *Créatures du petit pays* est du grand art ; le courage dont elle a fait preuve en se lançant dans cette aventure m'a donné envie d'atteindre des sommets. Je la remercie du fond du cœur, ainsi que T.J. Calhoun, son merveilleux bras droit, et l'équipe de rêve d'Ecco (notamment Allison Saltzman pour sa légendaire couverture, Shelly Perron pour son incroyable relecture, et Caitlin Mulrooney-Lyski pour sa défense de ce texte partout où elle est passée). Toutes et tous ont mené ce livre au plus près de sa perfection.

Je suis très reconnaissante aux responsables de revues et de magazines littéraires qui, au fil du temps, m'ont fait confiance : en particulier Luke Neima chez *Granta*, qui a publié ma première nouvelle, « Body Language », et plus tard ma première traduction. J'ai eu la fierté de publier un extrait de *Créatures du petit pays* dans *Shenandoah* grâce au chaleureux soutien de la merveilleuse Beth Stapes. Je remercie tout le monde à la Bread Loaf Environmental Writer's Conference, à la Regional Arts & Culture Commission et au Virginia C. Piper Writing Center de l'Arizona State University, et en particulier Ashley Wilkins pour sa patience et sa cordialité. Olivia Chen, Hilary Leathem et James Gruett ont lu des premières versions et m'ont donné de précieux conseils : grâce à eux, le bébé tigre est devenu un grand fauve. À mes femmes auteures de Princeton, merci, surtout Keijia Parssinen, Alexis Schaitkins, Clare Beams, Eva Hagberg, Kate McQuade et Amanda Dennis : au cours de nos conversations, vous m'avez donné tellement de sagesse, de joie et de camaraderie !

D'autres *inyeon* ont traversé ma vie et joué leur rôle dans ce passage de l'écriture au livre réel : merci, Edgard Beckand, pour m'avoir donné une solide confiance en moi. Merci, Max Staedler, pour m'avoir donné la détermination : je ne serais jamais devenue écrivaine sans cela. Merci, Arron Lloyd, pour m'avoir donné l'optimisme. Je ne le savais pas encore, mais ce jour où nous avons couru ensemble dans le blizzard à Fort Tryon Park a été un tournant dans ma vie. Mareza Larizadeh, ton amitié, tes conseils me sont plus précieux que tout au monde. Merci, Elise Anderson, pour la fidélité, les bons mots et les souvenirs : le fait que tu partages les miens est l'un des miracles de cette existence. Renee Serell, ma plus vieille amie : comme pour les amies de ce livre, nos vies étaient destinées à être partagées.

Ma gratitude, mon affection les plus cordiales vont à Mary Hood Luttrell et à toute ma famille de Peaceful Dumpling. Mary a lu les premiers chapitres du roman ; elle a toujours été à un texte de chez moi pour répondre à tous les dilemmes littéraires. Les éditeurs et lecteurs de Peaceful Dumpling, et notamment Crystal Chin, Lindsay Frederick, Iga Kazmierczak, Lauren Sacerdote, Imola Toth, Nea Pantry, Kat Kennedy, Lana Stafford, Ema Melanaphy, m'ont soutenue de leur amour tout au long de l'écriture du livre.

Je remercie la Wildlife Conservation Society Russia et le Phoenix Fund pour la lutte qu'ils mènent depuis des dizaines d'années pour protéger les tigres de Sibérie et les panthères de l'Amour dans la partie extrême-orientale de la Russie. Merci de m'avoir autorisée à verser un pourcentage des droits de ce livre au bénéfice de cette lutte. Je veux également remercier les auteurs et les artistes du début du XXe siècle de divers pays, de divers bords politiques : c'est en étudiant leurs œuvres que j'ai pu donner chair et présence à mon roman.

Lequel ne célèbre aucun triomphe d'un pays sur l'autre, d'une idéologie sur l'autre, mais veut refléter et soutenir notre humanité partagée. Un jour, en pleine écriture du roman, je suis passée sur Columbus Circle. Il y avait une manifestation de militants japonais contre la guerre nucléaire. Une seule génération semblait les séparer d'Hiroshima et de Nagasaki ; pourtant, ils souriaient. Merci pour la grue en papier, symbole de paix.

À ma mère, Inja Kim, je dois son ouvrage préféré sur les théories littéraires (ouvrage dirigé par Kim Hyun), des discussions sur la littérature et la langue coréennes, et des cours d'histoire sur le pays comme sur notre famille. Ce qu'elle m'a raconté de son père, Kim Taehee, de ses yeux brun doré et de ses mystérieux voyages à Shanghai pendant la période coloniale est la source d'inspiration du livre. Mon père, Hackmoo Kim, m'a expédié des livres de Portland à New York, collectant sans cesse tout ce qu'il pensait pouvoir m'intéresser ou m'inspirer, ne serait-ce que vaguement. Mes parents, de fait, m'ont aidée à écrire ce livre bien avant que je ne m'imagine seulement devenir auteure : en m'insufflant leur amour des arts et de la nature, en m'apprenant à vivre en tant qu'artiste, et être humain. Ils ont cru en moi bien avant moi-même. Je leur dois tout.

Et, pour finir, merci à David Shaw, le grand *inyeon* de ma vie. Puisque nous nous sommes rencontrés avant de nous rencontrer, je sais que tout ce que j'ai écrit dans *Créatures du petit pays* est véridique.

Composition et mise en pages
Nord Compo à Villeneuve-d'Ascq

Pour plus d'information :

Imprimé sur du papier issu de forêts gérées durablement.

Imprimé en France en mars 2023
par l'Imprimerie Maury S.A.S. à Millau (12)
pour le compte des Éditions Presses de la Cité
92, avenue de France, 75013 Paris

N° d'édition : C20218/02
N° d'impression : C23/72841C